Kate Meader
Love Recipes – Happy Hour fürs Herz

KATE MEADER

Roman

Aus dem Amerikanischen
von Heidi Lichtblau

PIPER

Mehr über unsere Autoren und Bücher:
www.piper.de

Wenn Ihnen dieser Roman gefallen hat, schreiben Sie uns unter Nennung des Titels »*Love Recipes – Happy Hour fürs Herz*« an *empfehlungen@piper.de*, und wir empfehlen Ihnen gerne vergleichbare Bücher.

Von Kate Meader liegen im Piper Verlag vor:
Kitchen-Love-Reihe:
Band 1: Love Recipes – Verführung à la carte
Band 2: Love Recipes – Süßes Verlangen
Band 3: Love Recipes – Happy Hour fürs Herz

Deutsche Erstausgabe
ISBN 978-3-492-06206-0
© Kate Meader 2014
Titel der amerikanischen Originalausgabe:
»Hot and Bothered«, Forever, ein Imprint von
Grand Central Publishing, New York City 2014
© der deutschsprachigen Ausgabe:
Piper Verlag GmbH, München 2020
Redaktion: Antje Steinhäuser
Satz: Tobias Wantzen, Bremen
Gesetzt aus der Filosofia
Druck und Bindung: CPI books GmbH, Leck
Printed in the EU

*Für meinen sexy Helden —
danke, dass du mit mir
auf diese verrückte Reise gehst.*

Wie alles begann ...

Eineinhalb Jahre zuvor

Es mochte der Traum von Millionen von Frauen sein, halb nackt und mit gespreizten Beinen dazuliegen und von einem heißen Traumtypen anregende Dinge ins Ohr geflüstert zu bekommen. Doch in diesem besonderen Fall hätte Jules Kilroy gut darauf verzichten können.

»Verdammt, ich muss endlich pressen!«

»Noch nicht«, erwiderte die Ärztin streng, die in einem früheren Leben beim Militär gewesen sein musste.

Pressen Sie, pressen Sie nicht, tief einatmen, flach einatmen ... argh! Jules wollte sich wirklich nicht benehmen wie die erste Frau, die je ein Kind zur Welt brachte, aber verdammt, es war *ihr* erstes Mal, und die Schmerzen waren unerträglich.

»Es heißt nun mal Wehen«, fügte der Mann an ihrer Seite lächelnd in seinem kraftvollen Bariton hinzu. Normalerweise half ihr diese Stimme aus jedem Tief, ganz zu schweigen davon, dass Jules sie zu ein paar schrecklich unanständigen Fantasien anregte. Doch heute hätte sie Tad DeLuca am liebsten auf den Mond geschossen.

Anstatt in Wut zu geraten, versuchte sie, sich mit der richtigen Atemtechnik zu entspannen. Frauen hatten seit jeher Kinder unter Schmerzen zur Welt gebracht, also Schluss mit dem Drama-Queen-Getue! Den Teil mit dem Einatmen bekam sie hin. *Bedächtige, tiefe Atemzüge.* Um sie herum erinnerten sie das leise Summen der Gerätschaften und die eingespielten Bewegungen des Teams »Holt den Satansbraten aus Jules« an die anstehende Aufgabe.

Verdammt, sie bekam ein Kind!

Ein neuer Schmerz, noch heftiger als der davor, durchzuckte sie, und sie umklammerte Tads Hand so fest, dass sie schon fast damit rechnete, Knochen splittern zu hören.

Doch er fuhr nicht einmal zusammen. Typisch!

Vor fünf Monaten war sie schwanger aus London in Chicago eingetroffen, und seitdem war er ihr Fels in der Brandung gewesen. An seinen breiten Schultern hatte sie sich schon unzählige Male ausgeweint. Ihm hatte sie als Erstem ihre Lese- und Rechtschreibprobleme anvertraut, er war es, der sie selbst bei der läppischsten Panik tröstete. Zwar standen ihr auch ihr Bruder, der ehemalige Promikoch Jack Kilroy, und dessen angeheiratete Familie, die DeLucas, zur Seite, doch nur Tad gab ihr das Gefühl, etwas ganz Besonderes zu sein.

Ohne ihr eine Pause zu gönnen, erfasste sie eine weitere Schmerzwelle.

»Der kleine Satansbraten möchte raus.« Ihr liefen Tränen über die Wangen.

»Ist doch klar.« Sanft wischte Tad sie ihr weg. »Er will dich endlich kennenlernen. Und wir ihn!«

Ihn. Dass sie einen Jungen bekam, sah ihr mal wieder ähnlich. Seit ihr auf einem Londoner Spielplatz aufgegangen war, dass die anatomischen Unterschiede zwischen Jungs und Mädchen weitere Nachforschungen wert waren, hatte ihr die männliche Spezies nichts als Probleme bereitet.

»Nun wird's Zeit zu pressen«, kommandierte Dr. Harper.

Jules tat es, aber auch wenn man das angeblich intuitiv draufhaben sollte, brachte sie garantiert wieder alles durcheinander.

Viel sanfter, als sie es getan hatte, drückte Tad ihr die Hand. »Atem anhalten und zehn Sekunden pressen, so, wie wir's im Unterricht gelernt haben.« Er hielt übertrieben stark die Luft an, und sein ohnehin schon riesiger Brustkorb schwoll noch mehr an. Wie sehr sich dabei sein Kittel an seine Muskeln schmiegte, hätte ihr ausgerechnet jetzt eigentlich nicht auffallen sollen.

»So ist es gut. Nun entspannen, nicht mehr pressen«, forderte die Ärztin mit professionell auf den Wehenschreiber gerichtetem Blick. Dessen gleichmäßiges Piepsen sagte jedem im Entbindungsraum, dass es dem Baby gut ging, selbst wenn Jules meinte, es würde jeden Moment ein Alien aus ihr herausbersten.

»Vielleicht solltest du ja doch etwas von dem Dope nehmen, das dir vorhin großzügigerweise angeboten wurde«, bemerkte Tad und verstieß damit eindeutig gegen ihre Anweisungen.

Egal, was passiert, lass nicht zu, dass ich irgendwelche Medikamente nehme.

Weitere Anweisungen lauteten: *Wehe, du flirtest mit den hübschen Krankenschwestern!* Und: *Unter keinen Umständen schaust du da unten hin! Bloß keine Medikamente* war allerdings Regel *Numero uno*.

Auch wenn sie eine Epiduralanästhesie nicht grundsätzlich ablehnte, hatte sie sich schließlich für eine natürliche Geburt entschieden. Allerdings nicht, weil sie ein erdverbundener, Bäume umarmender Hippie war. Nein, ihr schwante einfach, dass sie unter Drogeneinfluss redselig werden und dem Mann an ihrer Seite ein paar unselige Wahrheiten enthüllen könnte.

Wie etwa, dass es sie in seiner Nähe an problematischen Stellen kribbelte und sie megamäßig in ihn verschossen war.

»Zu spät«, nahm Dr. Harper ihr die Entscheidung ab.

»Das Zeitfenster für legale Betäubungsmittel hat sich also wieder geschlossen«, stellte Tad fest. »Aber okay, *ich* bin ja hier. Ich bin deine Droge, Baby. Schau einfach in mein ungemein attraktives Gesicht, und dann sag mir, dass du mir nicht restlos verfallen bist …«

»Arschloch.« Sie war sauer, dass er es wagte, ihre Gedanken zu lesen, während sie sich an ihrem Tiefpunkt befand. Ungemein attraktiv traf es allerdings ziemlich gut. Mit seinem durchtrainierten Körper, den blauen Augen, dem dunklen, welligen Haar und den abgewetzten Jeans und ledernen Motorradklamotten glich Taddeo DeLuca einer wandelnden Prada-Werbung.

Mit einem frechen Lächeln ging er über ihre schlechte Laune hinweg. Dieses Lächeln war der Hammer. »Wenn mein heißer Anblick dich nicht genügend ablenkt, dann lass uns doch darüber reden, was du alles tust, wenn du diesen Basketball erst mal wieder los bist.«

Seit Monaten jammerte Jules herum, was sie in ihrem schwangeren Zustand alles verpasste, weshalb sie die Liste nun selbst in ihrem benebelten Zustand mühelos runterspulen konnte.

»Zunächst mal scharfe Thunfisch-Sushis essen.«

»Ich habe *Aiko* auf Kurzwahl.« Er spielte auf ihr Lieblings-Sushilokal im Stadtteil Wicker Park an, in dessen Nähe beide wohnten. »Ein Wort von dir genügt.«

»Einen doppelten Gin Tonic kippen.« Kaum hatte sie es gesagt, lief ihr wie einem pawlowschen Hund das Wasser im Mund zusammen. »Allerdings nur einen, ich will ja schließlich stillen.«

Tads Augenbrauen schnellten in die Höhe, und sein Blick fiel auf ihre von einem Kittel bedeckten Brüste, die inzwischen so groß waren, dass sie selbst aus einer Raumstation noch zu erkennen sein mussten und damit in Konkurrenz zur Chinesischen Mauer traten.

»Das Wunder des Lebens«, murmelte er verträumt.

Sie knuffte ihn. »Alter Lüstling!«

»Tja, sie sehen ja jetzt schon fantastisch aus, aber ich hab nichts dagegen, wenn sie nach dem Milcheinschuss noch größer werden.« Tad hatte ebenfalls sämtliche Schwangerschaftsbücher verschlungen und kannte sich bestens aus. Er tat so, als würde er zeppelingroße Brüste umfassen. »Worüber reden wir hier? Doppel-Ds? Doppel-Fs?«

»Du bist unmöglich!« Genau in dieser Minute fühlte sie sich gefährlich zu ihm hingezogen.

Er hob ihre Hand an seine Lippen und hauchte ihr einen Kuss darauf. »Worauf freust du dich noch, *mia bella?*«

Mia bella. Meine Schöne. Sie liebte es, wenn er sie so nannte, vor allem, wenn sie sich so gar nicht schön fühlte.

»Darauf, wieder meine Füße zu sehen.« Ebenfalls auf der Liste standen Körperteile, die sie auf keinen Fall erwähnen wollte, wie etwa der verwilderte Wald zwischen ihren Beinen, dem womöglich selbst mit Macheten schwer beizukommen wäre. Vor sieben Stunden hatte Jules zehn Minuten, nachdem ihre Fruchtblase geplatzt war, einen Termin für ein Bikiniwaxing ausgemacht.

»Na, und hübsche Schuhe. Meine Füße sind zu Marshmallows angeschwollen, und meine Schuhsammlung vermisst mich schrecklich.« Sie hatte sie ganz hinten in ihren Wandschrank verfrachtet, samt ihren modischsten Fummeln – solche, in denen Singlefrauen auf Männerfang gingen –, da der Anblick der Schuhe ihrer modeliebenden Seele sonst bei jedem Öffnen des Schranks einen Stich versetzt hätte.

Vor allem aber vermisste sie es, sich sexy zu fühlen, und leider ließen alle Recherchen nur den verstörenden Schluss zu, dass es ein Weilchen dauern könnte, ehe es wieder so weit war. Der süße kleine Bengel würde ihrem Liebesleben garantiert einen spürbaren Dämpfer versetzen.

Als hätte der Kleine ihre Gedanken mitbekommen, setzte er zum Durchbruch an.

»Ich muss pressen!« Jules versuchte verzweifelt, so zu klingen, als hätte sie Kontrolle über die Angst einflößende Situation. Es war ihr nicht nur ein biologisches Bedürfnis, dieses Kind in die Welt zu befördern, sie streifte damit auch alte seelische Fesseln ab. Ihr ganzes Leben hatte sie sich vor schwerwiegenden Entscheidungen gedrückt, war geflohen, wenn es tough wurde, hatte ihre Bemühungen runtergefahren, anstatt sie zu verstärken.

Vor fünf Monaten hätte sie für ihr ungeborenes Kind keine bessere Entscheidung treffen können, als London mit all dem Kummer den Rücken zu kehren. Nachdem sie sich eingestanden hatte, dass sie Hilfe brauchte, hatte sie den Knatsch mit ihrem Bruder beigelegt und war zu ihm nach Chicago gekommen. Zu einem neuen Leben mitsamt erweiterter Familie.

»Noch nicht!«, befahl Dr. Harper.

»Doch!« Jules fand, es fühlte sich richtig an.

Entschlossen, auf Teufel komm raus das Licht der Welt zu erblicken, legte ihr Kind erneut die Daumenschrauben an. Diese Schmerzen. O Gott, diese Schmerzen! Sie schrie vor Angst und Begeisterung, dass sie ihr Leben endlich selbst in die Hände nahm.

»Okay, dann pressen Sie«, sagte die Ärztin, als würde nicht sowieso das Baby hier den Takt vorgeben.

»Na, komm, *mia bella*.« Tad strich ihr mit seiner rauen Hand das verschwitzte Haar aus der Stirn. *Sehe ich jetzt etwa schön aus, du Trottel?* »Du schaffst das. Du schaffst alles!«

Und in diesem Augenblick glaubte sie ihm. Er war zwar ein Mann, entsprechend war lügen fester Bestandteil seiner DNA, und einer seiner Peniskollegen hatte sie in diese Bredouille gebracht. Doch er war auch ihr Freund, und sie hatte Vertrauen zu ihm.

Nach vierzig Sekunden der schlimmsten Qualen, die sie je erlebt hatte, war alles vorbei. Verschwommen registrierte sie kurz ein blutverschmiertes kleines Bündel, bevor es die Ärztin auch schon zur Untersuchung wegbringen ließ.

»Alles okay mit ihm?«, wandte sie sich an Tad, dessen Gesicht zu einer Mischung aus Staunen und Angst erstarrt war. »Tad, ist alles okay mit ihm?«

Ein Baby – *ihr Baby* – stieß einen Schrei aus, der bestimmt auch noch im Wartezimmer zu hören war, wo ihr Bruder mit seinem Herumgetigere vermutlich gerade einen neuen Trampelpfad anlegte. Dass sie Tad bei der Geburt dabeihaben wollte, hatte Jack schwer getroffen und die beiden in ihrer Beziehungsreha wieder ein paar Schritte zurückgeworfen. Doch ihr Bruder musste einsehen, wie wichtig es war, dass sie ihr Leben in all seinen Facetten in Eigenregie gestaltete.

»Fuck, der hat vielleicht ein Organ!«, meinte Tad ehrfürchtig. »Klingt ja ganz so, als hätte er die große Klappe seiner Mom geerbt!«

Jules hob schwach die Hand, um ihm eine zu kleben, ließ sie aber wieder fallen. Ihr fehlte die Kraft dazu.

Oder zumindest glaubte sie das, bis sie *ihn* sah.

Ihren neugeborenen Sohn, frisch auf der Welt, eingehüllt in eine Decke, mit einem ach so unschuldigen Blick. Die hübsche Krankenschwester, mit der Tad nicht geflirtet hatte, legte Jules das Kind an die Brust, und sie drückte das hilflose Bündel automatisch mit unvermittelt puddingweichen Armen an sich. Wie vorauszusehen war, schmolz ihr dummes Herz zu einer Pfütze aus Liebe und Hormonen.

Ein großer Kopf, weder Hals noch Haar, ein aufgeblähter Oberkörper, schrumpelige Haut – fremd und doch auf Anhieb erkennbar als ihr Fleisch und Blut. Riesengroße, sanfte Augen starrten sie an, suchten Bindung, entschuldigten sich für nichts.

O ja, er war der Sohn seines Vaters, ganz eindeutig.

Schnell schob sie den Gedanken beiseite und konzentrierte sich lieber auf das neue schlagende Herz in ihren Armen, das sich dem Rhythmus ihres eigenen anzupassen versuchte.

»Danke, Jules«, ertönte eine Stimme neben ihr. *Tad.* Huch, den hatte sie ja beinahe vergessen!

Ihr Sohn versuchte, seinen Blick blinzelnd auf die Quelle

der Stimme zu richten, und Tad beugte sich über den kleinen Winzling. Völlig ineinander versunken, schmiedeten ihre beiden Jungs einen Bund, der, so hoffte sie, ein Leben lang halten würde.

»Danke? Wofür?«, brachte sie heiser heraus.

»Dass ich dabei sein durfte.« Die Ehrfurcht in Tads Stimme verblüffte sie. Er küsste sie mit warmen, festen Lippen auf die verschwitzte Stirn und drückte dann ihrem Sohn einen sanften Kuss auf den Kopf.

Auch wenn vor ihren Augen alles kurz verschwamm, war sie von Freude erfüllt. In diesem Moment schnellte die Faust des Kleinen nach oben und berührte ihre Haare.

»Aus dem wird mal ein großartiger Pitcher für die Chicago Cubs«, meinte Tad schmunzelnd und machte dem ernsten Augenblick damit ein Ende.

»Rugby, Tad. Du wirst ihm den Sport seiner Vorfahren beibringen müssen.«

»Ich werde ihm alles beibringen, was er wissen muss.«

Jules zog die Augenbrauen hoch, und er lachte. »Nur in Maßen natürlich, und nicht, bevor er nicht wenigstens fünfzehn ist. Hey, er ist jetzt Teil der italienischen Kultur! Und wenn Jack ihn in die Mangel nimmt, wird er einen coolen Onkel brauchen.«

Onkel. Mehr würde Tad nie sein beziehungsweise sein dürfen. Sie hatte dreiundzwanzig Jahre in dem Wunsch auf diesem Erdball verbracht, eine Familie zu haben, die sie liebte und akzeptierte, hatte gehofft, eines Tages würde sie für jemanden der Mittelpunkt der Welt sein. Sich mit Jack auszusöhnen und von der Familie DeLuca mit offenen Armen aufgenommen zu werden war das Beste, was ihr passieren konnte.

Na ja, das Zweitbeste. Mit Blick auf ihr hübsches Baby seufzte sie glücklich auf.

Das alles würde sie wieder aufs Spiel setzen, wenn sie ihrer Schwäche für Tad nachgab. Doch sie trug nun Verantwortung, und die wog mehr als ihre verräterischen Hormone. Männer würden kommen und gehen, aber *das hier* – sie blickte auf ihren neuen Lebensmittelpunkt – war eine Liebe fürs Leben.

1.
Kapitel

Tad DeLuca knirschte so fest mit den Zähnen, dass zu befürchten stand, sie würden zersplittern.
»Wir bräuchten noch ein Ersatzteil.« Mit diesen Worten kroch der Elektriker, der mit einem wahrlich üppigen Bauarbeiterdekolleté ausgestattet war, rückwärts hinter dem Pizzaofen hervor und richtete seinen Hosenbund.
»Das hieß es letzte Woche auch schon«, erwiderte Tad geduldig. Wirklich geduldig. »Da haben Sie den …«
»… Temperaturregler installiert.«
»Den Temperaturregler, ganz genau, und Sie haben gesagt, nun müsste alles wieder laufen.«
Über dem Kopf des Mannes erhob sich der Pizzaofen und machte sich über Tads Vorstoß ins Geschäftsleben lustig. Fladenbrote waren einer der Eckpfeiler der Speisekarte seiner neuen Weinbar – oder hatten es zumindest sein sollen – und nun dachte er über seinen Plan B nach. Den, der nicht existierte. Die Freuden, sein eigener Boss zu sein.
»Diesmal liegt es nicht am Regler. Da ist ein …« Der Mann murmelte etwas Unverständliches, und Tad schal-

tete auf Durchzug. Drei Semester Ingenieurwissenschaft reichten einfach nicht, sich über Reparaturen von Pizzaöfen auslassen zu können. Tja, wäre er länger am Ball geblieben, hätte er jetzt vielleicht etwas mehr zur Unterhaltung beitragen können. Leider führten Gedanken an seine Collegetage immer dazu, Erinnerungen daran heraufzubeschwören, wie sie geendet hatten. Und die waren schwer zu ertragen.

»Wie lang?«

Noch immer unelegant in der Hocke, rieb sich der Ofentyp den Nacken. »Eine Woche. Eher zwei.«

Ja, Herrgott noch mal! Als hätte Tad die Worte laut ausgesprochen, schossen die Augenbrauen des Mannes in die Höhe.

In nicht mal einer Woche stand in dem sekündlich hipper werdenden Stadtteil Wicker Park, nur einen Steinwurf vom *Ristorante DeLuca,* dem Restaurant seiner Familie, entfernt, die Eröffnung des *Vivi's* an. Der Schritt vom Barkeeper zum Barbesitzer schien nur logisch, doch leider hatte zwischen dem Schicksal und der Logik eine ganze Weile Funkstille geherrscht. Noch bevor er den Mietvertrag überhaupt unterschrieben hatte, war das Lokal, das er als Erstes im Auge gehabt hatte, bis auf die Grundmauern niedergebrannt. Beim zweiten war er überboten worden. Und nun hatte sich obendrein sein Koch aus dem Staub gemacht, sodass Tad nun niemanden mehr hatte, der die von ihm geplanten atemberaubenden Gerichte auf der Speisekarte in die Tat umsetzen konnte. Doch von solchen Stolpersteinen konnte er sich nicht aufhalten lassen. Der Startschuss musste endlich fallen!

Er hatte Jahre gebraucht, um an diesen Punkt zu gelangen. Viel zu lang hatte er über seine Fehler nachgedacht und sich in Ausflüchten ergangen. Es war ihm zur zweiten Natur geworden, andere zu enttäuschen, aber *damit hier* – Tad ließ den Blick über die glänzenden, polierten Oberflächen seiner neuen Küche wandern – würde er das vielleicht wieder ausbügeln können. Vivi wäre stolz auf ihn.

Eine Speisekarte mit köstlichen Imbissen würde eindeutig ihren Teil dazu beitragen.

»Ich würde zu gern wissen, was dir gerade in deinem Kopf herumgeht, Babe«, raunte ihm eine Frauenstimme ins Ohr. »Oder soll ich einfach mal ein paar Vermutungen anstellen?«

Lächelnd schob Tad die Gedanken daran beiseite, wie beschissen der Tag verlaufen war, und drehte sich zu der blonden Schönheit um, die ihm womöglich doch noch ein Glanzlicht aufsetzen konnte. Bei jeder anderen Frau mit ihrem Aussehen – das Haar zu einem Knoten frisiert, dunkle Ringe unter den grün-goldenen Augen, das Shirt formlos und zerknittert über einer schlabberigen, bis zu den Knien hochgerollte Wüstentarnhose – hätte er vermutet, sie wäre gerade aus einem warmen Bett getaumelt, wo man sie gehörig flachgelegt hatte. Doch es handelte sich nun mal um Jules Kilroy, seine beste Freundin. Und die hatte in den zwei Jahren, die sie sich kannten, seines Wissens noch nie ein Date – oder mehr – gehabt.

Ihre belustigt geschürzten Lippen konnten weder über ihre Müdigkeit hinwegtäuschen noch lenkten sie von ihrer blassen, zerbrechlichen Schönheit ab. Sein Beschützerinstinkt war sofort geweckt, und er hätte sie am liebsten in die Arme genommen und fest an sich gedrückt.

Doch diesem Wunsch durfte er auf keinen Fall nachgeben, weshalb er sich ganz auf ihre amüsierte Miene konzentrierte. Die erinnerte ihn nämlich daran, warum sie sich auf Anhieb verstanden hatten, als sie schwanger und erschöpft im Restaurant seiner Familie aufgetaucht war und dringend einen guten Freund gebraucht hatte.

Ein schöner Freund war er ihr gewesen! Hastig verdrängte er den Gedanken und setzte ein freundliches Grinsen auf.

»Von dieser Jauchegrube der Verkommenheit willst du lieber gar nichts wissen. Dir würden die Haare zu Berge stehen ...«

Unauffällig nickte sie in Richtung des Ofentyps, der sich einmal mehr auf alle viere begeben hatte und wieder an der Ofenmechanik herumfummelte.

»Du denkst gerade, dass es nichts Attraktiveres gibt, als den Anblick eines ausladenden Hinterns, der aus einer Jeans hervorguckt.«

Lustig, dass sich Jules' britischer Singsangakzent, seit sie in den Staaten lebte, kein bisschen abgeschwächt hatte. Wobei es nicht so betont vornehm klang, als wäre ihr Mund mit Pflaumen gefüllt. Nein, sie hatte die Stimme eines Partygirls: ein bisschen heiser und rau, als hätte sie am Abend zuvor in einem Club stundenlang einen wummernden Bass übertönen müssen.

Bis sie sich wegen ihres Babybauchs nicht mehr so gern auf der Tanzfläche hatte austoben wollen, waren sie in der Hinsicht ein super Team gewesen. Nun hatte sie alle Hände voll mit ihrem achtzehn Monate alten Sohn Evan zu tun. Der Kleine war einfach zu knuffig, doch Jules' Augenringe bewiesen, dass man es mit ihm nicht immer leicht hatte.

Tads Handy summte, und als ein diskreter Blick darauf

ihm zeigte, dass ihn die letzte Person auf der Welt erreichen wollte, mit der er zu reden wünschte, konnte er sich ein Stirnrunzeln nicht verkneifen. Er wandte sich wieder Jules zu, die ihn neugierig ansah.

»Wie geht's der abgehalfterten Ballerina?«

Normalerweise lockten am anderen Ende der Leitung vielversprechendere Angebote, und Jules neckte ihn gern wegen seines Geschmacks des Monats.

»Der olympischen Turnerin, meinst du wohl.« Er sprach von dem zierlichen Sahneschnittchen, mit dem er in der vergangenen Woche etwas am Laufen gehabt hatte, das inzwischen allerdings schon wieder passé war.

»Zieht sie beim Beckenbodentraining immer noch alle Register?«

Er lachte. Jules und ihr loses Mundwerk. »Es hat nicht funktioniert.«

»Ach je, die Arme! Hat vom italienischen Preisrichter wohl eine schlechte Platzierung erhalten. Oder war sie im Alter nicht mehr so gelenkig? Wie alt war sie noch mal? Achtzehn, fünfzehn?«

»Zweiundzwanzig. Sie sah bloß so jung aus.«

»Taddeo DeLuca, wann wirst du dich endlich mit einem netten, drallen Mädchen häuslich niederlassen und Bambinos in die Welt setzen?«, fragte sie mit italienischem Akzent. Zusätzlich kniff sie ihm in die Wange, wie es seine Tante Sylvia gern tat, die ihre alleinstehenden Nichten und Neffen unbedingt unter die Haube bringen wollte.

Er kannte die Antwort nur zu genau. An die blonde, grünäugige Schönheit vor ihm kam einfach keine andere heran. Gerade wollte er etwas wesentlich Flapsigeres erwidern, wie etwa, dass seine Anhängerschaft bei Facebook so etwas nie dulden würde, als er sah, dass sie inzwischen anderweitig abgelenkt wurde.

Und zwar von dem Elektriker, diesem Blindgänger, der sich unterdessen schwerfällig aufgerappelt hatte und nun seine Ich-konnte-eh-nicht-helfen-Rechnung ausstellte.

»Hallöchen!« Kaum zu glauben, wie strahlend Jules ihn anlächelte.

»Äh, hallo«, erwiderte der Mann vorsichtig.

»Sieht nach harter Arbeit aus.« Jules klimperte mit den Wimpern. Ja, wirklich, sie klimperte damit!

Eigentlich hatte Juliet Kilroy mit Flirten nichts am Hut. Noch nie hatte Tad mitbekommen, dass sie einen Typen mit irgendeinem Hintergedanken, der über eine Sprite-Bestellung an einer Bar hinausgegangen wäre, angesprochen hatte. Andererseits kannte er sie ja nur entweder schwanger oder als Mutter eines kleinen Rackers, und da stand Schäkern nun mal nicht unbedingt auf dem Programm.

Doch jetzt sah es eindeutig so aus, als würde sie flirten. Mit dem Ofentyp.

»Zwei Wochen also, bis Sie dieses Teil bekommen?«, hauchte sie und kaute auf ihrer Unterlippe. Die Wangen des Ofentyps färbten sich, und er straffte sich ein wenig, was ihm Tad weiß Gott nicht verübeln konnte. Die Art, wie sie an ihren Lippen knabberte, war äußerst süß. Und irre sexy!

Der Mann, der Jules' Charmeoffensive wehrlos ausgesetzt war, legte die Hand liebkosend auf seinen Werkzeuggürtel.

Mit unschuldig aufgerissenen Augen sah Jules auf den Gürtel, als ob die Vorstellung des Gürtelstreichelns und von allem, was damit einherging, ihr gerade erst gekommen wäre. Dann ließ sie den Blick über den Körper des Ofentyps bedächtig wieder nach oben wandern.

»Was tust du?« Tad bereute die Frage sofort, da sie eher gereizt als neugierig herausgekommen war.

»Ich übe«, erwiderte sie, ohne die Augen von dem unfähigen Handwerker zu lösen. »Sie wissen gar nicht, wie dankbar wir Ihnen wären, wenn Sie dieses Teil schon früher bekommen könnten. Pizzen stehen bei uns so hoch im Kurs.« Bildete es sich Tad nur ein, oder klang ihr Akzent etwas vornehmer als sonst?

»Du übst was?« Inzwischen war es Tad egal, wie angefressen er klang.

Ohne darauf einzugehen, behielt Jules den grüngoldenen Blick auf ihr Zielobjekt gerichtet.

»Vermutlich könnte ich die Bestellung als dringlich einstufen.« Inzwischen war der Ofentyp bis zum Haaransatz rot angelaufen. »Dann wäre das Ersatzteil in ein paar Tagen da.«

»Sie sind großartig!« Sie schenkte ihm ihr strahlendstes Lächeln.

Der großartige Mann erwiderte es mit einem schüchternen Grinsen. Dann trat er den Rückzug aus der Küche an und murmelte dabei etwas von wegen, er werde so bald wie möglich Bescheid geben.

»Das wäre gebongt!« Zufrieden rieb sich Jules die Hände.

»Was zur Hölle war das denn?«, fragte Tad.

»Bekanntermaßen fängt man mit Honig mehr Fliegen als mit Essig. Möchtest du dein Ersatzteil nun oder nicht?«

Wenn das hieß, dass er so etwas noch einmal miterleben müsste, dann nein danke!

»Danke.« Sein Versuch, nicht griesgrämig zu klingen, misslang.

»Gern geschehen.« Sie verschränkte die Arme unter der

Brust, wodurch sich der Stoff ihres weiten Shirts auf eine Art und Weise an ihre Kurven schmiegte, die ihm nicht hätte auffallen dürfen. »Wo ist Long Face?«

Diesen Spitznamen hatte sie Jordie gegeben, dem Koch, der meistens mit so tieftrauriger Miene herumlief, als läge die Last der ganzen Welt auf seinen schmalen Schultern.

Besonders traurig hatte der Mistkerl allerdings nicht geklungen, als er an diesem Morgen angerufen und gekündigt hatte. Tad setzte Jules darüber ins Bild, und ihr Mitgefühl tat ihm gut.

Sie ließ den Blick durch den Raum schweifen und sah ihn dann vielsagend an, als wollte sie etwas loswerden. Gern kritisierte sie seinen miesen Umgang mit der jeweils aktuellen Flamme oder seinen rasanten Fahrstil auf seiner Harley. Als seine gute Freundin hatte sie kein Problem damit, auch mal die nervende Schwester oder die nörgelnde Glucke zu spielen.

»Spuck's schon aus.« Er war neugierig, was sie zu sagen hatte, denn ihre schnippischen Bemerkungen über seine gelegentlich nicht ganz perfekten Entscheidungen entpuppten sich oft als Highlight seines Tages.

»Kein funktionierender Pizzaofen, kein Koch, und damit kein Essen und ein Lokal, das sich demnächst mit den strengsten Kritikern der Menschheit füllen wird. Du steckst knietief in der Scheiße, Freundchen.«

Shit! In der ganzen Aufregung hatte er vergessen, das Probeessen für seine nunmehr nicht mehr existierende kleine Speisekarte abzublasen. Zum Glück bestand die ungeduldige Meute, die demnächst antraben würde, aus seiner Familie und nicht aus raubtierhaften Chicagoer Restaurantkritikern.

Zum umfangreichen Weinangebot sollte es eigentlich trendige kleine Gerichte geben. Enten-Rillette. Steinpilz- und Schalotten-Focaccia. Die erprobte Auswahl an Käse und Wurst. Sachen also, die nicht so viel Mühe machten und den Umsatz ordentlich in die Höhe trieben. Vielleicht würde er das Angebot später erweitern, doch zunächst mal wollte er sich nicht übernehmen. Für den Moment drehte sich alles um den Wein – vor allem heute, wo nun leider kein warmes Essen angeboten wurde.

Na, zumindest gab es kalte Platten. Er marschierte hinüber zum Vorbereitungsbereich und deckte ein paar der Platten auf.

»Komm, mach dich nützlich, schöne Maid«, sagte er zu Jules. »Bring dies raus, damit wir für den Einfall der Rotte vorbereitet sind.«

»Wie meinst du das, er hat gekündigt?«, fragte Jack, und Jules riss den Kopf hoch.

Jack gab sich ja gern finster und kritisch und legte jetzt, als Investor für Tads Start-up, sogar noch eine Schippe drauf. Tad hätte das Ganze lieber allein durchgezogen, das wusste Jules, hätte dann aber drei weitere Jahre warten müssen, um das Startkapital zusammenzubekommen. Manchmal musste man zur Erfüllung seiner Träume eben Kompromisse eingehen.

Ihr Bruder, Jack Kilroy, war einer dieser unglaublich erfolgreichen Gastronomen, von deren Restaurants selbst Pygmäenstämme in Neu Guinea schon gehört hatten. In den letzten Jahren hatte er sein internationales Foodimperium zusammengestutzt und sich seine TV-Verpflichtungen vom Hals geschafft, damit er sich auf seine beiden großen Leidenschaften konzentrieren konnte: auf sein Restaurant *Sarriette* in Chicago, einem wahren Feinschmecker-Mekka, und seine Frau Lili, Tads Cousine.

»Ihm ist ein Job auf einem Kreuzfahrtschiff angeboten worden«, berichtete Tad gerade von Long Face. »Der *idiota* will die Welt sehen. Ich hatte gehofft, du könntest mir für ein paar Wochen Derry überlassen, während ich mich nach Ersatz umsehe.«

Jack runzelte die Stirn. Über längere Zeit verzichtete er nur ungern auf den Souschef des *Sarriette*. Zudem argwöhnte Jules, ihr Bruder würde nicht einmal die Straße überqueren und auf Tad pinkeln, wenn der in Flammen stünde. Das Verhältnis der beiden Männer war schon immer angespannt gewesen, was wohl hauptsächlich daran lag, dass ihr Bruder ihre enge Beziehung zu Tad missbilligte. Andererseits wusste sie aber, dass Jack alles tat, damit seine Investition sich auch auszahlte.

»Wir werden uns etwas einfallen lassen«, meinte Jack nach einer Weile. »Zu essen kriegen wir also schon mal nichts. Was gibt's zu trinken?«

Tad drehte die Flasche in seiner Hand, sodass der Rest seines Publikums – Lili, ihre Schwester Cara und Caras irischer Mann Shane Doyle, der väterlicherseits ebenfalls Jacks Halbbruder war – sie sehen konnte.

»Wauwau!« Evan wand sich in Jules' Armen und schnappte nach der Flasche, auf deren Etikett ein übergroßer, freundlicher Terrier abgebildet war. In letzter Zeit war ihr Sohnemann, der Mittelpunkt ihrer Welt, besessen von Hunden. Die Buchstaben auf dem Etikett hüpften vor ihren Augen herum und ergaben wegen ihrer Leseschwäche einfach keinen Sinn. Legasthenie war echt nervig!

Tad stellte den Wein vor. »Das hier ist ein chilenischer Pinot. Intensives Fruchtbukett mit Noten von Pflaumen, vollmundig. Passt gut zu in Zinfandel braisierten Short Ribs mit Fladenbrot.« Er begegnete Jacks spitzem Blick. »Oder zumindest wird er das, wenn wir jemanden haben, der es uns bäckt.«

Tad goss Probemengen des purpurroten Weins in Stielgläser und reichte sie herum. Dann nahm er auf einem der drei vornehmen schokofarbenen Samtsofas Platz, die in der Nähe des Eingangs um einen niedrigen Steintisch platziert waren, und lächelte stolz. Wie auch nicht, dachte Jules, wo er doch schon so lange von so einem Lokal geträumt hatte und es nun so schön geworden war.

Die flackernden Votivkerzen auf den Fensterbänken tauchten den Raum mit seinen schimmernden Kirschholzmöbeln in ein gedämpftes, warmes Licht. Auf den unverputzten Ziegelwänden kamen Lilis geschmackvolle Aktfotos mit Anlehnungen an die Weinkultur zur Geltung – Models, die in provokanten Posen Trauben hielten, andere mit terrakottafarbenen Streifen auf der Haut – wie ein Liebesbrief von Mutter Natur. Sonne, Erde, Leben. Der Clou schlechthin war aber, dass die Bar von dem dahinterliegenden Weinkeller durch eine Glaswand abgetrennt war und man somit vollen Einblick hatte. Dieses deckenhohe »Fenster in die Welt des Weines«, als das der Architekt es Tad erfolgreich angepriesen hatte, nahm der Bar das Prätentiöse, das andere Bars dieser Art oft an sich hatten. Jules war begeistert.

Tad, der Jules' Blicken gefolgt war, tauschte mit ihr ein heimliches Lächeln. Diese Weinbar war sein Traum, doch nachdem er ihr schon so lange davon erzählt hatte, verspürte auch sie nun einen gewissen Besitzerstolz. Er hatte noch nie Angst gehabt, sie nach ihrer Meinung zu fragen, und sie keine, ihm diese mitzuteilen. Normalerweise über das neueste Flittchen-Supermodel, das er datete, oder seinen Klamottenstil.

Trotz aller Frotzeleien und bissigen Bemerkungen mochten sie sich wirklich sehr, und das von Anfang an.

Cara beugte sich vor, schnupperte an Shanes Glas und legte dabei automatisch die Hand auf ihren Bauch. Da sie im fünften Monat mit Zwillingen schwanger war, war der schon ziemlich riesig. Doch anstatt müde und erschöpft zu wirken, sah sie einfach blendend aus. Was wieder mal typisch war.

»Gott, wie ich das vermisse!« Cara hielt ihre Nasenspitze über das Glas und inhalierte tief.

Shane zog es weg, trank einen großzügigen Schluck und gab seiner Frau dann einen liebevollen Kuss.

»Sag nicht, ich würde mich nicht gut um dich kümmern, Mrs DeLuca-Doyle«, murmelte er und konnte die Freude darüber, sie als seine Frau bezeichnen zu können, nicht verbergen. Jules, die Evan auf dem Arm trug, drückte seinen Kopf an ihre Schulter, damit sie an ihrem Wein nippen konnte. Was war sie doch für eine Rabenmutter!

»Was sagst du dazu, Jules?«, wollte Tad wissen.

»Weich, leicht würzig.« *Wie deine Lippen.*

Nein, nein, nein! Wo, zur Hölle, war das denn hergekommen? Sie kam mit ihrer Rolle als beschäftigte Mom inzwischen doch prima klar und bemühte sich, nicht mehr an jenen schrecklichen Abend vor einem Jahr zu denken, an dem sie die Freundschaft zu Tad beinahe zerstört hätte. Ein Kuss, drei Sekunden des Entsetzens, ein Jahr des Bedauerns. Befeuert von Schlafmangel und neuen Mama-Hormonen hatte sie sich verbotenen Hoffnungen hingegeben, doch er hatte sie abblitzen lassen. Die richtige Entscheidung, wie sie zugeben musste. Zum Glück hatte ihre Freundschaft keinen bleibenden Schaden davongetragen, auch wenn sie ab und zu immer noch ein lüsterner Gedanke streifte – mit freundlicher Genehmigung von Bad-Girl-Jules.

Na, na, na, mahnte Good-Girl-Jules.

Bad-Girl-Jules kicherte frech.

Auf ihrer Schulter wurde es verräterisch feucht. Babysabber! Na, klasse. Es ging doch nichts darüber, mit einem Schlag wieder in die Realität des Mutterdaseins zurückbefördert und daran erinnert zu werden, wie eindeutig unsexy man doch war.

Sie hatte das Haus in Eile verlassen. Weiter nichts Neues. Man hatte sie schon darauf vorbereitet, wie schwierig es wurde, rechtzeitig aus dem Haus zu gehen, wenn man an alles denken musste und das Kind in letzter Minute einen Rappel bekam. Fürs Duschen und Schminken blieb sowieso keine Zeit. Auch das hatte man ihr prophezeit. Noch mal schnell kämmen? Vergiss es. Völlig zweitrangig gegenüber den Bedürfnissen des Kindes.

Normalerweise machte ihr das nichts aus, allerdings wurde das Muttersein nun, wo sie in eine eigene Wohnung gezogen war, nicht eben leichter. Die letzten beiden Jahre hatte sie im Stadthaus ihres Bruders ein paradiesisches Leben geführt und war in jeder Hinsicht unterstützt worden, auch finanziell. Anfangs hatte sich Jack mit ihr sogar Evans Betreuung geteilt, war mitten in der Nacht aufgestanden, egal, wie spät es im Restaurant geworden war, und hatte den Kleinen mit der zuvor von ihr abgepumpten Milch gefüttert. Wenn sich bei ihr Katzenjammer einstellte, hatte ihre Schwägerin Lili immer ein offenes Ohr für sie. Jules wusste, sie konnte von Glück reden, von den DeLucas so herzlich in die Familie aufgenommen worden zu sein.

Allerdings wusste sie auch, dass sie sich einsam fühlte.

Es klang so lächerlich, dieses Bedürfnis nach den Armen eines Mannes, die sie hielten. Behaarten, gebräunten, muskulösen Armen …

Einmal mehr verzauberten sie Tads Arme. Die Arme ihres guten Freundes.

Was konnte sie dafür, wenn sie das Vorbild für die Arme lieferten, von denen sie träumte? Und sie beim Abspülen von Evans Milchfläschchen an der Spüle plötzlich die Vorstellung überkam, ebendiese muskulösen und sehnigen Arme würden sie von hinten umschlingen? Vielleicht gab es ja heißere Fantasien als die, beim Schrubben einer verkrusteten Pfanne von einem Mann genommen zu werden – aber, hey, war doch toll, wenn einem die eintönige Arbeit dadurch leichter von der Hand ging! Aber musste sie dabei unbedingt an die Arme ihres Kumpels denken?

Viele Leute kannte sie in Chicago nicht, aber es reichte. Ihre neue Familie hatte kein Problem damit, als Babysitter einzuspringen, wenn sie auf einen Smoothie ins Fitnessstudio wollte oder sich als Aushilfe bei einem von Caras oder Shanes Events etwas Geld dazuverdiente. Aber jemanden kennenzulernen – einen Mann kennenzulernen – war längst nicht so einfach, wie es in London gewesen war. Damals war sie Single gewesen, kinderlos und nach ein paar Gin Tonics zu fast allem bereit. Sie vermisste diese Zeit nicht, doch sie hätte sich so gern mal wieder begehrt und gewollt gefühlt. Offen gestanden kannte sie nicht viele alleinstehende Männer. Eigentlich nur Tad.

Und der wollte genau das sein: alleinstehend.

Tad vernaschte Frauen in einem Tempo, als gelte es, ein Rennen zu gewinnen. Bei manchen der Geschichten, die er ihr erzählte, standen ihr die Haare zu Berge. Sie ermutigte ihn trotzdem dazu, und zwar zum einen, weil sie sie anturnten, und zum anderen, weil er sie so faszinierte. Er war der freundlichste, witzigste Typ, den sie kannte – und er behandelte Frauen wie Annehmlichkeiten, bis sie zu Unannehmlichkeiten mutierten. Sie mochte sich lieber gar nicht vorstellen, wie es sein musste, Tads spezielle Art der Unaufmerksamkeit zu genießen.

Doch sie hatte noch nie jemanden kennengelernt, dem seine Familie und Freunde so sehr am Herzen lagen. Nach allem, was hinter ihr lag, war eine Familie wie die DeLucas, der Tad angehörte, ihr Gewicht in *gelato* wert, und sie würde den Teufel tun und das aufs Spiel setzen.

In der Küche hatten sie herumgescherzt. Dass sie ihn nun wieder völlig relaxed wegen seines ausschweifenden Liebeslebens aufziehen konnte, war ein gutes Zeichen. Die Friendzone hatte sie wieder, und alles war gut. Und ihre gelegentlichen hormonbedingten Fantasien über seine Arme waren eben genau das: gelegentlich und hormonbedingt.

Jetzt sah er sie auf eine Alles-okay-mit-dir?-Art an, und sie bemühte sich, alles möglicherweise Verwirrt-Wuschige aus ihrem Gesichtsausdruck zu verbannen. Vielleicht sollte sie sich ja Botox spritzen lassen, damit ihre Miene nicht mehr so viel verriet?

Ihre Bemühungen scheiterten jedenfalls kläglich. Tad stand auf und streckte besorgt besagte Fantasie anregende Arme aus.

»Süße, komm, gib mir den Knirps. Entspann dich und trink was.« Er nahm ihr Evan ab.

»Was hast du gesagt?«, fragte Tad Evan und hörte genau hin, als wäre dessen Babygebrabbel genauso wichtig wie die Rede zur Lage der Nation. »Wein? Käse? Oh, einen Cracker! Schon verstanden, Buddy.«

Tad warf Jules einen fragenden Seitenblick zu. Als sie zustimmend nickte, nahm er einen Cracker von der Käseplatte und steckte ihn in Evans kleines Patschhändchen. *Seufz.* Beim Anblick der beiden ging ihr das Herz auf.

Dann gab sie sich einen Ruck und setzte für ihre Familie ein Lächeln auf. Kaum waren Jack und Shane zehn Minuten da, flachsten die beiden Brüder auch schon herum, wer den feineren Gaumen habe. Nach dem Rhythmus ihrer Neckereien hätte man die Uhr stellen können.

»Deine Geschmacksnerven sind doch von deinem hohen Zuckerkonsum längst zerstört«, meinte Jack. »Vermutlich schmeckst du nicht mal mehr Salz heraus.«

»Geschmacksknospen lassen im Alter nach«, schoss Shane zurück, der nichts auf seine Konditorexpertise kommen lassen wollte. Jack war neun Jahre älter als Shane. Die beiden Brüder hatten erst kürzlich zusammengefunden, sich aber auf Anhieb gut verstanden. Mit jedem Tag wurde die Beziehung der beiden enger, und obwohl Jules Shane supernett fand, beneidete sie die Jungs auch ein bisschen um ihr gutes und entspanntes Verhältnis. Bei ihr und Jack musste man dagegen ständig damit rechnen, dass es krachte.

»Eifersucht ist so unattraktiv, Brüderchen. Vergiss nicht, wessen Name in größeren Lettern auf dem Buchcover steht.« Jack spielte auf ihre Zusammenarbeit bei einem

Kochbuch an, das nach seinem Erscheinen im letzten Jahr direkt auf den ersten Platz der Bestsellerliste der *New York Times* geschnellt war.

»Eingebildeter Fatzke!«, murmelte Shane liebevoll und warf ein daumengroßes Goudastück nach Jack. Der fing es auf und steckte es sich grinsend in den Mund.

»Na, na, na, ihr seid beide hübsch«, meinte Lili kopfschüttelnd. Wie eine Elster, die von etwas Glänzendem angezogen wird, fuhr Jack Lili liebevoll durchs Haar, und seine Miene wurde weich.

Jules unterdrückte einen Seufzer. Es fiel schwer, sich in der Nähe solcher Erfolgsmenschen wie ihre Brüder – und deren Frauen – nicht wie eine komplette Versagerin vorzukommen.

Als Tad vorhin in der Küche von Long Face' überraschender Kündigung erzählt hatte, hatte Jules einen Augenblick überlegt, dass sie den Job doch übernehmen könnte, den Gedanken jedoch umgehend wieder verworfen. Sie war eine Amateurin unter begnadeten Profis. Ihre unbedeutenden Versuche, Pizza zu backen, Zitronen einzulegen und Biogemüse anzubauen, reichten wohl kaum aus, um in einer echten Restaurantküche zu bestehen. Shane und Jack hatten mit dem Kochen schon begonnen, bevor sie überhaupt laufen konnten, und verfügten inzwischen über jahrelange Erfahrungen. Mit ihrer Leseschwäche hatte Jules dagegen schon Probleme, Rezepte zu lesen, und überhaupt: Wer würde sich in der Zeit um Evan kümmern?

»Wir haben übrigens gute Neuigkeiten.« Cara schaffte es nicht, einen Nachmittag einfach faul mit dem Familienclan zu verbringen, der Job blieb immer im Hinterkopf. »Shane und ich haben den Auftrag für die Ausrichtung von Daniels Hochzeit im Mai nächsten Jahres an Land gezogen.«

Jeder gratulierte und hob sein Glas. Seit ihrer Gründung vor acht Monaten hatte sich *DeLuca-Doyle Special Events* zur heißesten Veranstaltungsagentur Chicagos entwickelt. Dass sie nun die Hochzeit des Bürgermeistersohns ausrichten durften, war der Hammer, andererseits machte Cara grundsätzlich keine halben Sachen.

»Bis dahin sollten die Babys schon ein paar Monate alt sein.« Schon immer hatte Jules die umwerfende blonde Frau bewundert, die so kultiviert und erschreckend kompetent wirkte. Aus ihr würde bestimmt eine Supermom. »Wie wirst du das schaffen?«

Cara lächelte. »Dieses Event wird genügend einbringen, dass wir ansonsten nicht viele Aufträge annehmen müssen. Trotzdem werden wir zu unserer Unterstützung wahrscheinlich jemanden einstellen.«

»Das werden wir allerdings!« In Shanes Miene zeigte sich liebevolle Besorgnis. Was die Arbeit anging, war Cara einfach nicht zu bremsen, und zu Shanes Leidwesen hatte sich daran auch durch die Schwangerschaft nichts geändert.

Jules fand es toll, wie die beiden einander ergänzten. So einen Partner hätte sie auch gern an ihrer Seite gehabt, einen, der sie trotz ihrer vielen Fehler liebte und ihren Sohn vergötterte, als wäre er der eigene.

Allein schon, damit man später gemeinsam darüber reden konnte, wie sich Evan in der Schule machte, ob er sich eher für Rugby oder Baseball eignete oder aber ob er in diese Achtklässlerin verknallt war. Na, sich das Elterndasein eben teilte. Doch all das würde wohl ein Traum bleiben.

Genau deshalb hatte sie Jack auch ausfindig gemacht, nachdem dieser Mistkerl Simon sie hatte sitzen lassen.

Ihr Blick wanderte zu Tad und Evan, die in eine ernste Unterhaltung über die Farbunterschiede von Gouda und Cheddar vertieft waren. Sie hatten eine besondere Bindung, diese beiden. Zu schade, dass dieser Mann sie nie auch nur annähernd so innig ansah.

So viel Talent, Tatkraft und Liebe ... Sie war den Tränen nahe. Das gutmütige Geplänkel um sie herum drohte sie nach unten zu ziehen, wenn sie auch nur noch eine Sekunde länger bliebe. Leise schlich sie sich zur Toilette davon.

Niemandem fiel es auf.

Ein Blick in den Spiegel sagte ihr alles, was sie wissen musste. Mit dem Stillen hatte sie vor ein paar Monaten aufgehört, aber die Pickel waren noch immer nicht ganz verschwunden. Völlig klar also, warum ihr Anblick für jeden jungen Mann wie ein Lustkiller wirkte. Kein Wunder, dass Tad entsetzt zurückgewichen war, als sie sich an ihn herangemacht hatte. Ach, herrje, sie sah ja aus wie ein Teenager-Albtraum!

»Hey, alles okay mit dir?«

Neben ihrem Spiegelbild tauchte das ihrer umwerfenden, kurvigen Schwägerin Lili auf, die mit ihrer makellosen olivfarbenen Haut und der dunklen Haarmähne einer jungen Sophia Loren glich. Glücklicherweise war sie innerlich so schön wie äußerlich, weshalb Jules keinen Grund fand, sie zu hassen.

»Ja, ich leg nur gerade ein Päuschen ein.«

»Manchmal kann's einem mit uns ein bisschen zu viel werden«, räumte Lili mit einem mitfühlenden Lächeln ein. »Von daher muss es toll sein, in der eigenen Wohnung abschalten zu können. Auch wenn ich mir nicht sicher bin, ob ich dir verzeihe, dass du mich allein gelassen hast und ich nun Jacks ungeteilte Aufmerksamkeit abbekomme.«

»Das liebst du doch.« Ihre Schwägerin wollte nett sein, das wusste Jules. Aber sie und Jack versuchten, ein Kind zu bekommen, da freute sie sich bestimmt darüber, nun öfter ganz spontan mit ihm schlafen zu können. Zehn Monate nach der Hochzeit wurde ihr Bruder allmählich nervös, und das umso mehr, als sein Bruder und seine Schwägerin Zwillinge erwarteten.

Die Tür flog auf, und Cara kam hereingestürmt. Mit den Händen fächelte sie ihren Hüften Luft zu und zog damit alle Blicke auf ihren riesigen Bauch.

»Na, wo drückt der Schuh?«, fragte sie Jules. Cara redete grundsätzlich nicht lang um den heißen Brei herum, und ausnahmsweise einmal wusste Jules das zu schätzen.

Es wurde Zeit, dass sie ihr Leben selbst in die Hand nahm.

Eine eigene Wohnung war der erste Schritt, und darum hatte sich Jules vor einem Monat gekümmert, als sie in Shanes alte Wohnung über dem *Ristorante DeLuca* gezogen war. Vor dem nächsten Schritt hatte sie einen Riesenbammel, aber sie musste ihn tun. Dazu würde sie die Unterstützung ihrer Freunde und Familie brauchen, vor allem die der Frauen vor ihr.

Zittrig holte sie Luft und blies sie wieder aus.

»Ich werde wieder mit Daten anfangen.«

Cara riss die Augen auf. »Hey, das ist ja fantastisch! Wann immer du Hilfe brauchst, bin ich für dich da. Ernsthaft.«

»Das wird so ein Spaß, Süße«, fügte Lili mit einem schelmischen Lächeln hinzu.

Jules seufzte erleichtert auf. Sie hatte gewusst, dass die beiden sie unterstützen würden, aber es wärmte ihr Herz, es bestätigt zu bekommen.

Cara tippte bereits auf ihrem Handy herum. »Es gibt so viele Möglichkeiten. Wir erstellen einfach mal ein paar Onlineprofile und schauen dann zu, wie die Kerle auf den Knien angerutscht kommen.«

»Du wirst ein Foto brauchen. Was echt Glamouröses.« Lili legte die Fingerspitzen zu einem Viereck zusammen und betrachtete Jules durch ihren imaginären Sucher. »Wir werden ein Foto von dir machen, auf dem du megaglamourös aussiehst!«

Huch, das ging ja schneller als gedacht! Aber es fühlte sich so gut an, endlich aktiv zu werden. Wie lange war es her, dass sie sich auch nur im Entferntesten glamourös gefühlt hatte? Oder aktiv? Es wurde Zeit, das Leben an den Eiern zu packen, vorzugsweise solchen, die zu einem heißen Typen gehörten, der sie behandelte, wie sie es verdiente.

Die drei überlegten, was für Jules' Start in die Datingwelt alles nötig war. Salontermine, Shoppingexkursionen, Beschreibung des Wunschpartners … Jules unterdrückte ein hysterisches Kichern. O Gott, sie zog das tatsächlich durch!

Und ihr Bruder würde durchdrehen. Sie fragte sich, was andere davon halten würden, doch diesen Gedanken schob sie schnell wieder beiseite.

Die Vorstellung von Jacks Reaktion dämpfte ihre Freude ein bisschen. »Kann das bitte erst mal unter uns bleiben? Irgendwie habe ich so das Gefühl, mein Bruderherz wird das nicht ganz so locker aufnehmen wie ihr.« Sie legte die Hand auf den Griff der Toilettentür und zog sie auf.

Cara schnaubte. »Als ob ihn das was anginge!«

Nachdem auf Lilis Stirn kurz eine vertraute Sorgenfalte erschienen war, zwinkerte sie Jules verschwörerisch zu. »Mach dir wegen Jack keinen Kopf. Dem bringe ich das später schonend bei.«

Mit einem dankbaren Lächeln öffnete Jules die Tür noch ein Stück und entdeckte – *Mist, verdammter!* – ihren Bruder dahinter, dessen Stirn sich unheilvoll verdunkelt hatte.

Natürlich.

»Mir beibringen? Was denn?«

2. Kapitel

Zu blöd, dass sie diese Unterhaltung nun aus der Defensive heraus führen musste.

Keiner sagte ein Wort, während sich die ohnehin schon knisternde Spannung in der Luft angesichts Jacks Missbilligung noch weiter auflud.

»Könnte mir vielleicht jemand erklären, was mir schonend beigebracht werden muss?« In einem dieser Ich-rühre-mich-nicht-vom-Fleck-Moves verschränkte ihr Bruder die Arme vor der Brust.

Jules hielt mit einem unbeeindruckten Achselzucken dagegen. »Ich fange wieder mit dem Daten an.«

Jacks grüngoldene Augen – das einzige Merkmal, das beide von ihrer verstorbenen Mutter geerbt hatten – verengten sich zu Schlitzen. »Und du dachtest, damit würde ich nicht umgehen können?« Über ihre Schulter hinweg bedachte er auch Lili und Cara mit einem zornigen Funkeln. »Ihr alle dachtet das?«

Beinahe meinte Jules, die Frauen hinter ihr nicken zu hören, und, eigenartig hoffnungsvoll, nickte auch sie.

»Nun, da hattet ihr recht!«, brüllte ihr Bruder. »Bist du etwa deshalb ausgezogen? Damit du deine Dates mit in deine Wohnung schleppen kannst?«

Das wurmte ihn also immer noch. Jacks Reaktion auf ihre Ankündigung, dass sie ausziehen werde, war das perfekte Beispiel dafür, warum sie diese Datingidee eine Weile für sich hatte behalten wollen. Ständig sorgte er sich um sie und machte um Evan einen Riesenzirkus. Doch sie musste auf eigenen Füßen stehen.

»Ich bin ausgezogen, damit ich etwas mehr Privatsphäre habe, aber ich werde keine Dates mit nach Hause nehmen.« So etwas würde sie niemals tun, wenn Evan in der Nähe war, und dass Jack das dachte, stank ihr ganz schön. Wütend marschierte sie an ihm vorbei zur Bar zurück und hörte, wie die anderen ihr folgten.

Sie nahm Tad Evan ab und drückte ihren Sohn fest an sich.

Tad bemerkte ihre finstere Stimmung und runzelte die Stirn. »Jules, alles okay?«

»Juliet Kilroy, warte mal eine Sekunde.« Jack. Immer noch Jack. Ihr Bruder strich sich mit den Fingern durchs Haar, was er immer tat, wenn er sich höllisch ärgerte. Wenn sie daran dachte, wie viel Mist sie im Laufe der Zeit verzapft hatte, wunderte es sie, dass er überhaupt noch Haare auf dem Kopf hatte. »Wo willst du jemanden kennenlernen? Willst du in Bars herumhängen? Und dort Männer aufgabeln?«

Vor Wut brachte sie kein Wort heraus. Allerdings schien Jack auch gar keine Antwort zu erwarten. Er war viel zu sehr damit beschäftigt, sich seine Fragen im Kopf selbst zu beantworten.

Er wandte sich an Lili. »Hilf mir auf die Sprünge, Schatz.«

»Oh, du kommst doch ganz gut allein zurecht«, erwiderte diese mit erhobener Augenbraue, was Jules zum Lachen gereizt hätte, wenn ihr das Herz nicht bis zum Hals geschlagen hätte. Es hatte Zeiten gegeben, da hatte sie in Pubs bedenkenlos Typen angebaggert und sich von ihnen ein paar Drinks spendieren lassen. Damals hatte sie keine sehr hohe Meinung von sich. Der Spruch, dass man die Männer genauso benutzte wie diese sie, war das Mantra tougher, gebrochener Frauen überall.

Jetzt bloß locker bleiben! »Ich dachte mir, ich mach's ein bisschen systematischer. Mit Onlinedating.«

»Du fängst zu daten an?« Shane schenkte ihr ein solidarisches Lächeln. »Find ich gut!«

Sie dankte ihm mit einem Blick. Bevor sie diesen zu Tad wandern ließ.

Der den Mund zum Sprechen öffnete, aus dem jedoch wie durch einen abgefahrenen Bauchrednertrick stattdessen Jacks Stimme erklang.

»Jetzt ermutige sie doch nicht noch!«, fuhr er Shane an.

Okay, es wurde Zeit, schwerere Geschütze aufzufahren. »Jack, du bist glücklich. Shane ist glücklich. Ihr seid alle so glücklich.« Ihr Blick huschte zu Tad, der glücklich war, solange es im Großraum Chicago noch genügend Nachschub an Frauen gab. »Ich möchte jemand Nettes kennenlernen. Dieses Etwas finden, das ihr alle schon habt.« Sie hielt dem Blick ihres Bruders stand und nahm seine Halsschlagader ins Visier. »Ist das so verkehrt?«

»Nein, natürlich nicht.« Jack klang entnervt, doch auch ein wenig zerknirscht.

»Ich möchte, dass du glücklich bist. Das tun wir alle«, fuhr er fort. »Mir will nur nicht in den Kopf, wie du das Daten *beschließen* kannst. So läuft das normalerweise doch nicht. Die Liebe trifft einen, wenn man es am wenigsten erwartet.«

»Manchmal im wahrsten Sinne des Wortes«, bemerkte Lili. Bei ihrer ersten Begegnung mit Jack hatte sie ihm nämlich gleich mal eins mit der Bratpfanne übergebraten. Sie strich ihrem Mann beschwichtigend über den Arm. »Bei uns hat das funktioniert, Jack, aber das muss man ja nicht dem Zufall überlassen. Oder dabei eine Gehirnerschütterung in Kauf nehmen.«

Jules spürte Tads intensiven Blick, doch als sie sich zu ihm wandte, verzog er den Mund zu einem Grinsen.

»Du übst?«, fragte er lautlos, und sie hätte am liebsten die Augen verdreht. Okay, sie hatte ihre Flirttechnik an dem Reparaturheini ausprobiert, und es hatte geklappt. Für den Fall eines Falles war das doch gut zu wissen!

Jack hatte sich noch immer nicht eingekriegt. »Da ist das letzte Wort noch nicht gesprochen. Ich habe dir nur deshalb gestattet auszuziehen, weil Shane gleich gegenüber wohnt und ein Auge auf dich haben kann.«

Er hatte ihr *gestattet* auszuziehen? Hallo?

»Jack, das ist allein meine Entscheidung. Ich würde mich über deine Unterstützung freuen, aber wenn ich daten will, tu ich das mit oder ohne deinen Segen.«

Ihr Bruder sah aus, als hätte er einen ganzen Zitronenbaum verschluckt. Ihr doch egal! Wenn sie Schwung in ihr Leben bringen und ihrem Alltagstrott entkommen wollte, dann musste sie etwas unternehmen – egal was! Talente besaß sie keine, keine Skills, keine besonderen Begabungen. Sie hatte nur ihre Familie, ihren niedlichen Sohnemann und das Bedürfnis, jemandes Ein und Alles zu sein.

Ihr entschlossener Ton schien alle zu überraschen, doch noch stand Tads Urteil darüber aus. Seine Arme – sexy, gebräunt und behaart – hatte er vor seiner breiten Brust verschränkt. Der Brust, an die sie an unzähligen Abenden den Kopf geschmiegt hatte, während er ihr bei einem weiteren hormonellen Nervenzusammenbruch Trost spendete.

Als sie wieder seinen Blick auffing, hatte er die belustigte, sardonische Miene aufgesetzt, auf die er ein Patent besaß. Damit war eigentlich alles klar. Sie waren gute Freunde.

Und genauso sollte es sein.

Tad schloss die Tür zum Haus seiner Eltern auf und schob sie auf. *Das Haus seiner Eltern.* Selbst nach fast zehn Jahren betrachtete er es noch als das. Es würde immer das Heim von Vivi und Rafe DeLuca sein – und er immer ein Eindringling. Wie auf ein Stichwort hin summte sein Handy, und diesmal ging er dran. Die gefürchtete Unterhaltung mit seiner Schwester Gina konnte er nicht mehr länger hinausschieben.

»Hey, G, wie läuft es in Florida?«

»Hier laufen immer noch jede Menge heiße Kubaner und runzlige alte Knacker herum.«

Im vergangenen Jahr war sie mit ihrem Mann David in sonnigere Gefilde gezogen, als der in Miami einen Job als Manager im *Ritz* angeboten bekommen hatte. Obwohl sie unglaublich nervig war, vermisste Tad sie.

»Wir müssen uns über den Verkauf des Hauses unterhalten. Kein schönes Thema, ich weiß, aber wir brauchen das Geld – und du auch.«

Nun kam ihm wieder, dass er sie doch gar nicht mal so vermisste. Nach dem Tod ihrer Eltern hatte sie das halbe Haus geerbt, und da er sie nicht ausbezahlen konnte, war's das dann wohl. Zum Verkauf zwingen würde sie ihn zwar nicht, lag ihm damit aber bei jedem Anruf in den Ohren.

Es gab Tage, da war er ihrer Meinung, für gewöhnlich zur Zeit des Jahrestags, wenn seine Erinnerungen und Schuldgefühle ihn zu überwältigen drohten. Doch allmählich lernte er damit umzugehen – ein paar Tage darauf und etliche Kater später erholte er sich davon und beschloss, im nächsten Jahr würde es besser laufen. Dennoch, es hatte einen bitteren Beigeschmack, das Haus aufzugeben und damit die letzte Verbindung zu seinen Eltern zu kappen.

Ein Spritzer Farbe, ein paar moderne Möbelstücke als Ersatz für das schwere Eichenholzmobiliar, das ihre Mutter von ihrer Mutter geerbt hatte und das er hatte zwischenlagern lassen, bevor Gina überhaupt piep hatte sagen können – dazu noch die Familienfotos auf ein vernünftiges Maß reduzieren, und es ließe sich darin aushalten. Nicht, dass er die Erinnerungen an seine Eltern aus seinem Leben verbannen wollte, das Haus sollte nur nicht mehr so geisterstadtartig wirken. Er hätte es auch vermieten und anderswo wohnen können, aber, im Ernst, es bot sich einfach an, darin zu wohnen. Zum *Vivi's* war es nur ein Katzensprung, was auch für seine Stammkneipe, das *O'Casey's Tap*, galt. Zudem wohnte er somit nur ein paar Blocks von Jack und Lili entfernt, in der Nähe von Cara und Shane und in Reichweite von Jules.

Im Haus war es so stickig, dass er die Hintertür öffnete, um frische Luft hereinzulassen. Zwischen dem Terrassenpflaster wucherte das Unkraut, und der Rasen kämpfte ums

Überleben. Jedes Jahr nahm er sich fest vor, den Kräutergarten seiner Mutter zu neuem Leben zu erwecken, doch jeder Frühling verstrich ergebnislos.

»Sobald die Bar gut läuft, nehme ich eine Hypothek auf und zahle dich aus. Nur noch ein paar Monate.« Natürlich konnte er mit der Bar auch baden gehen. Es konnte schlechte Kritiken geben, und vielleicht fand er nie einen anständigen Koch, und aus den kleinen Snacks zum Wein würde nichts.

»Wir wollen bald ein Kind kriegen«, flötete ihm seine Schwester ins Ohr. »Und wir könnten die Kohle wirklich gut gebrauchen. So viel Geld verdient David nämlich nicht, und das Leben hier ist nicht gerade billig.«

Vielleicht sollte sie ja einfach damit aufhören, immer noch jeden Abend wie ein Teenager um die Häuser zu ziehen. Daran hatte sich nämlich auch nach der Heirat nichts geändert.

Da er Hunger hatte und wusste, im Kühlschrank herrschte gähnende Leere, riss er den Schrank daneben auf, schluckte schwer und schloss ihn schnell wieder. Er hatte völlig vergessen, dass er tabu war: Das letzte Geschenk seines Vaters stand darin, eine Flasche Bordeaux.

Gina seufzte in die Stille hinein. »Hast du je daran gedacht, es könnte ... du weißt schon ... gesünder sein auszuziehen?«

Er hielt inne, um der Frage die Aufmerksamkeit zu schenken, die sie Ginas Meinung nach verdiente, auch wenn er die ganze Zeit über wusste, dass die Antwort deshalb nicht anders ausfallen würde. »Gib mir einfach ein bisschen Zeit, okay?«

Sie plauderten noch über dies und das, und er beendete

das Gespräch mit dem Versprechen, sie in den kommenden Monaten zu besuchen *(unwahrscheinlich)* und sie über besagte Hypothek auf dem Laufenden zu halten *(nicht so bald)*.

Aus Mangel an Essbarem bestellte er sich telefonisch einen italienischen Salat und eine kleine Pizza. Er hatte zu viel Pasta im *Ristorante DeLuca* gegessen, dem Lokal seines Onkels Tony, wodurch die Work-outs im Fitnessstudio nun anstrengender ausfielen als zuvor. Beim nächsten Mal würde er die Geschwindigkeit auf dem Laufband um eine Stufe erhöhen. Vielleicht würden die Work-out-Endorphine ja den Schock über Jules' Ankündigung auch ein bisschen abmildern können.

Sie wollte also daten. Nun, das juckte ihn kein bisschen.

Warum aber hätte er sich dann am liebsten einen Stuhl gegriffen und ihn gegen die Glaswand seines brandneuen Weinkellers geschleudert? Sie waren gute Freunde, und er sollte sich für sie freuen.

Tja, weil es da draußen Freaks gab, Psychopathen, die das Internet nach arglosen Frauen durchkämmten, die die Barszene satthatten. Wenn sich Jules bei einer dieser christlichen Datingsites anmeldete, dann hätte sie vielleicht eine Chance, dass der Typ mehr als nur Mord oder den Wunsch, ihr an die Wäsche zu gehen, im Sinn hatte. Die Aussichten waren allerdings auch da trüb, da eine Frau wie Jules selbst den Papst in Versuchung geführt hätte, sein Gelübde zu brechen.

Ausnahmsweise einmal befand er sich mit Jack auf einer Wellenlänge, was Jules anging. Wenn sie auf normalem Weg jemanden kennenlernte, dann war das eine Sache, doch diese Onlinedating-Geschichte wirkte brandgefährlich! Die Männer, die sich auf ihre Anzeige – oder wie auch immer man das nannte – reagierten, würden doch mitkriegen, wie wehrlos sie ihnen ausgeliefert war!

Jules verströmte einen Duft von Hilflosigkeit und von so gottverdammter Süße, dass jeder Perversling da draußen imstande wäre, ihn durch seinen Laptop zu riechen. Diese Kerle würden nur so Schlange stehen, um dieses umwerfende Sahneschnittchen in die Finger zu kriegen.

Sie brauchte seinen Schutz. Wofür waren Freunde schließlich da?

Er griff nach seinem Telefon und wählte ihre Nummer. Es dauerte eine Weile, ehe sie abhob, vermutlich, weil Evan ihre Haare mal wieder im Würgegriff hatte.

»Hi«, meldete sie sich schließlich atemlos.

»Hey!«, erwiderte er, selbst ein wenig atemlos, auch wenn er keine Ausrede dafür hatte. *Muss dringend mal wieder ins Fitnessstudio.* »Störe ich gerade?«

»Hab gerade den Satansbraten gebadet, vormals bekannt als Evan. Ich glaube, die neue Wohnung ist ihm noch ein wenig suspekt. Zwar wird eigentlich *er* früh ins Bett gesteckt, aber *ich* bin es, die völlig fertig ist.«

»Ein Glas Wein, und die Welt ist wieder in Ordnung.«

»Oh, dann erzählen Sie mal, Herr Meistersommelier, was funktioniert bei einem Kind wie ihm besser – ein guter Cabernet oder ein fruchtiger Pinot Gris?«

»Der Cab, aber wenn du den Evan gibst, wird das als Kindesmisshandlung angesehen. Sieh also zu, dass du ihn selber trinkst. Danach betrachtest du all seine Mätzchen durch eine rosarote Brille.«

Er konnte hören, wie sie lächelte. »Na, und was gibt's nun?«

Du hast vor, wieder mit Männern auszugehen, verdammt, das

gibt's! »Wie kommt es, dass du mir gar nichts von diesem Datingkram erzählt hast?«

Mit ihrer Antwort zögerte sie gerade so lang, dass er argwöhnisch wurde. »Das war ein spontaner Entschluss. Jack hat zufällig mitbekommen, wie ich das mit den Mädels bequatscht habe, und ist gleich an die Decke gegangen. Warum? Brauche ich dein Okay dazu?«

Ja! »Na, brauchst du dazu denn gar nicht meine Unterstützung?«, fragte er, ganz locker-flockig, und hasste es unendlich, dass sich die Dinge zwischen ihnen im letzten Jahr verändert hatten.

»Mit deinem Machogehabe würdest du doch jeden anständigen Kerl verscheuchen«, schnaubte sie. »Wann immer wir mal einen trinken oder tanzen gegangen sind, hat sich niemand in meine Nähe getraut, weil in deiner Miene immer überdeutlich ein ›Fuck off!‹ zu lesen stand.«

Das war ihr also aufgefallen? »Das geschah nur zu deinem Besten! Solange du mit mir zusammen warst, dachten sie, du würdest zu mir gehören.«

Das Wort hing zwischen ihnen, gewichtig und bedeutungsschwanger. Er hielt das Mikrofon seines Handys zu, damit sie sein schweres Schlucken nicht hören konnte.

»Echt jetzt, deswegen rufst du an? Um wie mein Bruder in meinem nicht vorhandenen Liebesleben rumzuschnüffeln?«

Genau das sollte es bleiben: nicht vorhanden. »Eigentlich rufe ich an, um rauszufinden, was du morgen zur Mittagszeit treibst.« Noch konnte sie unmöglich den passenden Datingpartner gefunden haben.

»Ich wollte ins Fitnessstudio. Frankie hat angeboten, sich ein paar Stunden um Seine Durchlaucht zu kümmern.«

Sie klang ein wenig unbehaglich, vermutlich weil sie meinte, etwas von ihrem Schwangerschaftsspeck verlieren zu müssen. Dabei fand er, dass sie mehr als gut aussah. Doch war das die Art von Argument, mit der ein Mann nicht gewinnen konnte, vor allem dann nicht, wenn diesem Mann die tolle Figur seiner guten Freundin eigentlich egal zu sein hatte.

»Lass ihn ausfallen.«

»Was?«

»Deinen Besuch im Fitnessstudio, und komm stattdessen in die Bar. Du hast gesagt, du würdest mehr über Wein lernen wollen, und ich muss an meinem Geschwafel feilen.« Schwacher Versuch, aber was auch immer.

»Gehen dir die Sprüche aus, hm? Und du musst dir ein paar neue Anmachsprüche zurechtlegen?«

»Mein Weingeschwafel, Klugscheißerin.« Er leckte sich die Lippen, da er sich unerklärlicherweise nervös fühlte. Wenn sie nicht kommen konnte, dann eben nicht. Kein Ding.

Er hörte ihr Zögern. »Ich kann nicht viel trinken. Inzwischen vertrage ich kaum noch was.«

»Du kriegst schon keinen Schwips. Wir machen eine ganz professionelle Verkostung daraus, und du darfst alles wieder ausspucken.«

Sie lachte, rau und heiser. Ein warmer Schauer lief ihm über den Rücken. »Mein lieber Schwan, deine Sprüche müssten wirklich mal aufpoliert werden. Okay, wir haben ein Date!«

3. Kapitel

»Zuerst müssen wir dir ein Profil erstellen.«
Cara schlug eine Mappe auf, und Jules schielte kurz zu Lili, die die Augen verdrehte und zugleich eine Augenbraue hochzog. Berüchtigt für ihr Organisationstalent fing Cara grundsätzlich kein Projekt ohne eine Mappe und einen übermäßigen Vorrat an Büroartikeln an. Die anderen machten sich gern lustig darüber.

Sie saßen an einem Tisch in der Saftbar im Fitnesszentrum von Wicker Park und versuchten nach einer Zumbastunde, die Jules alles abverlangt hatte, wieder zu Atem zu kommen. Cara hatte Jules gedrängt, sich in Form zu bringen und Datinggewicht zu erlangen. Jules hatte sich eine Bemerkung verkniffen, da sie wusste, dass es für eine Frau, die sich früher über ihre Dominanz- und Unterwerfungsbeziehung mit ihrem Stairmaster definiert hatte, schwer sein musste, während ihrer Schwangerschaft nicht das übliche Trainingsprogramm durchziehen zu können. Seitdem sie sich ihre komplizierte Beziehung zu ihrem Körper eingestanden und von ihrer Magersucht erholt hatte, war Cara lockerer drauf, hielt sich aber immer noch gern im Fitnessstudio auf. Dass sie es nun als Hauptquartier für die Organisation der Operation »Jules wird verkuppelt« einsetzen konnte, war Balsam für ihre Seele.

»Ich habe den Muskeltonus einer Achtjährigen«, seufzte Lili traurig und kniff sich in die weiche Haut ihres Oberarms.

Jeder ähnlich tonuslose Muskel in Jules' Oberschenkeln pochte, allerdings auf völlig unsinnliche Art. Bereit, von einer höheren Macht heimgeholt zu werden, legte sie den Kopf auf ihre verschränkten Arme.

»Bringt mich um!«

»Oh, jetzt werde mal nicht dramatisch«, stöhnte Cara, die Dramaqueen schlechthin. »Es steht Arbeit an!«

Jules grunzte, was Cara als ihr Einsatzzeichen betrachtete.

»Ich habe mal ein bisschen recherchiert.« Sie übersprang eine erschreckend komplex wirkende und mit mehrfarbigen Kreisdiagrammen ausgestattete Tabelle und schlug die Mappe ein Stück weiter hinten auf. »Die erfolgreichsten Profile haben alle gewisse Gemeinsamkeiten.«

»Wie etwa ...?« Jules hob den schweren Kopf.

»Wie etwa, dass Blondinen die Nase vorn haben.«

»Schon mal ein Punkt für mich. Na, und wie gut, dass Lili trotzdem einen abgekriegt hat.« Sie lächelte ihre Schwägerin an, die sich mit der Hand durch das widerspenstige dunkle Haar fuhr, das durch die Zumbaübungen noch wilder aussah als sonst.

Cara lächelte spitzbübisch. Blondinen der Welt, vereinigt euch!

»Die besten Profile verwenden Ausdrücke wie ›Spaß haben‹, ›unbeschwert‹ und ›Reisen‹. Echt schockierend, wie reiselustig die Onlinedating-Community ist.«

»Ein Wunder, dass überhaupt jemand noch Zeit fürs Daten hat, wenn sie immer unterwegs sind«, bemerkte Lili trocken, bevor sie einen Hustenanfall bekam. Sie trank einen Schluck von Caras grünem Proteinshake und verzog das Gesicht.

Ohne darauf einzugehen, haute Cara mit Schwung in die Tasten. »Lebenslustiges Girl, das lebt, um zu lachen, zu reisen und das Leben bis auf den letzten Tropfen auszukosten.«

»Klingt schmerzhaft«, murmelte Jules.

»Ich suche den Mann, der das Feuer in mir entzündet«, tippte Cara weiter, ohne von der klugscheißerischen Bemerkung Notiz zu nehmen, »und mich zum Erglühen bringt.«

»Brandstifter mögen bitte ihr eigenes Benzin und Streichhölzer mitbringen«, ergänzte Lili, wofür sie von Jules ein Lachen und von Cara einen wütenden Blick erntete.

»Es ist wichtig, sich was zu trauen«, versetzte Cara steif. »Und mit seinen Wünschen nicht hinterm Berg zu halten!«

»Woher weißt du das alles?« Dafür, dass Jules ihre Ankündigung erst tags zuvor gemacht hatte, wirkte Cara erstaunlich gut vorbereitet.

»Letztes Jahr war ich drauf und dran, mich auf Männerjagd zu begeben, bin kurz davor aber noch gegen eine irische Ziegelmauer namens Shane gerannt.« Sie lächelte schüchtern.

»Eine Eheschließung im betrunkenen Zustand mit einem völlig Fremden in der Stadt der Sünde würdest du also nicht empfehlen?«

»Es hat funktioniert!« Als wäre sie die heilige Muttergottes, berührte Cara ehrfürchtig ihren Bauch, »aber so was klappt nur in einem von einer Milliarde Fällen.« Seitdem Cara Shane kennengelernt und sich während der Annullierungsphase ihrer Ehe in ihn verliebt hatte, hatte sie sich in einen ganz schönen Softie verwandelt.

Während Cara rasch noch Jules' Maße eingab, warf diese einen Blick auf den Bildschirm. Wie üblich bewegten sich die Buchstaben darauf und veränderten sich vor ihren Augen, insofern war es gut, dass sie den Text bei ihren Freundinnen in guten Händen wusste. Zahlen waren allerdings kein Problem. Fünfundzwanzig Jahre alt, Zipcode sechs null sechs zwo zwo …

»Du hast meine Größe mit einem Meter siebenundsechzig angegeben. Dabei bin ich einen Meter sechsundsiebzig.« Eigentlich eher sogar noch mehr. Es war immer ein Albtraum gewesen, Männer zu finden, die größer waren als sie.

»Nein, online bist du das nicht. Große Frauen schüchtern die Kerle ein. Fang so an, wie du weiter verfahren willst.«

»Indem ich lüge?«

»Es biegt doch jeder die Wahrheit zurecht. Fertigt ein Bild von sich zu seinen Bestzeiten an …«

»Oder zu den Zeiten, in denen man am kleinsten war«, ließ sich Lili vernehmen.

»Jeder rückt sich ins rechte Licht«, fuhr Cara unbeirrt fort. Sie sprach eindeutig aus Erfahrung. »Du kannst dein Inneres nicht schon vorab offenlegen, nicht in so einem Forum. Insofern: Erst mal nicht in die Karten schauen lassen! Wenn du ihn dann am Haken hast, zieh ihn an Land und gib ein wenig mehr über dich preis. Da heißt es dann, gut abwägen, aber wir stehen dir ja zur Seite. Tägliche Berichte, bitte!«

Das klang alles so kompliziert und ein bisschen betrügerisch, auch wenn das mit dem Zurechtbiegen der Wahrheit ins Schwarze traf. Das hatte es in London zuhauf gegeben. Bad-Girl-Jules war ein Pro darin, ihr wahres Ich vor den Mistkerlen zu verbergen.

»Was ist eigentlich mit den Typen hier in der Muckibude?« Auf der Suche nach einem Versuchskaninchen für Jules' großes Datingexperiment ließ Lili den Blick durchs Fitnessstudio wandern. »Oh, da ist Tad!«

Yep, da war er.

Der italienische Adonis lag im rückwärtigen Bereich des Studios ausgestreckt auf einer Bank und stemmte Gewichte, als wären es Streichhölzer. Heiliger Channing Tatum, man sehe sich nur diese Unterarme an! Ganz zu schweigen von seinen starken, muskulösen Schenkeln, die sich bei jeder geschmeidigen Bewegung gegen den Saum seiner Shorts spannten. Dazu noch der Anblick seiner glänzenden olivfarbenen Haut und die Brusthaare, die über dem Halsausschnitt seines Tanktops hervorlugten ... und ihr Puls raste.

Ein Blick auf Tad DeLuca: Das war Kardiotraining, ohne dass man seinen Hintern zu bewegen brauchte.

Ein kesses Gym-Bunny – das garantiert nur zwei Prozent Körperfett aufwies – trabte an und ließ sich nieder, um der Show beizuwohnen. In wenigen Sekunden gesellte sich ein weiteres dazu. Und noch eins. Es war, als gäbe es ein Nest davon. Als Tad die Gewichte ablegte, kam es zu einem kleineren Handgemenge, wer von ihnen ihm das Handtuch reichen durfte.

»Siehst du irgendwas, das dir gefällt?«, erkundigte sich Lili mit einem dreckigen Grinsen.

»Zickenkriege sind immer unterhaltsam«, erwiderte Jules, ohne auf Lilis Anspielung einzugehen. Nachdem Tad die Bank abgewischt hatte, wie es sich für einen guten Gym-Besucher gehörte, gestattete er seinen Bewunderinnen großzügig, ihm kurz zu huldigen, bevor er in Richtung der Duschen entschwand.

Nachdem sie einen großen grünen, von Lust durchsetzten Neidklumpen hinuntergeschluckt hatte, wandte sich Jules wieder an Cara, die sich geschickt durch die Menüoptionen klickte.

»So, und wie sieht dein Traummann nun aus?«

Diese Frage war schon mehr nach Jules' Geschmack, und sie hatte sich auch schon so ihre Gedanken darüber gemacht. »Keine falschen Zähne. Keine Toupets. Nichts Hochtrabendes wie Schauspieler oder Dichter. Vielleicht jemand, der einem Handwerk nachgeht.«

»Okay, du setzt die Messlatte erst mal niedrig an«, meinte Cara argwöhnisch. »Ein Automechaniker? Ein Zimmermann? Möchtest du Jesus daten?«

Einen emotional intelligenten und einfühlsamen Typen würde sie einem Spitzenrechtsanwalt oder Hirnchirurgen an jedem Tag in der Woche vorziehen. Schlauköpfe jagten ihr Angst ein.

»Worum geht's dir?«, fuhr Cara fort. »Kameradschaft, Freundschaft, Ehe?«

»Soll ich das etwa preisgeben? Ich dachte, wir würden die Wahrheit frisieren.«

»In dem Punkt nicht«, erwiderte Cara ernst. »Dein Erscheinungsbild ist die eine Sache, aber was du von der Beziehung erwartest, ist wichtig, damit die richtigen Matches dabei rausspringen. Wenn du auf eine feste Beziehung aus bist, dann willst du mit keinem Mann zusammen sein, der sich erst mal noch nicht festlegen will.«

Seit ihrer Schwangerschaft mit Evan war Jules zum Good Girl mutiert. Schluss damit, sich auf einer Party als Mutprobe bis auf die Unterwäsche auszuziehen oder eine neue Bekanntschaft für Doktorspielchen in eine dunkle Gasse zu ziehen. Kein selbstzerstörerischer Drang mehr, sich körperlich gut zu fühlen, weil das ihre Mängel im Lesebereich ausglich. Bad-Girl-Jules gehörte der Vergangenheit an.

Ihr kleines Söhnchen würde immer ihre Nummer eins sein, aber wäre es nicht nett, jemanden zum Reden zu haben, wo Potenzial zu mehr bestand? Eine Chance, sich in Schale zu werfen, in flackerndem Kerzenlicht bewundert zu werden? Die große Lovestory, wie die Mädels mit Shane und Jack sie hatten, erwartete sie ja gar nicht. Wie Cara schon gesagt hatte, so etwas gab es in einem von einer Milliarde Fällen, und sie hatte ihre Quote an wilder Leidenschaft schon erfüllt, als sie mit Evans Vater auf die Nase gefallen war.

Simon war ihre große Liebe gewesen, und was hatte ihr das eingebracht? Evan, ja, und sie würde keinen Tag mit ihm hergeben wollen, doch hatte sie sich dadurch auch einen gigantischen Liebeskummer eingehandelt. Von der Art, die noch so viele Kekse und noch so viel Eis nicht beheben konnten.

Vor allem aber musste sie darüber hinwegkommen, in ihren Kumpel verknallt zu sein. Was für ein Klischee! Die einsame, alleinstehende Mutter, die sich nach dem begehrtesten Junggesellen Chicagos verzehrte! Tad war ein echter Bad Boy, Hottie und Herzensbrecher. Auf sein gutes Aussehen und seine Fertigkeiten mit einem Cocktailshaker wurden Lobgesänge verfasst. Die Frauen liebten ihn, die Männer würden ihm gern eine verpassen. Und während ihres Augenblicks der Schwäche – dem Vorfall – hatte er ihr unmissverständlich klargemacht, dass er nie, nicht mal in einer Million Jahren, auf *diese* Art an sie denken würde.

Durch das Daten würde sie empfänglicher für eine Nicht-Tad-nicht-Simon-Welt werden. Augenblicklich führte sie ein ziemlich abgeschottetes Leben. Sie verbrachte ihre ganze Zeit mit der Familie und hatte gleichzeitig immer diese verlockende Fantasie ihrer Träume vor Augen, die Sehnsüchte weckte. Sie brauchte neue Leute und Männer um sich herum!

»Zunächst mal nur Kameradschaft. Einen netten Kerl zum Reden …«

»Der handwerklich geschickt ist«, beendete Lili den Satz.

»Warum setzen wir nicht gleich hinzu: der im Keller seiner Mutter wohnt?«, mokierte sich Cara. »Bei Schmeck-Donald am Fließband arbeitet? Der bei *Dungeon and Dragons* Zauberer im hundertsten Level spielt?«

»Mehr als zwanzig gibt's nicht«, wandte Lili ein, und auf Jules' neugierigen Blick hin setzte sie hinzu: »Im College war ich mal mit einem Zocker zusammen. Und diese Typen sind auch smart.«

»Hmm.« Cara hatte so ihre Zweifel. »Du willst doch keinen Idioten, der es kaum schafft, sich morgens seine Hose anzuziehen. Du willst jemanden, der berufstätig ist, gepflegt aussieht und es sich leisten kann, dich zum Dinner auszuführen.«

»Oder dir ein schönes Dinner zubereiten kann«, warf Lili ein. »Wir kennen viele Köche.«

»Kein Köche!«, entfuhr es Jules in so scharfem Ton, dass Lili und Cara sie überrascht ansahen. Doch nach ihrer Erfahrung mit Simon war sie mit Köchen durch. »Es wäre nett, einen Mann zu daten, der abends verfügbar ist.« Damit waren gut aussehende Weinbarbesitzer, die gern den Don Juan gaben, aus dem Spiel.

Die Mädels seufzten zustimmend. Beide hatten sich auf ein Leben mit Köchen eingelassen, die völlig bescheuerte Arbeitszeiten hatten, doch entstammten sie einer Familie, die ein Restaurant besaß, und kannten das Spielchen daher.

»Keine Köche.« Cara suchte Lilis Blick.

»Keine Köche«, wiederholte Lili.

»Ich nehme also an, die Tage, als sich Restaurantkritiker verkleideten, um auch sicher den echten Service zu erleben, sind lang vorbei.« Tad lächelte die Frau ihm gegenüber an. Die nicht sosehr saß, als vielmehr auf der Kante seines Ledersofas in seinem Büro balancierte.

Sie hatte bereits überrascht die Lippen geschürzt, als er sich nicht neben sie gesetzt, sondern stattdessen mit einem Meter Abstand von ihr auf dem Drehstuhl Platz genommen hatte. Definitiv nahe genug, um Monica Grayson, Restaurantkritikerin der *Tasty Chicago*, ein Interview zu geben.

Das Lächeln, mit dem sie ihn daraufhin bedachte, brachte ihre strahlend weißen Zähne und ihre Porzellanhaut zur Geltung. Ihr stumpf geschnittener Bob umrahmte einen kräftigen Kiefer und ein eigensinniges Kinn.

»Normalerweise reicht es, unter einem falschen Namen zu reservieren.« Man hörte heraus, dass sie von der Ostküste stammte, vermutlich aus New York. »Ich komme zwei-, dreimal vorbei, bevor ich eine Kritik schreibe. Aber eigentlich würde ich gern ein längeres Profil verfassen.«

»Nun, gern, ich freu mich über alles, was uns positive Aufmerksamkeit beschert.« Ein Profil war so viel mehr, als Tad erwartet hatte, als die Top-Food-Journalistin von *Tasty Chicago* ihn angerufen und ihm gesagt hatte, sie wolle ihn vor der Eröffnung des *Vivi's* treffen.

»Also, Tad ... Ich darf Sie doch Tad nennen, oder?«

»Klar.«

Sie blickte auf ihr Handy, tippte ein paarmal darauf herum und scrollte. »Aber Ihr voller Name ist Taddeo?«

»Nur meine Tanten nennen mich so. Sonst nennen mich alle Tad.«

Sie schenkte ihm das, was seiner Vorstellung nach ein äußerst gewinnendes Lächeln für das richtige Publikum sein musste. Seltsamerweise ließ es ihn kalt. »Und der Name für die Weinbar? Woher kommt der?«

»Der Name meiner Mutter war Vivi.« Er hatte ihren Namen eine Million Male wiederholt, während er sich auf die Eröffnung vorbereitete, doch etwas daran, »Vivi« und »war« im selben Satz zu verwenden, rief in seiner Brust ein schmerzlich vertrautes Schlingern hervor.

Monica machte sich eine Notiz, und er war dankbar für die wenigen Sekunden, in denen er seine Gefühle wieder in den Griff bekommen konnte.

»Sie wurden letztes Jahr zu einem der zehn Topbarkeeper Chicagos gewählt, und ich frage mich, wie viele der Stimmen von Ihren weiblichen Fans stammten.« Sie schielte auf ihr Notizbuch. »Sie nennen sich die *Hot Taddies*.«

Er hatte sich schon gefragt, wie lange es dauern würde, bis sie auf diese blöde AssBook-Seite zu sprechen kam. Ihre Bemerkung war mit Herablassung glasiert, als wäre es ihr peinlich, davon zu wissen, dürfte es den Lesern der *Chicago Tasty* aber nicht vorenthalten.

»Ich schätze, es ist nett, Wertschätzung zu erfahren«, sagte er gleichmütig.

»Mehr als nett. Die Facebook-Seite, die Ihre Fans eingerichtet haben, hat fast dreißigtausend Likes. Ihr Name findet sich regelmäßig auf allen ›Heiße Barkeeper‹-Listen.« Sie hielt inne und musterte ihn unter ihren dunklen Wimpern. »Nachdem sich Jack Kilroy das Restaurant Ihrer Familie vor ein paar Jahren für seine TV-Show ausgesucht hatte, ging's ja steil bergauf mit Ihnen. Und nun steigt er als Investor in Ihr neues Projekt ein.«

»Durch Jack hat das *Ristorante DeLuca* viel Aufmerksamkeit erfahren, ja, doch das Qualitätsprodukt war immer schon da. Auch eine Verbindung mit Jack hat seine Grenzen, und das möchte ich mit dem *Vivi's* beweisen.«

»Richtig. Talent ist auch ein Weg.« Sie grinste.

Er wartete ab, welche Stichelei auch immer sie als Nächstes aus dem Ärmel schütteln wollte, doch sie fuhr die Krallen wieder ein.

»Na, und was macht Ihre Weinbar jetzt so anders?«

»Tja, in letzter Zeit sind kleine Gerichte ein beliebter Trend, und das bleibt erst mal auch so. Ich würde das italienische *enoteca*-Konzept, wo der Schwerpunkt auf Gerichten liegt, die man sich teilen kann, gern nach Chicago bringen. In Italien sind die Grundbestandteile traditioneller *enotecas* kleine Teller mit einfachen, authentischen köstlichen Gerichten mit viel erschwinglichem Wein dazu.«

Sie gab sich unbeeindruckt, andererseits gehörte das wohl zu ihrem Job. Praktizierte Gleichgültigkeit. »Und der Wein?«

»Den soll es auch in kleineren Mengen geben. Insofern wird jede der fünfundsechzig Weinsorten in Hundert- und Zweihundertmillilitermengen erhältlich sein, und natürlich in ganzen Flaschen. Mit dem Essen wie auch den Getränken wollen wir großzügig umgehen.«

»Sie sind recht bekannt für Ihr großzügiges Datingprogramm.«

Unsicher, ob er sich nicht verhört hatte, hustete er. »Wie bitte?«

»Sie haben eine Menge Verflossene, auch wenn alle über Sie zu schwärmen scheinen. Nirgends ein schlechtes Wort über Sie.«

Er rutschte auf seinem Stuhl herum. »Ich dachte, Sie wären hier, um mit mir über die Eröffnung in zwei Wochen zu sprechen. Mein Privatleben dürfte für die Leserschaft der *Tasty Chicago* ja wohl kaum von Interesse sein.«

»Haben Sie eine Ahnung! Heutzutage erstreckt sich der Kult des Promi-Kochs, -Weinbarbesitzers, -Existenzgründers ...«, sie machte eine abschätzige Handbewegung, »... über New York und L. A. hinaus. Die Leser sind immer daran interessiert, was sie inspiriert, beseelt, was sie anturnt. Auch Sex interessiert sie immer, meinen Sie nicht?«

Oha! Die ging ja ran! Während er kein Problem damit hatte, wenn eine Frau offen ihr Interesse an ihm zeigte, gab es in beruflicher Hinsicht doch Grenzen, die er nicht überschreiten wollte. Zudem war er sich nicht sicher, ob sie ernsthaft interessiert war. Ein bisschen fühlte er sich wie eine Maus, mit der eine Raubkatze ihr Spielchen trieb.

Er versuchte, auf das ursprüngliche Thema zurückzukommen. »Nun, sich im richtigen Lokal zu wohlschmeckenden Crostini einen vollmundigen, üppigen Pinot zu teilen, kann an sich schon ein erotisches Erlebnis sein.«

»Sich Fantasien über den gut aussehenden Sommelier hinzugeben kann bei einem Date auch Wunder bewirken«, erwiderte sie mit einem herausfordernden Augenfunkeln.

»Fantasien kosten nichts«, log der Typ, der sich nachts und immer häufiger auch tagsüber einem sinnlichen Dauerkopfkino über eine bestimmte blonde Schönheit hingab. Diese Fantasien kosteten ihn Schlaf und seinen Seelenfrieden.

Monica kam jetzt voll in Fahrt. »Ihnen eilt der Ruf eines Frauenkenners voraus. Das ist wie das Gegenstück zu ›Ruf an, wenn du Spaß haben willst‹ an der Kabinentür einer öffentlichen Toilette. Lisa Delaney meinte, nach ihrer Scheidung seien Sie genau das Richtige gewesen.«

Lisa Delaney ... Lisa Delaney. Ach, ja! Die bezaubernde Lisa mit den endlosen Beinen, die ihm immer so gern Sahne vom Körper geleckt hatte. Das war schon über ein Jahr her, lange bevor er sich geschworen hatte, seinen Schwanz in der Hose zu lassen. Sobald Jules' weiche, volle Lippen seine berührt hatten, hatte sich sein Interesse an anderen Frauen völlig verflüchtigt. Er datete zwar immer noch, wenn man das denn so nennen konnte. Und versuchte, sich für ein hübsches Gesicht und nette Brüste zu begeistern. Doch im entscheidenden Moment war die Luft raus. Im wahrsten Sinne des Wortes.

Er setzte ein künstliches Lächeln auf. »Wie geht es Lisa denn?«

»Oh, gut! Berauscht sich noch immer an jedem hübschen Burschen, der ihr über den Weg läuft.« Sie lachte über ihren Scherz, und Tad versteifte sich. An welchem Punkt sollte er empört aufstehen und erklären, wie beleidigt er sich fühlte? Wären die Rollen vertauscht, wären die Feministinnen längst auf die Barrikaden gegangen.

Ja, gut, er hatte einen gewissen Ruf als Frauentröster weggehabt – Vergangenheitsform, wohlgemerkt. Er beherrschte es, einer Frau gute Gefühle zu vermitteln und die Erwartungen minimal zu halten. Früher war er auch in anderen Dingen gut gewesen. Er hatte mit Leidenschaft kochen, herzlich lachen und vorbehaltlos lieben können.

Auf sein eisernes Schweigen hin erhob sich Monica und richtete ihren Rock, zog ihn in dem offensichtlichen Bemühen hinunter, die Aufmerksamkeit auf ihre Oberschenkel zu lenken. Versuch gelungen. Er war zwar in eine andere Frau verliebt, unter der Gürtellinie aber trotzdem nicht völlig tot. Als er Anstalten machte aufzustehen, legte sie ihm eine Hand auf die Schulter.

»Hören Sie, darf ich ehrlich sein?«

»Sicher.« Lieber hätte er verneint, da auf diese Frage nie etwas Gutes folgte.

»Ich fühle mich zu Ihnen hingezogen, und ich denke, Sie sich zu mir.«

Ja, verdammt noch mal, was zur Hölle sollte er darauf bloß antworten? Er griff nach der Professionalität, die den Raum vor rund zehn Minuten durch die Belüftungsöffnungen verlassen zu haben schien.

»Das würde sich wohl kaum gehören, wenn man bedenkt, dass Sie meine Weinbar bewerten werden, sobald sie erst einmal eröffnet ist.«

Sie blickte an ihrer schönen römischen Nase zu ihm hinunter. »Eine gute Kritik in der *Tasty Chicago* kann für ein neues Lokal entscheidend sein. Die Statistiken über neue Restaurants kennen Sie doch bestimmt. Für Weinbars gilt dasselbe. Neun von zehn Restaurants scheitern im ersten Jahr.«

Schwachsinn. Eher war es eine von vier.

Sie fuhr mit einem Fingernagel an seinem Schlüsselbein entlang und öffnete den obersten Knopf seines Hemdes. Einen ganz kurzen Moment lang spielte er mit dem Gedanken, sie fortfahren zu lassen, doch dann siegte sein gesunder Menschenverstand.

Er hielt ihre Hand fest, bevor sie sich weiter vorarbeiten konnte.

»Sie können schreiben, was Sie wollen.«

Die Schärfe in seiner Stimme machte seinen Standpunkt sonnenklar. Er erhob sich und griff nach dem Knauf der Tür, die er besser nicht hätte schließen sollen, da das Ganze dann nicht dermaßen aus dem Ruder hätte laufen können.

Mit einem tiefen und sinnlichen Lachen legte sie ihm eine Hand auf die Brust. »Okay, Tad. War nur Spaß.«

Er spürte, wie jemand von außen die Tür öffnete. Er sah hin und entdeckte Jules, die überrascht die Augen aufriss.

4. Kapitel

»Danke für das Interview, Tad. Ich melde mich bei Ihnen.«

Die dunkeläugige Frau mit den rabenschwarzen Haaren und der Alabasterhaut, die sie sich vermutlich durch Bäder im Blut männlicher Jungfrauen erhielt, schob sich an Jules vorbei, fast ohne sie eines Blickes zu würdigen. In zwei kurzen Sekunden hatte sie erfasst, dass von der nachlässig gekleideten Frau vor ihr keine Gefahr ausging.

Jules' Blick wurde erbarmungslos auf den geöffneten obersten Knopf von Tads Hemd gezogen. Gerade noch hatte die Hand der attraktiven Frau auf eine äußerst besitzergreifende Art auf diesem Knopf und dem heißen Mann darunter gelegen. Als müsste sie sich für den Weg noch mit einem Schuss von Tads Körperwärme versorgen.

Während Jules der gepflegten Erscheinung nachsah, stieg Eifersucht in ihr hoch. Ja, sie war Frau genug, um das zuzugeben. Jules fand ihren Freund einfach zum Anbeißen, und wenn sich eine andere Frau auch die Lippen nach ihm leckte, meldeten sich Besitzansprüche.

Tad wirkte verärgert, als hätte man ihn dabei erwischt, wie er gerade mit beiden Händen in die Keksdose gelangt hatte. Nur, dass es sich bei besagten Keksen in diesem Fall um eine umwerfende Frau mit endlos langen Beinen handelte. Auf seinen Wangen zeigte sich eine leichte Röte.

»Die neue Tellerwäscherin wirkt sehr nett«, erklärte Jules mit ihrem frechsten Grinsen, sobald sie sicher sein konnte, dass ihre Stimme sie nicht verraten würde.

Tad fuhr sich mit der Hand durchs Haar. »Das war eine Kritikerin, die für die *Tasty Chicago* ein Profil von mir schreiben möchte.«

Eine *Kritikerin!* Eine schlaue und intellektuelle Person also, die wahrscheinlich selbst im Schlaf beim Scrabble dreifache Wortwerte klarmachte und in nicht mal fünf Minuten das Kreuzworträtsel der *New York Times* löste.

Schweigend starrten sie einander an. Seine Einladung, sie solle zu ihm kommen und etwas über Wein lernen, schien er eindeutig nicht mehr auf dem Schirm zu haben.

»Wir wollten ja eigentlich …«, versuchte sie ihm auf die Sprünge zu helfen.

»Genau, ja, genau!« Wieder fuhr er sich durchs Haar. Wow, diese Frau musste ihn ja ganz schön beansprucht haben. Was genau hatten die beiden hinter dieser verschlossenen Tür nur getrieben?

»Ich hab dir diese Pilz-Bruschetta mitgebracht, die du angeblich so magst.« Sie hielt ihren Tupperwarebehälter hoch und fühlte sich mit jeder Sekunde dämlicher.

Er sah sie verständnislos an, bevor auf seinem Gesicht das übliche Tad-Grinsen erschien. »Super! Ich weiß auch genau, welches fruchtige Tröpfchen gut dazu passen würde.«

Zögernd folgte sie ihm in die Küche und bemühte sich

dabei verzweifelt, ihr inneres Neidmonster wieder in den Griff zu bekommen. So war es mit Tad immer. Der Typ war ein Sexmagnet – er liebte die Frauen, und sie liebten ihn. Mühsam versuchte sie, die Bilder von dieser cleveren Bitch, wie sie mit ihren cleveren Händen über Tads Körper strich, zu verdrängen.

Gelassenheit, sofort, verflixt noch mal!

Sie kannte die Küche schon, doch es überraschte sie immer noch, wie klein sie dafür war, dass sie professionell genutzt wurde. Lediglich zwei Platten, zwei glänzende Zubereitungsflächen aus Chrom, ein Kühlschrank und der Ziegelofen für Pizza.

Perfekt.

»Wie läuft's mit dem Ofen?«

Tad schüttelte den Kopf. »Dein Verehrer behauptet, morgen würde er das Ersatzteil liefern.« Er griff nach einem Ciabattalaib und einem Brotmesser und fing an, es zum Toasten in Scheiben zu schneiden. »Vielleicht solltest du dann da sein und mit einer weiteren Charmeoffensive dafür sorgen, dass er seinen Job auch wirklich macht. Na, vielleicht hast du ja auch schon einen möglichen Konkurrenten kennengelernt. Wie läuft's bei deiner Datingaktion?«

»Noch ist nichts passiert.« Die atemberaubende Frau, die gerade verschwunden war und Ähnlichkeit mit Elizabeth Taylor in der Rolle als Kleopatra hatte, wollte Jules einfach nicht aus dem Kopf gehen. »Jetzt werden erst mal die Profile hochgeladen.«

»Profile? Plural?« Kurz erschien ein schwer deutbarer Ausdruck auf seinem Gesicht, der schnell wieder von einer ausdruckslosen Miene verdrängt wurde.

»Cara hat da eine Strategie. Wirf dein Netz weit aus, und

schau zu, wie die Fische wild um sich schlagen. Ihre Worte, nicht meine.«

Sie versuchte, mit einem Lächeln zu verbergen, wie unangenehm es ihr war, mit Tad darüber zu reden. Es war nie unangenehm, wenn er von seinen Dates erzählte, doch nun, da sie darüber nachdachte, fiel ihr auf, dass sie in der Hinsicht im vergangenen Jahr immer weniger gehört hatte. Seit *dem Vorfall.*

Er steckte das Brot in den Toaster und zog einen Flaschenöffner aus der Hosentasche. Auf der Arbeitsfläche standen bereits eine Flasche Rotwein und zwei große, glockenförmige Gläser bereit. Auf dem Flaschenetikett stand »2010« und darunter – sie blinzelte – *Chaka Khan?*

»Die Funksoulqueen Chaka Khan hat inzwischen ihren eigenen Wein?«

Sein Lächeln war gefährlich und ohne einen Hauch von Mitleid. Tad war der Erste, dem sie bei ihrer Ankunft in Chicago anvertraut hatte, dass sie Leseprobleme hatte, und er hatte ihr seitdem nicht einmal das Gefühl gegeben, sich minderwertig fühlen zu müssen.

»Knapp daneben. Chakana. Das Inkakreuz. In Südamerika eine große Sache. Das hier ist einer der bekannteren argentinischen Malbecs.«

Unter dem Namen war ein Tier abgebildet, die stilisierte Version einer Katze mit großen, gefährlichen Zähnen. Dem Mann vor ihr gar nicht mal so unähnlich.

Während sie in das Etikett vertieft war, beobachtete er sie genau. »Auf Spanisch nennen sie es *yaguerette.* Jaguar.«

Er entkorkte die Flasche und goss jeweils eine kleine Menge des purpurroten Weins in die Stielgläser. Der Raum wurde erfüllt vom Aroma von Erde und Früchten.

Dann beugte er sich vor und vergrub seine Nase an ihrem Hals.

Sie fuhr zurück, und es kribbelte sie von Kopf bis Fuß. O, là, là ...!

»Was meinst du eigentlich, was du da tust?«

»An dir schnuppern.«

Auf der Suche nach einem Schuldigen flog ihr Blick zu dem Alkohol, von dem noch keiner getrunken hatte. Sie spürte, wie ihr die Röte in die Wangen schoss.

»Und warum?«

Wieder bewegte er sich gefährlich nahe auf sie zu. Die schiere Ungeheuerlichkeit des Ganzen bewahrte ihn davor, dass sie ihm eine klebte oder sich wahlweise über ihn hermachte. Es musste doch einen guten Grund dafür geben – oder?

»Was ist das für ein Duft?«

Sie schluckte schwer und rang um eine Antwort. Wie wäre es mit Eau de Angst und Essence des grünäugigen Monsters Eifersucht?

»Das ist ein Duschgel. Orange und Hafer.«

Er andererseits roch ziemlich unglaublich. Sauber und frisch, nach dem Duft einer dieser Seifen aus dem Lebensmittelgeschäft, der sich mit Anklängen seiner Körperchemie zu einem völlig neuen männlichen Duft vermischte, der ihr weiche Knie verursachte.

»Fruchtporridge. Gefällt mir.« Er trat zurück und ergriff sein Glas, völlig unbeschwert, als hätte er sie nicht gerade wie ein Raubtierkater beschnüffelt. »Wenn man ein aufdringliches Parfüm aufgetragen hat, kann das die Geschmacksnerven nämlich völlig durcheinanderbringen.«

Ach so. Deshalb war er so auf Tuchfühlung gegangen!

Vor Enttäuschung drehte sich ihr der Magen um. Nervös und nicht eben wenig gestresst führte sie das Glas an den Mund. Sie brauchte unbedingt Alkohol!

»Moment mal, Dummchen. Zuvor wartet noch etwas Arbeit auf dich.« Er schüttelte den Kopf und gab, verflixt noch mal, einen missbilligenden Laut von sich. »Erst mal schwenkst du den Wein.«

Sie unterdrückte ein Augenrollen. Wann immer sie jemanden sah, der so was tat, wirkte es derart überheblich.

»Kommen wir dadurch in den Weinproben-Modus?«

»Dadurch öffnet sich der Wein an der Luft, und die Aromen kommen besser zur Geltung. Gleichzeitig bekommen wir dadurch eine Ahnung vom Alkoholgehalt.« Er schwenkte seinen eigenen Wein und benetzte das Glas dabei mit der dunklen Flüssigkeit. Sie tat es ihm nach und hatte den Dreh gerade raus, da spritzten ein paar wertvolle Tropfen über den Glasrand und landeten auf seinem Hemd.

O Shit! Ihre Hand flog reflexhaft an seine Brust, wie das bei einer Mutter eben so üblich war. Nicht, dass sie damit irgendetwas hätte ausrichten können oder ihre Gefühle Tad gegenüber irgendetwas auch nur annähernd Mütterlichem geähnelt hätten. Bevor sie sie zurücknehmen konnte, legte er seine Hand auf ihre, wodurch es merkwürdigerweise legitimierte, dass sie seine steinharten Muskeln berührte.

Er fühlte sich warm und männlich an, wodurch sie sich … warm und weiblich fühlte.

»Da bist du ja härter, als es aussieht«, rutschte es ihr nervös heraus, bevor ihr die versteckte Anspielung aufging.

»Allerdings!« Er zog bedeutungsvoll die Augenbraue nach oben. *Allerdings?* Eine gefühlte Ewigkeit verging, bevor er sie freigab. Eine weitere gefühlte Ewigkeit verging, bevor sie sich wieder so weit im Griff hatte, dass sie das Glas wieder ergreifen konnte.

Wieder ließ sie den Wein kreisen, wenn auch weniger energisch.

»Nun halt die Nase über den Wein und schnuppere ein paarmal, allerdings nicht zu intensiv, nur so drei, vier Sekunden lang. Er könnte fruchtig, würzig oder erdig riechen.«

Sie tat wie geheißen und ließ sich von ihm erzählen, was mit Wein alles schieflaufen konnte: zu viel Schwefel, Oxidation oder korkender Wein, der wie feuchte, moderige Laufschuhe roch. Der Geruch, der ihr auffiel, war der nach ... na ja, Wein eben.

Auf diese fachkundige Schlussfolgerung hin bekam sie einen Lachkrampf.

Tad las ihre Gedanken. »Du Banausin!«

Sie schürzte die Lippen, um ihr Lächeln zu verbergen.

»Nun kannst du davon probieren, aber nicht in großen Schlucken. Lass den Wein auf der Zunge herumrollen und versuch, sämtliche Geschmacksrezeptoren zu erwischen.«

Sie trank einen kräftigen Schluck und ließ den Wein im Mund kreisen, mit besseren Ergebnissen als bei ihrer Glasschwenkerei: Es blieb alles drin.

Während Tad den Wein in seinem Mund herumbewegte, verformte er fachmännisch den Mund. Sie versuchte, es ihm nachzutun, sah dabei aber vermutlich albern aus.

»Was schmeckst du?«

Erschreckt von seiner Frage schluckte sie den Wein hinunter. Wow, dieses Zeug war gut! Sie schmeckte ein schokoladiges Aroma heraus, im Abgang eines von Kirschen.

Dekadenz in einem Glas. »Beeren. Insgesamt sehr geschmacksintensiv.«

Eindeutig erfreut über ihre Antwort lächelte er, was ihr runterging wie Öl. Nach gerade mal zwei Schlückchen fühlte sie sich schon ein bisschen schwindelig. Schuld daran war bestimmt der Wein und nicht der umwerfende, heiße Typ vor ihr.

»Vielleicht sollten wir einen Happen dazu essen«, meinte sie hastig.

»Dann lass uns doch diese Bruschetta probieren.«

Er zog das getoastete Brot heraus, träufelte etwas Olivenöl darüber und löffelte die Pilz-Bruschetta darauf. Sie beobachtete, wie sich seine sinnlichen Lippen um das Brot schlossen. Tads Lippen gehörten zu den Dingen, die sie am meisten genoss – was die Top-Tad-Körperteile anging, machten sie seinen Unterarmen schwer Konkurrenz – und sie war fast schon ein wenig besessen davon, wie sie sich beim Essen bewegten.

Sehr nett, sinnierte Bad-Girl-Jules.

Beherrsch dich!, schnauzte Good-Girl-Jules zurück.

»Hmmm!« Tad seufzte genussvoll auf. Die Sinneslust, die sie dabei empfand, ihn beim Essen zu beobachten, wurde bald von einer anderen Art von Lust vertrieben. Dem warmen Behagen, das sie verspürte, wenn jemand eine ihrer bescheidenen Kreationen probierte.

Wann immer sie einen Avocadodip oder Artischockenaufstrich zum Sonntagslunch der DeLucas mitbrachte und zuschaute, wie sie alle reinhauten, so wie sie es bei Tonys Gnocchi oder Jacks Focaccia taten, verspürte sie ein gewisses Triumphgefühl. Sie war keine Profiköchin und spielte in einer komplett anderen Liga als die kulinarischen Hoheiten in ihrer Familie, aber irgendetwas war da. Ein Funke, den sie verspürte, wenn sie sich in der Küche befand.

»Gar nicht mal schlecht«, meinte Tad.

»Hey, du klingst überrascht.«

Er lächelte ein wenig schief. »Nichts, was du tust, überrascht mich, Jules.«

»Na, du hast auf jeden Fall mal überrascht ausgeschaut, als ich sagte, ich würde zu daten beginnen.«

Wieder huschte irgendein schwer zu deutendes Gefühl über seine attraktiven Gesichtszüge. »Überrascht würde ich jetzt nicht sagen. Eher neugierig und interessiert. Und vielleicht ein bisschen besorgt.«

»Du glaubst, ich bin noch nicht dafür bereit?«

»Ich glaube, die Welt ist nicht für dich bereit, Jules Kilroy.« Sein durchdringender Blick brachte ihre Haut zum Prickeln. Die Luft in der Küche kam ihr mit einem Mal schwül vor, drückend.

»Na, und was tun wir jetzt damit?«, fragte er mit leiser Stimme.

»Womit?« Ihr Herz pochte.

»Mit diesem deinem erstaunlichen Talent.« Er deutete auf den letzten Toastbissen und steckte ihn sich in den Mund. »Was hast du noch so im Repertoire?«, fragte er, als er aufgegessen hatte.

»Salsas, Dips …« Gerichte eben, für die man kein Rezept zu lesen brauchte. Gerichte, die sie frei Schnauze ersinnen konnte. Während sie über den Green-City-Bauernmarkt schlenderte, prägte sie sich die Gerüche und Formen ein. Sie befühlte eine Aubergine, erinnerte sich daran, dass sie violett war – genau wie der Malbec – und konzentrierte sich auf die Form des Wortes, sodass sie es das nächste Mal erkannte. Immer klappte das nicht, was auch der Hauptgrund war, warum sie ihre Träume für sich behielt. Jack hielt nichts davon, Dinge halbherzig anzugehen. Er würde von ihr erwarten, dass sie ein *Culinary College* besuchte, dabei konnte sie sich nichts Schlimmeres vorstellen als eine Collegeausbildung.

»Ich bin so dumm«, hatte sie sich in der Grundschule immer gedacht, wenn die Buchstaben auf der Seite vor ihren Augen verschwammen. Einfache Wörter mit drei Buchstaben – Kuh, Ohr, Tag – erkannte sie gerade noch und konnte auch ein paar andere buchstabieren, aber lautes Vorlesen war ein Albtraum. Vor der ganzen Klasse zu stehen und zu wissen, dass ein paar Lästermäuler nur darauf warteten, dass man ins Stocken geriet. Nach zu vielen beschämenden Pausen wurde sie dann von Mrs Macklin mit dem Frettchengesicht auf ihren Platz zurückgeschickt.

»Was würdest du dazu sagen, wenn wir etwas davon auf die Speisekarte setzen würden?«, holte Tad sie aus ihren Erinnerungen zurück.

»Etwas von was?« Sie suchte nach ihrem Platz in der Unterhaltung.

»Von dieser Bruschetta. Wir könnten sie zunächst mal als Tagesgericht anbieten und schauen, wie sie angenommen wird.«

»Ist das dein Ernst?«

Er nickte, und auf seinem Gesicht breitete sich ein Lächeln aus.

Völlig geplättet von seinem Angebot warf sie sich in seine Arme und schmiegte sich an ihn. Notfalls schob sie es eben auf den Wein, aber mal im Ernst, eine bessere Ausrede gab es doch gar nicht, um ihn berühren, seine Wärme spüren und seinen Duft inhalieren zu können, alles Dinge, die ihren Tag um so vieles besser machten.

»Tad, ist das dein Ernst? Du würdest meine Bruschetta auf die Speisekarte setzen?«

Er schlang die Arme um ihre Taille und zog sie an sich. Oh ... das war nett. Und musste unbedingt ausgekostet werden ...

»Frankie und Tante Syl kümmern sich bestimmt gern um Evan, während du hier arbeitest.«

Wow!

Sie trat zurück, doch er ließ sie nicht los. Gefangen in seiner Umarmung versuchte sie, Sätze zu bilden.

»Hier arbeiten? Aber das kann ich nicht!«

»Na klar kannst du das.«

»Aber ich kann die Sachen doch einfach zu Hause zubereiten und dann herbringen.«

Er schüttelte den Kopf. »Wenn du dich nicht mit der City of Chicago anlegen willst, dann nicht. Die gewerbliche Herstellung von Lebensmitteln in der eigenen Küche ist verboten, und es ergibt mehr Sinn, es hier zu tun, wo alle Auflagen erfüllt werden. Du weißt schon, Haftungsprobleme und so.«

Vom geschäftlichen Standpunkt aus *ergab* das Sinn, aber aus jedem anderen Blickwinkel glich es einer angehenden Katastrophe. Sie bemühte sich doch so, Abstand von ihm zu halten – sie wusste, sie hätte nicht herkommen dürfen –, und nun schwenkte er diese mit Zuckerglasur versehene Karotte vor ihrer Nase herum.

Bad-Girl-Jules lachte leise auf. Good-Girl-Jules wusste nicht, was sie sagen sollte.

Wenn sie auf eigenen Beinen stehen wollte, musste sie

herausfinden, was dafür nötig war. Sie liebte es zu kochen, und Tad bot ihr eine Chance, es professionell zu tun. Für Geld. Das fühlte sich gut an.

Mit der Hand malte er glühend heiße Kreise auf ihrem Rücken.

Auch das fühlte sich verdammt gut an!

Schweren Herzens löste sie sich von Tad und allen Verheißungen, die er ihr bot, doch die Gelegenheit würde sie sich nicht entgehen lassen. Dafür war sie viel zu gut.

»Dass ich hier jeden Tag auf der Matte stehe, kann ich nicht garantieren. Ich möchte Frankie und Sylvia nicht ausnutzen.« Und sie wollte Zeit, nein, *brauchte* Zeit, ab und an ein Lunchdate einzubauen.

»Das kriegen wir hin.« Er streckte ihr die Hand entgegen.

Ohne zu zögern, schlug sie ein und versuchte dabei, das Kribbeln zu ignorieren, das seine raue, schwielige Hand in ihrem Körper auslöste. Sie versuchte, überhaupt alles zu ignorieren, bis auf das gesteigerte Selbstwertgefühl, das sie durchströmte.

Dann mal viel Glück damit, Jules.

Jules sprang die Stufen des Brownstone-Hauses der DeLucas im Stadtteil Andersonville hoch und fühlte sich dabei so leicht wie ein fluffiger Baiser. Gerade wenn du denkst, deine Füße wären einzementiert, kommt eine Bohrmaschine daher und befreit dich!

Hmm, war Tad in diesem Szenario die Bohrmaschine?

Ihr Hirn musste wirklich dringend von all diesen schmutzigen Gedanken freigepustet werden, und tatsächlich nahte Hilfe in Gestalt des Mannes, der am Ende der Treppe durch die schwere Eichentür trat: Tony DeLuca, Patriarch und Vater von Lili und Cara, Onkel von Tad. Hochgewachsen, weltgewandt und Achtung gebietend war Tony ein wortkarger Mann, weshalb einem jedes Wort, das er an einen richtete, wie ein Geschenk vorkam.

»Julietta!« Er beugte sich vor, um sie – wie in Europa üblich – links und rechts auf die Wange zu küssen. Sie liebte das. Wenn er ihren Namen italienisch aussprach und sie so liebevoll begrüßte, fühlte sie sich immer so *kontinental*.

»Hi, Tony. Na, wie geht's?«

Er hob die Schultern zu einem halben Achselzucken – noch mehr von der Nonchalance der Alten Welt, die bei ihm so natürlich rüberkam wie das Atmen. Trotz seiner Lässigkeit wusste sie, dass er alles andere als ein unbeschwerter Mann war. An seine Familie stellte er so hohe Erwartungen, dass man sich in seiner Nähe immer ein wenig eingeschüchtert fühlte. Aber seitdem die DeLucas sie vor zwei Jahren bei sich aufgenommen hatten, hatte er ihr immer das Gefühl gegeben, willkommen zu sein.

»Es wird Zeit, dass du mal wieder die Küche aufsuchst, Julietta. Du musst noch so viel lernen!«

Sie hatte mehr oder minder regelmäßig in der Küche des *Ristorante DeLuca* herumgegangen, hatte den Köchen bei der Zubereitung von selbst gemachter Pasta und köstlicher, aromatischer Soße über die Schulter geschaut, die sie Marinara nannten und die Basis für so viele der Gerichte des *Ristorante* bildete.

»Ja, Yoda. In die Küche kommen ich werde.«

Wie üblich blieb Tonys Miene undurchdringlich. Sie nahm ihm das nicht ab.

»Ihr jungen Leute sprecht eine so andere Sprache«, erwiderte er ernst.

Lachend umarmte sie ihn und freute sich, als er in ihren Armen auftaute. Tony mochte ein harter Hund sein, doch er konnte eben auch ein großer, weicher Teddybär sein.

»Geh und mach den großen Reibach«, rief sie ihm nach, als er die Stufen hinunter zur Arbeit eilte. Wie ihr Bruder machte er sich am frühen Nachmittag auf den Weg zu seinem Königreich, um mit den Vorbereitungen für das Dinner zu beginnen. Fraglos war er schon im Morgengrauen aufgestanden und hatte Lieferungen entgegengenommen. Hinter seinem mittäglichen Besuch zu Hause steckte die Absicht, ein wenig Quality Time mit seiner Frau Frankie zu verbringen.

Ein mittägliches Schäferstündchen mit seiner Frau. Mannomann, selbst bei den alten Herrschaften lief mehr als bei ihr.

»Da ist ja mein kleiner Schatz!« Jules hob Evan vom Boden hoch, kaum dass sie Francescas Wohnzimmer betreten hatte.

»Er hat den ganzen Tag nach dir gefragt«, sagte Francesca.

Jules lächelte die Frau, die ihr noch am ehesten eine Mutter war, über den Kopf ihres Sohnes hinweg an. Als Jules in Chicago aufgeschlagen war, hatten Tony und Frankie sie, ohne Fragen zu stellen, bei sich aufgenommen, derweil sie sich bemühte, ihre angeknackste Beziehung zu Jack zu kitten, der wiederum gerade alles daransetzte, deren jüngste Tochter zu erobern.

»Hast du noch Zeit zu bleiben und einen Espresso mit mir zu trinken?«, fragte Frankie mit einem Lächeln.

»Für Koffein habe ich immer Zeit.«

Frankie machte sich an der Espressomaschine zu schaffen, während Jules Platz nahm und sich Evan auf den Schoß setzte. Er schmiegte sich an ihren Hals und atmete tief ein. Sie liebte es, wenn er diese kleinen Zeichen der Bedürftigkeit zeigte. Das musste sie genießen, solange sie konnte. Wie alle Kids würde er schließlich in die Phase kommen, wo er den Boden verachtete, auf dem seine Mutter wandelte.

Sie sah sich in der warmen, gemütlichen Küche der De-Lucas um, in der es grundsätzlich nach frisch gebackenen Biscotti zu duften schien. Unwillkürlich musste Jules an die frühen, schreckenerregenden Tage ihrer Schwangerschaft denken. In London, ignoriert von ihrer Tante und ihrem Onkel, fast ohne Kontakt zu Jack. Sie hatte nur den Wunsch gehabt, dass Simon auf einem weißen Ross herangesprengt kam, sie in den Sattel hob und mit ihr davonritt.

Er war nicht gekommen, und nun war sie froh darüber. Denn nur so hatte sie die innere Kraft gefunden, ihre Probleme selbst zu lösen, auch wenn sie dazu zugegebenermaßen Jacks Hilfe gebraucht hatte. Diese Lektion hatte sie lernen müssen. In dieser Küche hatte sie ihren ersten zögerlichen Frieden mit ihrem Bruder geschlossen und eine Familie gefunden, die sie liebte und die ihre Liebe erwiderte.

»Wie geht's mit der Planung der Party voran?«, erkundigte sich Frankie.

»Äh, welcher Party?«

»Na, der Überraschungsparty für unseren fünfunddreißigsten Hochzeitstag.« Sie bedachte Jules mit einem spitzbübischen Lächeln. »Hast du gedacht, ich wüsste nichts davon?«

»Keine Ahnung, wovon du redest, Lady«, warf Jules mit einem eigenen spitzbübischen Grinsen ein. Die Familie plante für den nächsten Monat ein großes, ausgelassenes

Fest im *Ristorante DeLuca*, genauer gesagt plante Cara es mit militärischer Präzision, und alle anderen folgten im Gleichschritt. Jules würde den Teufel tun und die sein, die etwas darüber ausplauderte. Tapfer hielt sie Frankies Blick stand, bis die sich lachend wieder an die Zubereitung des Kaffees machte.

Jules' Blick fiel auf den Tisch und ein Bündel Seiten, die notdürftig mit Schnur zusammengehalten wurden. Es war Handgeschriebenes in einer schnörkeligen und doch ordentlichen Schrift. Jules' Herz machte einen Sprung. Rezepte!

»Ist das ein Familienkochbuch?«, fragte sie, als Frankie den Espresso in einer hübschen Mokkatasse mit einer Zitronenscheibe auf der Untertasse vor ihr abstellte. Jules ließ die Scheibe hineinfallen, und Frankie holte die Dose mit selbst gebackenen Mandel-Cranberry-Biscotti von der Arbeitsfläche.

»Es gehörte meiner Schwägerin Genevieve.«

Tads Mutter, besser bekannt als Vivi, die vor rund zehn Jahren zusammen mit ihrem Mann bei einem Autounfall ums Leben gekommen war. Tad war damals neunzehn gewesen, seine Schwester Gina ein Jahr älter. Wann immer ihre Namen erwähnt wurden, erschien dieser leere Blick in seinen Augen.

»Sie war eine fabelhafte Köchin. Besser als ihr Mann, Raphael, Tonys Bruder.« Sie lachte leise auf. »Besser als Tony, aber sag ihm das bitte nicht.«

»Tad redet nie von ihnen.«

»Es war so schwer für ihn, als sie starben«, erwiderte Frankie leise. Sie nippte an ihrem Espresso und tauchte einen Biscotto hinein.

Tad erzählte mitunter von Gina, von seiner Kindheit mit Lili und Cara, aber nie von den beiden Menschen, die ihn großgezogen hatten. Und Jules drängte ihn auch nicht dazu. Ihr eigenes Aufwachsen war geprägt von ihrer Tante und ihrem Onkel, die sie aus reinem Pflichtgefühl großgezogen hatten. Ihr Interesse hatte nicht ausgereicht, um sich darüber schlauzumachen, welcher Beruf für ein Mädchen, das in der Schule jämmerlich versagt hatte, Perspektiven hatte. Schwanger, ohne Beruf, vom Bruder finanziell unterstützt, bestätigte und übertraf Jules ihre Befürchtungen. Jackpot!

Das war auch der Grund, warum Tads Angebot trotz der Gefahren für ihr Herz so verlockend war. Zu wissen, dass ihre Arbeit – o dieses wunderbare Wort *Arbeit* – wertgeschätzt wurde, waren das ein oder andere Herzstolpern bei jeder Begegnung mit ihrem guten Freund allemal wert. Außerdem würde Tad sowieso mit Weinbarbesitzerkram beschäftigt sein, während sie in der Küche zugange war.

»Darf ich's mir mal anschauen?«

Francesca nickte weise.

Die Seiten, zerlesen und voller Eselsohren, mussten eindeutig ständig in Gebrauch gewesen sein. Was hätten sie für Geschichten erzählen können! Jeder Abschnitt begann mit einem volkstümlichen italienischen Sprichwort. *Eine Frau ist zur Freundschaft nicht imstande, sie kennt nur die Liebe*, damit begannen die Vorspeisen. Ein weiteres verkündete: *Läuft dein Leben nachts gut, meinst du, alles zu besitzen*. Na, das klang wie der Ratschlag eines Bad Girls an ein anderes! Über einem Schokoladentortenrezept befand sich sogar eine Nachricht für Tad: *Taddeo, sieh zu, dass mehr Schokolade in die Schüssel gelangt als in deinen Mund!* Jules musste grinsen. Diese Frau, die ihrem Freund so viel bedeutet hatte, hatte ihr ganzes Herzblut in diese Seiten gesteckt.

Behutsam blätterte sie weiter, hielt inne, wann immer sie ein Wort erkannte. *Pasta fagioli*. Das war eine italienische Suppe mit weißen Bohnen, und Jules erinnerte sich daran, sie im *Ristorante DeLuca* auf der Speisekarte gesehen zu haben. *Arugula. Formaggio.*

»Was ist das hier?« Sie deutete auf das Rezept mit den vertrauten Wörtern.

»Das ist eine Käse-Zwiebel-Tartine. Ein ziemlich ansprechendes Antipasto.«

O ja, allerdings. Sie konnte es bereits auf der Speisekarte vom *Vivi's* sehen, eine köstliche Mischung aus karamellisierter Zwiebel, Thymian und Oregano, dazu vielleicht etwas rote Paprika oder Chiliflocken für etwas mehr Schärfe.

»Was für ein Brot sollte man dazu reichen?«

Francesca schürzte die Lippen. »Ein dünn geschnittenes Kräuter-Focaccia. Hach, Vivis Focaccia war sagenhaft!« Sie deutete auf einen Abschnitt unterhalb der Wörter, die Jules erkannt hatte. »Vielleicht würdest du es dir gern ausleihen? Ich könnte dir die Rezepte übersetzen, an denen du Interesse hast.«

Jules' Herz raste. Auch wenn es nur ein Kochbuch war, berauschte es sie, was für eine Geschichte und Bedeutung dahintersteckte.

»Aber möchte Tad es denn nicht?«

»Der kocht ja nicht.«

Das stimmte. Zwar hatte er die Speisekarte für das *Vivi's* zusammengestellt, doch von ihm als dem Barbesitzer erwartete man, dass er Präsenz zeigte und unter den Gästen seinen Tad-Charme versprühte. Er kannte sich in kulinarischer Hinsicht sehr gut aus, doch das Kochen übernahmen grundsätzlich andere. Komisch eigentlich!

»Damals mit Vivi hat er es allerdings getan«, beantwortete Frankie Jules' unausgesprochene Frage. »Sie und Taddeo standen sich sehr nahe. Taddeo wäre ein großartiger Koch geworden – und das wollte er auch –, doch sein Vater wünschte, dass er studiert. Und Ingenieur wird.«

»Tad? Ein Ingenieur?« Das passte irgendwie gar nicht. Auch war davon in keiner ihrer vielen Unterhaltungen je die Rede gewesen. Ingenieure, das waren für sie logische, intellektuelle, analytische Typen – nicht, dass Tad das alles nicht ebenfalls gewesen wäre, doch er war auch emotional und fürsorglich. Und wie! Da hätte so ein Beruf ihn doch viel zu sehr eingeschränkt.

»Aber ja«, erwiderte Francesca. »Tad hat an der University of Chicago Ingenieurwissenschaft studiert. Hatte sogar ein Vollstipendium ergattert. Vivi und Raphael waren so stolz auf ihn und darauf, wie clever er war. Er hätte alles erreichen können. Alles sein können.« Sie trank ihren Espresso in einem Zug aus. »Nach ihrem Tod schmiss er das Studium hin und reiste ein paar Jahre ins Ausland.«

Bei der Erinnerung an längst vergangenen Zeiten glänzten ihre Augen. »Nach seiner Rückkehr wurde er Tonys Barkeeper.«

»Er wollte also nicht mehr Koch werden und das *Ristorante DeLuca* übernehmen?«

»Nein. Nach Vivis und Raphaels Tod verlor er die Freude daran.«

Jules fröstelte es unvermittelt. *Verlor er die Freude daran.* Wie seltsam, etwas Derartiges über Tad zu sagen, der so viel Lebensfreude versprühte.

»Von allen Kindern war Tad der Sensibelste«, fuhr Franke fort. »War immer voller Mitgefühl und Liebe. Der Verlust der Eltern traf ihn besonders hart. Er fiel in ein tiefes Loch, verlor jegliche Antriebskraft. Erst in den letzten Jahren, als er etwas gefunden hat, das ihm Freude bereitet, geht es wieder aufwärts mit ihm.«

Listig beäugte sie Jules, und ihre Mundwinkel wanderten nach oben.

»Wein. Er hat Freude an Wein.« Jules kam sich wie ein Käfer unter einem Vergrößerungsglas vor. Sie und Tad hatten Freude an der Gesellschaft des jeweils anderen. Vielleicht war das nicht zu übersehen. Mehr als einmal hatten sie bei Familientreffen der DeLucas mit ihrem vertraulichen Gelächter neugierige Blicke auf sich gezogen. Doch nun wand sich Jules unter Frankies allwissendem Blick. Diese Frau bekam einfach zu viel mit!

Nie gut, so was ...

Evan rührte sich auf ihrem Schoß und gab einen *Füttermich*-Laut von sich. Gerettet! Sie stand auf und hievte sich ihren sekündlich schwerer werdenden Sohn auf die Hüfte.

Frankie klappte das Kochbuch zu und schob es in Jules' Richtung. »Gib Bescheid, wie deine *tartine* geworden ist.«

Oh, ich kenne dein Spielchen, Lady! Jules blickte auf das Seitenbündel und wünschte sich, sie könnte Italienisch lesen. Wünschte sich, sie wüsste, was zur Hölle sie da gerade tat.

5. Kapitel

Während er die Treppe zu Lilis Studio im *Flat Iron Arts Building* in der Milwaukee Avenue erklomm, gestattete sich Tad einen Augenblick, um das Triumphgefühl auszukosten, das ihn durchströmte.

Okay, er war ziemlich hinterhältig vorgegangen. Daran, dass Jules eine großartige Köchin abgab, bestand zwar kein Zweifel, und ihre Bruschetta war auch verdammt gut gewesen. Aber eigentlich hatte er nicht vorgehabt, sie einzustellen, bis er gesehen hatte, welcher Ausdruck über ihr Gesicht huschte, als er einen Bissen davon gegessen hatte. Dieser Ausdruck freudiger Erregung, die er früher selbst verspürt hatte, wenn jemand etwas von ihm Zubereitetes aß, hatte ihn wachgerüttelt. Sie lechzte so nach Anerkennung! Doch auch wenn jeder sie unglaublich liebte, erwartete keiner, dass mehr als eine tolle Mom in ihr steckte. Jules war so viel mehr, als jeder ihr zutraute.

Und genau da war ihm die Idee gekommen.

Gut, eventuell würde er Jules dadurch nicht komplett davon abhalten können, im Datingpool zu baden, aber vielleicht ging sie das Ganze mit einem Job ja bedächtiger an. Streckte ihre Zehen sachter rein. Schaute, wie warm es darin war, bevor sie vollständig eintauchte. Mit diesem Jobangebot schlug er zwei Fliegen mit einer Klappe – und außerdem würde er sie auf die Art täglich etliche Stunden in seiner Nähe haben und somit nicht den Verstand verlieren.

Nie würde Tad vergessen, wie verzagt sie bei ihrer Ankunft in Chicago vor fast zwei Jahren gewesen war. So verletzlich, so einsam. Jack war zu beschäftigt und Jules zu verletzt und stolz, um ihn um Hilfe zu bitten. Inzwischen sah das anders aus, aber bis die beiden ihren Herzen einen Ruck gegeben hatten, war es Tad gewesen, der ein offenes Ohr für Jules gehabt hatte. Und auch nach der Aussöhnung der beiden hatte er sich weiter freundschaftlich um sie gekümmert.

Freundschaftlich. Auch wenn ihm ab und zu ein paar versprengte, unanständige Gedanken durch den Kopf gingen und bei ihm für einen Ständer sorgten. Sie war nun mal eine heiße Frau und er ein heißblütiger Mann. Und *vielleicht* hing seine leicht gedrückte Stimmung ja mit einem gewissen sengenden Kuss zusammen, mit dem ihn seine gute Freundin vor einer Weile überrumpelt hatte.

Wie genau er sich daran erinnerte. Vor elf Monaten hatte Evan gezahnt und Jules mit seiner Unleidlichkeit die ganze Nacht über auf Trab gehalten. Tad hatte mit einem thailändischen Reisnudelgericht und Bubble Tea – er fand das Zeug ja scheußlich, aber Jules liebte es – zu ihr rübergeschaut, und die Erleichterung auf ihrem Gesicht bei seinem Erscheinen hatte ihn nur so dahinschmelzen lassen.

»Gerade bin ich so heiß auf dich!«, hatte sie gesagt und

ihm, fast ohne ihn eines Blickes zu würdigen, die braune Papiertüte entrissen.

»Heiß auf meine spätabendliche Lieferung, meinst du wohl.«

»Das ist es doch, was du den Ladys gibst, richtig, Babe? Den heißen Hengst um Mitternacht.« Sie war in der Küche herumgetanzt und hatte ABBAs *Gimme! Gimme! Gimme!* gesungen.

So gingen sie miteinander um, scherzend und frotzelnd, immer völlig locker drauf. Jules war oft allein, da Jack bis spätabends im Restaurant beschäftigt war und Lili in ihrem Fotostudio ein paar Häuserblocks weit entfernt ebenfalls. An diesem Abend war das Essen gut, die Gesellschaft besser, und im Fernseher lief *Game of Thrones*. Keine schlechte Art, den Abend zu verbringen.

Bis Evan wieder zu jammern anfing, was eigentlich kein Problem gewesen wäre, wenn Jules nicht urplötzlich tiefe Selbstzweifel befallen hätten.

»Mir wächst das alles über den Kopf«, sagte sie unter Tränen, nachdem sie den Kleinen beruhigt hatte und er wieder eingeschlafen war.

Sie gingen zum Sofa zurück, einem großen schwarzen Ledermöbel, das knarzte, als sie sich daraufsetzten. Komisch, wie einem manche Dinge in Erinnerung bleiben. Wie etwa auch die verschmierte Wimperntusche unter ihren Augen in der Form von Halbmonden und dass sich Haarsträhnen aus ihrer Haarklammer gelöst hatten. Eine verirrte Locke kringelte sich über ihrer Wange, und er strich sie ihr gedankenlos hinters Ohr.

Ohne zu begreifen, dass selbst die kleinste Handlung Folgen hat.

»Du machst das doch super, Honey. Als frisch gebackene Mom überfordert dich das Ganze noch ein bisschen, aber jeder hier steht dir zur Seite.«

In diesem Moment schloss sie ihre sagenhaften grünen Augen. Und er wusste, wenn Jules sie wieder öffnete, würde er sie küssen, bis sie begriff, was er da tat.

Und so kam er diesem furchtbaren Gedanken zuvor und drückte sie stattdessen fest an sich. Schlang die Arme um sie und flüsterte tröstende Worte in ihr goldenes Haar. Setzte seinen Mund, mit dem er sie am liebsten lang und zärtlich geküsst hätte, für ungefährlichere Zwecke ein. Doch lange konnte das nicht gut gehen, nicht, wenn es ihn so danach verlangte, ihr ein gutes Gefühl zu vermitteln. Und er im Hafen ihres Körpers vielleicht endlich etwas von dem lang ersehnten Frieden finden konnte.

Nachdem sie sich ein wenig von ihm gelöst hatte, sah sie mit ihren hinreißenden Augen zu ihm auf und zwinkerte eine Träne fort. Gott, sie brachte ihn noch um.

»Tad«, flüsterte sie, die Stimme so voller Verlangen und Zärtlichkeit, dass es ihm das Herz zusammenschnürte. Wenn er vor Gericht hätte aussagen müssen, wer wen zuerst küsste, dann hätte er es nicht sagen können. Eine Sekunde verwandelte sich in drei, dann in fünf ... Ihre weichen, geschmeidigen Lippen schmeckten nach dem süßen Bubble Tea und etwas salzig von ihren Tränen, dem Treibstoff, der seinen Körper zum Leben erweckte.

Er wich zurück, bevor der Aufladeprozess abgeschlossen war, denn es hätte kein Zurück mehr gegeben, wenn er noch länger gewartet hätte.

»Jules, wir ... wir sollten das nicht tun.« Sie sollten nicht übereinander herfallen, so erhitzt, verschwitzt und voller schmutziger Gedanken. Sollten sich nicht die Kleider vom Leib reißen und sich halb besinnungslos vögeln. Vor allem aber sollten sie einander nicht trösten und dabei jegliches Vernunftgefühl verlieren. Seit dem Tod seiner Eltern war er ein gebrochener Mann. Es war erschreckend, wie sehr es ihn in diesem Moment nach ihr verlangte. Doch auch wenn sie ihm kurzfristig bestimmt über seine Schmerzen hinweghelfen würde, konnte er doch nicht Gleiches mit Gleichem vergelten, sondern würde ihr, im Gegenteil, nichts als Herzschmerz bereiten. Mit ihr würde es richtig zur Sache gehen, und es würde keinen Weg zurück geben.

Sie war derart schockiert über seine Reaktion, dass es ihm den Magen umdrehte. Was ihn nicht davon abhielt, das Ganze in seiner Dummheit noch schlimmer zu machen, denn er war ein Kerl, und Kerle taten so etwas.

»Wir wären schrecklich zusammen. Absolut schrecklich«, sagte er also.

Dumm, absolut dumm.

»Richtig.« Ein frostiger Ausdruck trat in ihre schönen grünen Augen.

Sie rutschte ans andere Ende des Sofas, und er murmelte irgendetwas Hirnverbranntes und machte, dass er zur Tür hinauskam. Zwei Wochen sprachen sie kaum ein Wort miteinander. Dann wurde Evan krank, und er chauffierte die beiden zur Ambulanz, da Jack und Lili nicht da waren. Dem kleinen Knirps ging es bald wieder gut, und ihnen beiden ganz plötzlich auch.

Ihre Freundschaft hatte überlebt, doch sein Sexleben war danach völlig im Eimer.

Elf Monate. Seit elf Monaten war bei ihm in der Hinsicht tote Hose. Es war nicht so, dass er keinen hochbekam –

er stand in sehr guter Beziehung zu seiner rechten Hand, die zugunsten der Selbstliebe sogar Brandblasen in Kauf nahm. Er konnte sich nur einfach für keine der Frauen erwärmen, die er datete. Er brachte sie nach Hause, und dann sahen sie mit großen und erwartungsvollen Augen zu ihm auf (eine blickte hinunter, aber das war eine andere Geschichte). Kirschrote Lippen wurden geleckt, wohlgeformte Brüste herausgestreckt. Gelegentlich küsste er diese Lippen und wartete auf die Reaktion seines guten Stücks. Auf die chemische Explosion der Endorphine oder was auch immer sonst angeblich geschehen musste, um das Spielgerät ins Ziel zu befördern. Öfter jedoch machte er sich einfach höflich wieder auf den Weg und ignorierte ihre überraschten Mienen.

Es liegt nicht an dir, Honey, sondern ganz allein an mir.

Es war nicht so, als hätte er Jules vor sich, sobald er zum entscheidenden Schlag ausholen wollte. Das wäre ja noch ein Segen gewesen, da mittels dieser Fantasie ein Homerun drin gewesen wäre. Aber nein, es war schlimmer als das. Er sah nichts. Nur eine Leere da, wo seine Libido hätte sein sollen. Erst später, wenn er noch wach dalag und darüber nachgrübelte, warum er den Spielzug nicht zum Abschluss hatte bringen können, würde er all die aufgestaute Frustration per Hand abbauen. Und wenn die Gedanken an eine gewisse blonde Schönheit ihn schneller dazu brachten, dann war das etwas, das nur ihn und sein Kissen etwas anging.

Vielleicht würde es ja besser, wenn sie erst mal andere Männer datete. Wenn sie einen Mann kennenlernte, den sie mochte, einen, der nett zu ihr war – vorzugsweise einen Eunuchen, der gut mit Kindern umgehen konnte –, und sich

Tad für sie freuen konnte. Sie brauchte einen guten Kerl ohne eine Lastwagenladung an Ballast und ein ausgesprochen wechselhaftes Sexleben. Sobald sie sich ihren Frosch erst mal gekrallt hatte und mit den beiden alles gut lief, könnte er endlich wieder Sex haben.

Allerdings sollte man besser nichts überstürzen.

Die Tür zu Lilis Studio stand offen. Wenn sie geschlossen war, hieß das, dass gerade ein Fotoshooting stattfand und er nicht einfach hineinplatzen durfte. Für gewöhnlich waren die von ihr fotografierten Frauen echte Hingucker – tätowierte Goth-Chicks, Soccer-Moms, die es wissen wollten, Studentinnen mit frischen Gesichtern, die alle ganz verrückt danach waren, sich für Lilis Kunst auszuziehen. Er hatte definitiv den falschen Beruf ergriffen.

Es war ein relativ kleines Studio, in dem nach dem Umzug von Lilis Kollegen Zander nach New York nun allerdings etwas mehr Platz herrschte. Jack hatte angeboten, Lili ein Studio in ihrem Stadthaus einzurichten, doch sie trennte Privates und Berufliches lieber. Tad betrachtete gerade noch genießerisch die Aktfotos an den Wänden, als er auf der anderen Seite des Studios hörte, wie Lili leise Anweisungen murmelte. Er spähte vorsichtig hinein, doch ein Pfeiler versperrte ihm die Sicht.

»Heb das Kinn – yeah, genau so!« *Klick.* »Nun beug dich vor und zeig deinen Vorbau.«

»Lili!«, kam es verlegen zurück. *Jules!*

»Ach, komm, sei nicht schüchtern. Du hast eine umwerfende Figur und – oh, perfekt. Bleib so!« *Klick!*

Tads Herz schlug wie wild. Er schlich sich ein Stückchen vor, bis er an dem Pfeiler vorbeisehen konnte. Lili stand mit dem Rücken zu ihm und verdeckte ihr Motiv, doch zumindest war der Blick frei auf wohlgeformte Beine, die nur notdürftig von etwas Rotem, weich Aussehendem bedeckt waren.

»Weißt du, wenn du je Lust haben solltest, blankzuziehen, würde ich dich gern fotografieren.«

Jules schnaubte. »Ich sehe Jacks Gesicht förmlich vor mir.«

Seine Cousine lachte. »Wir könnten darauf bestehen, dass er es im *Sarriette* aufhängt. Der Arme wüsste nicht, ob er meine Kunst fördern oder total entsetzt sein sollte.«

Mädchenhaftes Kichern folgte.

»Meine wilden Tage liegen hinter mir«, meinte Jules darauf. »Du würdest nicht glauben, was ich mir zu meinen Londoner Zeiten so alles geleistet habe.« Er hörte, wie sie bei der Erinnerung daran seufzte, und lauschte angestrengt, ob schlüpfrige Details folgten. Diese Londoner Version von Jules klang wie eine Frau, die er gern kennen würde.

»Ach ja? Dann mal raus damit!«

»Na ja, einmal bin ich in einen Brunnen gesprungen und habe mich ausgezogen bis …«

»Hey, Cousin!« Lili hatte ihn entdeckt und lächelte ihn verschmitzt an. »Wie lange bist du schon hier?«

Er tätschelte den Pfeiler, hinter dem er sich versteckt hatte, als wären sie dicke Kumpel. »Bin gerade erst gekommen.«

Lili lächelte noch verschmitzter. »Hab dich gar nicht erwartet.«

»Brauche ich etwa einen Vorwand, um meine Lieblingscousine zu besuchen?« Es kam eine Spur gereizt heraus.

»Überhaupt nicht. Ich dachte bloß, du würdest damit beschäftigt sein, deine Cabernets und Pinots zu streicheln.«

»Das mache ich nur dienstags und donnerstags. Soll ich mich lieber wieder verziehen?«

»Nein, nein, wir sind gleich fertig.« Lili setzte sich an ihren iMac und verband ihre Kamera mit einem Kabel.

»Alles okay?«, fragte Jules, fast schon schüchtern, als würden sie einander kaum kennen. Und tatsächlich sah er sie in einem völlig neuen Licht. Das Kleid, das sie trug, eine kirschrote, geraffte Angelegenheit, die ihre Brüste umspielte und ab der Taille glockenförmig fiel, kannte er gar nicht. Nicht sonderlich sexy, aber ...

In diesem Kleid sah sie aus, als könnte sie einen Eltern-Lehrer-Ausschuss leiten und daraufhin mit ihrem Ehemann in den Subaru auf dem Schulparkplatz steigen.

Zum Glück dauerte es bis dahin noch ein paar Jahre, da Evan gerade mal ein Knöchelbeißer war ... außer, sie schleppte einen Witwer ab, der schon Kinder im Schulalter hatte. Und das konnte verdammt gut sein! Er wettete, auf diesen Websites wimmelte es nur so vor einsamen, verwitweten Vätern.

Er hatte Probleme, Atem zu holen, und in seiner Hose herrschte unvermittelt Platzmangel. Wäre Lili nicht da gewesen, hätte er, um ehrlich zu sein, ernsthaft erwogen, Jules aus diesem Kleid zu wickeln und das kurvige Geschenk darunter zu erforschen. Jules erwiderte seinen Blick und fragte sich vermutlich, warum er sie wie ein frisch entlassener Sträfling angaffte, der während seiner langen Knastzeit keine Frau zu Gesicht bekommen hatte.

»Hey!«, erwiderte er ihren Gruß von vor rund zehn Minuten endlich. Er hob seinen Blick von ihren Brüsten gut dreißig Zentimeter nach oben. Frauen-Einmaleins. Sie zogen es vor, wenn man ihnen ins Gesicht sah.

»Lässt du Fotos von dir machen?«, murmelte er, als hätte er einen Summa-cum-laude-Abschluss darin gemacht, nach dem Offensichtlichen zu fragen. Sein IQ war gerade um hundert Punkte gesunken.

»Äh, ja. Für mein Profil.« Sie lief rot an, und da merkte er, dass ihre Augen im Stil von Zeitschriftenmodels geschminkt waren: smokey und sexy. Auch ihre Haare hatte sie anders frisiert. Auf Fuck-me-Art zerzaust.

»Mein Glamour-Shot, wie Lili es nennt.« Jules verdrehte die Augen. *Ist es zu fassen, was die mit mir anstellen?*

Er verkrampfte sich und bemühte sich, wieder zu relaxen. *Ihr Glamour-Shot!* Genauso gut hätte sie ein Schild malen können: KOMMT HER, IHR INTERESSENTEN, UND HOLT EUCH HIER EURE HEISSE MAMA AB! Herrgott, er versuchte ja aufzuhören, sie anzustarren, aber er konnte den Blick einfach nicht von diesen verdammten Kurven lösen.

»Stimmt was nicht?«, fragte sie.

»Nein!«, schnauzte er und schob dann ein freundlicheres »Alles gut« nach.

»Ich zieh mich nur schnell um«, murmelte sie und verschwand hinter einem dekorativen Paravent.

Er zwinkerte, um sein Hirn wieder in Gang zu bringen, und tauschte dann mit Lili ein paar Belanglosigkeiten über Tonys und Frankies anstehenden Hochzeitstag aus. Wären seine Eltern noch am Leben gewesen, so wäre es auch ihr Hochzeitstag gewesen. Die beiden Paare hatten vor fünfunddreißig Jahren eine glanzvolle Doppelhochzeit gefeiert. Diese Gedanken verdrängte er aber lieber schnell wieder.

Darin war er inzwischen absoluter Experte.

Jules kam hinter dem Paravent hervor und zog dabei den Reißverschluss ihres Sweatshirts hoch, allerdings nicht schnell genug, als dass er davor nicht noch einen Blick auf die süße Schwellung ihrer Brüste in etwas Dünnem und Stretchigem erhascht hätte. *Come on!*

»Darf ich mir anschauen, wie es geworden ist?«, fragte Jules Lili und drapierte einen Kleidersack über einen Stuhl.

»Na klar.« Seine Cousine klickte auf ihrem Bildschirm herum.

Tad warf einen weiteren verstohlenen Blick auf Jules. Was für ein Anblick! Ihre Wangen waren rosig überhaucht, und sie sah so verdammt gut aus, dass er am liebsten jeden Zentimeter von ihr mit der Zungenspitze nachgefahren hätte. Er wandte sich wieder dem Bildschirm zu, doch was er dort sah, war nicht viel besser.

Auf dem Foto sah sie einfach hammermäßig aus!

Na ja, sie sah immer hammermäßig aus, ob sie nun Baggy Sweats trug oder ein ausgefranstes T-Shirt, das schon bessere Tage gesehen hatte. Selbst wenn sie gleich im Stehen einzuschlafen schien, tat sie es seiner Meinung nach noch!

Nun konnte die ganze Welt sehen, wie umwerfend sie aussah.

Lili hatte sie in einer Pose eingefangen, die gut zu ihr passte. Sie war eher sinnlich als sexy und zeigte, wie viel sie zu bieten hatte. Den Kopf hatte sie kess zu Seite gelegt, wodurch ihre humorvolle Seite ins Licht gerückt wurde. Manchen Kerlen war es ja egal, wie witzig ein Mädel war, Tad mochte diese Eigenschaft bei Frauen jedoch. Jules war einer der lustigsten Menschen, die er kannte, mit einem losen Mundwerk, das selbst einen Trucker schockiert hätte.

»Oh, Lili, das ist ... das ist ...« Jules hielt sich die Hand vor den Mund und drehte sich zu Tad. Ihre Augen funkelten wie Sterne.

»Sensationell«, beendete Tad den Satz mit leicht krächzender Stimme für sie.

»Findest du wirklich? Meinst du nicht, es wirkt zu dick aufgetragen?«

O ja, das glaubte er allerdings, doch gerade kehrte er den guten Freund heraus. Den, der seine gute Freundin in allem unterstützte, was sie tat, selbst wenn sie eine optische Einladung erschuf, sie bedächtig und sehr ausgiebig zu nehmen, bis beide gesättigt und verschwitzt zusammenbrachen.

»Dir gefällt's also, Tad?«, erkundigte sich Lili. »Die Recherchen hat Cara übernommen. Anscheinend fahren Männer am meisten auf die Farbe Rot ab. Irgend so ein evolutionärer Kram von wegen, dass sie mit Fruchtbarkeit gleichgesetzt wird.«

Was? Mann, gerade hasste er Cara abgrundtief.

»Ja, es ist toll. Es ist nur …«

»Es ist nur was?« Vor Besorgnis klang Jules' Stimme ein paar Oktaven höherer als sonst.

Er ruderte zurück. »Es ist nur so, dass es einen ganz bestimmten Eindruck vermittelt.« Einen fatalen Eindruck ganz einfach. »Also, ich meine, es könnte die falsche Sorte Mann ansprechen.«

»Wie meinst du das, *die falsche Sorte?*«, schnauzte Jules.

Oha, Vorsicht! »Na ja, Typen, die's einfach nur krachen lassen wollen.«

So viel zur Vorsicht. Die Bemerkung war ihm ohne Umweg über sein Hirn herausgerutscht.

Lili musterte ihn scharf. Von allen aus der DeLuca-Menagerie standen sie sich am nächsten, und sie durchschaute ihn grundsätzlich. »Aber vielleicht ist es ja *sie*, die es krachen lassen will.«

»Genau, kann doch sein!«, versetzte Jules beleidigt. Sie funkelte ihn kurz an und schüttelte dann missbilligend den Kopf. »Na, ich muss jetzt los und Evan von Frankie abholen. Dank dir, Lili. Vielleicht können wir uns ja später noch mal darüber unterhalten, wie wir es passender *für die richtige Sorte* gestalten.« Ohne sich von ihm zu verabschieden, marschierte sie zur Tür und warf sich dabei die Kleiderhülle wie ein steifes Cape über die Schulter.

Die Tür fiel ins Schloss.

Lili fing an, langsam zu klatschen.

»Ach, lass stecken.«

»Stolz auf dich selbst?«

»Einer muss es ihr doch sagen, Lili. Nichts gegen deine Kunst. Ich finde nur, sie sollte auf dem Foto etwas bodenständiger rüberkommen. Die Kerle sehen dieses Bild, und schon muss Jules zusehen, wie sie sich die mit einem Stock vom Leib halten kann. Dabei haben die Typen, die solche Sites nutzen, doch alle einen an der Klatsche. Männer eben, die auf normale Art keine Dates abkriegen.«

Konnte gut sein, dass sein Ausbruch ein wenig klischeehaft geklungen hatte. Lili blinzelte jedenfalls. »Dann hat Jules also auch einen an der Klatsche?«

»Bei Frauen ist das was anderes, vor allem bei solchen, die keine Möglichkeit haben, jemanden auf dem üblichen Weg kennenzulernen. Ich kann schon verstehen, warum Jules das tut.« Er hasste es zwar, aber er verstand es. »Männer stehen auf einem anderen Blatt. Wenn Jules zumindest aussähe wie eine ...«

»Wie eine Mom?«

»Was ist so verkehrt daran, wie eine Mom auszusehen?«

»Nichts, aber vielleicht würde sie gern wie eine sexy sensationelle, vögelnde Mom aussehen. Wie eine MILF. Sagt man das noch?«

Er räusperte sich geräuschvoll. »Äh, ja, tut man.«

»Sie ist schön, und es gibt keinen Grund, warum sie nicht ein bisschen Spaß haben sollte.«

Das kam gar nicht in die Tüte! »Ich dachte, sie würde einfach nur jemanden kennenlernen wollen, mit dem sie essen oder ins Kino gehen kann.«

Lili sah ihn an, als hätte er sie nicht alle. »Na, vielleicht würde sie ja gern erst mal um die Häuser ziehen und ordentlich poppen, bevor sie sich auf die Jagd nach einem Ehemann macht.«

So allmählich sah er rot. Wie zur Hölle sollte er Cara und Lili auf seine Seite ziehen, wenn die beiden so dermaßen auf einer Wellenlänge waren? Er hatte es schon mal gesagt, und er würde es wieder tun: Jede einzelne Frau in seiner Familie stellte eine Bedrohung dar.

»Jack wird das überhaupt nicht gefallen.«

»Schon klar«, erwiderte Lili glucksend, »trotzdem wird er einräumen müssen, dass seine Schwester erwachsen ist und tun und lassen kann, was sie will.« Sie neigte den Kopf und betrachtete ihn. *Jetzt kommt's.*

»Was hält dich denn davon ab, selbst mit ihr auszugehen?«

»Wir sind Freunde«, erwiderte er, dabei fühlte er sich gerade gegenüber niemandem kumpelhaft, und gegenüber Juliet Kilroy schon gleich gar nicht.

»Ich weiß, dass du sie magst. Was ich nicht verstehe, ist, warum du deswegen nichts unternimmst.«

»Ich mag sie zu sehr, als dass ich ihr jemanden wie mich aufdrängen wollen würde.«
»Was immer das heißen mag.« Sie sah ihn an, und ihr Grinsen erlosch. »Gott, du meinst das echt ernst, oder? Du hältst dich wirklich nicht für gut genug für sie?«
Mist, das war nicht richtig rausgekommen. Ehe er antworten konnte, war Lili aufgesprungen und sah aus ... Himmel, als wolle sie ihn umarmen oder so was. So lief das aber nicht bei ihnen. Er war derjenige, der Trost spendete. Schon immer gewesen.
»Möchtest du darüber reden?«
»Worüber denn?«
»Den Preis von Olivenöl, du Trottel.« Sie verdrehte die Augen. »Wie wär's damit, dass du sie immer ansiehst, als wäre sie die einzige Frau auf der Welt? Oder dass deine Augen jedes Mal, wenn du Evan im Arm hältst, aufleuchten wie die Michigan Avenue zur Weihnachtszeit?«
Sein Herz zog sich zusammen, so sehr trafen Lilis Worte zu. Sie und er standen sich zwar sehr nahe, aber wichtige Dinge wurden nicht angesprochen, oder zumindest nicht die Dinge, die ihm wichtig waren. Und sie würden auch jetzt nicht damit anfangen.
»Sie ist wie eine Schwester oder Cousine für mich«, lenkte er das Thema wieder auf Jules und seine brüderliche Besorgnis. »Die mich nervt, mir auf den Sack geht, was auch immer. Ich würde meinem Job als herrischer italienischer Verwandter nicht gerecht, wenn ich keine Meinung darüber hätte.«
Seine Cousine durchbohrte ihn mit Blicken. Darin war sie immer die Beste gewesen, allerdings hatte er ihnen auch immer am besten widerstanden. So auch jetzt.

»Du machst also nur deinen Job?«, fragte sie schließlich schelmisch.

»Ganz genau.«

Focaccia zu backen war doof.

Jules liebte Focaccia, ihren öligen, knackigen Biss. Ihr Bruder machte eine Variante mit Trüffelöl, für die sie als Gegenleistung manchmal selbst ihr Kind hergegeben hätte. Doch dieser Klumpen dichten, trockenen, *toten* Brots hier kam nicht annähernd an Jacks perfektes Werk heran.

Ein Grundnahrungsmittel, und nicht mal das bekam sie hin. Sie funkelte Vivis Rezept böse an, doch das nützte nichts. Frankie hatte ihr auf ein Post-it die englische Übersetzung geschrieben, insofern brauchte sie das ursprüngliche sepiafarbene Papier gar nicht, doch die italienische Mama hatte darauf bestanden, dass sie es dennoch mit nach Hause nahm. Von wegen, man würde Kraft aus den ursprünglichen Worten ziehen, als würde die schiere Präsenz dieses magischen Gegenstands Jules' kniffliges Vorhaben segnen.

Während sie Wasser, Mehl und Hefe zu einem Teig verknetete – dafür den Standmixer zu verwenden passte nicht zu dem Alte-Welt-Vibe, den sie kultivierte –, hatte sie sich dieser Frau, die Tad so viel bedeutet hatte, nahe gefühlt. Sie hatte sich sogar eine bäuerliche Bluse und einen gazeartigen, knöchellangen Rock angezogen.

So viel dazu. Und was kam dabei heraus? Ein großer rechteckiger Brocken, den nicht einmal die Schicht Olivenöl auf dem Boden des Backblechs hatte retten können. Wem hatte sie etwas vorgemacht, als sie dachte, sie könnte das? Versagen in der Küche, Versagen überall. Verdammter Taddeo DeLuca!

Für wen, zur Hölle, hielt er sich, dass er ihr sagte, das Foto könnte die falsche Sorte Mann anlocken? Wer, zur Hölle, war überhaupt *die falsche Sorte?* Er dachte, sie würde aussehen, als würde sie es weiß Gott wie wissen wollen. Nur, dass es beleidigend klang. Als wäre sie ein frühreifes Mädchen und nicht in der Lage, eigene Entscheidungen zu treffen, wenn es um die Auswahl ihrer Datingpartner ging. Um ihre eigene Sexualität.

Zu ihren Londoner Zeiten war sie entschlossen, sich, was ihre Entscheidungen anging, egal ob sexuell oder anderweitig, nicht in die Karten gucken zu lassen, aber wenn sie auch noch so sehr dagegen ankämpfte, gaben ihre Leseprobleme doch so viel von ihrem Leben preis. Sie hatte Momente durchgemacht, in denen sie sich wertlos gefühlt hatte, in jedermanns Nähe dumm, hatte selbstzerstörerische, trübsinnige Phasen durchlebt, in denen sie mit Typen geschlafen hatte, weil sie keine schlagfertigen Antworten anbieten konnte, wohl aber ihren Körper. Sie ertappte sich dabei, sich zu Machotypen hingezogen zu fühlen, aufdringlichen Männern, die sich an dem Gedanken aufgeilten, in einem Restaurant für eine Frau zu bestellen. *Bestell du für mich, Babe, ich bin sicher, du weißt, was am besten ist,* sagte sie dann unter Wimperngeklimper mit Blick auf die Speisekarte, die sie nicht lesen konnte. Diese kleine Machtübergabe machte sich bei diesen Männern durch gerötetere Wangen bemerkbar. Ein Aufblitzen von etwas in ihren Augen, das sich in ihrer veränderten Sitzhaltung widerspiegelte, die nötig war, um mit ihren Ständern klarzukommen.

Manchmal schafften sie es nicht mal bis nach Hause. Ihr Date folgte ihr auf die Damentoilette, schob sie in eine Kabine und nahm sie an Ort und Stelle. Lustig, wie ihr Makel und die kleinen Tricks, mit denen sie ihn zu verbergen suchte, oft zu heißen und heftigen Sexspielen führten. Es gefiel diesen Männern, dass sie sich nachrichtentechnisch nicht auf dem Laufenden hielt, auch wenn sie sich in der Hinsicht manchmal extra dumm stellte. Sie schaute ja fern, aber wenn sie versuchte, Webseiten zu lesen, bekam sie beim Enträtseln der Wörter Kopfschmerzen. Den Männern gefiel das blonde Dummchen, das mit ihrem einfachen Job, in der Bar die Gläser einzusammeln, vollauf zufrieden war – nicht mal an der Kasse wollte sie arbeiten! Sie mochten sie, bis sie anfing, ihnen zu widersprechen, und nicht mehr ganz diesem Blondinen-Stereotyp entsprach. Darauf folgte ein verdutztes Verengen der Augen, als könnten sie sich keinen Reim darauf machen, was sie da hörten. *Oh, du hast eine Meinung zu den Bankern an der Wall Street oder den Menschenrechtsverletzungen in China?* Sie lachten unbehaglich, als wäre die Schaufensterpuppe zum Leben erwacht, und Jules ging auf, dass sie einen Fehler gemacht und zu viel von sich gezeigt hatte.

Bis Simon daherkam. Simon St. James mit seinem unbekümmerten Lächeln und den arktisch blauen Augen. Der Mann, der ihr Spielchen sofort als Blendwerk durchschaute. Der sie darauf ansprach und sie trotzdem wollte.

O Gott, sie wollte nicht an Simon denken, aber sie hatte keine andere Wahl, denn der Mann dachte eindeutig an sie.

Jules wischte sich die Hände an der Schürze ab, griff nach ihrem Handy und durchbohrte das Display mit ihrem Blick, als könnte sie das, was sie darauf sah, dadurch in etwas verändern, das einen Funken Sinn machte. Es war nur eine Nummer – derselbe verpasste Anruf im Lauf der letzten Wochen – doch inzwischen wirkte sie wie die unheilvollste Ziffernfolge, die sie je gesehen hatte.

Denn diesmal wurde sie von einer Stimme begleitet. Einer Mailboxnachricht, um genau zu sein. Nach über zwei Jahren zog Simon St. James ihr – einmal mehr – den Boden unter den Füßen weg.

Es hatte Zeiten gegeben, da hätte sie alles getan, um von ihm zu hören, vor allem damals, als sie nach ihrer Ankunft in New York nachts in einem fremden Schlafzimmer gelegen und ein Kissen umklammert gehalten hatte. Sie hatte Jack erklärt, es gebe kein Zurück, sie habe aus London fortgemusst. Sie hatte getan, als wäre sie auf der Flucht, und in gewisser Hinsicht stimmte das ja auch. Auf der Flucht vor den Erinnerungen und der Qual herauszufinden, dass der geliebte Mann, dessen Kind sie erwartete, sie lediglich als Unannehmlichkeit betrachtete. Während sie sich in diesen ersten einsamen Wochen im Casa DeLuca in den Schlaf geweint hatte, schwor sie sich, nicht zurückzukehren, doch ihr Herz flüsterte, sie würde einknicken, wenn er anrief.

Was er aber nie tat.

Nun rief er sie unter einer neuen Nummer an. Hatte er sein Handy verloren? War das der Grund, warum zwei Jahre lang Funkstille geherrscht hatte?

Keine. Chance.

Alle paar Monate flog Jack geschäftlich nach London, und sie fragte sich oft, ob er dabei nicht auch Simon traf, einen seiner engsten Freunde. Ob er erwähnte, dass seine Schwester bei ihm in New York wohnte, dass ihr Sohn ein goldiger blonder Racker mit genauso unglaublich blauen Augen wie die seines Vaters war?

War er nervös bei dem Gedanken, was er sagen sollte, als er bei seinen ersten Anrufen keine Nachricht hinterließ? Unsicher, wie er nach so langer Zeit die Kluft zwischen ihnen schließen sollte?

Ich würde dich gern mal wieder treffen, Jules, hatte in der Nachricht gestanden. Distanziert, aber freundlich. Alles und nichts.

Sie hätte ihn gern windelweich geprügelt, aber wir können nicht alles bekommen, was wir uns wünschen, oder?

6.
Kapitel

»Manchmal glaube ich, er vermisst mein Kind mehr als mich«, sagte Jules zu Lili, und es störte sie kein bisschen, dass ihr Bruder es hören könnte.

Jack lag ausgestreckt auf dem Boden des Wohnzimmers seines und Lilis Hauses und wirbelte Evan mühelos durch die Luft.

»Zumindest muss ich mir um Evan keine Sorgen machen«, warf er ein. »Der Kleine hat nämlich mehr Verstand als du.«

Jules stieß einen Seufzer aus. Jack kam mit der Vorstellung, dass sie daten wollte, einfach nicht klar. Nachdem er sich ein Leben lang nicht um sie gekümmert hatte, war er in den letzten beiden Jahren zu Mr Überfürsorglich mutiert. Gelegentlich ging es ihr auf die Nerven, aber im Ganzen fand sie das sehr liebenswert.

Lili klappte ihr Notebook auf und navigierte zur Datingsite von *Bonds of Love*. Es klang wie eine BDSM-Datingsite, aber Cara beharrte darauf, dass alles regelkonform ablief. Ihre Datingmentorin fand, sie solle sich auf mehreren

Plattformen anmelden, doch Jules beließ es wegen des besseren Überblicks lieber erst mal bei einer.

»Ich weiß, ich sag's nicht zum ersten Mal«, sinnierte Lili, »aber, verdammt, du räumst ganz schön ab!«

»Ich glaube, du kannst mit deiner Kamera einfach zaubern.«

Es war Ewigkeiten her, dass Jules sich auch nur im Entferntesten sexy gefühlt hatte, und allein schon das Überstreifen dieses Kleids hatte etwas in ihr ausgelöst. Lili hatte sie geschminkt, auch wenn sie beharrlich behauptet hatte, sie wisse nicht, was sie tue. Tat sie aber doch. Mit dem Kleid und den Smokey Eyes sah Jules heiß aus. Vielleicht sogar scharf.

Oder zumindest hatte sie das gedacht, bis Tad seinen Einwand vom Stapel gelassen hatte.

Fünf Stunden später, und sie war immer noch stinksauer.

Seit sie mit Evan schwanger gewesen war, hatte sie sich nicht ein einziges Mal mehr attraktiv gefühlt. Müde, ja, und ausgelaugt und dumm und manchmal wuschig, attraktiv aber nie. Bis Lili angefangen hatte, sich an ihrer Kamera zu schaffen zu machen und mit dieser einlullenden Stimme auf sie einzureden, die, mit der sie all ihre Objekte zum gezielten Einsatz ihrer weiblichen Reize brachte. Unvermittelt hatte Jules ihre Beine mal so und mal so überkreuzt, hatte sich vorgelehnt, um ihre Brüste besser zur Geltung zu bringen, sich zurückgelehnt, um ganz die Coole zu geben.

Als Tad gesagt hatte, sie sehe auf dem Foto sensationell aus, hatte ihr Herz einen Satz gemacht, um jedoch nach seinem einschränkenden Nachsatz in tausend Stücke zu zersplittern. Natürlich hatte er aus reiner Nettigkeit gesagt, dass sie gut aussehe. Tad war ihr Freund und hatte so was gar nicht auf dem Schirm. Das war so was von bewiesen.

»Findest du das Foto nicht ein bisschen übertrieben?«, fragte sie Lili. Vielleicht war es ein bisschen zu verführerisch. Diese Art von Aura hatte sie in London verströmt, weswegen sie Tads Bemerkung auch derart schwer getroffen hatte. Mehr hatte sie nicht zu bieten gehabt, weshalb sie alles rauszuholen versucht hatte.

»Vergiss, was Tad gesagt hat«, erwiderte Lili, die Jules' Gedanken las. »Der zieht einfach nur sein italienisches Macho-Ding durch. Keine meiner Frauen und der ganze Kram.«

»Wie meinst du das? Ich bin nicht seine Frau.« *Seine Frau.* Während sie es aussprach, überlief es sie heiß und kalt.

»Ich meine damit diese fürsorgliche Ader, die jeder Italiener für jede Frau in seinem unmittelbaren Umkreis an den Tag legt. Als Freund und quasi Verwandter verspürt Tad Verantwortung dir gegenüber.« Lili musterte sie. »Es gab ja eine Zeit, da dachte ich …«

»Was dachtest du?«

Lili schüttelte den Kopf, aber diesen Trick kannte Jules schon. Sie hatte schon miterlebt, wie sie dieses »Ach, egal, ich muss mich geirrt haben« bei Jack anwandte, und ehe sich Jack versah, gestand er irgendein Fehlverhalten ein oder tat, wozu auch immer ihn Lili hatte bewegen wollen.

»Was, Lili?«

»Ich dachte immer, ihr zwei würdet es miteinander probieren. Ich weiß, du hast mal gesagt, das könnte man vergessen, aber du hast nie erklärt, warum.«

Evans und Jacks lautes Gelächter stellte sicher, dass sie

sich in Ruhe unterhalten konnten, aber Jules senkte ihre Stimme trotzdem.

»Ich habe mal einen Annäherungsversuch gestartet, und er hat mich abgewiesen.«

Lili DeLucas blaue Augen weiteten sich. »Oh.«

»Ja, oh. Das war vor fast einem Jahr, kurz bevor du und Jack geheiratet habt. Meine Hormone spielten verrückt, und ich habe mich einsam gefühlt. Unvermittelt habe ich einen üblen Heulkrampf bekommen, Tad hat mich in die Arme genommen, na, und dann habe ich ihn geküsst.«

»Wow! Und weiter?«

»Nichts weiter. Er ist vom Sofa aufgesprungen – äh, es war sogar dieses Sofa hier –, als wäre ich nicht ganz bei Trost, hat gesagt, das sei die Schnapsidee schlechthin, und ist auf und davon, als hätte ich ihn gefragt, welches Geschirr wir für unser Hochzeitsfest bestellen sollten. Später haben wir uns darüber unterhalten, und er meinte, es sei am besten so, wir seien toll als gute Freunde, und er würde so etwas Gutes nur ungern zerstören, bla, bla, bla. Und ich habe ihm recht gegeben. Das Ganze geschah in einem schwachen Moment, und weil mich so lange niemand mehr, mit dem ich nicht verwandt bin, in den Armen gehalten hatte. Er hat so gut gerochen, dass es mich schlicht überkommen hat.«

Lili schaute skeptisch. »Und wie sind deine Gefühle ihm gegenüber jetzt?«

»Er ist mein Freund. Einer meiner engsten Freunde, und er hatte recht. Es wäre schrecklich gewesen, wenn wir zusammengekommen wären und sich das Ganze dann als Irrtum erwiesen hätte. Schließlich laufen wir uns ständig über den Weg. Das lässt sich gar nicht vermeiden.« Jules hätte es nicht ertragen können, wenn all ihre Begegnungen auch nur annähernd so unbehaglich wären, wie es die ersten nach ihrer Knutschattacke gewesen waren.

»Aber was, wenn es sich nicht als Irrtum erwiesen hätte? Was, wenn ihr zwei tatsächlich ein gutes Paar abgeben würdet?«

Zu oft hatte sie sich Gedanken daran erlaubt, wie gut es wäre, Tad auf diese Weise in ihrem Leben zu haben. Als Lover, ihren Partner, als Vater für Evan. Doch mit den engen Verwandtschaftsverhältnissen waren ihre Leben zu eng miteinander verwoben. Würden sie die Grenze überschreiten und scheitern, wären die Konsequenzen verheerend.

»Es ist besser so, aber ich möchte nicht als Nonne leben. Ich bin bereit, mich der Welt da draußen zu stellen!«

Die Welt da draußen war ein ziemlich Angst einflößender Ort, aber sie musste das durchziehen. Sich selbst zuliebe und Evan zuliebe, vor allem jetzt, da Simon irgendwo lauerte, zum Angriff bereit.

Lili setzte zu einer Antwort an, doch zum Glück kamen Shane und Cara, die das Haus durch die Hintertür betreten hatten, in diesem Moment aus der Küche marschiert. Nachdem Shane dafür gesorgt hatte, dass Cara bequem saß, pflückte er Evan aus Jacks Händen und kitzelte ihn, bis der Kleine sich vor Lachen nicht mehr einkriegte.

Jules war krank vor Sorge gewesen, als er mit vierzehn Monaten noch nicht gesprochen hatte, doch die Kinderärztin hatte gemeint, sie solle sich nicht beunruhigen, alles andere würde sich altersgerecht entwickeln. Aber wie konnte sie das nicht? Sie wusste, dass ihre Legasthenie nichts mit ihrer Intelligenz zu tun hatte, trotzdem nagte der Gedanke an ihr, sie könnte irgendeinen intellektuellen Mangel an ihren Sohn weitergegeben haben.

Als er einen Monat darauf sein erstes Wort gesagt hatte – Mummy – war die Erleichterung so überwältigend gewesen, dass sie Rotz und Wasser geheult hatte. Jack hatte sie entdeckt, wie sie in Tränen aufgelöst mit ihrem Sohn auf ebendiesem Boden mit Bauklötzen gesessen hatte. Nun, mit achtzehn Monaten, plapperte er in einem fort, und sie konnte nie genug davon kriegen, ihm zuzuhören.

»Na, und wie sieht dein Profil inzwischen aus?«, wollte Cara wissen.

Lili drehte den Laptop herum, und Cara pfiff anerkennend. »Heiliges Jalapeño, nicht schlecht! Und du hast sogar schon Hits!«

»Ach, echt?« Jules spähte auf den Bildschirm.

»Ja, schau, darauf weist die Zahl hier in der Ecke hin. Und acht Nachrichten erwarten dich! Na, das ging ja fix!«

»Frischfleisch!«, bemerkte Shane, der sich Evan auf die Hüfte setzte. »Deine Mum ist ein hübsches junges Küken, und alle Füchse schnüffeln um den Hühnerstall herum.«

»Na, vielen Dank auch«, sagte Jules, ohne den finsteren Blick zu beachten, den Jack in Shanes Richtung schickte.

Cara klickte auf die Message-Box. »Hmm, nicht schlecht. Gar nicht schlecht!«

»Lass mal sehen.« Jules setzte sich neben sie, und Lili gesellte sich an Caras andere Seite.

»Der hier ist ein Architekt, aber nicht mehr der Jüngste. Zweiundfünfzig. Schade, er hat so schöne Zähne.« Sie hob eine perfekt gezupfte Augenbraue. »Ich weiß, wie wichtig dir das ist.«

Ein Architekt klang einschüchternd. Zu klug für sie. Sie wollte lieber einen, der in puncto grauen Zellen nicht zu viel von ihr erwartete.

Cara öffnete die nächste Nachricht von einem Typen, der aussah, als würde er am liebsten am Strand abhängen. Sein Foto stellte einen Waschbrettbauch, einen vermutlich vom Surfen gestählten Bizeps und eine sonnengeküsste Mähne zur Schau.

»Wahrlich nicht übel!«, bemerkte Lili in die anerkennende Pause hinein. Und damit war eigentlich auch schon alles gesagt.

Cara runzelte die Stirn. »Wir müssten sie in zwei Gruppen unterteilen: in die für was Ernstes und die nur für den Spaß. Ein paar dieser Typen sind es nicht wert, sich die Mühe eines Dinners zu machen, aber in anderer Hinsicht könnten sie es trotzdem bringen.« Jules wollte gerade nach Einzelheiten fragen, als sie spürte, dass Jack hinter sie getreten war. Mit einem scharfen Blick auf Evan, den Shane noch immer auf seiner Hüfte trug, hielt er dem Kleinen die Ohren zu.

»Du bist also nur auf Sex aus?«

Mit zugekniffenen Augen sah sie zu ihrem entrüsteten Bruder auf. »Ich möchte auch mal Erwachsenenunterhaltungen führen.«

»Dafür hast du doch Möglichkeiten genug. Wir sind doch alle erwachsen hier.«

»Darüber ließe sich streiten. Aber eigentlich hätte ich Lust auf eine Erwachsenenunterhaltung, die Sex nicht ausschließt. Insofern, ja, ich möchte Sex.«

Jack gab einen missbilligenden Laut von sich. Aus einem nur ihm bekannten Grund vertrat er die Ansicht, Jules hätte bislang erst ein Mal Sex gehabt, wahrscheinlich durch einen versehentlichen Sturz auf den Penis eines Fremden, was zu Evans Entstehung geführt hätte.

»Sex, Jack. Dein kleines Schwesterchen möchte gevögelt werden«, sagte sie, gerade als er die Hände-Ohrhörer von Evans Kopf löste.

Ups!

»Und wo soll der ganze Sex bitte stattfinden?« Jacks Gesicht rötete sich zusehends. »So was kannst du nicht bringen, wenn Evan im Raum nebenan schläft!«

»Ach, nee. Meinst du etwa, das weiß ich nicht?« Mit Mühe widerstand sie der Versuchung, sich die Haare zu raufen. »Orte, an denen ich es tun kann, gibt es ohne Ende. Toilettenkabinen, Autorücksitze, irgendeine schön dunkle Seitengasse. Zerbrich dir nicht deinen großen, neugierigen Schädel darüber, dass ich Evan schockieren könnte.«

In einer äußerst italienischen Geste warf Jack die Hände in die Höhe und marschierte in die Küche, wo er durch Scheppern von Töpfen und Pfannen geräuschvoll seinen Standpunkt klarmachte. Ein Kochkoller.

Sie drehte sich wieder zum Raum und den unglaublich breit grinsenden Gesichtern von Cara, Lili und Shane. Selbst Evan fand es lustig, auch wenn er unmöglich wissen konnte, worum es ging.

»Sex!«, rief ihr Sohn. Na toll!

Die drei anderen lachten, allerdings verhalten. Nicht, dass sich Jacks Wut in der Küche noch steigerte!

Jules richtete den Blick zielstrebig wieder auf den Bildschirm. »So, wo waren wir stehen geblieben?«

»Das hat sie gesagt?«

Tad hatte einen furchtbaren Tag hinter sich. Der Weinhändler hatte den falschen Wein geliefert, weshalb ihn Tad am Telefon fast eine Stunde lang hatte zusammenstauchen müssen. Der Pizzaofen stellte sich noch immer quer und wollte partout nicht die optimale Temperatur erreichen. Zwei Stunden am Telefon, nur für so was! Nun hatte Shane Tad gerade von Jules' Knatsch mit Jack erzählt, und obwohl Tad normalerweise spielend damit klargekommen wäre, interessierten ihn manche ihrer dabei gemachten Bemerkungen doch ziemlich. Vor allem die darüber, dass sie Sex wollte und wo.

»In dem Punkt hat sie sich sehr entschieden geäußert.« Shane trank einen Schluck seines Ales. Im *O'Casey's,* der kleinsten irischen Bar Chicagos, ging es heftiger zu als sonst, da sich gerade eine Gruppe Bacholerettes um die Aufmerksamkeit jeden Mannes in der Bar bemühte. In seiner Hochphase wäre Tad sofort zu Höchstform aufgelaufen und hätte versucht, die Hübscheste der Gruppe flachzulegen. Nun jedoch ließ ihn selbst die Frau kalt, die seinen Arm bedächtig mit der Brust streifte, während sie beim Barkeeper etwas bestellen wollte.

»Sorry.« Es klang eher nach einem Keuchen als nach atemloser Marylin. Der weiße, verrutschte Schleier auf ihrem Kopf wies auf ihren angesäuselten Zustand hin. Es war schon eine Weile her, dass er Bräute angegraben hatte, da er seine Ansprüche inzwischen doch etwas höher geschraubt hatte.

»Kein Problem.« Er machte ihr Platz.

»Ich heiße Giselle«, stellte sie sich vor. »Wie das Supermodel.«

Wer nannte sein Kind bitte Giselle? Und wer hängte ein »wie das Supermodel« an seine erste Anmache an? *Fünfzig Minuspunkte, Honey.*

»Hübscher Name.« Er drehte sich wieder zu Shane, bekam jedoch noch mit, wie sie die glänzenden Lippen zu einem Schmollmund verzog.

»Hat Jules wirklich vor, sich von irgend so einem Kerl, den sie im Internet kennengelernt hat, auf der Rückbank seines …«, Tad schwang die Hand durch die Luft und wählte dann die lahmste Wagenmarke, die ihm einfiel, »… Lexus vögeln zu lassen?«

Shane zeigte ein dreckiges *Was-Besseres-fällt-dir-wohl-nicht-ein?*-Grinsen. »Sie wollte vor Jack wohl einfach nur ihren Standpunkt klarmachen.«

»Sie will also nicht unbedingt gleich vom erstbesten interessierten Kerl besprungen werden?«

»Wer will nicht besprungen werden?« So gut es eben ging, wenn man gleichzeitig mit einem Auge das Spiel der Blackhawks verfolgte, eine Bar führte und als Feuerwehrmann jederzeit zu einem Einsatz gerufen werden konnte, hatte Conor Giselle soeben ihren Rum mit Cola serviert. Nun lehnte er sich vor, zum Plaudern bereit.

»Jacks Schwester Jules«, erklärte Shane. »Sie datet.«

»Sie spielt mit dem Gedanken«, stellte Tad klar.

»Mehr als das. Sie hat sich bereits auf einer dieser Datingplattformen angemeldet. Das Interesse an ihr ist groß.«

»Jules, Jules, Jules …«, murmelte Conor, als würde er überlegen, wer gemeint war. Der Trottel wusste genau, wer sie war, denn wer Jules einmal gesehen hatte, bekam sie nicht mehr aus dem Kopf. »Blond, grüne Augen, trinkt bevorzugt Sprite?«

Tad nickte finster.

»Die kam doch immer zusammen mit dir her, als sie schwanger war.« Conors Stimme nahm einen verdächtig verträumten Klang an. »Hab sie schon ein Weilchen nicht mehr gesehen. Ihr Kind hat sie bekommen?«

»Evan, ja. Er ist super.« Das war er wirklich. Tad liebte diesen kleinen Kerl über alles.

»Sie will es also wieder wissen? Interessant.«

»Hast du keine Gäste, die du bedienen solltest?«, fragte Tad mürrisch und deutete um sich herum.

»Hab immer gedacht, ihr beide hättet da irgendwas am Laufen«, fuhr Conor unbeirrt fort.

»Dir entgeht ein Geschäft, *cretino!*« Tad deutete auf einen sauer wirkenden Mann am anderen Ende der Bar, der etwas bestellen wollte. Genau in diesem Moment schlug der Mann mit der Hand auf die Bar, um Conor auf sich aufmerksam zu machen.

Der richtete sich zu seiner ganzen Angst einflößenden Größe auf und warf dem Mann einen Killerblick zu.

Anschließend wandte er dem zur Einsicht gebrachten Gast wieder den Rücken zu. »Dann waren die ganzen Male, die du hier mit ihr rumgehangen bist, also nur eines deiner Spielchen? Ist das Trick Nummer dreiundzwanzig? Der, wo du eine schwangere Chick benutzt, um deine Freund-aller-Frauen-Qualifikation zu etablieren, und darauf bei einer anderen heißen Braut zum entscheidenden Schlag ausholst?«

Tad warf Shane einen Seitenblick zu. »Tickt der noch ganz sauber?«

Shane zuckte die Achseln. »Nun, es hat funktioniert, oder?«

»Kein Wunder, dass du zwei Jobs brauchst«, pflaumte Tad Conor an. »Als Barkeeper bist du eine Niete!«

Conor schenkte ihm ein teuflisches Grinsen und schlenderte davon, um seine Kundschaft nicht vollends zu vergraulen.

Shane durchbohrte Tad mit seinem Blick. »Was ist los mit dir, Alter?«

Keine Ahnung. Eigentlich sollte er sich um die Baröffnung in einer Woche Gedanken machen. Darüber, dass er zu der Kritikerin der *Tasty Chicago* netter hätte sein sollen. Darüber, dass er sie im Büro, sobald sie durch die Tür getreten war, ihren Erwartungen entsprechend hätte flachlegen sollen.

»Jules ist eine Freundin«, erklärte er Shane zähneknirschend.

»Und?«

»Und in einem anderem Leben oder wenn ich ein anderer Mensch wäre, würde ich mich vielleicht an sie ranmachen.«

»Wenn du ein anderer Mensch wärst? Du klingst ein bisschen traurig, Mann. Sollten wir der Sache auf den Grund gehen?« Shane rieb sich einen imaginären Bart und setzte einen grüblerischen Blick auf. »Erzähl mir von deinen Träumen«, forderte er Tad mit einem schrecklichen deutschen Akzent auf.

Herrgott, gib mir Kraft!

»In diesen Träumen, trägst du da Kleider? Sind Penisse im Spiel? Kommen Frauen mit Penissen vor?«

»Leck mich doch!«, erwiderte Tad, konnte sich ein Lachen aber nicht verkneifen. Er trank einen großen Schluck Bier und stellte die Flasche behutsam ab. »Ich bin schon mit vielen Frauen zusammen gewesen, Shane. Mit vielen. Dieses Spiel habe ich im Blut.« In letzter Zeit hatte er sich in der Hinsicht vielleicht etwas zurückgenommen, aber das würde schon wieder. Mannomann, musste es doch einfach. »Ich bin nicht daran interessiert, mich häuslich niederzulassen, und das ist es nun mal, was Jules und Evan brauchen. Stabilität und Familie.«

Auch wenn der unerträgliche Schmerz, den er wegen des Todes seiner Eltern und der beschämenden Rolle, die er dabei gespielt hatte, verspürte, während dieser wertvollen Momente mit Jules nachließ – na und? Er ließ ohnehin nie genug nach, um sie zur Überbrückung schwerer Zeiten einsetzen zu können. Jules verdiente einen Kerl, der nicht alles, was er berührte, in einen Haufen Mist verwandelte.

Shane stand auf und leerte sein Bier. »Wenn man danach geht, was sie heute so von sich gegeben hat, scheint sie auch noch keine Lust zu haben, sich häuslich niederzulassen.«

Alarmglocken schrillten. »Hattest du nicht gesagt, sie hätte Jack mit ihren Bemerkungen nur ärgern wollen?«

»Schon, aber sie hat ganz sicher nicht protestiert, als meine bezaubernde Frau eine Unmenge von Typen in den Spaßordner verschoben hat. Sieht so aus, als würde sie erst mal diese Liste abarbeiten wollen, ehe sie sich an den Ordner mit Kandidaten für was Ernstes macht.«

»*Bitte wie?*«

»Na, du weißt schon, heißer Sex versus die Suche nach demjenigen, welchen. Da wird gerade an einem komplexen Punktesystem getüftelt.«

Tad hatte keine Ahnung, was schlimmer war: wenn Jules eine bedeutungslose Affäre hätte oder wenn sie die Liebe ihres Lebens kennenlernen würde. Ersteres. Nein Letzteres. Ja, *verdammt!*

Nachdem Shanes Aufgabe als Sensenmann für Tads Herz erledigt war, erhob er sich und warf einen Zwanziger auf die Bar. »Ich mach mich auf den Weg. Kommst du mit?«

»Nope!«

Sein sogenannter Freund beobachtete die Schar überdrehter Frauen, die am anderen Ende der Bar ihre Shots kippten. »Sieht so aus, als hättest du die große Auswahl, Ladykiller.« Er schlenderte Richtung Ausgang.

Tad knibbelte am Etikett der Bierflasche, das er unbedingt in einem Stück ablösen wollte. Nachdem er ein Viertel davon geschafft hatte, riss es. Moment mal ... *ein Punktesystem?* Er drehte sich um, doch Shane war schon verschwunden.

»Willst du mir denn nicht helfen, meinen letzten Abend in Freiheit zu genießen?«

Giselle wieder. Ich-will's-wissen-Giselle mit gläsernem Blick und Zuckerschnute. Bräute waren normalerweise tabu für ihn. Aber vielleicht musste er ja mal ein oder zwei seiner Regeln brechen, um wieder zu alter Form aufzulaufen.

Er setzte sein erprobtes Lächeln auf. »Du siehst mir nach einem Jägermeister-Mädel aus, habe ich recht?«

Sie zog die Mundwinkel ihrer aufreizenden Lippen nach oben und lehnte sich ganz nahe zu ihm. »Ganz genau, Hübscher.«

7. Kapitel

Jules' Handy vibrierte auf der Theke, und sie linste darauf.
Bingo. Jack hielt es mit dem alten Sprichwort, dass ein Streit vor Sonnenuntergang beigelegt sein müsse. Er war das Paradebeispiel für jemanden, der leicht rotsah, sich aber schnell wieder beruhigte.

»Hey!« Sie hielt sich das Telefon ans Ohr und öffnete unterdessen ein Nutellaglas.

»Ich hatte schon Angst, du würdest nicht drangehen.«

Sie lächelte darüber, wie einfach er es ihr machte. »Ach, Jack, so bist du halt. In deinem vorgerückten Alter fällt es dir schwer, über den eigenen Schatten zu springen und dich noch zu ändern.«

Er holte so lange Luft, dass sie förmlich hören konnte, wie er lautlos bis zehn zählte. Sie hatten immer gern auf die Knöpfe des anderen gedrückt, und da seine zu hundert Prozent irischen Gene ihn emotionaler machten, sah er meistens als Erster rot. Eigentlich hätte ihm die Zeit mit Lili den Filter zwischen seinem Hirn und seinem Mund bewusster machen müssen, doch gab es Momente, da hatte er sich einfach nicht im Griff. Meistens war dabei Jules im Spiel.

»Ich mache mir Sorgen.« Wahrscheinlich hatte er noch keinen Satz so oft zu ihr gesagt wie diesen. Sie liebte und hasste es, wie sehr er sich um sie sorgte.

»Ich weiß, aber sieh doch ein, dass ich nicht versuche, dir eins reinzuwürgen. Ich will die Dinge einfach nur in Gang bringen. Auf eigenen Füßen stehen.«

Was hätte er darauf alles antworten können! Sie zahlte keinerlei Miete, und er sorgte dafür, dass ihr Bankkonto immer gefüllt war. Im Moment war sie also noch voll auf ihn angewiesen, und darauf hätte er zu Recht hinweisen können. Doch um Geld ging es hier nicht. Bis sie herausgefunden hatte, was sie aus ihrem Leben machen sollte, wollte sie noch etwas anderes tun, als sich müde und unzulänglich zu fühlen.

Sie wollte fühlen.

Den Großteil ihres Lebens hatte Jules Angst gehabt, Jacks Erwartungen nicht zu erfüllen. Es hatte erst einer ungeplanten Schwangerschaft und einer transatlantischen Flucht bei Nacht und Nebel bedurft, ehe sie ihm gestanden hatte, dass sie kaum lesen konnte.

Es war Jules unglaublich schwergefallen, es Jack zu erzählen, schwerer sogar noch, als ihm zu sagen, dass sie schwanger war. Schwerer auch, als an jenem Tag vor zwei Jahren Simon zu verlassen. Aber Jack hätte nicht perfekter reagieren können. Er hatte sie in die Arme genommen und ihr gesagt, er würde sie mehr lieben als alles andere. Er und Lili hatten sie bei sich aufgenommen, er war aufgeblieben, um ihr zu helfen, Evan zu füttern, und damit sie zu etwas Schlaf kam, wenn sie ihn brauchte. Er war der überfürsorglichste, erdrückendste und nervigste Bruder, den man sich vorstellen konnte.

»So, und nun geh und mach dich über deine hübsche Frau her. Nacht, Jack!«

»Nacht, Kleines.«

Sie ging ins Badezimmer, schlüpfte aus ihrem Morgenmantel und ließ Wasser in die Wanne ein. Cara hatte ihr ein Set ätherischer Öle geschenkt, da sie seit Neuestem gegen alles allergisch war. Auf der Suche nach Antworten musterte Jules die Fläschchen. Eines behauptete, Stress abzubauen. Ein anderes versprach Reinigung von Körper und Seele.

Nein, danke. Ihre schmutzigen Fantasien waren so ungefähr der einzige Genuss, den sie sich leistete.

Wieder vibrierte ihr Handy, ein leises Surren, das neben dem Wassergeplätscher zu hören war.

Apropos schmutzige Fantasien ... Tads unerträglich gut aussehendes Gesicht erschien auf dem Display. Kurz war sie versucht, ihn zu ignorieren, aber in Lilis Studio waren sie irgendwie ungut auseinandergegangen, und vielleicht wollte er das wieder in Ordnung bringen.

Sie holte tief Luft. »Erotische Zirkusclownschule. Kneifen Sie in mehr als nur rote Nasen!«

»Klingt sehr verführerisch.« Sie hörte, wie ihm kurz der Atem stockte. »Ich bin unten. Kann ich raufkommen?«

Bloß nicht! Es war viel zu spät, um mal eben so vorbeizuschauen. Unsicher, wie sie reagieren sollte, wartete sie einen Moment.

»Ich habe gesalzenes Karamelleis dabei«, sagte er in die dampfige Stille hinein.

Sie wollte kein Eis ... Ach, wem machte sie was vor? Dieser Typ war der Teufel und kannte sämtliche ihrer Schwächen.

»Na gut, aber nur kurz. Ich habe Evan gerade hingelegt«, antwortete sie, und zwar eher für den eigenen Seelenfrieden. O nein, sie wollte das eigene Kind doch nie als menschlichen Schutzschild benutzen!

Sie drehte den Wasserhahn zu. Bedächtig bedeckte sie ihre warme, feuchte Haut mit dem Seidenmantel und betrachtete sich im Spiegel. Krause Haare, gerötete Wangen und Nippel, die strammstanden, als wüssten sie, dass gleich der General zur Inspektion kam.

Es ist spät, und du bist allein, jubelte Bad-Girl-Jules.

Im Zimmer nebenan schläft das Kind, mahnte Good Girl prüde.

Auf dem Weg zur Tür hob sie die Hände, um sich das Haar zu glätten, senkte sie dann aber wieder. Für ihren Freund musste sie sich nicht hübsch machen.

Als sie ihn die Treppe hochkommen hörte, schlug ihr Herz schneller. Gott, sie benahm sich echt dämlich. Okay, dann war das eben sein erster Besuch in ihrer neuen Wohnung. Als sie noch bei Jack und Lili wohnte, hatte er viele Male vorbeigeschaut, warum sollte es sich hier so anders anfühlen?

Weil du jetzt eine eigene Bude hast. Wo alles geschehen könnte.

Wo nichts geschehen würde, weil er kein Interesse an ihr hatte.

Sein dunkler Haarschopf kam in Sicht, und ihr Puls beschleunigte sich noch mehr. Verdammt, sie wollte sich nicht als Geisel ihrer Hormone fühlen!

Anscheinend sah Tad das genauso. Für ihren in den Morgenmantel gehüllten Körper hatte er nur einen kurzen abschätzigen Blick übrig, weshalb sie sich gleich irgendwie plump fühlte. Die Augen eines wahren Freundes hätten zumindest kurz auf ihren Brüsten verweilt.

»Was ist los?«, fragte sie scharf, da die Irritation über die Reaktion ihres Körpers und das eindeutige Fehlen einer von ihm sie wurmte.

»Ich wollte nur mal vorbeischauen und sehen, wie es dir geht.«

Als sie noch bei Jack und Lili wohnte, hatte er das häufig getan. Jack und Lili arbeiteten oft bis spätabends, sodass Jules mit Evan, der damals noch mehr geschlafen hatte als jetzt, viel allein war. Zu solchen Gelegenheiten rief Tad an und fragte, ob sie sich über seinen Besuch freuen würde. Manchmal behauptete sie, zu tun zu haben, und zwar nicht, weil sie keine Gesellschaft brauchte, sondern einfach nur, um zu beweisen, dass sie Nein sagen konnte. Meistens aber sagte sie Ja.

Und eines Abends dann stürzte sie sich auf ihn wie eine Löwin auf ein Antilopenjunges.

Das schlichte graue T-Shirt, das er heute Abend anhatte, hätte an jedem anderen, na ja, schlicht gewirkt. Nicht so an Tad. An seinem sündigen, sexy Körper sah überhaupt nichts je schlicht aus. Dünner Baumwollstoff spannte sich über seine durchtrainierten Brustmuskeln und konnte seinen Bizeps nur unzureichend bedecken. Eine Jeans füllte er immer sehr ansehnlich aus, aber aus irgendeinem Grund war sie sich dessen heute Abend viel bewusster. Dadurch, dass sie sich in den »Datingmodus« versetzt hatte, mussten sich irgendwie neue Nervenbahnen gebildet haben oder so was. Oder aber sie fühlte sich nach so einer langen Zeit ohne einen Kerl einfach wuschig.

Er rauschte an ihr vorbei in die Wohnung, und als er dabei mit dem Oberarm ihre Schulter berührte, erschütterte er damit ihr ganzes System samt all dieser neu ausgebildeten Nervenbahnen.

Sie schloss die Tür hinter ihm.

»Wo ist das Eis?« Widerstrebend löste sie ihren Blick von seinem muskulösen Körper und sah auf seine leeren Hände.

»Was? Och ... Ich habe keins.« Er sah sich im Wohnzimmer um, in dem noch immer Umzugskartons herumstanden. »Wie lebst du dich ein?«

»Gut. Und du willst mir nicht sagen, warum du hier bist?« Einen Augenblick hatte sie vergessen, dass sie von dem Zwischenfall im Studio noch sauer auf ihn war und er nun angetanzt kam, als hätte sie nichts Besseres zu tun, als auf Abruf bereitzustehen. Na, vielleicht war sie aber auch sauer, weil sie sich schon auf das Karamelleis gefreut hatte.

Er rieb sich das Kinn. »Jules, also wegen dem, was ich vorhin im Studio gesagt habe. Tut mir leid, dass das rüberkam, als wäre ich ...«

»... mein Vater? Ein Arschloch? Jemand, der mich als Schlampe betrachtet?«

Seine Augen weiteten sich. »Mit dem Vater könntest du recht haben, und mit dem Arschloch vielleicht auch ... Aber der Rest stimmt überhaupt nicht.«

»Du hast so ungefähr behauptet, auf dem Foto würden gewisse Vibes rüberkommen. Mit genau so einem Bullshit kommen Typen doch daher, wenn Frauen angegriffen werden und sie nach Ausreden fürs eigene Geschlecht suchen. Mit ihren Klamotten hat sie doch geradezu darum gebeten. Allgemein bekannt als Slut-Shaming.«

Er wirkte fassungslos. »So habe ich das überhaupt nicht

gemeint! Ich mach mir Sorgen um dich und möchte nicht, dass du schmierige Arschlöcher anziehst, die dich nur ausnutzen wollen.«

In der Hoffnung, ihre wutverspannten Muskeln würden sich dadurch lockern, stieß sie einen Seufzer aus. Sie war sich nicht mal sicher, *warum* sie so wütend war. Sie wusste nur, dass ihr dieser ganze väterliche Quatsch mächtig stank.

»Tad, ich habe schon einen großen Bruder. Noch einen brauche ich nicht.«

Auf seinem Gesicht spiegelten sich die verschiedensten Emotionen wider, doch schließlich setzte sich ein ausgesprochen leidenschaftlicher Ausdruck durch. »Ich möchte nicht dein Bruder sein, Jules.«

Die Art, wie er das sagte, sandte einen heißen Schauer bis ganz hinunter in ihren Schritt. Sie öffnete den Mund, um weitere Fragen zu stellen, und schloss ihn wieder, weil sie keine hatte. Ihr Mund war wie ausgedörrt. Und der sensible Bereich zwischen ihren Schenkeln? Eher nicht.

Er stapfte in die Küche und lenkte ihre Aufmerksamkeit dabei auf seinen lässigen Gang. Sie liebte es, wie er sich bewegte. Er griff sich von der Küchentheke einen Löffel, schraubte den Deckel vom Nutellaglas und löffelte sich etwas heraus.

»Hab gehört, du willst mit einem Typen auf der Rückbank seines Honda Civic zur Sache kommen?« Er schob sich einen ordentlichen Löffel Nutella in den Mund.

Wieder wallte Wut in ihr auf. »Hast wohl einen netten Plausch mit deiner Freundin Shane gehalten, was? Flechtet ihr einander auch die Haare?«

Sie nahm ihm den Löffel weg und bediente sich ebenfalls aus dem Nutellaglas, wobei sie aufpasste, so viel Abstand von ihm zu halten wie möglich. Schließlich bestand durchaus die Chance, dass sie den Löffel sonst dafür eingesetzt hätte, den sensiblen Bereich zwischen *seinen* Schenkeln zu exkavieren.

»Ich dachte, du würdest dich langsam mit dem Daten vertraut machen wollen. Und jetzt höre ich, du bist darauf aus, jemanden abzuschleppen.«

Sie gab einen genervten Ton von sich. »Und inwiefern geht dich das was an?«

»Bin halt väterlich drauf. Arschlöchrig.« Er hielt ihren Blick lange genug, dass ihr Körper zu kribbeln begann. »Hab Nachsicht mit mir.«

Sie musste sich schwer anstrengen, um einen beiläufigen Tonfall hinzukriegen. Er war hier, weil er sich als guter Freund um sie sorgte, aus keinem anderen Grund. Damit musste sie klarkommen.

»Cara findet, ich sollte mich ein bisschen ausleben. Und mir einen Typen für eine kleine sommerliche Affäre suchen. Nichts Ernstes, lieber erst mal Dampf ablassen und erst dann nach dem Real Deal Ausschau halten.«

Er zog eine Braue nach oben. »Du musst Dampf ablassen?«

»Es ist ein Weilchen her, Tad.«

»Und du meinst, dir irgendeinen Fremden von einer Website auszusuchen und mit ihm was anzufangen ist die richtige Art, damit umzugehen?«

Natürlich nicht. Tatsächlich lag ihr nichts ferner, aber dass *Tad* das dachte, war interessant. Irgendwann wollte sie einen netten Typen an ihrer Seite, einen Mann, der sie gut behandelte und Evan liebte, als wäre er sein eigener Sohn. Dass Tad Evan liebte, wusste sie hundertpro, doch als

Onkel, der den Kleinen zurückgeben konnte, wenn er knatschig wurde, war das ja auch nicht weiter schwer. Dieser Mann hatte schon so viel für sie getan, er hatte sie während der Schwangerschaft unterstützt und ihr bei jeder Wehe im Entbindungsraum die Hand gehalten.

Ja, er hatte ihr vorgemacht, wie man dabei atmete!

Doch nun musste sie aus freien Stücken atmen. Ihren eigenen Weg finden, und so gern sie in Tad mehr als nur einen guten Freund gesehen hätte, war die sexuelle Anziehung leider völlig einseitig, da war sie sich sicher.

Dennoch, bei dem Gedanken, in dieser Hinsicht mal die Grenzen auszuloten, fing ihr Herz wild zu schlagen an.

»Ich weiß bloß, dass ich auch mal etwas Spaß haben will, solange ich noch jung bin. Und da bietet sich was Kurzfristiges und Bangloses doch eigentlich an.«

Bekanntermaßen konnte ein Nutellagelage nicht ohne Spuren genossen werden. Entsprechend prangte nun auch gleich neben Tads Mundwinkel ein Nutellafleck, und Jules juckte es in den Fingern, ihn mit dem Daumen wegzuwischen.

Also tat sie es.

Dann leckte sie die Nutellareste an ihrem Daumen weg. Bedächtig.

Tads glühend heißer Blick heftete sich auf den Daumen in ihrem Mund, was zur Folge hatte, dass es zwischen ihren Schenkeln warm und feucht wurde und sich ihre harten Nippel gegen die sinnlich dünne Seide ihres Morgenmantels drängten. Ein Blick von Tad war gleichwertig mit einem Vorspiel von gut vierzig Minuten. Ein Blick, und ihr Körper war bereit für ihn.

Verrückt, einfach verrückt.

Sie zwinkerte ihre lüsternen Gedanken weg und zog den Daumen aus dem Mund. Das hier war komplett bescheuert. Subtile Verführung hatte noch nie zu ihrem Repertoire gehört. Die gute alte Schlampen-Jules steuerte ihr Ziel ohne Umwege an. Außerdem war Tad in der Hinsicht nicht an ihr interessiert. Das hatte er ihr überdeutlich klargemacht.

Bis darauf … dass sich, je länger sie so dastanden und sich ansahen, stufenweise etwas veränderte, bis die Luft zwischen ihnen förmlich knisterte.

»Was ist mit mir?«, fragte er leise und sanft.

»Wie meinst du, was ist mit dir?«

Er schwieg, hielt nur ihren Blick mit diesen unverwandten blauen Augen von der Farbe eines Chicagoer Sommerhimmels über dem See. Stand einfach nur da und verströmte … Vibes. Gefährliche, erotische Vibes. Während ihr Herz einen Samba gegen ihren Brustkorb tanzte, versuchte sie zu verstehen, was er sagte. Oder eben nicht sagte.

»Tad, es ist jetzt nicht der richtige Zeitpunkt für diesen verträumten Blick, den du bei deinen Opfern einsetzt.«

Er nahm ihre Hand in seine und malte mit der Daumenkuppe heiße Kreise aufs Innere ihres Armgelenks. »Etwas Kurzfristiges und Bedeutungsloses. So was willst du, richtig?«

Nicht wirklich. Sie wollte jemanden, der sie tröstend in die Arme nahm, aber auf so etwas spielte er wohl gerade eher nicht an. Worauf aber dann?

»Bietest … bietest du dich mir als meine Affäre an?«

»Ist das so eine schlechte Idee?«

Er zog ihren Daumen an seinen Mund. Einen Moment lang dachte sie, er würde ihn küssen, doch dann überraschte er sie damit, dass er die Lippen darumschloss und zart daran saugte.

Und ihr damit den Atem raubte.

Sie brachte kein Wort heraus, aber wozu auch, wenn ihr ganzer Körper vor Lust vibrierte? Und wie sollte sie auf das Angebot ihres Freundes – ja, was für ein Angebot eigentlich genau? – reagieren? Wie sollte sie darauf reagieren, wenn er gleichzeitig auf die erotischste Weise, die ihr je untergekommen war, um ihren Daumen züngelte?

Klares Denken war unmöglich, daher zwang sie sich zum Handeln. Sie entriss ihm ihren Daumen und wich zurück. Sein Blick fiel auf ihre Brüste, deren Spitzen sich prompt aufstellten.

»Verdammt noch mal, Tad, hast du sie nicht mehr alle?«

»Wenn du nur irgendeinen Typen suchst, damit du ...« Er hielt inne und suchte nach den passenden Worten für die höchst unpassende Unterhaltung. »Also, wenn du willst, dass dir jemand ... äh ... Erleichterung verschafft, ist es dann nicht besser, du tust es mit jemand Sicherem, mit jemandem, von dem du weißt, dass du mit ihm zuvor die Regeln aufstellen kannst?«

Es war ihm ernst damit. Total ernst. Der megaheiße Taddeo DeLuca bot ihr seine viel gepriesenen Dienste an. Bilder von diesen großen, kräftigen Händen überall auf ihrem Körper, wie sie ihn packten, liebkosten, sie an ihre Grenzen trieben, überfluteten ihr sexbenebeltes Hirn.

Inwiefern würde das »sicher« sein?

Ihr entfuhr ein nervöses Lachen. »Tad, weißt du eigentlich, wie durchgeknallt das klingt? Wir sind gute Freunde, und wenn wir diese Grenze überschreiten würden, wie fänden wir dann wieder zurück?« Die Erinnerung daran streifte sie, wie sie vor einem Jahr mit ihrer verzweifelten Anmache beinahe alles zerstört hatte und beide Monate gebraucht hatten, um alles wieder ins Lot zu bringen.

Er antwortete nicht. Sah sie einfach nur so an, dass sie sich heiß und begehrt fühlte. Heißhungrig nämlich.

»Wir sind quasi verwandt«, fuhr sie in möglichst vernünftigem Ton fort. Einer von ihnen musste schließlich einen kühlen Kopf bewahren. »Unsere Leben werden auf ewig miteinander verbunden sein, und ich denke, es würde schwierig zwischen uns ... oder würde allen anderen Probleme bereiten ... das ist es einfach nicht wert.«

Gut gemacht, bemerkte Good-Girl-Jules.

»Wollen wir doch mal festhalten, dass wir es nicht gleich abgelehnt haben«, erwiderte Bad-Girl-Jules trocken.

Ein ausgesprochen fokussierter Ausdruck trat in Tads Gesicht, und an seiner Schläfe pulsierte eine Ader. Seine Stimme – tief, leise, ruhig – stand in völligem Kontrast dazu.

»Wir stillen ein Bedürfnis und sehen dann nach vorn.«

»Ein Bedürfnis stillen? Gut, ich habe eins« – nicht, dass ihr Bedürfnis eines nach Tad war, es war eher allgemein gehalten und konnte von jedem Typen gestillt werden –, »aber du? Du könntest jede haben. Oder sind dir etwa die Groupies ausgegangen?«

Uff! Vor Tads Gesicht ging ein schwarzer Vorhang nieder, und die pulsierende Ader an seiner Schläfe spielte verrückt. Er öffnete den Mund. Und schloss ihn wieder.

»Vergiss es«, presste er schließlich wütend hervor. »Das Ganze war eine Schnapsidee.«

Er ging in großem Bogen an ihr vorbei Richtung Tür.

Nix da. Nur weil ihm der Gesprächsverlauf nicht passte,

konnte er jetzt nicht einfach verduften. »Tad DeLuca, hiergeblieben!«

Er blieb stehen, drehte sich aber nicht um.

»Du verstehst schon, worauf ich hinauswill. Nachdem du freie Auswahl hast, kann ich daraus nur eine Schlussfolgerung ziehen, und zwar, dass du Mitleid mit mir hast. Dass du nicht auf mich abfährst, weiß ich ja, insofern...«

Unvermittelt ging ihr ein Licht auf.

»Das Foto? Das, auf dem ich so aufgehübscht worden bin, und jetzt willst du eine Kostprobe von etwas, das du noch nicht hattest? Das war doch nur eine von Lili angefertigte Illusion. Mehr nicht!« Zittrig deutete sie an ihrem von der Schwangerschaft gezeichneten Körper hinab und fühlte sich plötzlich verletzlicher denn je. »Die halbe Zeit habe ich Cornflakes im Haar und trage vollgekleckerte Klamotten. Zum Duschen komme ich auch kaum je.«

Er drehte sich um, langsam und bedächtig, und seine tiefblauen Augen sprühten vor Wut.

»Du hältst mich für so seicht, dass ich nur hier bin, weil du mit etwas Schminke drauf gut ausgesehen hast? Mensch, Jules, ich dachte, du würdest mich besser kennen!«

»Tad, ich weiß doch, auf welchen Frauentyp du stehst, und uns ist beiden klar, dass ich in einer anderen Liga spiele.«

In seinem Gesicht blitzte kurz ein verletzter Ausdruck auf. Ein kleiner Kratzer an seinem Ego vermutlich, aber was, wenn sie ihm mit ihren Worten wirklich wehgetan hatte? Mit mahlendem Kiefer riss er die Tür auf.

»Hab's kapiert«, zischte er, trat hinaus und knallte die Tür hinter sich zu.

Na, das war ja prima gelaufen! Sie hatte ihn nicht beleidigen wollen, aber ernsthaft, sein Angebot glich einem Sandwich, zu dem das Picknick fehlte. Tad als ihr Lover? Nicht zu fassen! Sich darüber Fantasien hinzugeben war das eine, aber es plötzlich als Möglichkeit vorgesetzt zu bekommen war einfach verrückt.

Oder?

Ein schwaches Klopfen an der Tür riss sie aus ihrem Schuldtrip. Sie machte auf und sah Tad davorstehen wie einen wild gewordenen Bullen.

»Tad, es tut mir leid ...«

Weiter kam sie nicht, denn Tad verschloss ihren Mund mit einem sengenden Kuss. Der süße, schokoladige Geschmack traf sie gleichzeitig mit dem Öffnen der Lippen. Der Kontrollverlust war unvermeidlich. Die Beine gaben unter ihr nach.

Tad küsste sie. Sein fordernder Kuss ging ihr durch und durch und bestätigte ihr, dass er mit seinem Mund Wunder vollbringen konnte. Sie klammerte sich an seinen Schultern fest und drängte sich an ihn, da sie die Chance dazu vielleicht nie wieder bekam. Er schlang die Arme um sie, legte eine Hand fest auf ihren Rücken und umfasste mit der anderen fachmännisch ihren Po. An ihrem Bauch spürte sie seine pulsierende Erektion.

Oh, wow!

Die Mischung aus seinem moschusartigen Duft, dem Geschmack von Kakao und *ihm* trieb sie in eine Spirale der Lust. Es war ein Filmkuss – der im Regen, das Wiedersehen in der Wüste. Mit diesem traumhaften Kuss wurde die Erinnerung an den ersten demütigenden Knutschversuch vor etlichen Monaten endlich ausgelöscht. Atemlos löste er sich von ihr, bevor sie sich mit den Händen an ihm zu schaffen machen konnte, und ihr entfuhr ein hilfloser kleiner Laut, teils aus Lust, teils aus Enttäuschung. Stolz war sie darauf nicht.

»Jules, ich habe dich in Klamotten zu Gesicht bekommen, die so abgerissen waren, dass du sie besser verbrennen solltest. Manchmal siehst du aus, als wärst du frisch aus dem Bett geplumpst und als hätten deine Haare schon Ewigkeiten keine Haarbürste mehr gesehen. Doch das erinnert mich nur daran, dass du den Fokus auf dein Kind legst und die selbstloseste Person bist, die mir je begegnet ist, und an sonst nichts. Wenn ich dich sehe, dein wahres Ich, meine ich, dann turnt mich das einfach megamäßig an. Erzähl mir also nichts über meine Gefühle.«

Ihr blieb das Herz stehen, und sie schluckte. »Okay.«

Seine stahlblauen Augen fixierten sie. Unweigerlich fuhr sie sich mit der Zungenspitze über die Lippen, um ihn wieder zu schmecken, worauf seine Augen erregt auflooderten und ihm ein leidenschaftliches Knurren entfuhr. Ein äußerst erotisches Geräusch.

Das geschieht gerade wirklich.

»Denk über meine Worte nach.«

Vielleicht lieber nicht.

»Was du da gerade gesagt hast ...«, flüsterte sie, obwohl sie eigentlich *Küss mich wieder* schreien wollte, denn nach Denken stand ihr gerade so gar nicht der Sinn.

Er löste ihre Finger von seinen Schultern – sie hatte sich so fest in ihn verkrallt, dass er dort blaue Flecken bekommen würde – und trat ein Stück zurück.

»Du sorgst dich zu Recht. Es steht eine Menge auf dem Spiel, und wir sollten nichts überstürzen, doch eins musst du wissen: Ich wünsche mir nichts mehr, als mich wirklich eingehend mit dir zu beschäftigen, Jules Kilroy. Lass uns darüber schlafen und ernsthaft darüber nachdenken, okay?«

Sie nickte.

Er lächelte.

Oh, Erbarmen, dieses Lächeln war wie ein heißes Lecken ihrer Lippen. Sie hatte die Waffe in Aktion erlebt. Schlimmer, sie hatte die Konsequenzen erlebt. Es war nie schwierig gewesen, seine Anziehungskraft zu verstehen – Herr im Himmel, der Mann war wandelnder Sex auf zwei Beinen –, doch in diesem Moment kapierte sie endlich, warum seine Abfuhr letztes Jahr das Beste war, war ihr passieren konnte. Würde sie auch nur einmal zu diesem Lächeln aufwachen, wäre sie aufgeschmissen.

»Träum was Schönes, Jules.«

Genauso gut hätte er sagen können, *Träum was Schönes von mir, Jules.* Ihre Antwort erstarb ihr auf den Lippen. Auch gut, wo ihre ganze Gehirnleistung doch dafür draufging, sich a) aufrecht zu halten und ihn b) nicht anzubetteln, noch zu bleiben und für die Rolle als Jules' Sommeraffäre vorzusprechen. Als er sich zum Gehen wandte, erwischte sie ihn noch dabei, wie seine Lippen zuckten. Der Mann wusste genau, was ihr im Kopf herumging.

Schließlich war er ihr Freund.

Benommen schaute sie zu, wie er zum Rhythmus nicht nur ihres Herzens, sondern von etwas definitiv weiter abwärts Liegendem die Treppe hinunterstapfte. Der Kerl sah beim Weggehen genauso umwerfend aus wie beim Ankommen.

8. Kapitel

»Du hilfst mir echt aus dem Schlamassel, Mann. Kann dir gar nicht genug danken.«

Tad bildete sich gern ein, sich vor niemandem zu fürchten, doch wenn ihm spätabends in einer dunklen Gasse Derry Jones entgegengekommen wäre, hätte das vielleicht anders ausgeschaut. Groß und stämmig, mit Fäusten, die vermutlich Edelstahl durchschlagen konnten, hätte der Souschef des *Sarriette* gut und gern aus einem Drachenei geschlüpft sein können. Seine dicken Arme waren mit Wein- und Käseetiketten tätowiert; sein Alter lag irgendwo zwischen zwanzig und vierzig. Doch in der Küche war der Typ ein Genie, und Tad brauchte sämtliche Küchenasse, die er kriegen konnte.

Derry fuhr sich mit einer Hand über den kurz geschorenen Kopf und starrte auf die Musterspeisekarte, die sich Tad ausgedacht hatte. Und starrte. Und starrte noch etwas länger ...

»Lamm-Merguez und Miniburger mit Feta, Fladenbrot mit Birne und Gorgonzola, Rillette von der Gans ...«, zählte

Tad ein paar seiner Lieblingsvorschläge auf, die für jeden Koch mit auch nur einer Spur Talent eigentlich ein Kinderspiel sein mussten. Der Mann vor ihm hatte davon *en masse*.

Derry grunzte etwas Unverständliches.

»Natürlich könntest du auch noch eigene Gerichte ins Spiel bringen. Ich will deiner Kreativität keinen Dämpfer aufsetzen. Außerdem wird Jules täglich noch eine ihrer speziellen Vorspeisen zubereiten …«

»Jules Kilroy?« Derry schaute gequält. Vermutlich dachte der arme Kerl, dass sein Sabbatical vom Hochdruck der Küche im *Sarriette* bedeutete, Urlaub von der Familie Kilroy zu bekommen.

»Ja, das kann sie wirklich gut«, erwiderte Tad. Gar nicht zu reden von ein paar anderen Dingen. Ihn besinnungslos zu küssen, ihn in seine Träume zu verfolgen oder ihn zur Raserei zu bringen beispielsweise.

Derrys hochgezogene Augenbraue sagte, das wolle er doch erst mal sehen.

»Geht das dann also klar?«

Der Hüne zuckte die Achseln, zog einen Stift aus seiner Tasche hervor und schickte Tad mit einer Drehung seines breiten Rückens weg.

Den Rest des Nachmittags verbrachte Tad damit, im Weinkeller Inventur zu machen und die Ereignisse des vergangenen Abends Revue passieren zu lassen.

Hatte er eigentlich noch alle Tassen im Schrank?

Er hatte seine gute Freundin angemacht, und als die ihn ausgelacht und weggeschickt hatte, war er zurückgekommen. Und das war ja ganz gut gelaufen. Recht gut sogar. Selbst jetzt noch, im grellen Tageslicht, wurde ihm bei der Erinnerung an diese weichen Lippen, die den Widerstand aufgaben und sich für ihn öffneten, ganz heiß. Eine Vorschau kommender Verlockungen. Jules war dickköpfig, und er wettete, das war sie auch im Bett.

Er hätte sie nicht küssen sollen, aber zur Hölle, geschehen war geschehen. Nun musste er immer wieder an den Geschmack ihrer Lippen und ihre überrascht geweiteten Augen denken, als er sie in die Arme genommen hatte. Unvermittelt nahm dieses inzwischen vertraute lustvolle Ziehen in seinen Lenden extrem zu, doch heute fühlte es sich anders an. Eigentlich sollte ihm eine Erektion wie die andere vorkommen, doch wenn Bilder einer blonden, grünäugigen Hammerfrau auf Erinnerungen trafen, wie sich ihr weicher, fraulicher Körper an seinem titaniumharten Penis angefühlt hatte, konnte man leicht verstehen, dass auf dieser speziellen Morgenlatte Jules Kilroys Name stand.

Er sah auf sein Handy. Zu früh, um sie anzurufen. Das würde ja wohl allzu verzweifelt aussehen.

Aber verflucht, er sehnte sich so danach, sie wieder in den Armen zu halten. Zu sehen, wie ihre Augen die Farbe wechselten, wenn er in sie drang und sie sich ihm entgegenbäumte, ihn bat, sie zu erfüllen. Wie kein anderer es konnte.

»Das ist es also.«

Aus seiner Fantasie gerissen sah Tad von dem Personalplan auf, auf den er sich nicht hatte konzentrieren können, und entdeckte seinen Onkel Tony in der Tür zum *Vivi's* stehen.

Wurde aber auch Zeit, verdammt.

Er hatte diesen Augenblick schon im Kopf durchgespielt, doch nun, wo es so weit war, kam er sich furchtbar schlecht vorbereitet vor.

»Das ist es«, erwiderte er.

Tony trat ein und ließ den Blick durch den Raum schweifen. Seine blauen Augen, denen von Tads Vater so ähnlich, schätzten ab, beurteilten.

»Wie viele Weinsorten?«

»Erst mal fünfundsechzig. Später mal sollen es mehr werden.«

Während der letzten beiden Jahre hatte Tad, während er im *DeLuca* an der Bar arbeitete, auf die Eröffnung dieses Lokals hingearbeitet. Tony war, um es milde zu sagen, zwiegespalten gewesen. Als Tad schließlich verkündet hatte, er werde nun auf eigene Faust loslegen, hatte sein Onkel kurz genickt und dann weiter seine Soße umgerührt. Aussprachen waren nie so ihr Ding gewesen.

»Möchtest du eine Führung?«

Die nächsten zehn Minuten spielte Tad den stolzen Besitzer und bemühte sich, über die eindeutige Missbilligung seines Onkels darüber, dass sich Derry in der Küche häuslich einrichtete, hinwegzusehen. Zurück im Barraum wappnete sich Tad für Tonys abschließendes Urteil.

»Dein Vater hatte andere Pläne für dich.« Tony lehnte sich an die Bar und stieß den Seufzer des Familienpatriarchen aus. Die jüngere Generation der DeLucas war dem alten Herrn samt und sonders ein Stachel im Fleisch. »Aber wenn es dich schon in diese Sparte zieht, dann solltest du kochen. Denn genau darin liegt dein Talent.« ›Im Ristorante DeLuca‹ brauchte er nicht hinzuzufügen.

»Ich muss etwas Eigenes auf die Beine stellen. Das nichts mit dem *DeLuca* zu tun hat.«

Kochen stand dabei nicht auf der Liste. Tony brauchte einen Nachfolger, da Lili und Cara im Restaurant nicht in seine Fußstapfen treten wollten. Lili war zwar nahe dran gewesen, hatte dann jedoch die Fotografie für sich entdeckt, und Cara war die geborene Eventplanerin, keine Köchin. Weshalb Tad als der einzige männliche Spross in einer von Östrogen überfluteten Familie übrig blieb. Der natürliche Erbe des DeLuca-Throns.

Es hatte eine Zeit gegeben, da hatte sich Tad nichts sehnlicher gewünscht. Nachmittage mit Tony, der ihn in die Besonderheiten einer Profiküche einführte. Abende mit Vivi, an denen er lernte, Gerichte mit Liebe zu durchdringen. Kochen war der Treibstoff seiner Seele gewesen, aber all das war an einem regnerischen Abend mit einem Schlag vorbei. Eine so schwarze Seele wie seine konnte man durch perfekte Ravioli nicht freikaufen.

Tony sah nachdenklich drein. »Warum dieser Wunsch nach Abstand von der Familie?«

Tad verkniff es sich, bitter aufzulachen. Das war so ungefähr das Netteste, was Tony ihm in den letzten zehn Jahren gesagt hatte. Von den ungesagten Dingen gar nicht zu reden. Dinge, die Tads Onkel bestimmt auf der Zunge lagen und die Gehör finden wollten.

Deine Selbstsucht hat meinen Bruder getötet.

Denk nicht darüber nach. Denk nicht darüber nach, wie es sich anfühlt, die beiden Menschen auf der Welt zu verlieren, die dir am meisten bedeuten. Stell dir nicht ihre verstümmelten, blutigen Körper vor, oder wie sie mit Schläuchen und elektronischen Herzschlägen als Gesellschaft in Krankenhausbetten liegen. Und das Schlimmste an allem war, dass er sich das alles nur vorstellen konnte.

Denn nach einem Vollrausch war er zu diesem Zeitpunkt vollkommen weggetreten.

Hätte er sich anderswo befunden – wäre er jemand anderes gewesen –, dann gäbe es seine Eltern heute noch. In ihrem Haus, wo sie kochen, lachen und ihm damit in den Ohren liegen würden, wann er sich endlich häuslich niederließ und pausbäckige kleine *bambini* in die Welt setzte.

Er hatte seine Eltern der Gelegenheit beraubt, Jules und Evan kennenzulernen. Hätten sie die Möglichkeit gehabt, dann hätten sie sich schrecklich in Jules' Sonnenscheinlächeln und Evans unbändige Energie verliebt. Wie auch nicht?

Auf Tads Schweigen hin wurde Tonys Miene eine Spur weicher. »Taddeo, wir haben uns schon eine Weile nicht mehr richtig unterhalten. Falls du Zeit hast …«

»Eigentlich habe ich gerade zu tun.« Er deutete auf die Unterlagen vor ihm auf der Bar. Ein Vortrag seines Onkels war das Letzte, was er jetzt brauchte. Ihn plagten auch so schon genügend Schuldgefühle. »Danke, dass du reingeschaut hast. Ich hoffe, du schaffst es zur Eröffnung nächste Woche.«

»Natürlich. Deine Tante spricht von nichts anderem mehr.«

Tony machte sich auf den Weg und ließ Tad über seine Frage grübelnd zurück. *Warum dieser Wunsch nach Abstand von der Familie?*

Würde er wirklich ganz sein eigener Herr sein wollen, dann hätte er nicht nach Chicago zurückkehren dürfen. Doch diese Jahre nach dem Unfall in der Wildnis hatten ihm zugesetzt. Er hatte seine Schwester und seine Cousinen vermisst, und es war an der Zeit gewesen, sich wieder ins Land der Lebenden zu begeben, selbst wenn es sich nur um ein Halbleben handelte. Trotz der Erinnerungen überall war es wohl besser, sich ihnen hier mit den Menschen, die ihm am Herzen lagen, zu stellen. Mit seiner Familie, in guten wie in schlechten Tagen.

Jedes Jahr dachte er, es würde besser werden. Der Schmerz würde mit der Zeit vergehen oder zumindest etwas nachlassen. Doch sobald sich der Jahrestag ihres Todes näherte, brach alles wieder über ihn herein. Dann hatte er nur noch das Bedürfnis, sich zu verkriechen und mithilfe von Hochprozentigem abzuwarten, bis es vorüber war.

Was für ein selbstsüchtiger Mistkerl er doch war. Da dachte er doch wirklich über eine Affäre mit Jules nach, mit der er ihre Freundschaft riskierte, und das alles wegen des verkorksten Gedankens, es könnte ihm den benötigten Frieden geben, sich in ihren Kurven zu verlieren. Als er sie im vergangenen Jahr abgewiesen hatte, wusste er genau, warum. Eine dauerhafte Bindung, wie eine Frau wie Jules sie verdiente, war mit ihm nicht drin. Schon jetzt lag ihm so viel an ihr und Evan. Wenn er noch einen Schritt weiterging, wenn er die Schutzmauer, die sein Herz umgab, niederriss, wäre er erledigt. Und wenn den beiden etwas zustoßen würde ... wenn er sie verlieren würde ...

Nein, es war gut, dass Jules nie mitansehen müsste, wie tief er sinken konnte. Das verdiente keiner.

Die Arbeit in Jacks und Lilis Garten bereitete Jules großes Vergnügen, doch am allerliebsten bummelte sie im Lincoln Park über den *Green City Market* und kaufte dort die Produkte und Kräuter, die sie selbst nicht anbauen konnte. Unter der warmen Maisonne an einem bilderbuchblauen Himmel winkte ein Meer aus weißen Baldachinen, unter denen es lauter neue Geschmackswelten zu entdecken gab.

Der größte Markt dieser Art in Chicago inspirierte sie eigentlich grundsätzlich. An diesem Morgen hatte sie eine andere Quelle der Inspiration.

Die Erinnerung an Tads weiche Lippen und ihren leidenschaftlichen Kuss hatte sie die ganze Nacht über wach gehalten und zu einer nicht sehr zufriedenstellenden Session mit ihrem Vibrator angeregt. Sobald man mal eine Kostprobe des Echten, Wahren erhalten hatte, konnte Batteriebetriebenes eben nicht mehr mithalten.

Es war verrückt. Sie weckte Beschützerinstinkte in ihm. Okay, wie er damit umging, war etwas merkwürdig, aber vielleicht war an Lilis Theorie ja was dran, dass sich bei italienischen Männern sogar Frauen gegenüber, die sie streng genommen nicht auf ihrem Sexradar hatten, Besitzansprüche meldeten. Doch dieser Kuss hatte sich kein bisschen fürsorglich angefühlt. Er war besitzergreifend, erotisch und mehr als nur ein wenig freundlich gewesen.

Tad war ihr ein Freund. Der Freund, zu dem sie sich massiv hingezogen fühlte.

Schweißtropfen liefen ihr über den Nacken. *Hör auf, an die Lust auf deinen Kumpel zu denken. Konzentrier dich lieber auf das knackige, frische Gemüse!* Sie liebte es, sich mit den Bauern über ihre Erzeugnisse zu unterhalten, zu lernen, wie man Gemüsesorten zubereitete, von denen sie noch nie gehört hatte, und sich neue Rezepte auszudenken. Die Rohmaterialien von Nahem zu sehen, sie zu berühren, sich die Möglichkeiten vorzustellen. Pastinaken, Tomaten und Karotten.

Großartige, lange Karotten ...

O Gott, sie musste wirklich aufhören, an Karotten zu denken. Denk an irgendetwas – irgendjemand – anderes. Ah, da war er ja! Farmer Joe.

Diesen Namen hatte sie dem Mann heimlich gegeben, da sie seinen echten nicht kannte. Nie hätte sie sich einen Farmer so vorgestellt, als sie noch in Camden Town wohnte, wo auf den Märkten hauptsächlich billiger Kram und CD-Raubkopien verkauft wurden. Farmer Joe war das Muskelpaket schlechthin und die Sorte von Kerl, bei der schlammverspritzte Regenstiefel cool aussahen.

Normalerweise hatte sie Evan im Schlepptau, aber Cara hatte angeboten, den Vormittag über auf ihn aufzupassen, damit Jules schneller vorankam. Farmer Joe hatte für ihren Knirps immer eine Paprika übrig. Gut für seine Zähne, sagte er dann immer, und Jules hatte unvermittelt Visionen vor sich, wie sie um vier Uhr früh in Gummistiefel schlüpfte, um die Kühe zu melken, und sich anschließend, als wäre sie einem Kochbuch von Jamie Oliver entsprungen, am gusseisernen Herd zu schaffen machte.

»Morgen!«

Mit Small Talk hatte er es auch nicht so. Kam immer direkt auf den Punkt mit dieser ungehobelten, harschen Stimme, die sie denken ließ, er würde sie nicht wirklich mögen. Doch nach den letzten Besuchen bei ihm hatte sie in ihrem Einkaufsbeutel immer ein kleines Extra, wie etwa ein paar Rote Bete oder einen hübschen Strauß Grünkohl. Werben mit Gemüse.

»Ich hab Ihnen etwas von der *caponata* mitgebracht, die ich aus der Aubergine von letzter Woche zubereitet habe.« Sie zog ein Einweckglas mit der süßsauren Beilage aus ihrem Beutel und reichte es ihm.

»Eierfrucht«, knurrte er.

»Wie bitte?«

»Bei uns heißt das Eierfrucht, nicht Aubergine.«

War das seine Art, mit ihr zu flirten? Er musterte das Glas und stellte es dann auf den Tisch. Nickte dazu ... dankend?

Okay.

»Ein Bund Koriander, zwei Bund Basilikum ...« Sie ließ den Blick über das Angebot wandern und rieb die Blätter einer ihr unbekannten Pflanze zwischen den Fingern. Sie sahen wie kleine flache Tannenbäume aus, leider ergaben die Buchstaben auf dem Schild vor ihren Augen für sie keinen Sinn. »Was ist das?«

Ungeduldig zog er eine Augenbraue nach oben, und das Herz rutschte ihr in die Hose. *Steht doch auf dem Schild, Dummerchen!*

»Kerbel«, raunte ihr jemand ins Ohr. »Passt gut zu Eiergerichten, Suppen und Fisch.«

Tad!

»Stalkst du mich etwa?«, fragte sie ihn, ohne sich umzudrehen. *Mach einen auf cool.*

»Dasselbe wollte ich dich gerade fragen. *Ich bin hier, um der hübschesten Käsehändlerin im Chicagoland einen Besuch abzustatten.«* Er deutete mit dem Daumen über seine Schulter, und Jules entdeckte einen rothaarigen Lockenschopf, der ein herzförmiges Gesicht über einem sagenhaften Körper umrahmte. Bree – sie hieß doch tatsächlich Bree – verkaufte Käse von einer Farm in Michigan. Tad hatte zwar schon seit Langem ein Auge auf sie geworfen, hielt sich aber zurück, da er keine Bundesstaatsgrenzen überschreiten wollte, um seinen Spaß zu haben.

»Und was ist deine Ausrede, dass du dich in dieser Gegend rumtreibst?«, wollte er wissen.

»Ich brauche keine Ausrede, um ...«

»Um für Kräuter, die du genauso gut auf dem Wicker Park Market bekommen würdest, einen Umweg von fünf Meilen zu machen?«

»Vielleicht gefällt mir das, was ich hier sehe, ja besser?« Tad warf einen abschätzigen Blick auf die Kräuter und auf Farmer Joe gleich mit. Ihr Fantasie-Freund hielt die Bunde hoch, die sie sich schon ausgesucht hatte.

»Ich nehme auch noch etwas Kerbel«, erklärte sie dem immer noch mürrisch dreinblickenden Farmer Joe mit ihrem strahlendsten Lächeln. Heute keine Rüben in Herzform. Sie bezahlte und trat von dem Stand zurück.

»Na, und was geht uns heute Morgen so im Kopf herum?«, erkundigte sich Tad ironisch.

»Ich spiele mit dem Gedanken, mich mit Farmer Joe aufs Land abzusetzen.«

Er seufzte gelangweilt auf. »Dann hat mein Gesuch also keinen Anklang gefunden?«

Wieder ganz der sarkastische, witzelnde Tad. Ihm war aufgegangen, wie idiotisch er sich am Vorabend benommen hatte, und wollte die Sache nun runterspielen, ganz klar. Hm, fühlte sie neben Enttäuschung vielleicht auch etwas Erleichterung?

»Lili zufolge haben Italiener alle diesen Knacks weg. Sobald sie mitkriegen, dass Frauen aus ihrem direkten Umfeld ihre Sexualität selbst in die Hand nehmen, trommeln sie sich auf die Brust und markieren den wilden Mann.«

Tad blieb stehen und erwartete wohl, sie würde es ihm nachtun. Doch da hatte er sich geschnitten.

Ein paar schnelle Schritte, und er hatte sie wieder eingeholt. »Willst du damit sagen, ich werde durch deine Sexualität bedroht?«

»Alle Männer fühlen sich durch die Sexualität einer Frau bedroht. Es gefällt ihnen nicht, wenn die Frau ihre Bedürfnisse klarstellt.«

»Ich habe doch angeboten, mich um deine zu kümmern!«

Ein paar Leute sahen befremdet in ihre Richtung. Jules verweilte an einem Stand und suchte sich ein paar Strauchtomaten aus, da sie sich dringend sammeln musste. Ihr Herz pochte so laut, dass es bestimmt jeder hören konnte.

»Ja, aber wieso? Willst du wissen, was ich denke?«

»Das wirst du mir bestimmt gleich erzählen.«

»Ich glaube, du hast Angst, es könnte sich was am Status quo ändern. In deiner italienischen Engstirnigkeit kannst du den Gedanken nicht ertragen, dass Fremde in die Gruppe eindringen und alles aus dem Gleichgewicht bringen könnten. Lili ist mit Jack zusammen, Cara mit Shane, da liegt's nach herkömmlicher Auffassung doch nahe, dass wir auch zusammenkommen, stimmt's?«

Er sah sie an, als wäre sie verrückt. Seine Lippen zuckten leicht, und es dauerte ein paar Minuten, bevor er etwas herausbrachte.

»Tut es das?« Er klang angespannt.

»Nope, aber anscheinend denkt das jeder. Frankie, Tante Sylvia, der Rest.« Sie hätte sein Unbehagen nicht so genießen dürfen. Eigentlich glaubte sie kein Wort von dem, was sie behauptete, fand es aber interessant zu sehen, was Tad von ihrer absurden Theorie hielt. »Auf Partys oder bei Familientreffen zieht es uns ja wirklich oft zum anderen« – sie lächelte gut gelaunt –, »und auf Bauernmärkten. Und ich finde es ja auch tröstlich zu wissen, dass ich jemanden zum Reden habe, wenn alle anderen so unerträglich verliebt sind.«

»Schon, ja«, sagte er bedächtig, »aber wir sind eben Freunde, und dafür sind Freunde da.«

»Ein Pfund von den Tomaten, bitte«, sagte sie zu dem Bauern ihr gegenüber. Sie wartete, bis er ihr das Wechselgeld gegeben hatte, und war sich dabei überaus bewusst, dass Tad genügend Spannung verströmte, um den Boden unter ihren Füßen bersten zu lassen.

»Ja, wir sind Freunde, Tad. Richtig gute Freunde. Und ich weiß, du denkst, du hast dich gestern Abend mit deinem Angebot mal wieder als einer erwiesen. Aber ich fände es halt schön, dass ich, nachdem irgendein Makler, dessen Mutter mich hasst, oder meinetwegen ein arbeitsloser Börsenmakler, der gezwungenermaßen in seinem Wagen lebt und sich Geld leihen muss, mir das Herz gebrochen hat, immer noch bei einem Sonntagsessen im *Casa DeLuca* gemütlich mit dir plauschen kann. Vor einem Jahr bin ich ein bisschen durchgedreht, und du hast mir mit der Bemerkung, das sei eine Schnapsidee, den Kopf gewaschen. Du hattest recht damit.«

Er bedachte sie mir einem finsteren Blick. »Hatte ich das?«

»Ja, und genieß es, es könnte nämlich das einzige Mal sein, dass ich dir das je sage.«

Eigentlich hatte sie ihn wegen seines machohaften Beschützerinstinkts aufziehen wollen, doch unvermittelt hatte das Gespräch eine andere Wendung genommen. Es ging nicht nur darum, dass sie ihn nicht als guten Freund verlieren wollte; sondern auch darum, dass *er* es wäre, der ihr das Herz brechen würde. Nicht absichtlich – dafür war er zu gutmütig und arglos –, aber dennoch.

»Klingt so, als wäre die Sache für dich schon geklärt.« Er

klang leicht verdrossen. Männer hassten es, wenn Frauen logischer dachten.

»So ist es«, erwiderte sie so munter wie möglich. »Verdammt, Tad, Beschützersex? Das ist doch verrückt!« Allmählich hasste sie dieses Wort. *Verrückt.* Wenn sie noch eine Million weitere Male betonte, wie verrückt das Ganze war, glaubte sie es irgendwann. *Verrückt, verrückt, verrückt.* Na bitte, viel besser. Warum zog sich ihr Herz dann aber schmerzvoll zusammen, während sie verzweifelt Fröhlichkeit heuchelte? *Weil es nicht verrückt ist, Jules.* Okay, dieser Beschützerkram war wirklich ein bisschen gaga, aber was das Angebot zum Sex anging? Gar nicht mal so.

Sie wollte ihn. Mehr denn je. Shit!

Als er sie weiter unbeirrt ansah, keimte in ihrem Herzen Hoffnung auf.

Sag, dass es nicht verrückt ist. Sag mir, wir können das tun. Kämpf um mich, Taddeo DeLuca. Kämpfe für uns!

Doch die ihm nachgesagte Intuition bezüglich des anderen Geschlechts versagte heute. Er war eben doch ein Mann. Mit einem leisen Lachen schüttelte er den Kopf.

»Ich schätze, das war alles ziemlich verrückt.«

O ja, wirklich zum Heulen, dieses Wort!

Jules schob ihre Enttäuschung beiseite und gab sich einen Ruck. Sie konnte wirklich stolz darauf sein, wie erwachsen sie diese unangenehme Situation gerade gemeistert hatte.

»Und jetzt erzähl mir von dieser Käsehändlerin, auf die du stehst.«

9.
Kapitel

Die meisten Onlinedates begannen mit E-Mails oder Instant Messages, doch dazu hätte jemand Jules' Nachrichten Korrektur lesen müssen. Insofern ging sie direkt zu Telefonaten über. Mit den Jahren hatte sie ein ziemliches Geschick darin entwickelt, sich anhand der Stimmen schon ein Bild zu machen. Umso mehr überraschte es sie nun, wie enttäuschend die Dates verliefen.

Das erste hatte geendet, als der Typ nicht nur von einer, sondern gleich von zwei Ex-Freundinnen angerufen worden war, sich bei ihr dann Rat über deren jeweilige Vorzüge einholen wollte und ihr dazu sogar sogenannte »Boudoir-Aufnahmen« gezeigt hatte. Das zweite Date, das allerdings mit einem etwas schlichten Mittagessen verbunden war, verlief angenehm, bis sie ihn fragte, warum er sich immer wieder bückte und am Fuß kratzte. Woraufhin er ihr seinen hübschen, glänzenden Knöchelreif zeigte. Das blinkende grüne Licht wies darauf hin, dass er sich immer noch im Überwachungsbereich des Empfängers in seinem Apartment über dem Diner befand.

Hätte man ihre desaströsen Dates gefilmt, so hätten – wie sie Lili und Cara erzählte – sämtliche ihrer Reaktionen aus Variationen von Munchs *Der Schrei* bestanden, sprich: aus entsetzt aufgerissenen Mündern und zerfließenden Gesichtern.

Im *Starbucks* in Wicker Park stand Jules nun ihr drittes erstes Date seit der »Geschäftseröffnung«, wie ihr Bruder es nannte, bevor. Der Junggeselle Nummer drei namens Aaron Roberts musste erst noch eintreffen, und jedes Aufschwingen der Eingangstür ließ sie erwartungs- und zugleich angstvoll aufblicken. Ihre Wahl war auf ihn gefallen, weil er eine Teppichfirma besaß, was ihr solide und sicher vorkam. Und doch war ihre schizophrene Seele auch auf den von ihm in Aussicht gestellten Kaminvorleger aus Schaffell und die gemütlichen Abende am Feuer angesprungen, da sie sich zum langweiligen Hauptgang wohl auch ein bisschen Romantik wünschte.

Das hatte etwas Armseliges.

Die Tür ging auf, und sie riss gespannt den Kopf hoch.

Ui, Bachelor Nummer drei war gar nicht so schlecht!

Angetan mit gebügelten Kakihosen und einem Buttondown-Hemd schien er sich in einer Umgebung wie dem *Starbucks* ganz zu Hause zu fühlen. Der Soundtrack von Michael Bublé passte perfekt zu seinem glatten, harmlosen Erscheinungsbild. Nach einem kurzen Blick in die Runde marschierte er, den Kopf ein wenig schüchtern gesenkt, auf sie zu und lächelte beim Näherkommen immer breiter. Sein Onlinedating-Avatar wurde ihm eindeutig nicht gerecht.

»Jules?«, erkundigte er sich zögernd.

Sie nickte. »Wow, du bist ja ...« Mist, wie beendete sie diesen Satz? »... gar kein Oger.« Der Vergleich war ihr sofort in den Sinn gekommen, weil Evan gerade auf *Shrek* abfuhr.

Aaron lachte, ein wohliges Geräusch, das sie in ihrer Fantasie schon wohlig einhüllte, während sie sich faul auf besagtem Schaffellkaminvorleger rekelte. »Und du auch nicht! Gut, dass das schon mal geklärt wäre. Hätte peinlich werden können.« Er warf einen finsteren Blick auf ihren leeren Tisch. »Wir haben allerdings ein Problem, glaube ich.«

»Ach ja?«, krächzte sie.

»Du hast keinen Kaffee vor dir stehen, und ich bin mir nicht sicher, ob ich mit einer Frau Brot brechen kann, die kein Kaffeejunkie ist wie ich.«

Ihr entfuhr ein nervöses Kichern, das sie leicht irre klingen ließ. »Oh, ich hab einfach noch nichts bestellt. Wollte nicht zu arg vorpreschen.«

»Ich liebe deinen sexy Akzent«, murmelte er. »Lass mich schnell was zu trinken besorgen, dann kannst du mir mit dieser vornehmen Stimme alles über dich erzählen.«

Hmmm, er machte Komplimente, ohne zu dick aufzutragen, und Manieren hatte er noch obendrein. Sie erklärte ihm, in welcher Form sie ihr Koffein konsumieren wollte, und schaute ihm dann ungeniert hinterher.

Netter Arsch, Mr Roberts!

Tja, sah so aus, als wäre der dritte Kandidat ein Treffer! Jedes Mädchen musste ein paar Frösche küssen, um an ihren Prinzen zu kommen. Unwillkürlich sah sie ein weiteres Mal verstohlen in seine Richtung. Aaron schenkte ihr ein gar nicht froschartiges Lächeln, und sie führte unter dem Tisch mit wackelnden Zehen ein kleines Freudentänzchen auf.

»O mein Gott, ist der niedlich!«

Jules wandte ihre Aufmerksamkeit einmal mehr dem Eingang zu. Eine Frau in einem so eng anliegenden, quietschgelben Sportoutfit, dass sie vermutlich schon in reglosem Zustand Gewicht verlor, hielt einem Typen mit einem Buggy die Tür auf und kam dabei aus dem Schwärmen gar nicht mehr raus. Den Gegenstand ihrer Verzückung, ein süßes Kerlchen mit einer Mini-Chicago-Cubs-Kappe erkannte Jules sofort. Es war ihr süßer Sohnemann!

Und der Typ, der den Buggy schob, war niemand anderes als Tad. Oh, zur Hölle, was machte *der* denn hier? Noch dazu mit Evan, den Jules vor noch nicht mal einer Viertelstunde in Caras Obhut zurückgelassen hatte? Von ihrem Date konnte er unmöglich etwas wissen, auch wenn das egal gewesen wäre. Sie waren ja einfach nur Freunde.

Als die beiden näher kamen, sprang sie nervös auf und registrierte nebenbei, mit welch unverhohlener Bewunderung die Türaufhalterin inzwischen auf Tads in eine Jeans gekleideten Hintern starrte. Eifersucht stieg in ihr hoch, dabei hatte sie doch gerade noch die Kehrseite ihres Dates angegafft!

»Was ist denn los?«, fragte sie Tad, der sich daranmachte, Evan aus dem Buggy zu heben.

»Nichts. Ich will mir bloß einen Kaffee holen.«

»Nein, ich meine, warum hast du Evan dabei?«

»Cara musste überraschend zu einem Kunden, irgendetwas wegen eines explodierenden Fonduesets. Na, und die Chance, mit meinem kleinen Kumpel hier allein Zeit zu verbringen, wollte ich mir einfach nicht entgehen lassen.« Tad hob Evan auf seine Hüfte. »Du hast doch nichts dagegen, oder? Ich hab schon Millionen Male auf ihn aufgepasst.«

»Natürlich nicht. Hab dich hier nur nicht erwartet.« Sie streichelte ihrem Kleinen über die Brust und brachte ihn zum Kichern. Wie er da auf Tads Hüfte saß, sah er so glücklich aus. Überhaupt gaben die beiden zusammen das perfekte Bild ab.

»Woher stammt denn die Kappe?«

Tad grinste, und ihr Herz hob sich mit der Kurve seiner Lippen. *Dummes Herz.* »Die habe ich neulich im Wrigley-Field-Stadion entdeckt. Es wird Zeit, dass er alle Aspekte seines Erbes kennenlernt. Das italienische, das britische und Baseball.«

Sie erwiderte sein Lächeln warm. Beide erinnerten sich an Tads am Tag von Evans Geburt abgegebenes Versprechen, ihrem Sohn alles beizubringen, was er wissen musste. Bei der Vorstellung, dass Tad an Evan dachte, während er seiner Alltagsroutine nachging, zog sich ihre Brust schmerzlich zusammen.

»Und warum bist du hier? Du siehst ...« Sein Blick fiel auf ihr geblümtes Sommerkleid und wanderte dann bis zu den hübschen Riemchensandalen hinunter, die blau schimmernde Zehennägel enthüllten. In sein Gesicht trat ein seltsamer Ausdruck. »Du hast ein Date!«

Überflüssigerweise bekam Jules Gewissensbisse, die sie schnell wieder verdrängte. Nur weil Tad sie geküsst hatte, bis sie förmlich dahingeschmolzen war, hatte Mr Inkonsequent ihr bezüglich ihrer Dates noch lange nichts vorzuschreiben.

»Ja. Er ist ...«

»Bitte schön!« Aaron stellte den Kaffee auf dem Tisch ab. »Ein Grande Caramel Macchiato für die bezaubernde Lady!«

Beim Anblick von Aaron in all seiner verfügbaren, adretten Perfektion riss Tad die Augen auf und wurde blass.
»Hey, hey, hey, wenn das mal nicht Tad DeLuca ist!« Aarons Augen leuchteten überrascht auf. »Dich hab ich ja schon – zehn Jahre? – nicht mehr gesehen!« Neugierig sah er von Tad zu Jules. »Ihr kennt euch?«
»Äh, ja.« Tad taxierte Aaron mit verkniffener Miene.
Das *konnte* doch nicht wahr sein! Von allen Kerlen auf diesem Erdball war der erste anständige, den sie kennenlernte, ein Freund von Tad? Auch wenn es »Freund« vielleicht nicht ganz traf, wenn man bedachte, wie Tad Aaron anfunkelte, als hätte sich dieser von ihm »Revolver« von den Beatles ausgeliehen, eine Rarität aus Vinyl, und sie voller fettiger Schmutzflecken zurückgegeben. Im Verein mit dem Todesblick der DeLucas schien Tad ein paar Zentimeter an Größe zuzulegen und immer näher auf sie zuzurücken. Panik stieg in ihr auf. Er würde jetzt doch nicht wieder diesen Beschützermist zum Besten geben?
Aaron gab sich unbeeindruckt. »Und wer ist der kleine Bursche? Bist du Vater geworden, Tad?«
»Das ist Evan.« Bei der Erwähnung seines Namens grinste Evan über beide Backen und rief »Mummy!«. Jules hatte mit den Mädels darüber diskutiert, wie bald sie auf ihr Kind zu sprechen kommen sollte. Cara hatte die Lippen zusammengekniffen und zu Vorsicht gemahnt (*Gib ihnen erst mal die Chance, die Show zu genießen, bevor du dich als Mutter outest*). Lili hatte gemeint, wenn der Typ damit nicht umgehen könnte, wäre er verschwendete Zeit.
Angstvoll wartete sie auf Aarons Reaktion. Sie hasste sich dafür.
»Er ist einfach zu niedlich. Ihr zwei habt also …« Aaron

sah zu Jules und Tad und versuchte, aus ihrer Beziehung schlau zu werden. Na denn, viel Glück!

»O nein!«, erwiderte Jules viel zu leidenschaftlich, nach Tads scharfer Miene zu urteilen. Diesen Moment wählte Evan, der fand, ihm würde nicht genügend Aufmerksamkeit geschenkt, um nach Tads Haaren zu grapschen und dazu »Tad, Tad, Tad« zu singen. Dass es in Jules' Ohren verdammt nach »Dad« klang, half auch nicht gerade – oder aber es gefiel ihr viel zu gut.

Ihr Herz schlug ihr jedenfalls bis zum Hals. »Tad ist ...«

»Die Nanny«, beendete Tad den Satz für sie.

»Die Nanny?« Aaron gluckste und grinste gleichzeitig dreckig. »Ich habe gedacht, du bist Barkeeper. Hab bei meinem Zahnarzt letztens einen Zeitschriftenartikel über die besten Cocktails in Chicago gelesen, und du wurdest darin erwähnt.« Mit hochgezogener Augenbraue sah er zu Jules. »Tad und ich haben an der Uni ein paar Kurse zusammen besucht. Es hat so ausgesehen, als würde er weit kommen. Wir haben alle große Dinge von ihm erwartet.«

Betretenes Schweigen folgte, während sich alle in ihre neuen Rollen einfanden. Aaron legte nachdenklich den Kopf schräg. »An dem Abend, an dem wir alle das Ende der Prüfungen gefeiert haben, bist du in diese Schlägerei an der Bar geraten, und danach warst du plötzlich wie vom Erdboden verschluckt. Was war denn bloß los, Mann?«

Ein tödlicher Unfall, das war los, und offensichtlich eine Schlägerei, von der Jules zum ersten Mal hörte. Kein Muskel regte sich in Tads Gesicht – dachte er darüber nach, was hätte sein können, wenn er sein Studium beendet und als Ingenieur zu arbeiten begonnen hätte, den Erwartungen seiner Familie also gerecht geworden wäre? Oder dachte er an seine Eltern?

»Das College war einfach nicht mein Ding. Na, und was geht bei dir zurzeit so ab?« Tads Stimme klang neutral, aber Jules konnte die Anspannung heraushören. Er drückte Evan fester an sich, eine seltsam besitzergreifende und beschützerische Geste, die sie benommen machte.

Aaron wippte – etwas selbstgefällig – auf seinen Fersen. So allmählich verscherzte er sich alle Sympathien, die sie ihm nach seinem ersten Auftritt noch entgegengebracht hatte. »Ich führe die Teppichfirma meines Dads am westlichen Stadtrand. Schaumburg.«

»Und da draußen daten kannst du nicht?«, fragte Tad, immer noch gereizt. »Du musst in die City kommen und dich an unseren Frauen vergreifen?«

»Tad!« Jules knuffte ihn auf den bloßen Unterarm, mit dem er ihren Sohn hielt, einer dieser *Nimm-ihn-nicht-ernst-der-macht-nur-Spaß*-Knuffer, den verzweifelte Friedensstifter anwendeten, damit die Feindseligkeiten bei Pinkelwettbewerben nicht eskalierten. Doch anstatt damit den peinlichen Moment zu überspielen, schickte die Berührung einen Stromstoß durch ihren Körper. Tads Arm war um so vieles kräftiger als Aarons, und auch wenn Aaron Evan bestimmt ebenso gut hätte halten und ihr ein Gefühl der Sicherheit geben können, bezweifelte sie doch, dass er es so gut hinbekommen würde wie Tad. Warum, oh, warum nur konnte sich keiner mit dem verdammten Tad DeLuca messen?

Verärgerung und Anziehung rangen in Jules' Brust, wobei sie Ersterer die Daumen drückte. Schließlich gab es Millionen Gründe, warum sie auf Tad sauer sein sollte. Der

Blödmann hatte sie geküsst, weil er sie angeblich beschützen wollte. Er hatte ihr seinen Körper angeboten und ihr dann den Boden unter den Füßen weggezogen, als er gekniffen hatte. Diese Glanznummern mitsamt seinen primitiven Unsere-Frauen-Sticheleien hätten ihrer Wertschätzung für seine Unterarme einen Dämpfer versetzen sollen. Das hätten sie wirklich!

Wieder grinste Aaron dreckig. Nein, er *lächelte*. Schluss damit, nach Mängeln zu suchen, weil er nicht Tad war. Aarons Unterarme waren völlig in Ordnung, und seine Zähne konnten sich sehen lassen. Okay, die messerscharfe Bügelfalte an seiner Kakihose bereitete ihr ein wenig Sorgen, aber solange er nicht erwartete, dass sie sich mit einem Bügelbrett anfreundete, kam sie damit klar. Er war ein netter Kerl, der sich auf einem Onlinedating-Portal verletzbar gemacht hatte. Allein damit hätte er bei ihr schon ordentlich punkten müssen.

Wirklich.

»Ich bin längst über den Punkt hinaus, wo ich noch auf Kneipentouren und betrunkene Sexabenteuer abfahren würde«, versetzte Aaron. »Beruflich bin ich fein raus, habe ein nettes Haus und bin bereit für den nächsten Schritt. Schaumburg ist ein toller Ort, um eine Familie zu gründen.«

Die Seitenhiebe auf Tad waren eindeutig. Der College-Abbrecher, der an der Bar arbeitete und seine diversen Fähigkeiten einsetzte, um die Ladys aufzumischen, die er in mehr als nur einer Hinsicht versorgte.

»Tad eröffnet demnächst eine Weinbar gleich hier um die Ecke«, ging Jules zur Verteidigung ihres Freundes dazwischen. »Alle sind so stolz auf ihn.« Na, und sie erst!

Offenbar hätte sie das nicht sagen sollen. Tads Gesicht verfinsterte sich so sehr, dass sie Angst hatte, Evan würde jeden Moment in Tränen ausbrechen. Doch dann legte er in seinem Hirn anscheinend einen Schalter um. Switchte zum gut gelaunten Tad und lächelte, zunächst probehalber in Evans Richtung, dann in Aarons und Jules'. Sie spürte, dass er Schlüsse daraus zog, wonach Jules bei einem Mann suchte: nach einem Versorger, einem heißen Kandidaten, nach jemandem, der Kakihosen trug. Aaron Roberts hatte ein ausführliches Datingprofil ausgefüllt und der Welt verkündet, dass er bereit war, sich zu binden. Und Jules konnte nicht ewig warten.

Tad mochte ihr an die Wäsche gehen wollen, doch auf etwas Festes war er nicht aus.

Voller Herzschmerz wartete sie darauf, dass sich Tad trollte und sie weitermachen konnte. Leicht würde das Date jetzt nicht mehr werden, dafür hatte er sich wieder zu sehr in ihr Hirn gebrannt, aber sie würde das Beste daraus machen, wie sie es immer tat.

Zu ihrer Überraschung nahm Tad jedoch wie selbstverständlich Platz, setzte sich ihren Sohn auf den Schoß und trank seelenruhig einen Schluck von dem Kaffee, den Aaron ihr liebenswürdigerweise besorgt hatte.

Tja.

»Ich würde mich gern richtig auf Stand bringen, *Mann*«, erklärte Tad mit einem eigenen Fuck-you-Grinsen zu Aaron. »Setz dich doch und erzähl mir mehr über das Schaumburger Teppichunternehmen.«

»Und woher hast du das hier?« Tad ballte seine Hände zu Fäusten und unterdrückte ein Knurren, das sich in seiner Kehle bildete. Jules legte ihre weiche Hand auf Derrys Arm und erkundigte sich nach noch einem weiteren seiner farbenprächtigen Tattoos. Den für gewöhnlich grüblerischen Koloss schien es nicht im Geringsten zu stören.

»Marseille. Vintage Pinot. Sieben Stunden«, erklärte Derry. Jeder, der ihn nicht kannte, hätte ihn für reserviert gehalten, aber Tad wusste es besser. Aus Derry Jones' Mund war das praktisch ein Wortschwall.

Jules fing an, ein weiteres der eintätowierten Weinetiketten zu liebkosen – das verblasst wirkte und eine Auffrischung hätte brauchen können, dachte Tad bissig – und betrachtete es ehrfurchtsvoll.

»Bist du für deine Verhältnisse nicht zu früh hier?«, meinte Tad in leicht bissigem Ton in Derrys Richtung. Normalerweise erschien der für die Vorbereitungen doch nie vor fünfzehn Uhr, und dass er schon um zwölf aufgeschlagen war, brachte eine Million Alarmglocken zum Schrillen.

»Nope«, antwortete Derry, was eigentlich keine Antwort war.

Tad ärgerte sich, dass seine Zeit mit Jules so beschnitten wurde. Die letzten paar Tage hatte er, sobald sie alles vorbereitet und ihr Spezialgericht auf den Herd gestellt oder in den Ofen geschoben hatte, ein nettes Fläschchen ausgesucht und ihre Ausbildung vorangetrieben. Und sich dann Fantasien darüber hingegeben, was er ihr noch alles beibringen konnte.

Seit ihrer Unterhaltung auf dem Markt, als er ihr bezüglich der Verrücktheit seines Vorschlags beigepflichtet hatte, waren ein paar Tage vergangen. *Verdammt noch mal,*

Beschützersex, Tad? Ausgesprochen mit der für sie typischen gespielt ausdruckslosen Stimme, die durch ihren britischen Akzent sogar noch spöttischer klang. Und er hatte in ihr Gelächter miteingestimmt, obwohl er viel lieber laut gebrüllt hätte, dass er nie in seinem Leben etwas ernster gemeint hatte. Jedes Wort hatte er ernst gemeint, und mehr. Bedürfnisse würden gestillt. Unglaubliche Orgasmen erreicht. Welten würden aus den Fugen geraten.

Welten würden verändert.

Er hatte gekniffen, weil Beziehungen schwierig waren und eine Beziehung mit Jules – etwas Reales mit dieser Frau – sein Ruin wäre, und ihrer auch. Doch nun ging ihm auf, dass er ein größeres Problem hatte.

In der Datingwelt angekommen war Jules nicht mehr zu halten.

Shane hatte ihn über ihre bisherigen enttäuschenden Dates, größtenteils Idioten und Typen mit nichts als Shit im Kopf, auf dem Laufenden gehalten. Aber früher oder später konnten auch annehmbarere Kandidaten ins Spiel kommen, und Aaron Roberts – solide, sicher, spießig – war vermutlich der Erste davon. Das musste im Keim erstickt werden! Also war Tad mal lieber geblieben und hatte dafür gesorgt, dass dieses erste Date zum unromantischsten aller Zeiten wurde. Auch Evan hatte seinen Teil dazu beigetragen, indem er einen astreinen Wutanfall hingelegt und dem Teppichmeister damit deutlich gezeigt hatte, dass das Familienleben es in sich hatte.

Aber Tad konnte nicht bei jedem Date mit einem unleidlichen Kleinkind und finsterem Blick zu Sabotagezwecken zur Stelle sein. Es würden andere Vorstadtspießer mit guten Jobs daherkommen, die gern auch das Kind eines anderen in Kauf nahmen, sobald sie erkannten, was für ein großartiges Gesamtpaket Jules und Evan darstellten. Noch würde es lange dauern, bis Jules bei einem von ihnen Feuer fing.

Es brachte Tad um, mitansehen zu müssen, wie Männer auf Jules reagierten, nun, da sie wieder auf dem Markt war. Zuerst dieser Hinterwäldler vom Bauernmarkt, dann Aaron Roberts, und nun musste Tad miterleben, wie sie Kitchen-Hulk begrapschte! »Das hier. Das ist ...« Nachdenklich verzog sie das Gesicht und kniff die Augen zusammen. Tad liebte diesen Gesichtsausdruck, wenn ihr nach anfänglicher Frustration die Bedeutung eines Wortes dämmerte.

»Beaujolais Nouveau.« Derry bezog sich auf ein kunstvoll ausgeführtes Tattoo, das ein mit Traubenschwingen versehenes Château darstellte. »Fünfzehn Stunden«, setzte er mit einem grimmigen Lächeln hinzu.

Jules wandte sich mit fröhlicher und offener Miene an Tad. »Haben wir denn einen Beaujolais Nouveau in unserem Keller?«

Unser Keller. Ihm wurde warm ums Herz.

»Jedes Jahr im November wird der aktuelle Beaujolais ausgeschenkt«, erwiderte er, während er einen Cheddar aus Bauernherstellung in Scheiben schnitt. »Wir lagern ihn nicht im Keller, da er mit der Zeit nicht besser wird und die Leute immer den neuesten Jahrgang erwarten.«

Jules schüttelte den Kopf. »Ich muss noch so viel lernen, was die ganzen Jahrgänge und Ausdrücke angeht. *Cru, brut, cuvée.* Es gibt so viele, und das sind gerade mal die französischen.«

»Verflixte Mistkerle, diese Franzosen«, meinte Derry gefühlvoll.

Nur mit Mühe konnte sich Tad ein Augenrollen verkneifen.

Nach ein paar weiteren Minuten der Tattoo-Anhimmeleien verzog sich Derry, um ein paar Besorgungen zu machen. *Na endlich, immerhin bezahle ich dich dafür, dass du hier arbeitest!*

Nachdem Jules Derry enttäuscht hinterhergeblickt hatte, wandte sie sich wieder dem aus Krabben und Crème fraîche bestehenden Aufstrich zu, an dem sie vor der Derry-Jones-Diashow gearbeitet hatte. *Mhm.* Jules war also in einen gewissen hartgesottenen Koch verknallt.

Was hatte Tad erwartet? Sie wollte jemanden kennenlernen, und er selbst machte ja nun mal keine direkten Anstalten, ihr etwas anzubieten, das über die gute alte schnelle Nummer hinausging. Derry war ein anständiger Kerl. Gerüchten zufolge sollte er früher in einer Spezialeinheit der US Navy gearbeitet haben. Bekam zwar den Mund nicht auf, wirkte aber zuverlässig und vertrauenswürdig. Echtes Ehemannmaterial. Für Evan würde er einen guten Vater abgeben, während es bei Tad gerade mal zum Onkel reichte.

Die Vorstellung, dass ein anderer Mann Evan ins Bett brachte oder ihn in den Arm nahm, wenn ihn etwas bedrückte, machte Tad fast genauso fertig wie die von Jules mit einem anderen. Mit Derry.

Verdammt.

»Ich möchte dir was zeigen«, sagte er zu ihrem Rücken. »Wart mal eine Sekunde.«

Kurz darauf legte er eine schwarze Heftmappe vor sie auf die Theke.

»Das ist ein Führer über alle Weine, die wir im Keller haben.« *In unserem Keller.* »Momentan ist die Auswahl klein, aber fein, vergrößern lässt sie sich allerdings immer. Ich hab die Mappe hier als Lernmaterial fürs Personal zusammengestellt, und dann dachte ich ...« Unsicher, wie er den Satz beenden sollte, verstummte er.

Jules legte das Messer sorgfältig beiseite, öffnete die Mappe und machte sich schon mal auf eine Enzyklopädie an Wörtern gefasst, die über ihren Verstand hinausgingen.

»Es ist ein Bilderbuch!«, japste sie dann.

Tad hatte für alle Etiketten Bilder ausgedruckt und sie mit Symbolen versehen, die für die Charakteristiken des jeweiligen Weines standen. Eine Weltkugel für »erdig«, eine Zitrone für »Zitrus«, ein Schraubglas für »marmeladig« und so weiter. Jules hatte ein ausgezeichnetes Gedächtnis und würde die Begriffe auf die Art sicher bald draufhaben.

»Du bist ein visueller Mensch, insofern könnte diese Methode bei dir funktionieren.« Legastheniker neigten dazu, Wörter mit einem inneren Bild zu verbinden. Außerdem liebten sie Routinen, waren aber schnell frustriert. Auf den ersten Blick mochte es schwierig erscheinen, es ihrem Bruder gleichzutun und eine Sterneköchin zu werden, andererseits steckten angeborene Fähigkeiten in ihr, die nur angestoßen werden mussten. Er wollte derjenige sein, der ihr dabei half, dieses Potenzial zu erkennen.

Und nicht Derry fucking Jones.

»Tad, ich ...« Sie hob ein paar Finger an ihren Mund und holte zittrig Luft. Ihre Augen glänzten verdächtig.

Instinktiv zog er sie in seine Arme, etwas, das er seit jenem Abend vor einem Jahr, als er beinahe den Kopf verloren hätte, tunlichst vermieden hatte. Wie immer, wenn er sie berührte, braute sich ein wahrer Gefühlssturm zusammen, der über ihn hinwegzufegen und ihn schachmatt zu setzen drohte. Er atmete tief ein. Sie duftete himmlisch, sofern der Himmel nach Orangen, Sommer und zu Hause roch.

Halt die Klappe, Hirn.

»Jules, es tut mir leid. Ich wollte dich nicht aus der Fassung bringen.«

Sie legte die Stirn an seine Schulter, und es war so perfekt, dass er ein Wimmern unterdrücken musste. Oder vielmehr ein Knurren. Als ob er je wimmern würde!

»Nein … nein, du hast mich nicht aus der Fassung gebracht. Diese Mappe ist der Knaller. Ich dachte bloß …« Sie zögerte.

»Du dachtest was, Honey?«

»Na ja, ich dachte, nachdem zwischen uns in letzter Zeit alles irgendwie angespannt war, hätte unsere Freundschaft vielleicht ein wenig gelitten.«

»Jules, wir werden unsere guten und unsere schlechten Tage haben, aber ich werde nie aufhören, dir ein Freund zu sein. Nichts kann unserer Freundschaft etwas anhaben.«

Er löste sich von ihr, doch sie hielt sich an ihm fest und flüsterte: »Bin noch nicht fertig.«

Er lachte leise an ihre Schläfe und ließ sich von dem Augenblick irgendwohin tragen, wo es schlicht wunderbar war.

Sie sah mit diesen göttlichen grünen Augen flehend zu ihm auf, und ihm blieb die Luft weg. »Also, Herr Lehrer, könnte ich Sie um einen Gefallen bitten, wenn Sie schon gerade so pädagogisch drauf sind?«

»Um jeden«, hauchte er und meinte es auch so. Er gab nichts, was er nicht tun würde, um sie glücklich zu machen.

Sie löste sich aus seiner Umarmung, lehnte sich an die Theke und fuhr mit einem Finger an deren Edelstahlkante entlang. »Eigentlich hatte ich Derry nach ein paar Tipps fragen wollen, aber jetzt hat er sich aus dem Staub gemacht.« Bei der Erwähnung von Derry spannte Tad sich an. »Was für Tipps denn?«

Sie nahm eine Zwiebel aus einem Drahtkorb, warf sie in die Luft und fing sie wieder auf. »Ich wollte lernen, wie man schneller Gemüse klein schnippelt.«

Panik stieg in ihm hoch, doch er kämpfte sie nieder. *Es geht doch nur um eine Zwiebel, cretino.*
»Das müssten wir eigentlich hinbekommen.«

Einen bangen Moment lang dachte sie, sie hätte einen Fehler gemacht. Tad sah verstimmt aus, um es mal milde auszudrücken, doch nach einem Moment glättete sich seine Miene wieder.

»Okay, dann legen wir mal los«, meinte er, ohne auch nur eine Spur seines vorherigen Zögerns. »Zunächst mal brauchen wir die richtige Musik.« Er griff nach seinem iPod und scrollte ein wenig darauf herum. Dann erklang *While My Guitar Gently Weeps* in der Küche. Die Beatles waren Tads Lieblingsband – eine der wenigen Gemeinsamkeiten mit ihrem Bruder.

»Heute lernen wir nicht nur, wie man eine Zwiebel schneidet, sondern auch, wie man verhindert, dabei als heulendes Elend zu enden.«

»Nice!« Sie nickte zum iPod, als ihr die Bedeutung seiner Songauswahl aufging. »Aber leider unmöglich. Ich kenne alle Tricks. Kühlschrank, einen Föhn benutzen, Zwiebelbrille. Nichts davon funktioniert.«

»Hach, meine Methode ist unfehlbar!«

»Du lässt es jemand anderes machen?«

»Nein, das geht auch anders. Hier, schau.«

Als würde er einem seiner Dates die Kleider vom Leib reißen, häutete er die Zwiebel in Sekundenschnelle und hielt die glänzende weiße Kugel hoch.

»Die Wurzel und den Trieb lässt du dran. In der stecken die Enzyme, die für die Tränen verantwortlich sind. Solange du die nicht wegschneidest und zum Bluten bringst, sollte es daher keine geben. *Capische?*«

Sie nickte.

»Jetzt zum Messer. Du musst es bequem halten können, das Gewicht die Arbeit machen lassen. Eins mit dem Messer sein. Wir halbieren sie, guck mal, so, und legen die Finger dann so darum herum.« Er legte die zu einem Dreieck geformten Finger um die Rundung der Zwiebel, den mittleren Finger vorn, die anderen beiden dahinter. »Benutz diesen Fingerknöchel, um das Messer am Zwiebelfleisch entlangzuführen.«

Er drehte die Zwiebel, vollführte zwei horizontale Schnitte, umfasste sie nach einer weiteren Drehung und machte sich ans Würfeln der Zwiebel. Das Messer glitt dabei so locker-leicht an seinem Fingerknöchel entlang, als wäre es Teil seines Arms. Noch nie hatte sie jemanden gesehen, der darin so geschickt war, nicht mal Jack.

»Setz das Gewicht der Klinge ein«, murmelte er, fast zu sich selbst. »Dann schnippeln wir um die Wurzel herum, und voilà, eine klein gehackte Zwiebel ... *senza più lacrime.*« Endlich sah er zu ihr auf, und einen Sekundenbruchteil wirkte er bei ihrem Anblick überrascht. Einen Augenblick lang war er ganz woanders gewesen.

»*Senza ...?*«

»*Senza più lacrime*«, wiederholte er. »Ohne Tränen.« Trotzdem schimmerten seine Augen ein wenig.

»Wer hat dir das beigebracht?« Sie kannte die Antwort, wollte aber, dass er es aussprach.

»Meine Mutter.« Seine Stimme kippte leicht, und er richtete seinen Blick wieder auf das Brett. »Vivi hat mir alles beigebracht.«

»Was für ein Mensch war sie so?«

Erst dachte sie, er würde nicht auf ihre Frage eingehen, doch dann sprach er mit leiser, rauer Stimme. »Sie war eine absolute Nervensäge. Stur, penetrant und mit einem Lachen gesegnet, das jeden Raum erhellte. Sie konnte alles kochen, konnte jeden mit einer Umarmung in eine bessere Stimmung versetzen. Sie war der beste Mensch, den ich je gekannt habe.«

»Und du vermisst sie schrecklich.«

Er zuckte die Achseln, allerdings zittrig. Um seinen Mund trat ein schmerzvoller Zug. »Es kam einem so vor, als sei ihr Leben unvollendet, als hätte sie noch so viel erreichen müssen. Manchen Menschen ist es einfach nicht bestimmt, uns derart früh zu verlassen.« Er sah auf, und die Leere in seinem Blick erschütterte Jules zutiefst. Ihr gefiel nicht, dass das im Umkehrschluss heißen musste, dass es manchen Menschen bestimmt sein sollte, uns früh zu verlassen.

Jules' Mutter war gestorben, als sie zwei war, ihr Vater drei Jahre darauf, und an keinen der beiden erinnerte sie sich wirklich. Jack hatte sie nicht viel zu Gesicht bekommen, und so, wie ihr Leben bei ihrer Tante und ihrem Onkel geartet gewesen war, hätte sie genauso gut eine ungewöhnlich selbstständige Minderjährige abgeben können. Sie war daran gewohnt, dass Menschen sie verließen, doch die letzten beiden Jahre hatten ihr eine neue Welt eröffnet. Es war nicht natürlich, allein zu sein. Es war nicht so gedacht, dass Menschen einander verließen.

»Wie waren sie so zusammen? Deine Eltern?«

»Glücklich. Sich treu ergeben. Ähnlich wie Tony und Frankie, allerdings gingen sie offener damit um.«

Sie wusste, was er meinte. Tony und Francesca waren eines dieser Modellpaare. Sie hatten Frankies Krebskrankheit überlebt, das Beinahescheitern ihres Restaurants, den Schmerz über die Magersucht ihrer ältesten Tochter, und sie waren daraus stärker hervorgegangen als jedes andere Paar, das sie kannte. Aber sie machten kein großes Aufheben um ihre Liebe. Das war mit das Erste, was Jules bei den DeLucas aufgefallen war – wie wenig ihr italienischer Hintergrund den Stereotypen entsprach. Nichts von diesem »Mamma Mia« und der ständigen Umarmerei, die man immer im Fernsehen oder im Kino zu sehen bekam. Selbst Cara und Lili waren reservierter, eigentlich so wie Jules selbst. Lili behauptete gern, dass Jack italienischer war als jeder andere von ihnen, und dabei hatte er keinen einzigen italienischen Knochen im Leib.

Sie fand es faszinierend zu hören, dass Tads Eltern ihre Liebe gezeigt hatten. Tad war auch so. Er war taktiler, als sie es gewohnt war, hatte keine Angst vor menschlichem Kontakt, doch seitdem sie sich vor einem Jahr auf ihrem Sofa über ihn hergemacht hatte, hatte er Berührungen möglichst vermieden. Vermutlich aus Angst, sie könnte erneut auf falsche Gedanken kommen.

Nach seinem Jobangebot letzte Woche hatte er ihre Umarmung über sich ergehen lassen, und heute hatte er sie wieder nahe an sich herangelassen. Dazu dieser leidenschaftliche, aber viel zu kurze Kuss einige Abende zuvor ... Sie hatte vergessen, wie viel ihr diese körperliche Nähe bedeutete, wie gut sich seine Körperkonturen ihren sanften Kurven anpassten. Wieso konnte irgendein anderer heißer Adonis nicht auch so etwas in ihr auslösen? Denn leider wurde mit jedem beschissenen Date offensichtlicher, dass sie nur ein Mann mit der einfachsten Berührung auf Touren brachte.

Taddeo Gianni DeLuca.

Vielleicht war es ihm nicht klar, doch er brauchte es auch. Warum kapierte er nicht, dass sie für ihn so stark sein konnte, wie er es immer für sie gewesen war?

»Deine Mom hat dir also beigebracht, wie man mit einem Messer umgeht. Aber wie kommt es dann ...«

»... dass ich nicht koche?«

Sie nickte.

Er verzog einen Mundwinkel nach oben, doch es kostete ihn Mühe, das merkte sie. »Dir ist schon klar, dass eigentlich jeder DeLuca schon kocht, bevor er überhaupt laufen kann? Bis auf Cara macht sich eigentlich immer einer daran.«

Cara konnte mit militärischer Präzision eine Küche leiten, aber drückte man ihr eine Pfanne in die Hand, ging entweder die Küche in Flammen auf oder es gab nichts zu essen.

»Nur weil alle anderen kochen, heißt das doch nicht, dass du es nicht auch tun solltest. Wenn schon nicht beruflich, dann ... für dich selbst.« Sie war sich nicht sicher, warum diese Unterhaltung plötzlich eine solche Bedeutungsschwere erlangt hatte. Dann kam er eben aus einer Familie aus megabegabten Köchen und wollte nicht kochen. Gar kein Ding, außer dass ihr die Unterhaltung mit Frankie über Tads Traum, ein Koch zu sein, und seine Reaktion auf den Tod seiner Eltern einfach nicht aus dem Kopf ging.

Er verlor die Freude daran.

»Wie wär's, wenn du es mal versuchen würdest?« Tad schob ihr das Messer hin.

Aha. Diese mit dem Schild »Zutritt verboten!« versehene Schutzmauer würde also einen weiteren Tag bestehen. Das war okay. Sie nahm das Messer und wog es in der Hand.

Er legte die andere Zwiebelhälfte vor sie hin.

Mit derselben Fingerposition auf der Zwiebel, die er ihr gezeigt hatte, begann sie, bedächtig zu schneiden, und sah zu, dass sie die Wurzel nicht erwischte. Normalerweise ging sie beim Zwiebelschneiden – oder beim Schneiden irgendeines Gemüses – immer völlig planlos vor. Sie war schnell frustriert und hatte sich bislang nie die Zeit nehmen wollen, es zu lernen, selbst wenn sie sich damit auf lange Sicht viel Zeit gespart hätte. Eigentlich war es wohl so, dass sie Jack nicht hatte bitten wollen, es ihr beizubringen, weil er dann ihr Interesse gespürt und zu hohe Erwartungen in sie gesteckt hätte.

Bei Tad brauchte sie ihren Drang, etwas zu erschaffen, nicht zu verbergen. Tad würde nichts von ihr erwarten. Tad wäre einfach nur ... Tad.

Unvermittelt überlief sie ein heißer Schauer, als er sich näher zu ihr lehnte und dabei den Blick nie von ihren Händen löste.

»Sieh zu, dass du deinen Mittelfinger immer vorn behältst.« Ihr Finger rutschte ab – ups! –, und er stellte sich hinter sie. Sie hätte das nicht tun dürfen, aber sie hatte es sich einfach nicht verkneifen können. Und ihr niederträchtiger Plan trug umgehend Früchte. »Komm. Ich zeig's dir.«

O ja. Vielleicht hatte sie ihn an der Nase herumgeführt.

In der Küche war es auf einmal sehr, sehr lauschig. Sanft legte er seine große, warme Hand auf ihre. Mit seinen Fingern formte er ihre so, wie er es für gut hielt, während sein Körper ihren von hinten formte. Seine starke, harte Brust an ihrem angespannten, steifen Rücken. Sein Atem, heiß und süß, streifte ihren Nacken. Der Wunsch, sich langsam an ihn zu lehnen, wurde fast übermächtig.

»Dann schneid mal los.«

Nach einem Probeschnitt von ihr schob er ihre Finger zurück, damit sie sich nicht verletzte. Den beifälligen Knurrlaut, den er dabei von sich gab, spürte sie bis zwischen ihren Schenkeln.

»Gut«, flüsterte er. »Jetzt drehen.«

Automatisch drehte sie sich um, und weil er einfach stehen blieb, streifte sie mit der Hüfte den oberen Teil seines festen Oberschenkels. Seines sehr festen Oberschenkels.

»Die Zwiebel!« Belustigung wärmte seine Stimme. Er drehte sie für sie, da ihr Hirn offensichtlich viel zu voll mit schmutzigen Fantasien war, um ihrer Hand eine Nachricht zu schicken.

»Oh, natürlich!« Bildete sie es sich nur ein, oder war er ein Stück auf sie zugerückt? Der Schweiß brach ihr aus allen Poren.

Sag etwas. *Irgendetwas!* »Du musst dich schon auf die Eröffnung freuen. Deine Eltern wären bestimmt gern dabei gewesen.«

Er versteifte sich hinter ihr. »Bin mir nicht sicher. Eigentlich hatten sie andere Vorstellungen.«

»Warum?«

»Mein Vater wünschte sich, dass ich Rechtsanwalt oder Arzt werde. Jemand, auf den er stolz sein kann.«

Er klang so schmerzvoll, dass sich Jules' Herz zusammenzog. Wie konnte man auf diesen Mann, der immer für seine Familie – für sie – da war, nicht stolz sein?

Sie sehnte sich danach, ihn tröstend in die Arme zu nehmen, wie er das so viele Male bei ihr gemacht hatte. Zu schauen, ob sie ihm eine Freundin sein konnte, ohne sich an ihm zu vergreifen.

»Vivi hätte dich gemocht«, sagte er in diesem Moment.

Ihr blieb die Luft weg. »Wie kommst du darauf?«

»Beharrlichkeit hat sie sehr bewundert. Leute, die ihre Ziele verfolgen, komme, was wolle.«

Ihr Blick trübte sich, und sie konnte dem Verlangen, sich an seine starke Brust zu lehnen, nicht länger widerstehen. Er schlang einen seiner prächtigen Arme um ihre Taille und zog sie an sich. Hielt sie ein paar kostbare Momente lang.

»Es gibt Zeiten, da denke ich, dir ist gar nicht klar, wie großartig du bist. Was für eine tolle Mom du bist und dass du deinen Platz schon noch finden wirst. Wart's nur ab.«

Er strich mit seinen weichen Lippen über ihre Schläfe.

Sie konnte nicht sprechen. Konnte sich nicht rühren.

Es warst immer nur du, Tad DeLuca. Von Anfang an war sein Glaube an sie grundsätzlich unerschütterlich gewesen.

»Jules.« Er drehte sie zu sich um und drückte ihr Kinn nach oben, als sie ihm nicht in die Augen schauen wollte. »Es tut mir leid, dass ich mich so idiotisch benommen und dieses ganze bescheuerte Zeug vom Stapel gelassen habe, von wegen, ich wolle versuchen, dich zu beschützen.«

»Hast du deshalb gestern im *Starbucks* mein Kaffeedate aufgemischt?«

»Ein Typ mit einer Teppichfirma, Jules? Also komm, damit hab ich dir doch einen Gefallen erwiesen. Sobald ich ihn dazu gebracht hatte, darüber zu reden, wusste ich, du würdest Visionen deiner Dinnerunterhaltungen der nächsten fünfzig Jahre vor dir sehen. Aaron würde aus deinem Hirn Minestrone machen!«

Sie gab einen missbilligenden Laut von sich, doch er hatte recht. Andererseits reichte Tads bloße Existenz ja schon aus, dass sie förmlich zerfloss ...

Er strich mit seinen Fingerknöcheln über die Unterseite ihres Kinns. »Du bedeutest mir so viel, und die Vorstellung von dir mit einem anderen Typen, der vielleicht nicht kapiert, wie großartig du bist, macht mich völlig fertig. Fuck, du bist eine Königin und verdienst nur das Beste.«

Sie hatte keine Ahnung, was sie verdiente, aber sie war sich verdammt sicher, was sie wollte. Den Mann vor ihr, und zwar auf die schlimmstmögliche Art.

»Es ist lieb, dass du das sagst«, flüsterte sie, denn das war es.

»Ich habe so meine Momente.« Er lächelte, herzzerreißend und schön zugleich.

In der aufgeladenen Stimmung, die zwischen ihnen herrschte, fühlte sie sich ihm näher denn je. Was das, was sie als Nächstes sagen musste, ausgesprochen schwierig machte.

»Was die Eröffnung morgen angeht ... Tja, ich schaff's leider nicht.«

Sein Gesicht verfinsterte sich. »Warum nicht?«

»Normalerweise kann ich mich darauf verlassen, dass sich Frankie oder Cara um Evan kümmern, aber alle De-Lucas werden hier sein, um zu feiern, dass ihr Goldjunge die Kurve gekriegt hat.«

Er warf ihr einen Blick zu, der eher schwarz als golden war, und angelte sein Handy aus der Tasche. Wie üblich war Jules neidisch auf das Telefon, das so viel Qualitätszeit neben Tads bestem Stück verbringen durfte.

»Sylvia, hier ist Tad.« Im Nu hellte sich seine düstere Miene auf. »Du musst mir einen Gefallen tun.«

Sie wich zurück, damit er in Ruhe telefonieren konnte, doch er griff nach ihrem Handgelenk und zog sie zu sich zurück. Der leichte Druck seiner Finger bewirkte, dass sie am ganzen Körper ein Kribbeln spürte. Als wüsste er genau, welche Wirkung das auf sie hatte, malte er ihr mit der Daumenkuppe sanfte Kreise auf den Puls, und das alles, ohne ihrem Gesicht Aufmerksamkeit zu schenken. Es war das Erotischste, was sie je erlebt hatte, und dabei hatte sie von ihrer Tad-Playlist genügend Optionen zur Auswahl.

Viele gemalte Kreise später sah er zu ihr auf. Von seiner Unterhaltung hatte sie kein Wort mitgekriegt.

»Tante Syl wird sich um Evan kümmern.«

»Aber möchte sie denn nicht selber zur Eröffnung kommen?«

»Ich habe ihr ein Gratisessen für ihr nächstes Date mit Pater Phelan versprochen. Der Typ ist ein Weinliebhaber, der für den Messwein heimlich einen netten Bordeaux verwendet statt die Weinsorte, die die Schiffe der Erzdiözese palettenweise anliefern. Ich werde den beiden jeden Wunsch von den Lippen ablesen, wenn du so dabei sein kannst.«

Sylvia war ein großer Fan der St.-Jude's-Kirche beziehungsweise der eines bestimmten Seelsorgers. Der Gemeindepfarrer durfte eigentlich nicht daten, aber wenn doch, wäre seine Wahl wohl kaum auf eine Witwe in den Sechzigern mit hochgebauschter Frisur gefallen. Aber Tad kannte die Schwäche dieser Frau eben und machte sie sich zunutze. Die Schwächen von Jules schienen ihm auch allesamt bekannt zu sein.

»Aber das ist doch nicht nötig«, sagte sie mit kratziger Stimme.

Er umfasste ihre Hand. Warm, trocken, sicher, niemals aber ungefährlich. Das nie. »Ohne dich wäre es nicht dasselbe. Okay?«

»Okay.«

10.
Kapitel

Jemand klopfte an die Bürotür, leise und doch Unheil verkündend, wobei sich Tad fragte, wie ein leises Klopfen Unheil verkündend sein konnte. Garantiert jemand, den er nicht sehen wollte.

»Dein Publikum erwartet dich«, hörte er Francesca säuseln.

Sein *Publikum*. Das nur darauf wartete, ihm alles Gute zu wünschen oder ihn zu zerreißen. Was zur Hölle hatte er sich dabei gedacht, ein eigenes Lokal zu eröffnen? Selbst wenn die Mythen über Restaurantpleiten übertrieben waren, musste trotzdem jedes vierte wieder dichtmachen.

Er riss den Kopf hoch, den er zwischen seine Beine gesenkt hatte, damit Blut in sein Hirn floss. Doch Frankie war schon hereingekommen und, mit einer Hand auf seinem Rücken, in die Hocke gegangen.

»Taddeo, geht's dir nicht gut? Fühlst du dich schwach?«

»Ich fühle mich, als hätte mein Magen meine Eier verschluckt und würde ihnen jetzt ein Säurebad verpassen.« Oha, was redete er da? »Sorry.«

Ihre Lippen verzogen sich zu diesem koboldhaften Lächeln, und er musste daran denken, wie gut sie immer zu ihm gewesen war. Selbst in der dunklen Zeit nach dem Unfall, in der er kein einziges nettes Wort verdient hatte.

»Deine Eltern wären sehr stolz auf dich. Für einen jungen Mann wie dich eine ganz schöne Leistung.«

Er fühlte sich nicht jung. Er fühlte sich wie der abgekämpfteste und älteste Neunundzwanzigjährige, der je gelebt hatte.

»Als Tony und Dad das *DeLucas* eröffnet haben, war Dad fünfundzwanzig.« Mit siebenundzwanzig hatte Paul McCartney *Abbey Road* aufgenommen. George Harrison war erst sechsundzwanzig. Außerdem machte er ja lediglich eine Weinbar auf. Das stellte ja wohl kaum sein ganzes Leben auf den Kopf! Trotzdem leistete das Säurebad ganze Arbeit und drohte seine Kehle samt allen Organen dazwischen zu zerfressen. »Dad hat sich für mich mehr gewünscht, Frankie.«

»Mag ja sein, aber er war zu streng zu dir. Die DeLuca-Männer sind alle so.« Seine Cousinen waren die Hauptleidtragenden der Erwartungen Tonys gewesen, hatten sich aber zu behaupten gewusst. »Denk dran, dass du dein eigener Herr bist, Taddeo. Nicht dein Vater oder dein Onkel. Du hast ein Recht darauf, glücklich zu sein.«

Glück als Recht? Das Streben danach vielleicht, oder zumindest das Streben nach hedonistischem Vergnügen. Alles darüber hinaus wirkte gierig, wenn seine Eltern nie mehr die Sonne auf ihren Wangen fühlen würden.

»Taddeo … so allmählich wird es vielleicht Zeit, damit aufzuhören, so hart zu dir selbst zu sein.«

In den Augen seiner Tante entdeckte er die Sorge, er

könnte seine ganze Scham und seinen ganzen Selbsthass auf eine neue Ebene heben. Francesca war die Einzige, die wusste, wie schlimm es wurde. Jedes Jahr schlug er ein paar Tage heraus, an denen er weg war: im Cottage eines Freundes in der Upper Peninsula oder in einer Absteige in Cabo, irgendwo, wo er untertauchen und sich besinnungslos betrinken konnte. Sie hatte versucht, mit ihm darüber zu reden, doch ihr war auch klar, dass er den Rest des Jahres überstehen musste. Zwischen ihnen bestand die stillschweigende Übereinkunft, dass kein anderer aus der Familie davon erfahren sollte. Bestimmt hatte sie Angst, dass er sich auf eine weitere ausgiebige Sauftour machte, und diesen Eindruck zerstreute er auch nicht wirklich. Irgendwann tauchte Tad aus seinem Trunkenheitskokon immer wieder auf und ging seiner täglichen Arbeit nach.

Bloß, dass er dieses Jahr ein eigenes Lokal führte und es Leute gab, die sich auf ihn verließen. Er würde einen Weg finden müssen, mit seinem Kummer klarzukommen, ohne dass andere darunter zu leiden hatten.

Er sah Frankie durchdringend an und versuchte, für die harte Zeit, die ihm bevorstand, von ihrer Kraft zu tanken. Vor ein paar Jahren hatte sie ihre Krebskrankheit in die Knie gezwungen, er kannte keine zähere Frau als sie. Tad öffnete den Mund, um das und eine Million andere Sachen zu sagen, wurde jedoch durch ein weiteres Klopfen an der Tür davon abgehalten. Einem festeren diesmal, aber nicht weniger unheilvollen.

»Tad«, rief Kennedy, seine Managerin, von der anderen Seite. »Die Leute fragen nach dir.«

»Bin gleich da!«, rief er zurück.

Er stand auf, und Frankie tat es ihm gleich und richtete seinen Krawattenknoten. Es hätte ihn nicht gewundert, wenn sie ihm auch noch nicht existierende Flecke von der Wange gewischt hätte.

»Ich geb dir noch einen Moment, aber mach nicht zu lang.«

Fünf Minuten und einen Grappa-Shot später betrat er die Bar und sah sich um. Seine Weinbar, sein Traum, der endlich wahr geworden war. Frankie hatte recht: Es *war* eine Leistung. Das Holz schimmerte, das Glas glänzte, der Wein floss. Derrys Feigen im Speckmantel mit Thymian schienen bei der schicken Gästeschar der Renner zu sein.

Noch hatte ihn niemand entdeckt, und so konnte er sich, bevor er seiner Gastgeberrolle gerecht werden musste, erst mal in Ruhe umschauen. Praktisch jeder DeLuca aus Chicago und Umgebung war hergekommen, um ihn zu unterstützen. Cara, die die Eröffnungsfeier perfekt organisiert hatte, wachte nun über Shanes dreistufige Cupcake-Kreation in der Form eines Champagnerbrunnens. Clevere Idee! Etwas entfernt vom hinteren Barende unterhielten sich Jack und Tony angeregt. Die beiden hatten einen holperigen Start gehabt, doch Jack hatte sich bemerkenswert schnell in *la famiglia* eingefügt und war Tony nun fast so etwas wie ein Sohn. Wann immer Tad Tonys entspannte Beziehungen zu seinen Schwiegersöhnen miterlebte, packte ihn unwillkürlich die Eifersucht.

Doch heute Abend war kein Platz für Eifersüchteleien. Es war *sein* Abend, der Beginn vom Rest seines Lebens.

Er begab sich ein Stück weiter in den Raum und blieb abrupt stehen, als sein Blick auf eine blonde, grünäugige Schönheit fiel – und ihren schick gekleideten Begleiter, der sich in dieser Funktion sehr wohlzufühlen schien.

»Nette Rede«, meinte Shane schmunzelnd, als sich Tad seinen Weg schließlich wieder zu Cara und Shane gebahnt hatte. Er konnte sich an kaum etwas davon erinnern. Etwas über Wein, gemeinsam Zeit zu verbringen und neue Freunde zu finden. Und dann noch mal etwas über Wein.
»Danke.« Tad lächelte, obwohl er am liebsten auf etwas eingedroschen hätte. *Hol ein paarmal tief Luft.* Drüben an der Bar legte der schicke Anzug eine Hand ach so beiläufig auf Jules' Arm, und Tad erstarrte kurzfristig zur Salzsäule.
»Wer ist dieser Typ?«, fragte er Cara, die der Operation Ein-Gespiele-für Jules ja offenbar vorstand.
»Darian Fuentes.« Sie stieß ein rauchiges Kichern aus. »Eigentlich Doktor Darian Fuentes. Er ist ein Freund von mir aus dem Lurie Children's Hospital.«
Cara arbeitete ehrenamtlich in dem im Stadtzentrum gelegenen Kinderkrankenhaus und knüpfte dadurch alle möglichen Kontakte, auch zu Typen, die als Traum aller Schwiegermütter gelten konnten.
»Gratulation, Mann. Nette Bude!« Tad wandte sich um und entdeckte Conor, der in einem schicken Anzug ordentlich was hermachte.
Sie gaben sich die Hände. »Danke, Conor. Schön, dass du kommen konntest.«
»Gibt's denn auch Bier in diesem Schuppen?«
Schnaubend drehte sich Tad zu Jules und Doktor Perfekt zurück.
»Man stelle sich nur vor, unsere Jules und ein Arzt!« Cara drückte sich theatralisch die Hände an die Brust.
»Das ist ja wohl eine voreilige Behauptung, was, oder, ZT?« ZT war Shanes Spitzname für Cara, eine Abkürzung von Zitronen-Tarte, der perfekt zu ihr passte.

»Na, sie scheinen doch gut miteinander auszukommen, oder?«, entgegnete sie schnippisch. »Er liebt Kinder, hat eine anglophile Ader, steht auf langbeinige Blondinen. Was daran ist voreilig zu sagen, dass das ein ziemlicher Treffer wäre? Vielleicht sollte ich mal tiefer in diese Partnervermittlungssache einsteigen.«

Shane lachte und küsste seine Frau sanft. »Ein weiterer Service von *DeLuca Doyle Special Events*.«

»Von der ersten Begegnung zum Altar und darüber hinaus.« Caras Augen strahlten wie Saphire. »Komplettservice vom Daten bis zur Familienplanung!«

Verärgert über Grund und Verlauf der Unterhaltung fiel Tad ihr ins Wort. »Was hast du vor? Sie bei ihren Flitterwochen begleiten und ihm sagen, wohin er ihn stecken soll?« Er hatte förmlich vor sich, wie Cara genau das in irgendeiner Sexklinik tat. *Da, halt, nein, da rein!* Vermutlich behandelte sie Shane genauso.

Unbeeindruckt von seiner Bissigkeit schürzte Cara die Lippen. »Manche Leute brauchen einen zusätzlichen Tritt in den Hintern, findest du nicht?«

Als ihr Verwandter war Tad vertraglich verpflichtet, Cara zu lieben, aber sie zu mögen fiel ihm manchmal schwer. Sie war schon immer herrschsüchtig und fast schon überorganisiert gewesen, doch seitdem sie Shane kennengelernt hatte und schwanger geworden war, hatte sich das noch gesteigert. Wie alle glücklichen Menschen strahlte sie eine Selbstgefälligkeit aus, die in jedem, der nicht gerade auf Wolke sieben schwebte, den Wunsch wachrief, sie zu erdrosseln.

»Na und?«, kam Tad wieder auf Doktor Perfekt zu sprechen. »Dann ist er also so einer, der Kindern nach der Blutspende Lutscher schenkt.«

Cara sah ihn vernichtend an. »Er ist pädiatrischer Onkologe.«

»Der Typ behandelt Krebs bei Kindern?« Hundert Punkte für Conor.

»Logisch tut er das, und sieht noch dazu verdammt gut dabei aus«, erwiderte Cara.

Der Typ, der krebskranke Kinder behandelte, brachte Jules gerade so sehr zum Lachen, dass ihre Brüste hüpften. Tad musste nicht in ihrer Nähe sein, um zu wissen, wie sich ihr Lachen anhörte. Sie war nicht sehr freigebig damit, und er erinnerte sich an jedes einzelne Mal, wo sie ihm eines geschenkt hatte. Nun wurde jedes Lächeln, das sie diesem Trottel schenkte, von dem Vorrat gestohlen, den sie für ihn bereithielt.

Von Tads Warte aus bestand ihre Silhouette aus lauter Kurven, was ihn zu der Erkenntnis brachte, dass Jules vor Beginn dieser Datinggeschichte nur selten etwas Figurbetontes oder Freizügiges angehabt hatte. Wie auf seinen Wunsch hin drehte sie sich, und er konnte sie von vorn bewundern. In ihrem smaragdgrünen Kleid, das sich perfekt an ihre Hüften und Brüste schmiegte, sah sie aus wie eine Göttin.

Mit finsterem Blick versuchte Tad, ihre Körpersprache zu deuten. In solchen Momenten hätte er sich gewünscht, sie lieber nicht so gut zu kennen. Sie entfernte sich, jeweils nur ein kleines Stück, doch Dr. Feelgood umfasste ihren Ellenbogen und zog sie zu sich zurück. Eine äußerst kalkulierte Geste, die reichte, dass sie die zuvor an den Tag gelegte Unsicherheit verlor. War sie so ausgehungert nach Kontakt, so verzweifelt auf Aufmerksamkeit aus, dass sie sich durch die einfachste Berührung einwickeln ließ?

Verdammt, sie war eine wandelnde Zeitbombe.

Und zog mit ihrer Ausstrahlung alle in ihren Bann. Bei dem Gedanken schwollen alle möglichen Dinge bei ihm an: sein Herz, sein Schwanz und – ein ganz fremdes Gefühl – der grüne Eifersuchtsklumpen in seiner Brust.

Na, so fremd wohl auch wieder nicht. Seitdem Jules sich wieder ins Spiel gebracht hatte, war er auf jeden Mann eifersüchtig gewesen, dem sie ein erstes Date gewährte. Gleichzeitig beneidete er sie, so ungern er es auch zugab, um ihren Mut. Sie ging das Risiko ein, sich Liebeskummer einzuhandeln, und ging die Sache an. Allein vor dem Gedanken hatte er schon Riesenschiss.

Vor Jules hatte er Riesenschiss.

Er wettete, dass es irgendein ewig langes, aus soundso vielen Teilen zusammengesetztes deutsches Wort dafür gab, was er gerade empfand, doch hier trübsinnig herumzustehen brachte ihn auch nicht weiter. Er schob einen Fuß vor seinen steifen Körper, um zu ihr zu gehen. Gerade als sich Jules und der Arzt trennten.

Na, Gott sei Dank.

Sie ging ein paar Schritte auf ihn zu und begegnete dann ... Tad drehte sich zu dem leeren Platz zu seiner Linken und traute seinen Augen nicht. Conor, dieser Fucker, hatte sich davongeschlichen und schnurstracks in Richtung Jules begeben.

Blut perlte im Wasser, und die Haie kreisten darum herum. Kräuterbauern, ruppige Köche, Onkologen, Barkeeper, die bei der Feuerwehr arbeiteten ... was kam als Nächstes? Die gesamte Geistlichkeit von St. Jude's?

»Alles okay, Kumpel?«, ertönte Shanes Stimme in dem typisch irischen Singsang.

»Alles bestens«, knirschte er. »Ich geb jetzt mal den Gastgeber.«

»Mach das«, erwiderte Shane. Während Tad mit grummelndem Magen davonmarschierte, hätte er schwören können, dass sein sogenannter Freund *Calling Dr. Love* von Kiss summte.

Dr. Darian drückte ihr die Hand, ehe er ihr ein weiteres Glas Wein holen ging. Ihr drittes.

Oje!

Sie hatten nett und unverfänglich über die Faxen von Kleinkindern und den neuesten *Iron-Man*-Film geplaudert, und Jules hatte sich nicht annähernd so dumm gefühlt wie sonst. Ein kleiner Schwips half da immer. Seine Komplimente über ihr Kleid, das mehr ent- als verhüllte, hatten bei ihr einen lustvollen Schauer ausgelöst und geholfen, dass sie sich diesem Intelligenzbolzen nicht mehr ganz so unterlegen fühlte.

Als ihr erst einmal klar war, dass sie in der Schule nie irgendwelche Preise gewinnen würde, hatte sie ersatzweise bei den Jungs zu punkten versucht. Sie brauchten sie nur anzulächeln, ihren Namen zu raunen, ja, sie sanft zu berühren, ihr ein Kompliment zu machen – alles Dinge, die ihr schwer angeknackstes Selbstwertgefühl stärkten –, und es war um sie geschehen. Wer brauchte zu wissen, dass sie nicht lesen konnte, wenn wortlose Unterhaltungen allemal vorzuziehen waren? Wer brauchte zu wissen, dass sie nicht annähernd so dumm war, wie es aussah, wenn sie in den Armen eines Kerls lag, dem nicht gar daran lag, schwierige Fragen zu stellen?

Sie vermutete, dass Dr. Darian unter dieser Kammwolle anständige Unterarme verbarg. Vielleicht nicht solche von Tad-DeLuca-Qualität, aber bestimmt waren sie völlig in Ordnung. Sie sah hinüber und entdeckte, dass sich der knackige Arzt mit Jack unterhielt. Wie sie ihren Bruder kannte, nahm er ihn gerade ins Kreuzverhör, um auf die Art an seine Sozialversicherungsnummer zu gelangen und seinen Hintergrund abchecken zu können.

Als jemand ihren bloßen Arm streifte, löste sie den Blick von dem Polizeiverhör, drehte sich um und entdeckte Conor Garcia, der sich gerade zu einer Umarmung anschickte.

Jules hatte ihn immer gemocht, und es war nett, ein freundliches Gesicht zu sehen, noch dazu ein so attraktives. Halb Ire, halb Kubaner, eine ziemlich geile genetische Kombination also, besaß er zudem schokoladenbraune Locken, die kräftige Wangenknochen umrahmten. Seine himmelblauen Augen deuteten auf teuflische Tiefen hin.

Er hielt sie ein paar Sekunden länger fest als nötig und ließ den Blick dann in aller Ruhe über ihren Körper wandern. Vielversprechend, vielversprechend. Wenn sie je Zweifel an seinem Interesse gehabt hatte, so wurden diese nun durch seine Worte zerstreut.

»Donnerwetter, Jules, du siehst umwerfend aus!«

Unwillkürlich musste sie kichern. Allmählich fühlte sie sich wohl in ihrer Haut. Sie sah auch wirklich nicht schlecht aus. Zwar spannte das Kleid etwas in der Taille, schmiegte sich ansonsten aber perfekt an die richtigen Stellen. Und ihre glitzernden Pumps von Pour La Victoire machten ihre Füße zu echten Hinguckern, verlängerten ihre Beine und gaben ihr das Gefühl, sexy zu sein. Schon den ganzen Abend erntete sie anerkennende Blicke.

Hätte ihr doch nur auch mal jemand ganz Bestimmtes Aufmerksamkeit geschenkt! Aber nein, Tad DeLuca warf ihr kaum je einen Blick zu. Plauderte mit jedem herum, machte aber keinen Versuch, zu ihr zu kommen. Umkreiste sie, kam ihr manchmal sogar nahe und ging dann doch wieder weg, um sich mit jemand anderem zu unterhalten.

Was umso mehr schmerzte, als er in seinem Anzug wirklich fantastisch aussah, gerade so, als hätte Don Draper eine Zeitreise ins einundzwanzigste Jahrhundert gemacht. Der dunkelgraue Stoff spannte sich unanständig über seinen Knackpo und breiten Rücken, den sie im Laufe des Abends mehr und mehr wahrnahm.

»Na, und wie geht's so, Conor?« Sie beschloss, die Aufmerksamkeit dieses gut aussehenden Manns zu genießen.

Er grinste, selbstbewusster, als die Polizei erlaubte. »Nicht schlecht. Hab gehört, du bist auf dem Markt. Hast du Lust, mal was trinken zu gehen?«

Huch! Mit Small Talk hielt der sich nicht auf. »Na ja, ich gehe das erst mal ganz sachte an. Verabrede mich zum Kaffee, so was in der Art.«

»Ich trinke ihn schwarz mit zwei Zuckerstückchen. Und meine Eier mag ich beidseitig gebraten mit zwei Baconstreifen.« Er zwinkerte, und sie musste lächeln.

»Na, du gehst ja ran ...«

»Versuchen kann man's ja. Was das Date angeht, meine ich es aber ernst.« Er lehnte sich so nahe zu ihr, dass sie sein Aftershave riechen konnte. Etwas Teures, das in ihrem Bauch ein Flattergefühl hervorrief.

Drüben an der Bar steckten Tad und die *Queen of the Night,* alias die dunkeläugige Kritikerin, die vor ein paar

Wochen in seinem Büro aufgetaucht war, vertraut die Köpfe zusammen. Etwas, das sie sagte, brachte ihn zum Lachen, und zur Belohnung warf er einen dreisten Blick auf ihren Vorbau. Seufzend wandte sich Jules wieder Conor zu, der es irgendwie geschafft hatte, den winzigen Abstand zwischen ihnen zu schließen.

»Ich hab gehört, du gehst nach einem ausgeklügelten Punktesystem vor. Wie schneide ich da ab?«

Sie legte den Kopf schräg. Zehn Punkte fürs Aussehen, zusätzliche fünf für diesen verschmitzten Ausdruck in seinen Augen. Berufstätig, besaß seine eigene Bar, war bei der Feuerwehr. Da kamen locker schon mal zehn, zwanzig, dreißig Punkte zusammen! Guter Sinn für Humor und eine schnelle Auffassungsgabe ergaben zehn weitere Punkte.

»Magst du eigentlich Kinder?«

»Sie sind unsere Zukunft.«

»Bist du nett zu deiner Mutter?«

»Bin jeden Sonntag zum Essen bei ihr.« Auf das Zucken ihrer Mundwinkel hin verbesserte er sich: »Na ja, jeden zweiten Sonntag.«

Hmm, gab es denn gar keinen Haken? Auf der Suche nach Mängeln legte sie zwei Finger an die Lippen.

»Längste Beziehung?«

»Zwei Jahre.« Er zuckte leicht mit den Achseln. »Sie hat mich betrogen.«

Sie legte ihm die Hand auf den Arm. »Oh, Conor. Das tut mir so leid!«

Kurz huschte ein verletzter Ausdruck über sein Gesicht, der jedoch rasch wieder einem breiten Grinsen wich. »Es ist schon ein Weilchen her. Bin längst darüber hinweg.«

Vielleicht, aber Jules tat er trotzdem leid. Und verpasste

ihm für seine Sensibilität ein paar Extrapunkte. Dr. D hatte Konkurrenz bekommen!

»Was würdest du also dazu sagen, wenn wir beide irgendwo hingingen, wo es etwas ...?« Stirnrunzelnd zog er sein Handy aus der Tasche, dessen Klingeln die Geräuschkulisse um sie herum übertönte. »Oh, oh, sieht so aus, als müssten wir das auf ein andermal verschieben. Ich bin in Rufbereitschaft bei der Feuerwache, und im Süden der Stadt gibt es Feueralarm.«

»Oh, okay. Pass gut auf dich auf.«

Er neigte sich zu ihr und streifte ihre Lippen mit seinen. Warm und trocken. Es kribbelte zwar nicht, aber trotzdem nicht schlecht. »Ich würde dich gern irgendwann mal ausführen, Jules. Darf ich dich anrufen?«

»Sicher.« Wenn ihm heute Abend bei seinem Einsatz etwas zustieße, dann zumindest mit dem Wissen im Hinterkopf, dass er in Zukunft vielleicht ein Date hatte. Doch seine Chancen als künftiger Mr Juliet Kilroy gingen nun gegen null. Sosehr sie einen Mann bewunderte, der einer derart wichtigen Arbeit nachging, gefiel ihr der Gedanke nicht, dass sie zu Hause ständig mit pochendem Herzen auf ihn warten müsste.

Na bitte, da war sie also einmal mehr auf der Fehlersuche.

Mit einem breiten Lächeln zog Conor ab. Und sie hatte Zeit, darüber nachzugrübeln, warum ihre Chancen bei den Männern plötzlich so gestiegen waren und sie sich innerlich trotzdem vollkommen hohl fühlte.

Verdammter Tad DeLuca! Sie brauchte nicht über ihre Schulter zu gucken, um zu wissen, dass er sich mit dieser Food-Journalistin prächtig amüsierte. Vielleicht machten sie gerade schon ein paar Sonderinterviews für später aus, die einen hemdlosen Tad miteinschlossen. Die Frau war clever genug, um Hemdknöpfe zu öffnen, und Jules wettete, sie hatte gleichzeitig auch einen Summa-cum-laude-Abschluss im Reißverschlussrunterziehen vorzuweisen.

Was Jules nicht jucken sollte. Er war ihr Freund, und ja, sie hatte sich verruchten, lüsternen Gedanken über ihn hingegeben, doch das waren bloße Fantasien. Er musste sie ja küssen, oder? Was war also dabei, wenn sie ihn vor all den Monaten zuerst geküsst hatte? Sie hatten das überstanden. Den Vorfall. Sie hatte den Zug wieder auf Kurs gebracht, und alles lief bestens, bis er eine Art Aussetzer gehabt und ihr dieses Angebot gemacht hatte.

Das heisere Lachen dieser Frau schallte zu ihr herüber. Na toll, Tad musste ja heute Abend groß in Form sein. Und sie ertrug es keine Sekunde länger mitzubekommen, wie er seinen mediterranen Charme bei einer anderen Frau versprühte.

Sie musste hier weg! Auf ihren zu hohen Stöckelschuhen bahnte sie sich ihren Weg durch die hippe Gästeschar in Richtung Toilette. Dort stürzte Jules in eine Kabine und verriegelte die Tür.

Diese Sache mit Tad musste aufhören. Sie konnte sich den Luxus dieser kräftezehrenden Eifersucht nicht länger gestatten. Also Schluss damit, sich auszumalen, wie er mit anderen Frauen Dinge anstellte, von denen sie sich wünschte, er würde sie mit ihr tun. Alles nur überflüssige, negative Energie!

Dr. Darian war durchaus eine Option, außerdem wäre es doch praktisch, einen Kinderarzt im Haus zu haben, oder? Sie verbrachte ein paar Minuten damit, vor dem Spiegel ihr

Pokerface einzuüben. Sie hatte einen Tad-Ersatz gefunden. Nun hieß es, ihn sich zu angeln.

Beim Verlassen der Damentoilette klingelte ihr Handy. Sie sah darauf und rechnete damit, Sylvias Streitaxtgesicht zu entdecken, die Evan abgeben wollte. Doch es handelte sich einmal mehr um eine fremde Nummer. Um die aus London.

Um die von *ihm*.

Sie konnte es nicht länger aufschieben.

»Hallo?« Sie bemühte sich, nicht zittrig zu klingen. Schon durch die Telefonleitung spürte sie seine Schwingungen.

»Hi, Jules.«

Eine Million Erinnerungen stiegen in ihr hoch, viel zu viele für so eine kurze Bekanntschaft, doch natürlich hatte sie ein paar hinzuerfunden, um die Lücken zu füllen. Verzweifelte Vorstellungen darüber, was hätte sein können. Das Timbre seiner Stimme hatte sich nicht verändert; wenn überhaupt, ging von ihr inzwischen noch mehr Gefahr aus. Jules brauchte Luft und steuerte daher die Tür zur Seitengasse an.

»Hi, Simon.« Sie trat ins Freie und versuchte, zu Atem zu kommen. Der Gestank verrottenden Abfalls stieg ihr in die Nase. »Was willst du?«

»Kein Small Talk, Jules?« Ein Ozean zwischen ihnen, und er klang in ihren Ohren wie ein sanftes Wispern.

»Das war nie unsere Stärke, oder?«

»Ich schätze nicht. Hab in letzter Zeit viel an dich gedacht«, fuhr er fort. »Und mich gefragt, wie's dir so geht. Ich habe gehört, du bist zu Jack nach Chicago gezogen.«

»Ja, vor ein paar Jahren schon.« *Was willst du?*

»Hier läuft's gut«, erklärte er, obwohl sie sich nicht danach erkundigt hatte. »Inzwischen habe ich mein drittes Restaurant eröffnet und bekomme vom BBC demnächst eventuell eine Pilotsendung für eine Fernsehshow.«

Während ihrer gemeinsamen Zeit hatte Simon seinen Neid auf Jacks Erfolge nur sehr schlecht verhehlen können. Selbst jetzt hörte sie aus seiner Stimme noch eine Spur Bitterkeit heraus. Dabei hatte er inzwischen so viel erreicht. Manche Menschen waren nie zufrieden!

Wenn Jack je herausfand, wer Evans Vater war, wäre der Teufel los. Geschwängert von einem seiner engsten Freunde! Er würde Simon die Schuld geben und Jules als Opfer darstellen, dabei war das überhaupt nicht der Fall.

Schließlich hatte sie ihn mehr oder weniger verführt.

»Warum rufst du mich nach so langer Zeit an?«

»Du warst schon immer eine Zynikerin, Jules.«

Bei dieser Anschuldigung traten ihr Tränen in die Augen. Das war so unfair! Sie mochte eine große Klappe haben und in mancher Hinsicht sarkastisch drauf sein, aber was *sie beide* anging, war sie nie zynisch gewesen.

»Vielleicht vermisse ich dich ja.« Er sagte es so leise in die Pause hinein, und so sanft, dass sie es ihm um ein Haar geglaubt hätte. Doch war es ein typischer Schachzug Simons, ein »vielleicht« hinzuzusetzen. Das hatte er vor allem auch an ihren letzten gemeinsamen Tagen gerne getan.

»Ich muss jetzt wirklich Schluss machen.« Wenn sie ihm noch länger gestattete, ihr seine Teufeleien zuzuflüstern, würde sie zusammenbrechen, das wusste sie.

»Ich möchte meinen Sohn sehen, Jules. Du kannst ihn mir nicht vorent...«

Sie beendete das Gespräch und schleuderte das Handy gegen die nächste Mülltonne.

11. Kapitel

Auch wenn Aristoteles den Menschen als soziales Wesen bezeichnet hatte, fühlte sich Tad an diesem Abend weit davon entfernt, was es ihm erschwerte, zu seinen Gästen und Kritikern charmant zu sein.

»Nett geworden, das Ganze!« Nachdem sich La Grayson eingehend in der Bar umgesehen hatte, wandte sie sich Tad zu und betrachtete ihn noch eingehender. »Sehr nett!«

»Hoffentlich kommen alle auch wieder, wenn es die Getränke nicht mehr umsonst gibt.«

»Eine gute Kritik kann da Wunder bewirken.« Ihr Lächeln erreichte ihre erstaunlich grauen Augen, um die feine Krähenfüße sichtbar wurden, nicht ganz. Tad ging auf, dass Monica vermutlich älter war als zunächst gedacht. Vielleicht Anfang vierzig.

»Wir könnten ja mal privat ein Fläschchen öffnen?«

»Das riecht nach Bestechung.«

»Ich erzähl's keinem, wenn Sie es nicht tun.« Sie nippte an ihrem Prosecco und klimperte dabei mit den Wimpern provokant über den Rand des Glases.

»Ich kümmere mich jetzt mal besser um meine Gäste.«

Sie hob eine schlanke Schulter zu einem halben Zucken, auch wenn seine Zurückweisung sie eindeutig wurmte.

Bis auf diese vertrackte Situation mit Monica lief eigentlich alles bestens. Aus den Lautsprechern erklang sexy Lounge-Music, die Gäste waren relaxed, die Vibes vielversprechend. Warum kam es ihm also so vor, als würden seine inneren Organe an einem Cage-Match teilnehmen und seine Lungen würden eine Tracht Prügel beziehen?

Vielleicht lag es ja daran, dass Jules Katzenminze glich und sämtliche großen Kater sie in dem Wunsch, sich daran zu reiben, umkreisten.

Ein schneller Blick durch den Raum ergab, dass sich Doktor Traumschiff mit Cara unterhielt und von Jules keine Spur zu sehen war. Zumindest war sie nicht mit Conor zusammen, der wegen eines Feueralarms hatte gehen müssen. Keiner der beiden war der Richtige für sie. Klar, vom Doc wusste er rein gar nichts, und Conor war ein anständiger Kerl, aber gut genug für Jules? Niemals!

Nun klang er schon wie Jack. Wenn man vom Teufel spricht …

»Gut gemacht!« Jack trat neben ihn. »Ausnahmsweise hast du's mal nicht verkackt.«

»Jetzt nur nicht rührselig werden, Jack.«

Sie maßen sich mit ihren Blicken. Als sich Jack vor ein paar Jahren in das Leben der DeLucas eingeklinkt hatte, war das nicht direkt der Anfang einer wunderbaren Freundschaft gewesen. Während Tad keine fünf Minuten brauchte, um zu erkennen, dass Jacks Absichten gegenüber Lili ehrenhaft waren, sah das andersherum ganz anders aus. Jacks beschützerische Ader in Bezug auf Jules war grenzenlos, und das aus gutem Grund.

Auf seine typische gebieterische Art beobachtete Jack die ausgelassene Gästeschar. »Du wirkst angespannt.«

»Die Kritiker.«

»Die können dich mal. Ich habe vor Langem gelernt, dass man es ihnen nicht allen recht machen kannst, also versuch's lieber erst gar nicht. Mach einfach weiter das, worin du gut bist – tu das, was du tun solltest –, dann erledigt sich der Rest von selbst.«

War das nicht der Haken an dem Ganzen? Tad liebte Wein, und ja, damit kannte er sich aus, doch war er sich nicht sicher, ob es das war, was er tun *sollte*. Ganz sicher war es nicht das, was Dad gewollt hatte, und was Vivi anging … Tad hatte Jules erzählt, dass seine Mutter Tapferkeit sehr bewundert hatte, und doch kam es ihm jeden Tag so vor, als würde er auf der Stelle treten. Als wäre er zu feige, um sich das zu nehmen, was er wollte. Eigentlich war die Bar hier doch immer sein Traum gewesen, der Weg zurück zu sich selbst, doch noch immer fühlte er sich so leer wie eh und je.

Er brauchte frische Luft.

Nachdem er mit Jack etwas von dem typischen Mann-zu-Mann-Blabla ausgetauscht hatte, stahl sich Tad von ihm und der megahippen Meute davon. Auf dem Weg zum Büro fiel sein Blick auf die Tür zur Seitengasse, die seltsamerweise offen stand. Gerade als er deswegen übers Personal fluchen wollte, wurde die schwere Tür aufgeschoben und Jules stolperte herein.

Sie sah so aus, wie er sich fühlte. Derangiert, wirr im Kopf, nicht ganz da.

»Jules, stimmt was nicht?«

Mit leerem Blick sah sie direkt durch ihn hindurch und hielt dabei ihr Handy fest umklammert. Etwas – oder jemand – war ihr zugestoßen.

»Ist was mit Evan?« Er packte sie an den Schultern, registrierte kaum ihre seidige Haut, dafür umso mehr, wie eiskalt sie sich anfühlte. Panik stieg in ihm auf. »Jules, ist Evan was passiert?«

Blinzelnd kehrte sie zu ihm zurück. »Nein, dem geht's gut.« Und dann noch mal entschieden: »Ihm *wird* es gut gehen.«

Was immer das hieß. Unter seiner Berührung erzitterte sie und widerlegte ihre Worte damit umgehend. Es blieb nur eins: sie fest an sich zu drücken. Wie denn auch nicht?

»*Mio tesoro*, ich bin doch da.« Er schloss sie in die Arme, die in dieser steifen Rüstung von Armani steckten, und spürte, wie er sich sofort am ganzen Körper entspannte.

Erschauernd schmiegte sie sich an ihn.

»O Tad.« Ihre Stimme war heiser, verzweifelt, und er spürte sie bis in seine Leistengegend. Was für Möglichkeiten sich ihm boten! Verzweifelt suchte er nach seinem gesunden Menschenverstand und dem klitzekleinen bisschen Anstand, das ihm noch verblieben war. Sie war aufgelöst, und sie brauchte ihren guten Freund und nicht jemanden, der sie wie ein Tier überall berührte.

»Ich wollte nur kurz frische Luft schnappen«, behauptete sie.

Die Tür stand noch immer offen, und der herbe Geruch einer Chicagoer Hintergasse drang herein.

»Na, dafür hast du dir ja genau den richtigen Ort ausgesucht.« Er schnupperte. »Anklänge von verdorbenem Gemüse und« – er hielt inne und suchte nach dem Wort – »Eau de Pisse.«

Sie wollte lächeln. Er konnte sehen, wie sie sich bemühte, aber es klappte einfach nicht.

»Ich muss nach Hause, aber ...« Sie löste sich aus seiner gierigen Umarmung und warf einen skeptischen Blick über ihre Schulter. Er kapierte.

»Ich bring dich nach Hause.« Er zog die Tür hinter sich zu und trat auf die Gasse, wo die Geräusche der Bar durch andere ersetzt wurden. Stadtleben. Seine eigenen Atemzüge. Und die Zahnräder in Jules' Hirn, die zu rattern schienen, was das Zeug hielt.

Er zog sich das Jackett aus und legte es ihr über die Schultern. »Es ist kalt geworden.«

Aus dem Augenwinkel sah er ihre Erleichterung. Sie lockerte den Griff um ihr Telefon und verstaute es in ihrer paillettenbesetzten Handtasche, allerdings erst, nachdem er gesehen hatte, dass das Display einen üblen Sprung aufwies.

»Was ist mit deinem Handy passiert?«

»Es ist mir runtergefallen«, murmelte sie.

Sie ging in Richtung Straße, und er trabte neben ihr her. Zu nah und doch nicht nah genug.

»Du musst mich nicht nach Haus bringen«, sagte sie mit ausdrucksloser, ferner Stimme. »Deine Gäste brauchen dich doch.«

»Sie werden es überleben«, erwiderte er knapp. »Du bist wichtiger.«

Sie blieb stehen und drehte sich zu ihm, und in ihren von den Straßenlampen erhellten Augen blitzte Zorn auf. »Kennst du die Statistiken denn nicht? Siebzig Prozent der neu eröffneten Restaurants müssen im ersten Jahr wieder schließen. Die Wahrscheinlichkeit steigt auf bis zu neunzig Prozent, wenn der Besitzer meint, sich selbst nicht blicken lassen zu müssen.«

Hallo, Stimmungswechsel! Er begrüßte ihre Bissigkeit. Besser die als das, was er gerade noch erlebt hatte. Diese Version von Jules mit ihren sanften, verletzlichen Augen erweckte den Wunsch in ihm, erneut die Arme um sie zu schlingen und sie nie wieder loszulassen. Doch wenn er diesem Beschützerinstinkt nachgab, würde er auch jedem versauten Drang nachgeben und sie aus anderen Gründen zum Weinen bringen.

Augenblicklich war Pissy-Jules die beste Option.

»Du gehst mir nicht allein nach Hause!«

Die Worte klangen besitzergreifend, und das so eindeutig, dass in seiner Leistengegend Bewegung aufkam. Die Kombination aus ihrer schlechten Laune, seinem Beschützerdrang und ihrem sexy Aussehen in diesem Kleid erregte ihn unglaublich. *Hast ja alles super im Griff, du Armleuchter!* Sobald sie bei ihr zu Hause angekommen waren, hieß es nichts wie weg, denn, seien wir ehrlich, seine brodelnde Libido stellte gerade die größte Gefahr für sie dar.

Ein paar schweigende Momente darauf, in denen man eine Stecknadel hätte fallen hören können, erreichten sie den Eingang ihres Wohnhauses. Unbeholfen kramte sie nach ihren Schlüsseln, tastete mit dem Schlüssel dann ebenso unbeholfen nach dem Schlüsselloch und versuchte, um das Maß vollzumachen, noch unbeholfener, den Türknauf zu drehen.

Tad legte seine Hand auf ihre und öffnete die Tür. Die Berührung reichte, dass sie durch die nun offene Tür stolperte. Er hielt sie gerade noch am Arm fest.

»Immer mit der Ruhe.« Er sagte es mehr zu sich selbst als zu ihr.

Mit abgewandtem Blick zog sie sich sein Jackett von den Schultern und reichte es ihm. »Danke.«

»Ich bring dich noch hinauf.« Er schlüpfte in sein Jackett, um zu verdeutlichen, dass er gehen würde, sobald er seine Pflicht getan hatte. Weil Leute ja, wie man weiß, ihre Jacketts anzogen, um nach draußen zu gehen.

»Das musst du nicht ...«

»O doch.« Er umfasste ihren Ellbogen, eine Berührung, die wie ein weiterer Stromschlag auf ihn wirkte, und ließ sie auch nicht mehr los, bis sie vor ihrer Wohnung standen.

Er nahm den Schlüssel und schloss die Tür auf. Keine Probleme mit dem Türknauf.

»Jetzt krieg ich's allein hin.« Noch immer mied sie den Blickkontakt. *Braves Mädchen, schau weg!* Wenn sie auch nur einen Funken Selbsterhaltungstrieb besaß, schloss sie die Tür hinter sich und jagte ihn zum Teufel. Schließlich war er nahe dran, sie an die nächste Wand zu drücken und sie zu vögeln bis zum Gehtnichtmehr.

»Wie lief dein Date heute Abend?«

Fuck. Das mit dem Selbsterhaltungstrieb galt genauso für ihn!

Wieder loderte diese Wut in ihr auf. Er wünschte, sie würde einfach frei heraus sagen, warum sie sauer war.

»Ich wusste gar nicht, dass Cara Darian dabeihaben würde.«

»Eine nette Überraschung also. Ein Arzt.« *Merda,* es hatte sarkastisch geklungen. Dem vernichtenden Blick nach zu urteilen, den er dafür kassierte, fasste sie das auch genau so auf.

»Meinst du, ich hab nicht das Zeug dazu, jemand so Cleveren zu daten?«

»Jetzt komm nicht damit daher, Jules. Du hast das Zeug dazu, alles zu erreichen, was du willst. Ich glaube bloß nicht, dass der Typ der Richtige für dich ist.«

»Und warum?«

Weil er nicht ich ist.

Keiner dieser Idioten hatte auch nur die leiseste Ahnung von ihr. Er schon. Er wusste, dass sie sich manchmal dumm vorkam, weil die Wörter, die sie lesen wollte, nicht kooperierten. Wusste, dass sie sich ihre ganze Kindheit gewünscht hatte, dass jemand, irgendjemand, sie wahrnahm. Wusste, dass sie wie eine Löwin dafür gekämpft hatte, nach Chicago zu kommen, damit sie Evan das bestmögliche Leben bieten konnte.

Tad war von Anfang an da gewesen, an seiner Schulter hatte sie sich immer ausweinen können, bei Evans Geburt hatte er ihr die Hand gehalten. Hochtrabende Diplome, fette Bankkonten – nichts davon qualifizierte diese Kerle für das Geringste, sofern es diese Frau anging.

»Der sucht nur nach einer Hausfrau, die ihm den Rücken freihält und seine Kinder zur Welt bringt, während er seinem wichtigen Job nachgeht.«

»Wow, und das hast du alles herausgefunden, während du mich dabei beobachtet hast, wie ich mit ihm flirte?«

Die Art, wie er mit dem Kiefer malmte, hätte einer Müllpresse alle Ehre gemacht.

»Conor ist auch nicht der Richtige für dich, das kannst du also auch vergessen«, brachte er mit Mühe heraus.

»Wo ist denn das Problem? Er besitzt eine Bar, rettet andere Menschen aus brennenden Gebäuden ... Oh, ist es deswegen?« Sie kickte ihre High Heels weg. »Du hältst Typen, die Leben retten, für nicht gut genug für mich. Dabei erweist du dich ja auch nicht gerade als Lebensretter, wenn du zu einem alten Manchegokäse einen lieblichen Pinot servierst, oder?«

Insgesamt eine eher zahme Beleidigung, doch er registrierte den unbeabsichtigten Seitenhieb. Wenn er sich für etwas so gar nicht eignete, dann dafür, anderen das Leben zu retten.

»Ich versuche doch nur, auf dich aufzupassen, Jules.«

»Was für ein cooler Trick. Du bewegst die Lippen, und Jacks Worte kommen raus. Ich hab dir doch schon gesagt, dass ich keinen weiteren Bruder brauche!«

Sie mochte keinen weiteren Bruder brauchen, einen Beschützer aber schon. Jemanden, der ihr in rauen Zeiten zur Seite stehen konnte, der die Bedeutung von Aufopferung und Familie kannte. Jemanden von einem anderen Format als er.

Ihr Freund aber konnte er sein. »Was ist heute Abend passiert, das dich so mitgenommen hat?«

Sie zog die Brauen über ihren entschlossen funkelnden Augen zusammen. »Mir ist aufgegangen, dass ich mir nehmen muss, was ich brauche, und dafür kämpfen muss, was mir gehört.«

Wow, wenn er zuvor noch nicht angeturnt gewesen war, dann spätestens jetzt. Er liebte es, wie das aus ihrem Mund klang, selbst wenn er keinen Schimmer hatte, worum es ging. Aus diesem Mund mit den cabernetroten Lippen, die so perfekt aussähen, wenn sie auf seiner Brust und jenseits davon sengende Küsse hinterlassen würden. Wärme durchflutete ihn. Jedes Härchen – und mehr – hatte sich aufgestellt.

Er war auch nur ein Mensch.

Sie kam auf ihn zu, stellte ihren sinnlichen Hüftschwung zur Schau, selbst ohne diese glitzernden Fuck-me-High-Heels. Ihre Augen hatten sich verdunkelt. Diesen Blick kannte er. Er hatte ihn erst neulich Abend erlebt, nachdem er sie geküsst hatte. Allerdings mit einem Unterschied: Juliet Kilroy, seine gute Freundin, verführte nun ihn.

Sie schob sich an ihm vorbei und schloss die Hand um den Türknauf. Mit dem Öffnen von Türen schien sie auf einmal überhaupt kein Problem mehr zu haben und durchbohrte ihn dabei mit einem Blick, der einen geringeren Mann möglicherweise niedergestreckt hätte.

»Du hast die Wahl. Du kannst zu dieser Tür hinausgehen und vorgeben, zwischen uns würde nichts laufen, oder du kannst bleiben und mir geben, was ich brauche.«

Sein gutes Stück pochte schmerzhaft. »Was brauchst du, Jules?«

»Dich. In mir. Die ganze Nacht.«

O gütiger Gott!

Um alle Zweifel an seinen nächsten Worten auszuräumen, sah er ihr tief in die grünen Augen. »Ich bin nicht wie die anderen Männer, die du gedatet hast, die, die heute Abend deinetwegen keine Sekunde in der Lage waren, einen einzigen klaren Gedanken zu fassen. Für eine feste Bindung bin ich nicht geschaffen.«

»Das hast du ja auch nicht angeboten, oder?«

Er lehnte sich über ihre Schulter und drückte die Tür kurzerhand wieder zu.

»Das habe ich nicht angeboten.«

Das habe ich nicht angeboten.

Was das nicht alles miteinschloss. Er stellte klar, dass alles unter seinen Bedingungen geschehen müsste und zu nichts Festerem zwischen ihnen führen könnte. Damit musste sie zurechtkommen, doch die Tatsache, dass er damit zurechtkam, gab ihr zu denken.

Andererseits, wollte sie nicht genau das von ihm? Eine Nacht der Lust und Ekstase mit ihm, die einen alles andere vergessen ließ? Heute Nacht wollte sie keine Probleme wälzen.

Nicht mehr lang, und ihre Welt würde in Trümmern liegen. Ihre ganzen Lügen und Ausflüchte rächten sich nun, da Simon Evan sehen wollte. Und doch konnte sie an nichts anderes denken als daran, wie es sein mochte, wenn Tad seinen harten, langen Schwanz, den er vor einer Woche an ihren Bauch gepresst hatte, in ihr versenkte. Tad wohlgemerkt, ihr Freund, der vor ihr stand wie ein römischer Sexgott und ihr den Trost anbot, den sie so dringend brauchte.

Nimm ihn!, schrie Bad-Girl-Jules. *Dieser Körper ist dazu gemacht, dich heute Nacht zu lieben.*

Er wird dir das Herz brechen, entgegnete Good-Girl-Jules traurig. Diese Bitch war so eine Spaßbremse!

»Was ist mit der Bar?« Sie fuhr sich mit der Zunge über ihre ausgetrockneten Lippen.

»Kennedy kriegt das hin. Außer, du hast es dir anders überlegt und versuchst, mich loszuwerden?« Er strich mit den Fingerspitzen über den Ansatz ihrer Brüste. Gierig bemühten sie sich, seiner flüchtigen Berührung entgegenzukommen – eine eindeutige Antwort auf seine Frage.

Seine Lippen zuckten.

»Erzähl mir, was du alles möchtest.« Jedes Wort schien ihn kolossal anzustrengen.

Bestimmt wusste er, was sie wollte, was eine Nacht in seinen Armen ihr bedeuten würde. *Liebe mich, Tad. Liebe mich so, wie du all die anderen liebst.*

»Ich möchte, dass du mich eine Nacht lang so ansiehst, als wäre ich dein Ein und Alles.«

Mehr brauchte er nicht zu hören. Im Nulllkommanichts hatte er sie an die Tür gedrückt und drängte sich an ihren weichen Körper, musste sie unbedingt berühren. Und sie spürte nur noch seinen heißen Atem auf ihrem Nacken und seinen festen Körper, der sich an sie drängte.

Noch nie hatte es sich so gut angefühlt, sich schlecht zu fühlen.

Sein lustvolles Stöhnen schoss ihr direkt in den Schritt.

»Jules!«

Sie hatte ihn schon so oft ihren Namen sagen hören – manchmal belustigt, oft liebevoll, auch verärgert, wenn sie ihm den Kopf wusch, weil er eine seiner Flammen schlecht behandelt hatte, doch noch nie hatte er so geklungen. So bedürftig und verzweifelt, als wäre ihr Name das einzige Wort in seinem Vokabular.

Als würde es etwas bedeuten.

Ihr Körper erglühte, und sie wurde von einer Welle der Lust erfasst. Gut möglich, dass sie explodierte, wenn er sie nicht augenblicklich kü… Doch da verschloss er ihren Mund auch schon mit seinen Lippen.

Diese sinnlichen Lippen hätten ihr von züchtigen Küssen und dem nicht so züchtigen Kuss vor einer Woche eigentlich vertraut sein müssen. Doch heute Abend fühlte sich alles völlig neu an. Manche Küsse intensivierten sich ja erst allmählich, dieser aber war von Anfang an so leidenschaftlich und heiß, dass sich Jules fragte, ob er überhaupt noch besser werden konnte. Eigentlich hätte es nur noch abwärtsgehen können. Aber nein, nach einer kurzen Atempause steigerte er sich noch und fand neue Wege, um sie um den Verstand zu bringen. Tad schmeckte nach Wein und Männlichkeit, eine Mischung, die sie umhaute.

Sie fuhr ihm mit den Fingern durchs Haar und schob ihn mit sanftem Druck von sich weg. Sein verschleierter Blick wanderte zu ihrem Dekolleté, und seine Augen loderten bewundernd auf. Angesichts seiner leidenschaftlichen Miene stockte ihr der Atem.

»Du trägst keinen BH«, sagte er.

»Sehr aufmerksam«, versetzte sie trocken.

»Ja, das bin ich. Genau wie jeder andere Kerl heute Abend.« Er fuhr ihr mit dem Daumen über den steifen Nippel, der sich durch den sinnlichen Stoff ihres knappen Kleids abzeichnete. Sie gab einen kehligen Laut von sich, und er schob stirnrunzelnd den Stoff beiseite.

»Ich möchte aber von keinem anderen berührt werden außer von dir. Ich brauche deine Hände, deinen Mund, ja, einfach alles von dir auf mir.«

»Wenn du weiter so redest, halte ich nicht mehr lang durch.« Sachte fuhr er mit den Fingerspitzen um ihre entblößte Brust, liebkoste ihre Spitzen, trieb sie in den Wahnsinn. Hier würde niemand lange durchhalten.

»*Così bella*«, flüsterte er, gefolgt von einem Schwall italienischer Worte, die sie nicht verstand und auch gar nicht zu verstehen brauchte. Er schickte Pfeile der Lust direkt in ihren Schoß.

Sie machte sich an seiner Gürtelschnalle zu schaffen.

»Nicht so schnell!«, mahnte er und schob ihre Hände weg.

»Doch, schnell. Ich will dich jetzt!«

Bevor sie gierig nach seinem Reißverschluss greifen konnte, riss er ihr schon das Kleid nach oben, hob sie hoch, legte ihre Beine um seine Hüften und marschierte zum Schlafzimmer. Mit welcher männlichen Selbstsicherheit er das tat, erregte und ärgerte sie gleichermaßen.

»Gegen die Tür war doch okay«, beschwerte sie sich ungeduldig.

»Nope.«

»Dann auf dem Küchentisch!«

»Keine Chance.«

Sie seufzte. »Sofa?«

»Das erste Mal in einem Bett.«

»Das einzige Mal.«

»Mal sehen.«

»Jetzt werde mal nicht übermütig!«

»Und du sei nicht so dickköpfig!« Er küsste sie und drückte sie neben der Schlafzimmertür an die Wand.

Sie musste lächeln. Sie liebte es, dass er ihr die Sachen, die sie ihm vorhielt, nicht übel nahm. Tad fühlte sich in seiner Haut wohl genug, um zu erkennen, dass eine Frau mit Sehnsüchten und Bedürfnissen für seine Männlichkeit keine Bedrohung darstellte.

Kein Wunder, dass er dermaßen umschwärmt wurde.

»Schalt das Licht an«, murmelte er zwischen hirnvernebelnden Küssen, als sie in ihr Schlafzimmer stolperten.

Sie drückte auf den Schalter und freute sich, dass die Lampen mit dem behaglicheren Licht angingen und nicht die grelle Deckenleuchte. Am Bett angekommen stellte er sie auf dem Boden ab und öffnete mit geschickten Händen den Reißverschluss ihres Kleides. Es glitt nach unten und breitete sich wie eine Lache um ihre Füße aus. Jules trat heraus und fühlte sich dabei wie Venus, die aus der Muschel steigt. Um ihr bereits feuchtes Höschen würde er sich auch noch kümmern müssen.

Nun zu der gefürchteten Begutachtung. Für gewöhnlich machte sie sich über ihren Körper nicht allzu viele Gedanken, doch als ein Mann sie zum letzten Mal nackt gesehen hatte, hatten diesen Erdball noch Dinosaurier bevölkert. Ihre Hand flog automatisch auf ihren Bauch, den seit der Schwangerschaft noch kaum merkliche Rundungen zierten. Immerhin konnten ihre beiden Mädels ganz gut davon ablenken. Seit sie gestillt hatte, trug sie nämlich eine ganze Körbchengröße mehr; die zwei waren zwar nicht mehr ganz so keck wie einst, aber daran würde es nicht scheitern, wenn man danach ging, wie Tads Mundwinkel zuckten.

Während er sich auszog, musterte sie ihn mit gesenkten Lidern. Hatte etwas mehr Sex-Appeal als ein Typ, der seine Krawatte abnahm?

Bedächtig – so verdammt bedächtig – schlüpfte er aus seinem Jackett und knöpfte sein Hemd auf, um seine dunkle, behaarte Brust zu enthüllen. *Gimme, gimme, gimme!* Sie presste ihre Lippen zusammen. Aus ihrem Mund, der plötzlich so trocken wie die Sahara war, würden keine flehenden Worte dringen.

»Brauchst du Hilfe?« Das war kein Flehen, sie wollte bloß, dass es voranging.

»Bleib einfach da, wo du bist.« Die unverkennbare Schärfe in seinem Ton überraschte sie. Es überraschte sie auch, wie sehr sie das anmachte.

Sie wand sich, und ihre Brüste bewegten sich. Seine Reaktion? Er verlangsamte seine Fingerbewegungen zu Schneckentempo. Fügte, um das Maß voll zu machen, dem allem ein dreckiges Grinsen hinzu. Vermutlich würde sie ihn umbringen, noch bevor die Nacht zu Ende war.

»Du bist absolut umwerfend, weißt du das?«, flüsterte er, während er den letzten Knopf öffnete.

Scheu schob sie die Hände über ihren Bauch. »Du musst mir keine Komplimente machen, Tad. Ich lauf auch so nicht weg.«

»Mach das nicht.«

»Was?«

»Das Ganze hier in einen Geschäftsvorgang zu verwandeln. Das ist es nicht. In diesem Moment würde ich nirgends und mit niemandem lieber sein.«

Sie schluckte an dem Kloß in ihrem Hals, der so groß wie Hoffnung war, vorbei. So sollte er wirklich nicht reden!

Er schälte sich aus seinem Hemd, noch immer so langsam wie kalter Honig, löste dabei aber nie den Blick von ihr. »Ich hab über dich nachgedacht, Jules. Darüber, wie es sich anfühlen würde, in dich einzudringen. Wie gut deine süßen Lippen aussehen würden, wenn sie mich umschließen. Welche Laute du von dir geben würdest, wenn ich dich langsam und fest nehme.«

Sie keuchte auf. Er hatte an sie gedacht, wahrscheinlich nicht so viel wie sie an ihn, aber trotzdem. Vielleicht war sie ja doch gar kein so bedürftiger Freak, wie sie immer gedacht hatte.

Sie stürzte sich auf ihn und bewies damit umgehend das Gegenteil.

»Jules, ich hab dir doch gesagt, du sollst warten!«

»Und ich muss dich berühren!« Sie schlang ihm die Arme um den Hals und rieb ihre sensiblen Brüste an diesem weichen Brusthaar und dem stählernen Körper darunter. So, so gut. »Ich kann nicht anders, ich bin erregt. Du weißt schon, seit Langem. Ein Bedürfnis stillen.«

Er seufzte. »Du willst Schwierigkeiten machen, richtig?«

»Würdest du mich anders haben wollen?«

Er legte seine große, breite Handfläche auf ihre Pobacken und drückte sie mit einem Ruck an seine Erektion.

Beste. Berührung. Ever.

»Überhaupt nicht. Du bist in jeder Hinsicht perfekt, trotz deiner Klappe. Ich liebe es, dass du dir nichts gefallen und mir nichts durchgehen lässt.« Das liebte sie umgekehrt genauso, aber gerade wollte sie mehr darüber erfahren, was er sich noch alles ausgemalt hatte und ob es da Ähnlichkeiten mit ihren eigenen Vorstellungen gab.

»Erzähl mir von deinen Fantasien. Ich brauche Einzelheiten. Je schmutziger, desto besser.«

Er hob ihr Kinn an, und seine Augen glichen mitternachtsblauen Magneten. »Ich habe mir ausgemalt, meine Nase an deinem Hals zu vergraben, um diesen ersten Anflug der kommenden Lust zu spüren. Ich habe mir vorgestellt, deine Brustwarze in den Mund zu nehmen, mit der Zunge deine Haut zu benetzen, den Wein zwischen deinen Schenkeln zu kosten. Ich habe mir vorgestellt, etwas so Gutes zu erleben, dass es danach vielleicht kein Zurück mehr gibt. Dass es mein Verderben sein wird.«

Auf einmal bestand große Nachfrage nach Sauerstoff, und sie fühlte sich schwindlig vor Erleichterung und Begehren. Seine Worte raubten ihr buchstäblich den Atem.

»Mir ist schon klar, dass du nun ungeduldig darauf wartest, dass ich dich zum Orgasmus bringe, doch nachdem das der Höhepunkt meiner Fantasien ist, würde ich es ganz gern noch ein paar Augenblicke hinauszögern. Hast du ein Problem damit?«

»Nein, nein, sprich ruhig weiter.« Sie wich zurück, bis sie mit den Beinen ans Bett stieß. Sobald sie darauflag, streckte sie sich wohlig. Sie spürte, wie sich ihre Brust hob und senkte, sich ihr Puls beschleunigte, das Leben sie durchströmte.

Spürte, wie sich das Leben mit jedem Schlag ihres Herzens *veränderte*.

Er zog den Reißverschluss seiner Hose halb nach unten, dann schien er zu klemmen. Tad runzelte die Stirn.

»Tad ...«

»War nur Spaß!«

Er entledigte sich seiner Hose, und, ja, das Warten hatte sich gelohnt. Schwarze seidene Boxershorts über wunderbar kräftigen Schenkeln kamen zum Vorschein. Sie hatte schon mal Blicke auf seine Unterschenkel erhascht, wenn er im Sommer Boardshorts trug, doch die Oberschenkel *au naturel* waren noch mal eine andere Nummer. Und was sich unter dem dunklen Stoff abzeichnete, war beeindruckend.

Er beugte sich über sie und umfasste ihr Kinn. Seine gespreizten Finger an ihrem Hals fühlten sich sanft, besitzergreifend und unglaublich sinnlich an.

»Letzte Chance«, flüsterte er.

Glaubte er etwa, sie würde jetzt, wo sie dem Himmel so nah war, einen Rückzieher machen? Nichts hätte sie mehr stoppen können. Dafür war sie schon viel zu erregt, und er auch, wenn es nach der dunklen, rauchigen Lust in seinen Augen ging. Doch zuvor mussten sie sich noch über die Bedingungen einig werden.

Wobei, eigentlich gab es nur eine ...

»Wenn du nicht innerhalb der nächsten zehn Sekunden in mir bist, Tad DeLuca, kriegst du Ärger!«

»Richtige Antwort.« Das gefährliche Grinsen, das, von dem sie sich vielleicht nie erholen würde, erhellte sein hübsches Gesicht. Mit übermäßiger Sorgfalt streifte er ihr das Höschen hinunter, den Blick noch immer mit einer Intensität auf sie gerichtet, mit der sie nie gerechnet hätte.

»Sag mal, hast du üblicherweise mehr als einen Orgasmus pro Session? Oder ist einer dein Limit?«

»W-was?«

»Ich muss wissen, wie weit ich dich pushen kann, Baby. Ob du damit klarkommst, was ich dir geben kann.«

»Du arroganter Mistkerl ... *oh!*«

Er glitt mit zwei Fingern in sie hinein und entlockte ihr damit ein lustvolles Stöhnen. *Mehr. Mehr. Mehr!* Bedächtig drang er immer wieder in ihre feuchte Wärme. Mit seiner freien Hand packte er ihren Po, zog sie grob an den Bettrand und massierte dann mit einer Daumenkuppe ihren pochenden Kitzler, sodass sie vor Lust fast verging.

»Zeig mir, wie du es magst, *mia bella*.« Er nahm ihre Hand und legte sie auf seine. Sie zeigte ihm, welches Tempo sie brauchte. Ein bisschen schneller, ein bisschen rauer. Seine dynamischen Finger vollbrachten Wunder und schickten Spiralen der Lust in ihren Unterleib.

»Mach die Augen auf, Jules. Ich möchte dir in diese schönen Augen sehen, wenn du für mich kommst.«

Die Augen, von denen sie gar nicht mitbekommen hatte,

dass sie sie geschlossen hatte, öffneten sich flatternd und begegneten seinem unendlich intimen Blick. Die Lust war schon zu viel. Viel zu viel.

»Küss mich«, flehte sie.

Er tat es, geruhsam, erforschte ihren Mund im Rhythmus seiner Finger und sah sie dabei unverwandt an. *Mach weiter*, dachte sie, *hör jetzt bloß nicht auf!*, gerade als der Orgasmus mit einer Wucht über sie hereinbrach, dass sie Sternchen sah.

»O mein Gott!«, stöhnte sie.

»Einfach Tad, Babe.« Sein Lächeln gab ihr den Rest. »Brauchst du etwas Zeit?«

Sie zwinkerte ein paarmal, um sich auf seine Worte fokussieren zu können. Nach einem Orgasmus wieder zu sich zu kommen war ihr noch nie so schwergefallen. Das war … sie hatte keine Worte dafür.

»Zeit wofür?«

Er rieb seine Sandpapierbacke an ihrer Wange. »Zeit bis zu deinem nächsten Orgasmus.«

Du liebes bisschen, ging das alles nach Terminplan?

»Ich denke, ich komme mit allem klar, was du mir geben kannst … *Baby*«, erwiderte sie, nachdem sie sich gefasst hatte.

Tads Augenbraue schnellte herausfordernd nach oben, wie nur Tads Augenbraue es konnte, ehe er den Kopf zu einer ihrer Brüste hinabsenkte und gekonnt und unerträglich erregend daran saugte. Dann kümmerte er sich ebenso geschickt um die andere Seite, verwöhnte sie mit einer perfekten Mischung aus kleinen Bissen und Saugen, rau und sanft. Von dort aus begab er sich mit den Lippen auf eine erotische Wanderung Richtung Süden. Nachdem er ihren

Nabel mit einem Hauch von Kuss über die überhitzte Haut bedacht hatte, sah er auf.

»Berühr deine Brüste, Jules. Langsam.«

Sie fuhr sich genussvoll über die Unterseite ihrer Brust. Dann zögerte sie, zum Teil, um sich zu quälen, aber hauptsächlich deshalb, weil sich ihre Gliedmaßen so schwer und lusttrunken anfühlten. Ihre Brustwarzen waren von seinen Liebkosungen immer noch steif und sensibel.

Es konnte noch viel besser werden. Sie fuhr mit einer Hand über ihren Bauch und schob sie kurz zwischen ihre Beine. Mit nunmehr feuchten Fingern umkreiste sie dann bedächtig ihre Nippel. Seine geröteten Wangen zeigten, dass ihm das gefiel.

Er schoss hoch. »Jules, sei mir nicht böse, aber ich kann keine Sekunde länger warten.« Hastig zog er sich die Boxershorts aus.

Beim Anblick seiner riesigen Erektion schnappte sie nach Luft.

High five, Universum!

Ihre Schenkel fielen auseinander, bereit, dieses unglaublich erregende Beispiel maskuliner Herrlichkeit in sich aufzunehmen.

»Beeil dich, ich brauch dich!« Sie klang verzweifelt, aber das war ihr egal.

Zwei Sekunden darauf hatte er sich ein Kondom übergestreift, seine kraftvollen Hüften zwischen ihren Schenkeln platziert und rieb nun an ihrer sensiblen, pochenden Klit.

»Baby, normalerweise kann ich mich länger zurückhalten, Ehrenwort ...«

»Dring. In. Mich. Ein!« *Komm runter, Jules!*

»So verdammt herrisch«, murmelte er, während er mit

einem geschmeidigen Stoß in sie hineinglitt. Es fühlte sich so verdammt großartig und perfekt an, dass sie einen kurzen Schrei ausstieß. Wie hatte sie das vermisst!

»Du fühlst dich so unglaublich ...« Was auch immer er sagen wollte, wurde von seinem tiefen Stöhnen verschluckt. Keine Sekunde wandte er seinen Blick mit all dieser herzzerreißenden Innigkeit von ihr ab. Begriff er nicht, wie gefährlich das war und wie knapp sie dran war, ihm zu verfallen?

Er ging zu sachteren, neckenden Stößen über und testete damit die Grenzen ihrer Geduld. Woraufhin sie seinen herrlichen Hintern packte und ihn zum tieferen Eindringen animierte.

»Mehr. Bitte, mehr!«

»Meinst du, damit kannst du umgehen?«

Sie grub ihre Fingernägel in seine Gesäßmuskeln. »Wenn du nicht bald loslegst, bringe ich dich um. Hör endlich auf, dich zurückzunehmen!«

Nun gab es für ihn kein Halten mehr. Er stieß immer fester zu, immer schneller, erbarmungsloser. Ihr war, als würde er sie bei jedem Stoß entzweibrechen und neu zusammensetzen.

»Du fühlst dich ... Jules ... Du fühlst dich so viel besser an, als ich es mir vorgestellt habe.« Zwischen seiner Stimme und Jules' Unterleib schien eine unsichtbare Verbindung zu bestehen, die ihr zusätzliche Lustgefühle bescherte. Er schob die Hand an die Stelle, wo sich ihre Körper trafen, und drückte gegen ihren Kitzler.

Sie schrie auf, als er sie durch das Reiben ihrer pochenden Klitoris zu einem weiteren Höhepunkt brachte und die Lust sie überrollte. Nach einem abschließenden Stoß kam auch er, hielt sie mit diesen blauen DeLuca-Augen gefangen, während jeder Muskel seines Körpers zu Stahl wurde.

Noch immer so hart wie Granit in ihr, vergrub er sein Kinn an ihrer Halsbeuge, und seine Atemzüge wurden langsam wieder gleichmäßiger. Augenblicke des Friedens verstrichen, ehe er sich auf seine Ellbogen stützte und ihr einen langen, bedächtigen Kuss gab, sodass sie, vielmehr das, was von ihr übrig war, nur so dahinschmolz.

»Wenn du meinst, dass das das einzige Mal ist, dass wir so was tun«, murmelte er an ihren Lippen, »dann hast du dich getäuscht.«

12.
Kapitel

Tad DeLuca liegt in meinem Bett.
Immer wieder wiederholte Jules die Worte lautlos im Dunkeln.
Tad DeLuca liegt in meinem Bett.
Nachdem er sich zuvor völlig dabei verausgabt hatte, ihren Wünschen nachzukommen, schlief er nun tief und fest. Aber sie hatte nun mal eine lange Durststrecke hinter sich und wollte es auskosten, einen Mann, den die Chicagoer Frauenwelt wegen seiner schönen Gesichtszüge und seiner knackigen Kehrseite verehrte, für eine Nacht in ihrem Bett zu haben.
Und wie sie das ausgekostet hatte!
Von draußen fiel sanftes Licht auf Tad. Jules betrachtete den schönsten Mann, der ihr je begegnet war. Das Laken, zerwühlt von ihrem Liebesspiel, bedeckte ihn mehr schlecht als recht. Sein wohlgeformter Po lugte ein Stück hervor, und mit seinen starken Armen hielt er das Kissen umschlungen. Er wirkte friedlich und gefügig, dabei wusste sie, dass beides nicht der Fall war.

Vor einer Stunde hatte sie beobachtet, wie er sich während eines turbulenten Traums zuckend hin und her geworfen hatte. Sie hatte versucht, ihn zu wecken, doch ohne Erfolg. Schließlich hatte er sich mit einem gemurmelten »Es tut mir leid!« auf den Rücken gerollt und wieder ins Schlummerland begeben.

Nun wollte sie ihn wieder. Es war vier Uhr früh, und ihr One-Night-Stand atmete regelmäßig, doch sie wollte ihn in sich spüren. Ihn auf sich spüren.

Wie sollte sie sich je wieder von dieser Nacht erholen? Jahrelang hatte sie sich jedem Typen, der ein Lächeln für sie übrighatte und auch nur das geringste Interesse zeigte, in die Arme geworfen. Die kurze Aufmerksamkeit war Lohn genug. Selbst bei Simon war ihre Lust eher ein Nebengedanke. Nicht so bei Tad. Er hatte ihr mit seinem Körper gehuldigt. Jede Berührung ihrer Haut mit seinen Lippen glich einer Opfergabe. Jeder Stoß seiner Hüften einem Geschenk.

Und danach sollte sie sich wieder in den schmuddeligen Datingpool zurückbegeben?

»Du denkst nach«, ertönte es neben ihr.

Zum Glück verbarg die Dunkelheit ihr Lächeln. »Natürlich denke ich nach. Ich bin schließlich ein empfindsames Wesen.«

»Du denkst laut nach. Laut genug, um mich aufzuwecken.« Seine verschlafene Stimme bewirkte, dass sie von einer weiteren Welle der Lust erfasst wurde. Mr Intuition musste das gespürt haben, denn er drehte sich zu ihr und zog sie an sich.

»Alles okay mit dir, *bella*?«

Nein. Sie war drauf und dran, ihm etwas zu *erzählen*.

Über Simon. Über ihre Lügen. Darüber, was sie mehr als alles andere brauchte. Gefährliche Gedanken.

Ach, lieber nicht. Sie strich mit der Nase sachte über sein stoppeliges Kinn.

Das hilft nämlich.

»Sag mir, dass wir das hinkriegen«, flüsterte sie an den Pulsschlag an seinem Halsende.

»Möchtest du das denn?«

Was meinte er damit? Natürlich wollte sie das, oder nicht? Nun, vielleicht wollte sie ja auch nehmen, was immer ging, und ihre ganzen Jetons auf die rote Sieben setzen.

»Ja«, flüsterte sie, weil sie ein Feigling war.

»Dann schaffen wir das auch«, erwiderte er mit der ganzen Zuversicht eines Mannes, der eine Frau an ihr bislang unbekannte Orte gebracht hatte und das auch wusste. »Ich brauche dich wieder. Es kommt mir vor, als wäre ich gerade einen Marathon gelaufen und könnte mich nicht bremsen.« Sein Mund fand ihren, und er liebkoste ihre Lippen bedächtig, beinahe quälend.

»Ich weiß«, sagte sie. »Meine Muskeln flehen um Erbarmen, aber da hör ich einfach nicht hin.«

»Dumme Muskeln.«

Er beugte sich über sie und schob seine Hand zwischen ihre Beine, um ihr mit den Fingern das Paradies zu bescheren. In dieser einen vollkommenen Nacht war sie der Mittelpunkt seiner Welt, und der morgige Tag konnte zur Hölle fahren.

»Besteht die Chance, dass du kleines Luder hier noch irgendwo Kondome rumliegen hast? Ich hab die drei, die ich mitgebracht habe, aufgebraucht.«

»Sorry. Auch wenn mein Bruder anderes denkt, hatte ich

nicht vor, hier ein Bordell aufzumachen, sobald die neuen Vorhänge dran sind.« Sie drängte sich an seine Hand, um mehr Reibung zu bekommen. »Wir müssen also improvisieren.«

»Badehauben? Frühstücksbeutel? Ziplocs? Sie müssten allerdings extragroß sein.«

»Bin mir sicher, die Snackgröße reicht vollauf.« Sie nahm ihn in die Hand. Schlang ihre Finger um die beeindruckenden Maße, über die sie sich besser nicht beifällig äußerte. Schon jetzt war sein Ego – und nicht nur das – viel zu groß.

»Das hat gesessen!« Er zog sie rittlings auf sich. »Ich werde dich bestrafen müssen.«

Er ließ seinen Daumen in sie hineingleiten. Strich sanft über jeden sensiblen Nerv, ließ aber ihre Lustperle aus.

»Was schließt diese Bestrafung mit ein?«

»Dich langsam zu nehmen. Gründlich. Dich an den Rand eines Orgasmus zu bringen und dann innezuhalten, bis du mich anflehst, endlich weiterzumachen. Deinem Vibrator wirst du danach nichts mehr abgewinnen können, Jules Kilroy.«

»Das möchte ich sehen«, stöhnte sie, bereits erregt.

Die Schatten konnten das Licht in seinen Augen nicht verbergen. Herausforderung angenommen.

»Dreh dich andersrum, Honey. Dann können wir uns besser umeinander kümmern.«

Und das taten sie. Die nächste Stunde über setzte er seine Mission fort, sich in ihrem Körper und ihrer Seele unvergesslich zu machen. Jede Bewegung, jedes Murmeln, jedes Saugen, jeder Kuss schraubte ihr Begehren höher, bis sie immer und immer wieder kam.

Der Vibrator hatte ausgedient, genau, wie er es versprochen hatte.

Das Summen erschuf seine eigene Welt. Männer in Uniform, die Hände lässig auf die Schusswaffen an ihren Hüften gelegt, die sie liebkosten wie Geliebte. Das Summen weiter vorn im Korridor, als säße eine Fliege in der Falle. Summen, um ihn von den Eingeweiden des feuchtkalten, anstaltsartigen Gebäudes in den grauen Gang mit der abblätternden Wandfarbe vorzulassen. Wieder Summen, während er die Treppe nach oben zu dem Verhör des Chicago Police Department des 7. Distrikts stieg. Die Tür ging auf und ...

Er fuhr aus dem Schlaf hoch.

Ganz langsam kam er zu sich. Zu dieser Jahreszeit war der Traum schon lebhafter, als wüsste seine innere Uhr, dass Kirschblüten an den Zweigen hingen und die Mädchen nun jeden Tag anfangen konnten, kurze Röcke zu tragen. Eher allerdings war sein Gewissen mit einer Zeitschaltuhr verbunden, und das Ticken hin zur Stunde null bestimmte, wo es langging. Er hatte gedacht, nach den Ereignissen der letzten Nacht würde sich der Traum vielleicht in einen dunklen Winkel seines Hirns verkriechen. Sensationeller Sex kann eine Menge bewirken, Wunder vollbringen allerdings wohl nicht.

Er warf einen Blick nach links auf die Uhr. 6:15 Uhr. Warf einen weiteren Blick nach rechts und runzelte die Stirn. Tastete dort mit der Hand herum und fand vom Sex zerwühlte Laken vor, aber keine warme, vom Sex zerzauste Frau.

Verdammt.

Zusammen mit Chicagoer Radiomusik für den Start in

den Tag drang aus der Küche leises Klappern von Geschirr. Ehe er in seinem Freshman Year in das Hyde-Park-Viertel umgezogen war, hatten diese häuslichen Geräusche ihm das morgendliche Aufstehen erleichtert. Vivi ließ gern alle von ihrer Anwesenheit unten in der Küche wissen und machte so viel Krach wie möglich, da sie wusste, dass es ihn fuchsteufelswild machte.

Oje, habe ich dich geweckt, Taddeo? Na, nun bist du wach. Komm, bereite den Kaffee zu.

Zum ersten Mal gefror sein Herz bei dieser Erinnerung nicht zu Eis. Er streckte sich, verschränkte die Arme unter dem Kopf und dachte über die neuen Erinnerungen nach, die Jules und er vor ein paar Stunden geschaffen hatten. Gott, fühlte er sich gut! Okay, körperlich war er ausgepowert, aber wie auch nicht, wenn man bedachte, wie lang er keinen Sex mehr gehabt hatte, oder zumindest derart anstrengenden Sex. Heißen, schmutzigen, hemmungslosen Sex. Gar nicht so, wie das bei Freunden mit gewissen Vorzügen eigentlich ablaufen sollte. Nein, so hatte er sich den Sex mit seiner süßen guten Freundin eigentlich nicht vorgestellt.

Es war eine Million Mal besser.

Mit Jules.

Kaum hörbar flüsterte er die geheimen Worte. »Mit Jules.« Klang gut. Klang mehr als gut.

Sie hatten so gut zusammengepasst, nicht, dass er daran wirklich gezweifelt hätte, aber manchmal verstieg man sich ja zu Vorstellungen, an die die Wirklichkeit nicht herankam. In diesem Fall allerdings nicht. Die Wirklichkeit war unendlich viel besser.

Jules scheute sich auch nicht, ihre Wünsche zu äußern,

und ihm gefiel der Gedanke, dass sie sich auch schon der einen oder anderen Fantasie hingegeben hatte. Wenn sie zurückkam, sollten sie doch mal ausprobieren, wie …

Später. Statt gleich schon wieder auf lüsterne Gedanken zu kommen, besser erst mal ins Badezimmer gehen. Es klang, als würde Jules das Frühstück zubereiten, das ihm allerdings bestimmt nicht zu demselben Energieschub verhelfen würde wie ein sonniges Lächeln von ihr. Nachdem er sich erleichtert hatte, schlenderte er in die Küche. Na, vielleicht ging ja ein bisschen was …

»Guten Morgen, *bella,* bist du bereit für mich?«

»Taddeo Gianni DeLuca, was hast du denn hier zu suchen?«

Ach, du Schreck!

Seine Tante Sylvia saß am Küchentisch und sah ihn mit großen Augen über den Rand ihrer Kaffeetasse hinweg an. Zum Glück hatte er sich seinen Slip angezogen, aber viel besser machte es das auch nicht.

Jules, die Evan gerade mit einem Löffel mit etwas, das wie zermanschte Banane mit Nutella aussah, füttern wollte, erstarrte mitten in der Bewegung. Ihr fiel die Kinnlade herunter, was sie aber nicht davon abhielt, seinen nur spärlich bekleideten Körper mit Blicken zu verschlingen. Manche Dinge mussten einfach sein. In dem Stofffetzen, den man kaum als Shorts bezeichnen konnte, und dem hauchdünnen Tanktop, unter dem sich ihre prachtvollen Brüste abzeichneten, stellte sie ihn allerdings locker in den Schatten.

»Sylvia hat Evan auf dem Weg zur Messe vorbeigebracht«, erklärte sie mit einem tiefen Atemzug, der diese Brüste auf eine Art bewegte, die gesetzeswidrig sein musste. *Und du kommst hier halb nackt rein,* warf sie ihm mit diesen irisierenden grünen Augen vor.

»Du hast mit keinem Wort erwähnt, dass du Gesellschaft hast«, fiel ihr Sylvia, die eindeutig neuen Stoff für Klatsch witterte, ins Wort. »Das sind ja großartige Neuigkeiten! Ich hatte euch beide schon eine ganze Weile im Blick.«

»Vergiss es, Syl.« Jules reichte Tad ein Geschirrtuch, überlegte es sich dann anders und tauschte es gegen eine Schürze aus. Er schenkte ihr einen Blick, der *was zum Teufel soll ich damit machen?* besagte. Und sie ihm im Gegenzug einen der unendlichen Geduld.

»Tad hatte bei der Eröffnung ein paar Gläser zu viel gekippt und ist daher hiergeblieben, nachdem er mich nach Hause begleitet hat.«

Sylvia sah an ihm vorbei ins Wohnzimmer, wobei ihr Haarturm ins Wanken geriet. Die Kids scherzten gern, er würde von betrunkenen Schlümpfen bewohnt.

»Ich sehe gar keine Bettwäsche auf dem Sofa!«

Jules zwinkerte eulenhaft und nickte bedeutungsvoll zur Küchenuhr, die über der Theke hing. »Äh, ich wette, Cassie Shaughnessy ist mit ihrer Gehhilfe bereits unterwegs zur vordersten Bank in der Kirche, Syl.«

Wie von der Tarantel gestochen ließ Tads Tante fast ihre Tasse fallen und schoss von ihrem Stuhl hoch. »Huch! Ich hatte ja keine Ahnung, dass es schon so spät ist!«

Sylvia und die Witwe Shaughnessy lieferten sich eine erbitterte Schlacht um die Seele von Pfarrer Phelen, bei der es quasi um Leben und Tod ging. Und die vorderste Bankreihe in St. Jude's war Ground Zero.

»Bessere dich, Taddeo«, warnte sie Tad mit einem abschätzigen Blick. »Sonst schnappt sie dir noch einer weg!«

»Mach ich, Tante Sylvia.« Er küsste sie auf die Wange.

»Bessere. Dich!«, wiederholte Jules und knuffte ihn gegen die Brust, bevor sie seine aufdringliche Tante zur Tür brachte.

Tad griff nach dem Teller mit dem Bananen-Schoko-Brei und langte zu. Nicht schlecht!

Bei der Aussicht auf einen neuen Spielkameraden erhellte sich Evans Gesicht, und Tad wurde es warm ums Herz. Der Kleine hatte eine großartige Persönlichkeit. Verspielt und clever griff er mit seinen Patschehändchen immer nach den Sternen. Ganz ähnlich seiner schönen Mom im Bett.

»Tad!«, rief Evan. »Nane, Nane!«

»Ganz richtig, Kumpel. Jetzt essen wir mal auf.«

Nicht zum ersten Mal dachte Tad über Evans Vater nach. Ein Tabuthema zwischen Jules und ihm. Sie sprach nie über ihn, und dass sie Jack seine Identität nicht enthüllte, machte ihren Bruder mächtig sauer. Alles, was Jack sauer machte, fand Tad von Haus aus schwer okay, doch ihre Geheimniskrämerei machte ihn neugierig. Der miese Kerl musste sich aus dem Staub gemacht haben, als er von Evan erfahren hatte. Was für ein Wichser.

Tad wusste, dass er, obwohl er genug Ballast mit sich herumtrug, um mehrere Frachtladungen einer 747 zu füllen, niemals eine Frau verlassen würde, die ein Kind von ihm bekam. Er würde Teil des Lebens dieses Kindes sein wollen. In gewisser Hinsicht war er ja froh, dass dieser Feigling von der Bildfläche verschwunden war, denn er teilte nicht gern. Er hatte Evans ersten Schrei gehört. Er hatte das Gesicht seines Mädchens gesehen, als sie ihren Sohn zum ersten Mal in den Armen hielt. Er hatte Liebe auf den ersten Blick zu einem brandneuen menschlichen Wesen verspürt. Diese Erinnerungen gehörten ihm. Ausschließlich. Er wollte mehr davon mit dieser Frau und ihrem schönen Kind, das ihm fast durchgängig wie *sein* Kind vorkam.

Nachdem Tad ganz in Gedanken versunken war, grapschte Evan nach dem Löffel und schmierte sich dabei die Hände mit Brei voll. Während Tad am Wasserhahn einen Waschlappen nass machte, schaute er, welche Änderungen Jules in der Küche vorgenommen hatte. An den Wänden über den Arbeitsflächen, die mit farbenfrohen Keksdosen und Küchenutensilien gesäumt waren, hatte sie Stiche und Holzschnitte mit kulinarischen Themen aufgehängt. Ein paar zerlesene Kochbücher nahmen den Platz in der Ecke beim Herd ein. Diese Wohnung hatte eine gute Aura. Hier hatten sich erst Lili und Jack, dann auch Shane und Cara als Nachbarn im gleichen Stockwerk ineinander verliebt. Nun wohnte Jules hier, krempelte ihr Leben um und nahm ihr Schicksal in die Hand. Mit welcher Leidenschaft sie verkündet hatte, dass sie sich nehmen werde, was sie brauche, und um das kämpfen, was ihr gehöre! Das machte ihr so schnell keiner nach.

Nichts ging über diese Frau.

Sein Blick fiel auf das Letzte, was er hier erwartet hätte, und sein Puls fing zu rasen an. Wie es zwischen diversen anderen Büchern auf der Arbeitsfläche hinter Evans Hochstuhl klemmte, hätte man meinen können, es würde hierhergehören.

Vivis Kochbuch.

Er war davon ausgegangen, Gina hätte es, doch anscheinend mussten es Frankie oder Lili die ganzen Jahre über aufbewahrt haben. Nun befand es sich bei der einzigen Person, die es schätzen und die Verheißungen dieser wertvollen Seiten einlösen konnte. Ihm ging das Herz auf, so richtig fühlte sich das an. Seine Mom war hier, betreute eine angehende weitere Köchin.

Er zügelte seine Emotionen und wischte Evans klebrige Finger ab. Als er aufsah, entdeckte er Jules mit einem nachdenklichen Gesichtsausdruck in der Tür, der allmählich einem Klugscheißerlächeln wich.

Dieses Lächeln spürte er bis in die Zehen. Sie kam und übernahm Evans Säuberung. Tad verinnerlichte den Duft ihres glücklichen kleinen Triumvirats, etwas Einzigartigem, das sie drei geschaffen hatten.

Das hier geschah wirklich.

»Und ich hab noch gedacht, der Morgen danach könnte peinlich werden«, sondierte Tad die Lage.

»Du findest es also nicht peinlich genug, dass deine Tante hier aufgekreuzt ist?«

»Nope, schließlich haben wir ihren Verkuppelungstraum wahr werden lassen. Wenn auch nur ein paar magische Sekunden lang.« Ihre Blicke verfingen sich einen Augenblick, bis Evan quengelte, da er die Aufmerksamkeit der Erwachsenen zurückgewinnen wollte.

Jules seufzte. »Es wird Zeit für die Morgenwäsche, mein Schatz. Und für dich gilt dasselbe, Taddeo Gianni DeLuca.«

Er versuchte, ihr einen Kuss abzuluchsen, doch sie bremste ihn mit einem bedeutungsvollen Blick zu Evan.

»Nicht vor seinen Augen.«

Er kniff sie in die Schulter. »Wie kannst du das von mir verlangen? Du bist die Minze in meinem Mojito, der Honig für meine Biene …«

»Oh, sei still«, sagte sie, lächelte aber.

Während er ins Schlafzimmer zurückschlurfte, um sich anzuziehen, ging ihm durch den Kopf, wie schrecklich das Ganze hätte ablaufen können. Ein Risiko, das er eingegangen war, weil sein Reptilienhirn übernommen hatte und er ein lüsterner Motherfucker war. Er wollte sie so sehr, dass er dafür ihre Freundschaft aufs Spiel gesetzt hatte.

Doch es war weit mehr als dieses Verlangen, mit dem sie ihre Freundschaft riskierten. Frankies Worte hallten in seinem von Jules benebelten Hirn wider: Du hast ein Recht darauf, glücklich zu sein, Taddeo.

Jules machte ihn glücklich, und er vermutete, umgekehrt galt das genauso. Es war ihm noch nie so richtig vorgekommen, die Schatten hinter sich zu lassen und das Leben zu wählen. Und mit Vivis Kochbuch im Haus kam es ihm vor, als würde seine Mom zu ihnen herunterblicken und ihren Segen geben.

Fünf Minuten darauf folgte er Jules' heißen kleinen Kehrseite in diesen spärlichen Shorts zur Tür. Gestern Abend hatte er diesen kurvigen Po gepackt, ihn geknetet, ihn besessen. Das hatte er wieder vor, doch vorläufig gab er sich damit zufrieden, seinen Anblick zu genießen.

»Tja ...« Sie ergriff den Türknauf.

»Tja.«

»Solche Situationen können knifflig sein, insofern ist es toll, dass wir sie mit solch einer ...« Auf der Suche nach dem richtigen Ausdruck wedelte sie mit der Hand.

»Reife?«

»Genau ... mit solch einer Reife gehandhabt haben.« Sie sah auf seinen Mund, und ihrer zuckte, woraufhin seiner es auch tat.

Er lehnte sich vor. Sie lehnte sich zurück.

Okaaay.

Ein nachdenklicher Ausdruck trat in ihr Gesicht. »Sex beschwört ja alle möglichen Gefühle herauf, die uns manchmal überfordern, nicht?«

Er nickte, zufrieden damit, ihr die Führung zu überlassen. Sie konnten es langsam angehen, es schnell angehen, konnten den Faden auch mittendrin aufnehmen. Das war ihm gleich, solange er nur die Chance bekam, sich in sehr naher Zukunft wieder zwischen diese schönen Schenkel zu versenken. Und er wollte öfter mit ihr und Evan abhängen, ihr vielleicht erzählen, welche Rezepte im Kochbuch seiner Mom seine liebsten waren. Die letzte Nacht mit Jules war die perfekte Zauberkraft gegen die dunkle Wolke gewesen, die ihn einzuhüllen drohte.

»Du hast ja keine Ahnung, wie reizvoll es ist, sich in einer sicheren Umgebung wieder aufs Pferd zu schwingen. Mit einem Freund.«

Wieder nickte er, doch dann ging ihm auf, wie voreilig das gewesen war. Er versuchte, ihr Statement zu analysieren, doch die Begriffe »reizvoll«, »Pferd«, »sicher« und »Freund« wollten partout keinen Sinn ergeben.

»Sich wieder aufs Pferd schwingen?«

Wieder lächelte sie »Es ist schon ein Weilchen her. Na, das weißt du ja.«

Richtig, denn er war ihr Freund. Ihr reizvoller, verlässlicher, ein Pferd bereitstellender Freund.

»Und nachdem ich jetzt in diese Datinggeschichte einsteigen möchte, hatte ich mir ernsthaft Sorgen gemacht, es könnte total in die Hose gehen.«

Seine Überraschung war wohl nicht zu übersehen, denn

sie fügte hinzu: »Also der Sex«, als wäre eine Klarstellung nötig.

»So war es ganz und gar nicht«, meinte er leise. Im Gegenteil, es war der beste Sex seines Lebens!

Sie lachte, und irgendwie nagte das an ihm. Das war etwas Neues.

»O nein, das finde ich auch nicht. Tatsächlich war es eine großartige Art, sich von den Spinnweben zu befreien. Der letzte Mann, mit dem ich zusammen war, war Evans Vater. Seitdem habe ich mich oft nicht allzu attraktiv gefühlt. Na, und zwischen uns hat's ja immer mal geknistert, insofern ist es gut, dass wir's getan haben und damit endlich Dampf ablassen konnten.«

»Ich schätze mal, ja«, murmelte er und war unglaublich angefressen, dass sie Evans Vater im selben Satz erwähnte, in dem sie ihm eine Abfuhr erteilte. Denn genauso war's. Er bekam den guten alten Korb.

In seiner Verwirrung brauchte er einen Augenblick, bevor er kapierte, dass sie die Tür geöffnet hatte und vorsichtig hinauslinste. Nun zog sie ihn mit der anderen Hand an die Tür. Bei ihrer Berührung durchzuckte ihn ein kleiner Stromschlag, der dann allerdings ohne Umwege ins Säurebad seines Magens schoss.

»Du hast mir wirklich geholfen, Tad. Jetzt kann ich das Daten ernsthaft angehen und brauche keine Angst zu haben, dass ich beim ersten Mal nach so langer Zeit zwei linke Hände habe.« Mit einem glückseligen Lächeln zog sie die Tür weiter auf. »Wird schon klappen, oder? Zumindest werde ich mich nicht komplett blamieren. Du bist so ein guter Freund, danke!«

»Kein Ding«, murmelte er. Irgendwie murmelte er ganz

schön viel. Ihm blieb nichts anderes übrig, als hinauszugehen. So ein bisschen fertig machte ihn die ganze Situation ja schon. Bildete er es sich nur ein, oder war es im Flur kühler? Als er sich umwandte, wollte sie gerade die Tür schließen.

»Ach, ähm ...«, meinte sie und streckte ihren engelsgleichen Kopf durch den immer schmaler werdenden Türspalt.

»Ja?« Verdammt, hatte sich gerade seine Stimme überschlagen?

»Das wird doch jetzt nicht peinlich zwischen uns, oder?«, fragte sie besorgt. »Ich meine, wenn's dir lieber wäre, ich würde nicht im *Vivi's* arbeiten ...«

»Quatsch. Ich komme ... wir kommen damit klar. Alles bestens.« *Alles gut, Honey. Überhaupt kein Problem.*

Sie schenkte ihm ein heiteres Lächeln. »Oh, gut. Ich hab's nämlich so genossen. Du hast ja keine Ahnung, was für eine Welt sich da für mich auftut!«

»Freut mich, wenn ich helfen konnte.« *Beim Tanken von Selbstvertrauen und deinem Tune-up in Sachen Sex.* Es stimmte schon, seine eigentlichen Talente offenbarte er in den Kabinen von Damentoiletten. Locker. Ungezwungen. Bei seinem Versuch, das Ganze ungezwungen zu halten, spannte sich jeder Muskel seines Körpers an.

»Wir sehen uns später, Babe.« Mit einem noch immer breiten Lächeln schloss sie die Tür vor seiner Nase. Sein Grinsen gefror.

13.
Kapitel

Die Radieschen, die Jules erst vor drei Wochen gepflanzt hatte, waren schon so groß, dass sie geerntet werden konnten. Die perfekte erneuerbare Ressource. Während sie sich in ihrem Gemüsegarten umsah, drängte der Stolz darüber negativere Gefühle beiseite. Die Blattsalat- und Erbsensetzlinge, die sie im Haus vor gerade mal sechs Wochen herangezogen hatte, gediehen prächtig. Auch wenn sich der Garten auf dem Grundstück ihres Bruders befand, betrachtete sie ihn als ihren. Die Euphorie darüber, was sie da aus dem Nichts erschaffen hatte, überwältigte sie jedes Mal aufs Neue. Der Garten lag nur einen fünfminütigen Fußmarsch von ihrer Wohnung entfernt, und sie versuchte, möglichst jeden zweiten Tag herzukommen.

»Will raus!« Evan stemmte sich gegen die Gurte seines Buggys.

»Sorry, kleiner Satansbraten. Kann mich leider nicht darauf verlassen, dass du dir nirgends den Kopf anhaust, wenn ich dich hier herumstrolchen lasse.«

»Will Saft!«, lautete sein nächstes Verhandlungsangebot.

Mehr Zucker, na, okay. Viel fehlte nicht mehr zur Nominierung zur *Schlimmsten Mutter des Jahrzehnts!* Sie reichte ihm die Schnabeltasse und schaute zu, wie er sie munter in einem Zug leerte. Einfache Freuden.

Sie hob die Pflanzschaufel auf und hielt inne.

Tad hatte nicht angerufen.

Sie ärgerte sich unglaublich darüber, und das nicht nur, weil er sich nicht gemeldet hatte, sondern auch, weil ihre Reaktion darauf so bescheuert war. Auf den Anruf eines Kerls zu warten glich so ganz der alten, verzweifelten Jules. Tad und sie waren Freunde – er musste sie nicht anrufen. Sie konnte ihn anrufen, denn so lief das bei Freunden.

Natürlich hatte sie ihm nicht viel Grund gegeben, mal von sich hören zu lassen. Seitdem sie ihm quasi seinen Armanianzug in die Hände gedrückt und ihm erklärt hatte, wie gut sie sich dank seiner therapeutischen Dienste nun in puncto Sex aufgestellt fühlte, waren zwei Tage vergangen. Am Tag darauf war Evan krank geworden, weshalb sie nicht zur Arbeit hatte gehen können. In bester Feiglingsmanier hatte sie das Tad mit einer SMS mitgeteilt.

So etwas tat Jules sonst nie.

Das Verfassen von Nachrichten war für sie der reine Horror, weshalb sie Anrufe grundsätzlich vorzog. Diesmal hatte sie ihrem Boss-Querstrich-Lover aber doch lieber schriftlich – und bestimmt fehlerhaft – Bescheid gegeben.

Kein Problem, hatte er zurückgetextet. *Lass mich wissen, wenn du irgendetwas brauchst.*

Ah ja ...! Genau auf die Art hätte er zu alten Zeiten auch

geantwortet, als ihre Beziehung noch rein platonisch war, allerdings mit einem schockierenden Unterschied.

Da hätte er nämlich sofort zurückgerufen und darauf bestanden, dass sie seine Hilfe annahm. Suppe, eine Fahrt zum Arzt, eine Schulter zum Anlehnen. Nicht, dass sie es brauchte, doch sie sehnte sich nach der Gewissheit, dass noch alles beim Alten war.

Das kriegst du ja super hin, den Status quo zu erhalten, Jules.

»Derry hat's mir erzählt, aber ich habe ihm nicht geglaubt.«

Jules drehte sich von den Erdkrumen, die sie ziellos herumgeschoben hatte, herum und entdeckte Jack, der von der Hintertür hergeschlendert kam. Ach, du Schreck, wie war es möglich, dass Derry von ihr und Tad erfahren hatte?

»Hat er dir was erzählt?«

»Dass du im *Vivi's* kochst.«

Puh. »Es ist ja nur ein Experiment.«

Jack ging in die Hocke und schnallte Evan ab, der ein Gesicht machte, als fänden all seine Weihnachtsfeste und Geburtstage auf einmal statt. »Und nicht nur das. Wie ich gehört habe, stehen deine Sachen sogar auf der Speisekarte.«

»Nicht täglich. Außerdem geht's in erster Linie um meine Chutneys und Marmeladen.« Sie verspürte den jähen Drang, ihre Anwesenheit zwischen den glänzenden Edelstahltheken zu rechtfertigen. Ganz so, als hätte man sie dabei erwischt, wie sie mit den Klamotten und dem Make-up der Mutter Verkleiden spielte.

Sein Mund verzog sich zu einem Strich. »Warum hast du mir nicht gesagt, dass du in einer Küche arbeiten möchtest?«

Sie zuckte die Achseln. »Bis Tad es vorgeschlagen hat, hatte ich das ja gar nicht unbedingt auf dem Schirm. Er hat meine Bruschetta probiert und es mir dann vorgeschlagen. Hätte er dich davor erst fragen sollen? Da du ein Investor bist?«

»Nope. Tad kann anheuern, wen immer er mag. Es ist nur so ... manchmal frage ich mich, was dir im Kopf herumgeht. Ich wünschte, du würdest mehr mit mir reden.«

O Gott, reden, ihr anderes Schreckgespenst. Sie und Jack verstanden sich wesentlich besser, seitdem sie in die Staaten gezogen war, doch nachdem sie so viele Jahre lang alle Probleme in sich reinfressen musste, fiel es ihr immer noch schwer, sich zu öffnen.

Als sie fünf war und sie nach dem Tod des Vaters zu ihrer Tante und ihrem Onkel gezogen waren, hatte Jack versprochen, sich um sie zu kümmern. Sobald er achtzehn würde, wollte er ihr Vormund werden – *nur noch drei Jahre, Baby Girl!* – und sie hatte ihm geglaubt. Nicht, dass Daisy und Pete unfreundlich waren, sie waren eben typisch miesepetrige East Londoner. Jack, der immer in Schwierigkeiten steckte, mochten sie nicht, und Jules versorgten sie aus reinem Pflichtgefühl. Sobald Jack achtzehn wurde, verschwand er für seine Lehrzeit nach Paris, und seine Versprechungen, sich um sie zu kümmern, waren vergessen. Als Jules elf war, legte er schon achtzig Arbeitsstunden pro Woche in seinem neuen Restaurant am Covent Garden hin. Ein paar Monate darauf winkten das Fernsehen und New York. Mit ihm ging es steil bergauf, während es mit ihr immer weiter bergab ging, da sie ihre Probleme in der Schule lediglich mit einem patzigen Achselzucken erklären konnte.

»Ich koche einfach gern. Es macht Spaß.« Jules redete bevorzugt alles klein. Tad hatte nur ein paar Minuten mit ihr in einer Küche verbracht, um ihr unbändiges Bedürfnis zu verstehen, jemand anderes als Jacks Schwester und Evans Mutter zu sein. Nach nur wenigen Minuten, die sie ihre Beine wie eine Python um ihn geschlungen hatte, war ihm aufgegangen, wie roh und schmutzig sie es mochte. Wie kam es, dass dieser Typ sie besser kannte als ihr Bruder?

Weil sie wollte, dass er sie kannte.

Jack legte abschätzend den Kopf schräg.

»Du könntest es richtig angehen. Und eine Kochschule besuchen.«

»Das wäre nichts für mich.« Sie hob den Blick von dem Beet, in dem sie eifrig gejätet hatte. »Für die Schule eigne ich mich einfach nicht besonders …«

Bestimmt würde sie sich nun von ihm wieder anhören müssen, sie könne alles tun und alles sein. Er liebte sie eben, und sie liebte ihn dafür, doch manchmal wurde es ihr einfach zu viel.

Er holte tief Luft. »Tja, wenn du mal Lust hast, mit mir zusammen zu kochen …«

»Und du mir im Nacken sitzt und mir alles aufzählst, was ich falsch mache?«

In seinem Lächeln schwang Mitleid mit. »Nein, Süße. Einfach nur kochen. Zum Spaß.«

»Sorry«, sagte sie hastig. Diese Tad-Geschichte machte sie miesepetrig. »Ich würde gern mal mit dir zusammen kochen.«

Sein Lächeln erlosch. »Ach, ich hab übrigens noch etwas Seltsames gehört. Und zwar etwas so Schräges, dass ich es kaum glauben kann.«

Sie riss an einem besonders schädlichen Unkraut, das sie eigentlich schon vor ein paar Wochen entfernt zu haben glaubte. Klar, gewisse Probleme hatten die Angewohnheit, wieder aufzutauchen, gerade wenn man dachte, man hätte sie im Griff. Wie etwa Simon St. James. Er hatte zwar nicht noch mal angerufen, doch sie spürte seine Gegenwart wie ein Damoklesschwert über sich schweben.

Simon wollte Teil vom Leben seines Sohnes sein, doch wozu sollte das gut sein? Es würde Evan nur verwirren, seinen Vater zweimal im Jahr zu sehen, oder was auch immer Simon da im Sinn hatte. Jeder Mann in ihrem Leben würde sich auf ihr Kind einlassen müssen, und zwar zu hundert Prozent. Einmonatsonkel oder On-Off-Stiefväter waren nicht drin. Keine halben Sachen.

»Wirst du mir erzählen, was du gehört hast, oder lässt du mich lieber zappeln?«

Jacks Mund nahm einen harten Zug an. »Ich habe gehört, Tad hat bei dir übernachtet.«

»Yep, das hat er. Nichts ist passiert. Ende Gelände. Er ist ein guter Freund, und wir sind kein Paar.«

»Das ist Musik in meinen Ohren. Er ist nicht gut genug für dich.« Er wippte Evan auf seiner Hüfte, der vor Vergnügen kreischte.

»Wenn's nach dir ginge, wäre doch keiner gut genug.«

»Stimmt, aber vor allem Tad nicht.« Die Abneigung in Jacks Stimme verdutzte sie.

Sie legte die Pflanzschaufel weg und sah zu ihm auf.

»Was läuft da eigentlich zwischen dir und Tad? Du hast Geld in sein Lokal gesteckt, ihr geht auch immer höflich miteinander um, und trotzdem gibt's da diese seltsamen Schwingungen zwischen euch!«

Jack seufzte. »Ich habe Geld in Tads Weinbar gesteckt, weil er gut darin ist, was er macht, sprich: Er besitzt die Fähigkeit, alles zu verkaufen und jeden zu bezaubern. Das sind gute Skills in der Gastrobranche und was Frauen angeht, aber ansonsten steckt nicht viel dahinter.«

Vermutlich war Tad genauso geschickt darin, ein Pokerface aufzusetzen, wie sie. Manchmal erwischte sie ihn bei irgendwelchen Familienessen der DeLucas dabei, wie er mit den Gedanken ganz woanders war und sich um ein ausdrucksloses Gesicht bemühte, wann immer das Thema auf seine Eltern kam. Wenn sie zusammen Zeit in der Küche des *Vivi's* verbrachten, bekam sie mit, wie er sich an einen Ort voller schmerzvoller Erinnerungen zurückzog.

Er verlor die Freude daran.

»Jack, er ist mein Freund, und ich glaube, du täuschst dich.«

»Ich sag ja nicht, dass er kein netter Kerl ist, Jules. Wir kommen prima miteinander aus, und er und Lili stehen sich nahe, ganz so schlimm kann's also nicht sein. Ich sehe da bloß nicht viel Tiefe. Bevor er sich entschlossen hat, sich selbstständig zu machen, war er seit Ewigkeiten Barkeeper. Frauen vernascht er, wie ein Franzose billigen Tafelwein runtergluckert. Für ihn ist alles ein Spiel.«

Er sah ihr fest in die Augen. »Und ich glaube, insgeheim siehst du das genau, denn bislang hast du genug gesunden Menschenverstand bewiesen, nicht auf seine Masche reinzufallen. Dein siebter Sinn sagt dir, dass man von ihm besser die Finger lassen sollte und er nichts für länger ist. Nicht das, was du brauchst eben.« Jacks Worte ergaben Sinn, hielten sie jedoch nicht von dem Gedankenspiel ab, was hätte sein können, und das sehr zum Verdruss von

Good-Girl-Jules. Bad-Girl-Jules dagegen war in Bezug auf Tad DeLuca immer sofort begeistert dabei.

Unsicher, ob sie sich über Jack, Tad oder sich selbst ärgern sollte, wandte sie sich wieder ihren prachtvollen Radieschen zu und grub in ihrer Frustration ein großes, tiefes, unnötiges Loch.

»Also, Leute, danke, dass ihr für das Personaltraining schon früher hergekommen seid.« Tad ließ den Blick über das halbe Team *Vivi* wandern, sein junges Personal, das dringend noch ein wenig Feinschliff brauchte.

»Cool. Sie zahlen uns dafür, dass wir beim Arbeiten trinken, Boss«, freute sich Kennedy, eine zierliche Rothaarige, die, wie bei Schauspielerinnen gern der Fall, leicht überdreht war. Aus Angst, sie würde sich aus dem Staub machen, sobald eine interessante Bühnenrolle winkte, hatte Tad gezögert, sie als seine Managerin einzustellen. Andererseits hatten sie sich während des Vorstellungsgesprächs so gut verstanden, dass er das Risiko eingegangen war.

»Haben alle ihre *Vivi*-Bibel dabei?« Mit Genugtuung beobachtete er, wie Kennedy ihre Sammlung an laminierten Spickzetteln auf der Bar ausbreitete. Es war Jules' Vorschlag gewesen, aus der Heftmappe etwas Knapperes, Tragbares zu machen, das auch mal einen Spritzer abbekommen konnte. Nun setzte er es als Ausbildungswerkzeug für das Personal ein.

»Hmm, ich hab meine vergessen.« Bella, die Empfangsdame, würde zwar nicht bedienen, sollte sich aber dennoch fachkundig über das Lebenselixier der Bar unterhalten können. Da sie nicht unbedingt die hellste Kerze auf der Torte war, konnte das noch zum Problem werden. Tad hatte sie dennoch eingestellt, weil sie so gut mit Menschen umgehen konnte.

Er reichte ihr einen Ersatz.

»Oh, hey, Julia!« Dass Bella Jules grundsätzlich »Julia« nannte, nervte ebenfalls.

»Hiya, Bella!« Jules kam mit leicht gerötetem Gesicht – und so schön wie immer – aus der Küche geeilt, ihren Beitrag zum Menü, eine Platte Crostini, in den Händen. »Der Special Appetizer des heutigen Abends. Mit Amatricianasoße bestrichene Panini-Häppchen mit Ziegenkäse, Zwiebeln und Bacon.«

»Gott sei Dank, ich bin am Verhungern!« Kennedy grapschte sich eins und schob es sich in den Mund. Dann fing sie Tads Blick auf. »Ähm, die sind doch für uns, oder?«

Tad seufzte. »Yep. Wir sollten das Special alle probieren.« Tad fand es toll, dass Jules keine Angst vor Experimenten hatte und nun zum Beispiel eine Soße verwendet hatte, die es normalerweise zu Bucatini gab. Er fand es auch toll, dass sie einige von Vivis Rezepten verwendete und daraus etwas Neues erschuf, auch wenn sie darüber erst noch sprechen mussten.

»Heilige Muttergottes, das schmeckt ja fantastisch«, schwärmte Kennedy mit vollem Mund. »Super gemacht, *Julia!*« Sie zwinkerte verschwörerisch.

Auf Jules' unsicherer Miene breitete sich erst Erleichterung und dann die besondere Form von Selbstzufriedenheit aus, auf die Köche ein Patent haben. Jeder Koch, den Tad kannte, lebte für den Moment, in dem jemand beim Probieren einer seiner Kreationen einen Gaumenorgasmus erlebte. Jemanden mit Wein anzuturnen war auf seine eigene Weise befriedigend, allerdings nicht so sehr wie beim Kochen.

»Na, dann bis morgen«, meinte Jules, nachdem sie Kennedys Lob hatte sacken lassen.

»Möchtest du noch ein paar Minuten hierbleiben und mit uns Wein verkosten?«, fragte er.

Mit verengten Augen musterte Jules die Flasche Chablis, deren Etikett nicht in ihre Richtung zeigte. »Ist es ein Chardonnay?«

»Nein.«

Sie setzte sich an die Bar. »Gut, dann schenk mal ein.«

Wie gute Weinverkoster neigten alle ihre Gläser, schwenkten sie und inhalierten das Aroma des spritzigen Chablis.

»Was riecht ihr?«, wollte Tad wissen.

»Er riecht frisch«, bemerkte Bella fachkundig und genehmigte sich einen ordentlichen Schluck, obwohl er sich bemüht hatte, ihr Geduld anzuerziehen.

»Zitrusartig«, murmelte Kennedy mit Blick auf ihr Handy, das gerade eindringlich summte. Vermutlich ein Vorsprechtermin.

Er wandte sich um Unterstützung an Jules.

»Toskanische Sommerbrise ... nein, warte.« Wieder schnupperte sie. »Äh, *Herbst*brise. Eine florentinische, um genau zu sein.«

Richtiger Kontinent, falsches Land. Obwohl sie völlig danebenlag, ließ er es ihr durchgehen, da er den vagen Verdacht hegte, dass er gleich gründlich unterhalten würde.

»Ich denke, auf dem Feld nebenan könnte eine Herde Chianina-Rinder geweidet haben. Ich nehme eindeutig Anklänge von Stall und erdige Nuancen wahr. Bin ich nah dran?«

»Verblüffend!« Tad verkniff sich mühsam ein Grinsen.

Einen Finger ans Kinn gelegt und mit Blick auf das Glas fuhr sie fort. »Nun zum Geschmack ...« Sie trank einen kräftigen Schluck, behielt den Wein im Mund und bewegte ihn hin und her. Genau so, wie er es ihr beigebracht hatte.

»Von fruchtiger Frühreife, um Aufmerksamkeit heischend, packt dich an den Eiern und drückt zu, bis du um Gnade winselst ... wie schlage ich mich?«

»Der *Court of Master Sommeliers* macht besser mal Platz. Es gibt einen neuen Sheriff in der Stadt!«

»Nun, bei einem so geschulten Gaumen wie meinem könnte es sie wesentlich schlechter treffen.« Sie lachte, warm und heiser, und es kam ihm vor, als hätte er die Sonne verschluckt.

Er nippte an seinem Glas und ... leerte es dann in einem Zug. So viel zum Sommelier-Training. »Schmeckt gut!«

Jules sah ihn ungläubig an. »Das kriegst du nicht besser hin? *Schmeckt gut?*«

»Du hast schon alle guten Adjektive aufgebraucht, Klugschwätzerin!«

Er erntete ein freches Grinsen. *Heilige Scheiße!* Er sah sich verstohlen um, ob es bei diesem Anblick noch jemanden umhaute. Nur ihn? Puh!

Das Telefon am Empfangstisch klingelte, und Bella ging hin. Kennedy textete eifrig. Mit ihrem nichtsnutzigen Freund neigte sie zu Theatralik, und er war es wohl tatsächlich, der diese mörderische Daumentirade abbekam.

»Vielleicht kann ich ja ein paar aufregende Adjektive für deine Soße beisteuern.« Die Soße sollte pfefferig-süß sein, mit Schärfe durch die Chiliflocken. Er biss ein Stück ab und kaute. Kräftige Aromen, super Gesamteindruck, aber irgendetwas fehlte ...

»Hast du Guanciale verwendet?«

»Nein, Pancetta. Guanciale hab ich im Laden nicht gefunden, und Frankie hat gemeint, es sei praktisch dasselbe.«

Er runzelte die Stirn. Das musste Frankie eigentlich besser wissen.

»Das ist nicht dasselbe. Guanciale ist Speck aus luftgetrockneter Schweinebacke, und er mag schwer aufzutreiben sein, doch unmöglich ist das nicht.«

Sie machte ein unglückliches Gesicht, und sein Herz zog sich zusammen. »Es taugt also nichts …«

Schnell ruderte er zurück. »Machst du Witze? Die Soße ist fantastisch, aber lass es uns beim nächsten Mal mit Guanciale versuchen. Ich besorg dir einen, dann erkennst du den Unterschied.«

Der Guanciale ist die Schlüsselzutat, Taddeo. Er rundet alles ab.

»Meine Mutter hat ihren selbst luftgetrocknet, weißt du.« Na, was zur Hölle hatte ihn dazu inspiriert, mit diesem Kleinod herauszurücken?

Jules riss die Augen auf. »Wirklich?«

»Ja, einmal hat sie sogar ein Schwein geschlachtet. Als ich klein war, hat sie's hinten im Garten gehalten, und ich hab es zu meinem Haustier erkoren. Worauf sie meinte: ›Nein, Taddeo. Schließ es nicht ins Herz. Es wird bald geschlachtet.‹«

Jules machte ein trauriges Gesicht. »Das ist ja schrecklich!«

Das war es, zumal er als Kind eine sensible Seele gewesen war. Wenn er beim Fußball verlor, fiel er in ein tiefes Loch. Damals war es auch noch eher so gewesen, dass die Girls ihm das Herz brachen als umgekehrt. Und bei den Worten seiner Mutter zerriss es ihm das Herz.

»Das fand ich auch. Ich bin mit ihm davongelaufen. Bin bis zu Tony und Frankie gekommen, aber als das Schwein einen ihrer Schuhe aufgefressen hat, hat mich Cara verpfiffen.«

»Cara«, murmelte Jules und schüttelte mitfühlend den Kopf.

»Eine Woche darauf gab es bei uns morgens, mittags und abends Schweinefleisch zu essen. Armer Ulysses!« Auf ihre hochgezogene Augenbraue hin setzte er hinzu: »Damals steckte ich gerade in meiner James-Joyce-Phase.«

»Ein Schwein im Garten und keine Gnade. Klingt, als sei mit deiner Mom nicht zu spaßen gewesen.«

»Allerdings.«

Irgendwann hatte er sich an die Bar gelehnt, und sie war näher gekommen. Jedes Mal, wenn er Jules etwas von seiner Mom erzählte, schien eine weitere Schicht des um sein Herz zementierten Mörtels wegzubröckeln. Es tat zwar noch immer weh, aber nicht mehr so sehr.

»Na dann...« *Wie laufen deine Dates? Hast du schon die Liebe deines Lebens kennengelernt? Vermisst du mich auch nur halb so viel wie ich dich?*

»Na dann...«, sagte sie und wich vor etwas zurück, das, wie ihm nun aufging, ein glühend heißer Blick war. »Ich mach mich mal besser auf die Socken. Ich muss Frankie von der Satansbratenwache erlösen.«

Ihr Abschiedsblick besagte so viel wie »Alles gut zwischen uns beiden?«, und er erwiderte ihn mit einem bestätigenden Lächeln. Sein Gesicht schmerzte davon, wie gut alles war zwischen ihnen.

»Vielleicht könnten wir irgendwann ja mal abends einen Film anschauen und uns dazu eine Pizza gönnen«, meinte er, als sie sich zum Gehen wandte.

Ihr Achselzucken munterte ihn ein wenig auf. »Klar, du weißt ja, wo du mich findest.« Und dann war sie weg, nahm den Duft von Orangen und Glück und Jules mit sich mit. Und ein Stück seines Herzens dazu.

Es dauerte einen Moment, ehe er begriff, dass Kennedy mit der Hand vor seinem Gesicht herumwedelte.

»Erde an Tad!«

»Was ist?«, schnauzte er und riss den Blick von der Tür los.

»Jetzt schlaft halt endlich miteinander, okay?«

Wenn es doch nur so einfach wäre. Allein damit, dass sie miteinander schliefen, war die Sache inzwischen auch nicht mehr gegessen.

14.
Kapitel

Jules war in Killerlaune, und Cara DeLuca war als Erste fällig. Als Nächstes dann ihr Onlinedating-Profil, das eines schnellen Todes sterben musste. In Caras Frust darüber, wie langsam Jules in der Datingarena vorankam, hatte diese verflixte Wichtigtuerin für sie in ihrem Namen ein Date klargemacht.

»Dan besitzt seine eigene Baufirma«, hatte Cara gesagt. »Aber er macht sich seine Hände nicht schmutzig, nein, er kommandiert andere herum.« Sie sagte das mit glänzenden Augen, als müsste Jules bei dem Gedanken, dass jemand andere herumkommandierte, völlig kirre werden. Ich wette, im Schlafzimmer sagt er, wo's langgeht, wollte sie damit durch die Blume wohl sagen.

Das Schlimmste daran war der Treffpunkt für das Date: das *Vivi's*. Auch das war Caras Idee gewesen – beziehungsweise Caras, die sich als Jules ausgab. Jules schickte Baufirmen-Dan eine E-Mail und versuchte, das Ganze abzublasen, doch er reagierte nicht, und nun wollte sie ihn nicht hängen lassen. Sie würde den Kopf kurz zum ausgemachten Zeitpunkt, um 18:30 Uhr also – ziemlich früh für ein Date, vielleicht war er ja daran gewöhnt, mit seiner bejahrten Mutter zu essen –, ins *Vivi's* hineinstrecken und ihm sagen, dass es sich um ein schreckliches Missverständnis handeln würde, dass sie Kopfschmerzen hätte oder ihre Katze gestorben wäre.

Danach würde sie Cara langsam und genüsslich erdrosseln.

Zum Glück würde Tad vor neunzehn Uhr nicht erscheinen. Er nahm am anderen Ende der Stadt an einer Weinverkostung teil, sodass sie rein- und rausschlüpfen, sich der Sache annehmen und dann still und leise wieder verschwinden konnte.

Als sie hereinkam, lächelte Bella sie unbedarft an, als würde sie sie nicht erkennen. Entweder war sie nicht das schärfste Werkzeug im Schuppen, oder sie setzte es gezielt ein, um die Konkurrenz auszuschalten. Nicht, dass Jules für irgendjemanden eine Konkurrenz dargestellt hätte, aber sie hatte mitbekommen, wie das Mädchen Tad ansah. Genau so nämlich, wie alle Frauen Tad ansahen – mit einer Mischung aus Begierde, die mit feuchten Höschen einherging, und etwas Animalischerem, bei dem die Wahrscheinlichkeit, dass man Krallen ausfuhr, sekündlich wuchs.

»Hey, B!« Jules genoss es unheimlich, wie sich Bellas Augen angesichts der gespielten Vertraulichkeit verengten. Jules ließ den Blick kurz durch den Raum schweifen. Drei der fünfzehn Tische waren von Paaren belegt, und an der Bar drängten sich zu schwer geschminkte und zu leicht bekleidete Frauen. Gründungsmitglieder des Hot-Taddies-Club, wie es aussah. Einstweilen behalfen sie sich mit Reuben, der zwar auf eine nichtssagende Art gut aussah, aber in keiner Hinsicht ein seriöser Ersatz für den Besitzer war. Der Frühesser Dan musste erst noch eintreffen.

»Wie viele Personen?«, erkundigte sich Bella, noch immer mit diesem abwesenden Blick. Wie es aussah, hatte sie eins und eins noch immer nicht zusammengezählt.

»Null.« Jules' Blick wurde zu Kennedy gezogen, die gerade aus der Küche gekommen war. Sie wirkte extrem aufgewühlt, und das war sie wohl auch, denn sie riss sich die Schürze vom Leib und kam schnurstracks auf Jules zumarschiert.

»Gott sei Dank bist du hier«, sagte sie mit besorgtem Blick zu Jules und warf die goldbraune Mähne zurück.

»Was gibt's?«

»Komm mit. Sofort.« Kennedy lotste sie bereits zwischen den Tischen hindurch in Richtung Küche.

»Was ist denn nur los?«, drängte Jules wieder. Die Schauspielerin in Kennedy lief zu Hochform auf, sie schüttelte theatralisch den Kopf, wollte aber noch immer keine Auskunft geben.

»Kennedy, raus damit!«

Der Hitzkopf warf die Schwingtür zur Küche auf und deutete hinein. »Das ist los!«

Die Küche war klein genug, dass Jules die Situation mit einem Blick und einem kurzen Schnuppern erfasste: halb zubereitete Gerichte auf der Arbeitsfläche, aus dem tückischen Pizzaofen stieg eine Rauchwolke, und ein großer Bär von Koch, der über der Spüle hing und genügend Blut verlor, dass er so bleich wie seine gestärkten Kochklamotten war.

»Derry!« Sie rannte zu ihm und drehte seine riesige Pranke um. Durch seine Handfläche verlief ein hässlicher, tiefer Schnitt.

»Schnell«, murmelte er. »Erste-Hilfe-Kasten!«

Kennedy holte den roten Kasten, kramte darin herum und holte ein paar mickrige Wundverbände hervor, die die Riesenhand dieses Mannes kaum bedecken würden.

»Wir haben nur diese kleinen.«

So tief, wie der Schnitt aussah, konnten auch eine Sehne oder irgendwelche Nerven etwas abbekommen haben.

»Du musst in die Notaufnahme.« Jules schnappte sich ein sauberes Geschirrtuch und schlang es ihm um die Hand. »Ich bring dich hin.«

Derry grunzte. Was, so gut kannte sie die von ihm bevorzugte gutturale Art, sich auszudrücken inzwischen, hieß, dass er das anders sah.

»Das habe ich ihm auch schon gesagt«, erklärte Kennedy entnervt. »Aber der große Trottel rührt sich nicht vom Fleck!«

Jules schaute ihm fest in die Augen. »Derry, mit dieser Hand verdienst du deinen Lebensunterhalt. Selbst wenn sich die Blutung stoppen lässt, könnte sie dauerhaft geschädigt sein.«

Sie sah zu Kennedy, die feierlich den Kopf schüttelte.

»Ihr braucht ... einen Koch«, stieß er hervor.

Um seinen baumstammartigen Unterarm herum – ihre Vorliebe für Unterarme schloss Derrys nicht ganz mit ein – blickte Jules zum Vorbereitungstisch, auf dem leuchtend gelbe, aber mit Blutstropfen gesprenkelte Paprikaschoten lagen. Ein Albtraum, was die Betriebshygiene anging.

Krampfhaft suchte sie nach einer Lösung. »Ich rufe Jack an und bitte ihn, jemanden herzuschicken.«

»Das könntest du doch übernehmen«, meinte Kennedy fröhlich, während sie einen Fingerverband auspackte und ihn über Derrys Hand hielt. Genervt runzelte er die Stirn. Sie versuchte es mit einem anderen. »Ich bringe ihn in die Notaufnahme. Im Restaurant ist eh noch tote Hose, insofern kriegst du das schon hin, bis Tad in einer halben Stunde hier aufschlägt.«

»Ich ... ich kann nicht.« Jules sah zwischen Derry und Kennedy hin und her. Den beiden schien der Ernst der Lage nicht klar zu sein. Derry verblutete, Kennedy wollte sie bedienungslos zurücklassen, und Jules Kilroy war diejenige, die sie alle rettete?

Ohne sich um Jules' eindeutige Notlage zu kümmern, griff Kennedy Derry am Ellbogen. »So, mein Bärchen, muss ich dich tragen, oder meinst du, du schaffst es bis zu meiner Karre, ohne wie ein kleines Mädchen in Ohnmacht zu fallen?«

Diesmal klang Derrys Grunzen nicht mehr ganz so ablehnend. Der Mistkerl würde sie verlassen.

»Wir gehen lieber hinten raus.« Kennedy bugsierte ihn in Richtung Hintertür. »Ich möchte ja nicht, dass sich die Gäste an ihrem Chardonnay verschlucken. Na ja, zumindest nicht mehr als sonst auch, was, *Julia?*«

Jules rutschte das Herz in die Hose. »Mal ernsthaft, Leute, ich glaube nicht, dass ich das hinkriege.«

Kennedy schob Derry bereits zur Tür hinaus. »Ach was. Vor einer Stunde ist hier nichts los, insofern kann Bella locker zwischendurch bedienen. Auf dem Weg zur Notaufnahme texte ich Brooke und Tad, dass sie ihre Hintern hopphopp hierherbewegen sollen.«

»Jules, das schaffst du«, nuschelte Derry.

Die Tür schloss sich hinter ihnen.

Verdammt.

Jules riss ihr Handy heraus, das trotz der vielen Sprünge, die es seit Simons Anruf aufwies, noch immer prima funktionierte. Allerdings war mehr als fraglich, ob ein Anruf bei Jack oder Tony den Tag wirklich retten würde. Bis einer von ihnen da war, waren die Gäste garantiert schon verhungert und verfassten fiese Bewertungen bei Yelp.

Die Bar hier war Tad wichtig.

Sie war *ihr* wichtig.

Sie hatte so etwas gern machen wollen, und nun bot sich die Chance. Mit einem Blick durch das Fenster zum eigentlichen Lokal verschaffte sie sich einen Überblick über die Situation. Bella hatte gerade vier Gäste an einen Tisch geführt, ein weiteres Grüppchen stand am Empfangstisch herum. Was zum Teufel waren das für Leute, und warum aßen sie so früh?

Sie blickte auf die Hände, die ihren Sohn fütterten, ihm den Bauch rieben, wenn er krank war, ihn beruhigten, wenn er zahnte. Sie war mehr als eine Mom, eine Schwester, eine Freundin. Ihr Wunsch, Köchin zu sein, ging anscheinend schon jetzt in Erfüllung.

Zeit, ihr Personal über die neue Weltordnung zu briefen. Sie war auf dem Weg zu Bella, um ihr zu sagen, wer die heutige Abendshow schmiss, als ihr Date zur Tür hereinkam.

Mist, verdammter!

Jules fand allmählich Gefallen an dem Ganzen. Die Speisekarte war so klein, dass sie sie auswendig kannte. Das Essen wurde zeitnah serviert, und bislang war nichts zurückgeschickt worden. Bella hatte alle Hände voll zu tun, aber Jules stand ihr gewöhnlich zur Seite und gab Empfehlungen zu den kleinen Gerichten und dem entsprechenden Wein ab.

Ihr Date Dan, der unheimlich jung wirkte und stolz eine Fliege trug, hatte sie an die Bar gesetzt und Reuben gebeten, ihm jeden Wunsch von den Lippen abzulesen. Dass sie unvorhergesehen arbeiten musste, wäre eigentlich die perfekte Ausrede gewesen, um ihn wieder heimzuschicken, aber Dan hatte so verloren und traurig dreingeschaut, als sie ihm die Situation schilderte, dass sie es nicht übers Herz gebracht hatte.

Noch zehn Minuten, bis Tad eintrudelte und sie rettete, nur dass ihr plötzlich aufging, dass sie gar nicht gerettet werden musste. Früher hatte sie das immer gedacht, von dem Moment an, als sie im Klassenzimmer aufstehen musste, um vorzulesen, und die grausamen Blicke der Mitschüler auf sich spürte, bevor sie überhaupt den Mund aufgemacht hatte. Sie hatten alle gewusst, was kommen würde. Der gestotterte, gehustete Vortrag eines idiotischen Schulmädchens, das Lichtjahre hinter den Gleichaltrigen zurücklag. Sie hatte sich gewünscht, unter ihr würde sich der Linoleumboden auftun und sie verschlucken, da eine Rettung undenkbar war. Erst als sich durch Evan ihr ganzes Leben veränderte, hatte sie sich auf Jack zubewegt und zugelassen, dass er sie rettete. Und seitdem tat er es immerzu.

Nun, damit war jetzt Schluss.

Mannomann, was für ein großartiger Abend! Bis darauf natürlich, dass Derry literweise Blut verloren hatte.

Jules reckte den Kopf, auch wenn ihr Tads Ankunft auch so schon klar war. Sein männlicher Duft und die plötzlich spürbare geballte Ladung Testosteron übertrugen sich direkt auf jedes ihrer Körperhärchen, die sich sofort aufstellten.

»Erzähl mir, wie dein Abend bisher verlaufen ist«, sagte

er, als er bei ihr war, und seine Augen glitzerten dabei wie blaue Juwelen.

»Bis darauf, dass sich Derry übel mit einem Kochmesser zugerichtet hat und der Pizzaofen wieder blinkt, nicht schlecht. Gar nicht schlecht.«

Wie Champs wuppten sie auch den restlichen Abend und schickten ihre Gäste glücklich nach Hause.

Tad hatte Bella zu ihrem Wagen begleitet, der einen Block weiter stand, und genoss nun den Anblick seiner Retterin, die in der Küche die Arbeitsflächen sauber wischte, während aus dem iPod Daft Punks *Get Lucky* ertönte. Wie sich ihre Hüften dabei hin und her bewegten – einfach wow!

Eine lustige Erinnerung kam ihm in den Sinn. »Weißt du noch, wie wir immer zusammen tanzen gegangen sind?«

Sie hielt in der Bewegung inne – was so gar nicht in seinem Sinn war – drehte sich um und schenkte ihm ihr typisches sexy Grinsen. »*Ich* bin tanzen gegangen. Bei dir sah es eher aus, als hättest du eine Art Anfall.«

»Na, na, na. Ich bin ein ausgezeichneter Tänzer. Einzigartig!«

Sie schob ihre wohlgeformte Hüfte in die eine und den Kopf ausgleichshalber in die andere Richtung. »Mit deinem wilden Armgerudere hast du für jede Person innerhalb eines Radius von drei Metern eine echte Gefahr dargestellt. Aber ich vermisse es. Also das Tanzen, meine ich.«

Er vermisste es auch, und er verspürte den gar nicht so unvermittelten Drang, es wieder mit ihr zu tun. In jeder Hinsicht. Es dauerte einen lustvernebelten Augenblick, bis er begriff, dass sie etwas sagte.

»Äh, was hast du gerade gesagt?«

»Derry wird überleben. Kennedy hat angerufen und erzählt, dass man ihn mit siebzehn Stichen nähen musste. Zum Glück hat es aber keinen Nerv erwischt.«

Tad nickte. Hoffentlich sah man ihm seine Eifersucht auf Derry nicht an. »Freut mich zu hören. Derry ist ein guter Typ.« Mit Messern hatte er es zwar nicht ganz so drauf, wie Tad es von einem Koch seines Formats erwartet hatte, aber er war zuverlässig und …

»Du magst ihn also wirklich, oder?«, entfuhr es ihm.

Erstaunt über seine Direktheit runzelte sie die Stirn. »Ja, klar. Wenn man mit ihm redet, kommt es einem zwar manchmal so vor, als hätte man es mit deinem störrischen Pizzaofen zu tun, aber er ist ein feiner Kerl.«

»Hast du ihm Evan schon vorgestellt?« Tad schluckte. So dämlich er sich auch fühlte, er musste es einfach wissen. »Offiziell, meine ich.«

Sie starrte ihn ein paar Sekunden an, bevor sie in heiseres Gelächter ausbrach.

»O Tad, du bist einfach zum Schießen!«

»Bin ich das?«

Sie hielt sich die Hand vor den Mund, entschied dann, dass es nichts brachte, und lachte wiederum schallend.

»Ich bin nicht an Derry interessiert, und selbst wenn ich es wäre, wäre er es nicht an mir.«

Tad atmete auf. »Bist du nicht? Und wieso wäre er's nicht?«

»Na, weil Derry schwul ist!«

»Nie im Leben.« Derry Jones? *Der* Derry Jones? »Woher weißt du das?«

Sie warf ein nasses Handtuch nach ihm. »Ich weiß es halt.«

»Und weiß *er* es?«

»Er hängt es zwar nicht an die große Glocke, aber ja, er weiß, was er ist.«

Uff! Noch nie hatte Tad sich so gefreut, von der sexuellen Orientierung einer anderen Person zu hören. Eigenartig, aber gut, es lagen auch eigenartige Wochen hinter ihm.

»Für deinen Einsatz heute Abend schulde ich dir einen Drink«, sagte er und konnte sich ein breites Grinsen nicht verkneifen. Vielleicht war ja mehr drin …

Er schlenderte gemächlich aus der Küche zur Bar.

»Vergiss den Drink, du schuldest mir eine ganze Flasche!«

»Okay, such dir eine aus.«

Ihre Augen weiteten sich. Genauso gut hätte er ihr die Welt zu Füßen legen können.

»Egal, welche?«

»Wenn sie auf der Karte steht, dann öffnen wir sie.«

»Pah!«

»Pah?«

»Ja, pah! Ich weiß doch, dass es Besseres gibt, das *nicht* auf der Karte steht. Geheime Flaschen im Keller.« Sie nickte zur Glaswand hinter ihm.

Seine Lippen zuckten. »Und woher solltest du das wissen?«

Sie lehnte sich über die Bar, und ihre Brüste legten sich wie Kissen auf das Kirschholz. *Madre di Dio!*

»Die Liste, die du mir gegeben hast, ist nicht vollständig, mein Freund. Da sind seltsame Dinge im Gange.« Sie sah sich um, als wolle sie nicht, dass sie jemand belauschte. »Poltern in der Nacht. Kettengerassel. Äußerst verdächtig!«

Er ging auf ihr Spiel ein. »Und wenn schon, dann bewahre ich dort eben ein paar besondere Flaschen auf. Ist doch nichts dabei. Ich kann jederzeit aufhören.«

Sie grinste, und kurz kam sein Herz ins Schlingern.

»Ich hab immer schon vor, mir zu Hause einen Weinkeller einzurichten, bin aber noch nicht dazu gekommen. Insofern muss ich mein Zeug einstweilen hier lagern.«

»Was ist an diesen Flaschen denn so Besonderes? Sind sie so teuer?«

»Na komm, ich zeig sie dir.«

Er ging ihr voran zur *Cavern*, wie er den Keller zu Ehren des ersten großen Clubs nannte, in dem die Beatles in Liverpool aufgetreten waren. Mit so einem Namen hätte der Raum eigentlich feucht und düster sein müssen, doch das traf nicht zu. Die Glaswände stellten seinen Weinbestand perfekt zur Schau und bildeten einen wirkungsvollen Kontrast zur dunklen Holzeinrichtung der Bar. Die Temperaturkontrollen waren auf dem neuesten Stand der Technik, die Flaschen so angeordnet, dass sie ein logisches Raster bildeten. Von hier aus konnte Tad alles sehen, was in der Bar und auch noch weiter draußen auf der Straße los war.

Behutsam nahm er eine der Flaschen heraus: einen Chateau Pavie Bordeaux aus dem Jahr 2000. Hundert Punkte – mehr ging nicht – vom *Wine Spectator*. Im Unterschied zu den anderen bedeckte die Flasche der Staub von elf Jahren, auch wenn Griffspuren Tad verrieten, dass sie vor Kurzem aus ihrem Nest herausgezogen worden sein musste.

»Mein Vater hat sich mit Wein sehr gut ausgekannt und mir diesen hier geschenkt, als ich mein Angebot von der *University of Chicago* bekommen habe.«

Jules machte ein schuldbewusstes Gesicht. »Oh, tut mir leid. Du kannst vermutlich sehen, dass ich mir die Flasche angeschaut habe. Ich habe letzte Woche hier rumgestöbert.«

»Alles gut. Er wollte, dass ich sie öffne, wenn ich das Studium abgeschlossen habe.«

»Aber du hast doch auch so einen Abschluss, du hast all das hier geschaffen!« Sie deutete im Keller herum.

»Eigentlich wollte ich dir was anderes zeigen.« Er ließ den Blick über die Weinregale schweifen, die er von Grund auf selbst gebaut hatte. »Ich habe immer gern Sachen gebaut, insofern war Ingenieurwissenschaft die logische Wahl für mich. Mein Vater hätte mich lieber als Arzt oder Anwalt gesehen, war in der Hinsicht aber kompromissbereit.« So ungefähr das Einzige, wozu sein alter Herr bereit war. Die Eröffnung des *Vivi's* hätte seiner Mutter gefallen, seinem Vater jedoch nicht.

»Frankie hat erzählt, du hättest ein Vollstipendium bekommen. Und dass du so eine Art Genie bist.«

Von jedem anderen hätte sich das abfällig angehört, doch in Jules' Stimme schwang Ehrfurcht mit. Dabei war ihm ihre Bissigkeit viel lieber. Er schob die Flasche an ihren Platz zurück und sah zu ihr auf.

»Du kennst mich ziemlich gut. Hältst du mich für ein Genie?«

»Mal sehen.« Sie hob eine Hand und zählte an den Fingern ab. »Du datest zombiehafte Tussen, du bretterst viel zu schnell auf deiner Maschine herum, und du schwärmst übermäßig für Jason Statham.« Ihr umwerfendes Lächeln erlosch. »Und ganz zufällig glaube ich, dass du bedeutend mehr draufhast, als du vorgibst.«

»Damit sind wir schon zwei!«

Mit ihren Worten hatte sie ins Schwarze getroffen. So

clever er war, in seinem Sexleben vermied er Herausforderungen. Lieber schaltete er sein überaktives Hirn aus und schlief mit einer Frau, die von ihm nichts erwartete. Mit einer Frau, die ihn auch in intellektueller oder emotionaler Hinsicht interessierte, hätte er zu nahe an den Abgrund geraten können.

Ach, zur Hölle, seitdem er Jules Kilroy zum ersten Mal zu Gesicht bekommen hatte, stolperte er doch ständig am Abgrund entlang! Seit dem Tod seiner Eltern hatte er nichts Realeres erlebt als in dem Moment, als er mit ihr geschlafen hatte. Es war so real, dass er manchmal das Gefühl hatte, er könnte sterben, wenn er sie nicht noch einmal in den Armen halten konnte.

Aber er musste ihr ein guter Freund sein. Und sosehr er ihre Partnersuche auch hasste, hasste er die Art, wie sie dabei vorging, sogar noch mehr.

»Wenn wir schon vom Daten unter unserem Niveau sprechen: Lili hat gemeint, du suchst nach einem bestimmten Typ Mann. Einem, der hirntechnisch« – er hob eine Augenbraue – »nicht übermäßig gut ausgestattet ist.«

Sie zwinkerte heftig und schluckte. »Äh, ich habe Cara versprochen, dass Cinderella um elf zu Hause ist. Vermutlich hat sie schon ein Suchkommando losgeschickt.«

Sie steuerte auf die Tür zu, doch er hielt sie fest und drückte sie sanft an die Glaswand. Der warme Schimmer der Barkerzen spiegelte sich an der transparenten Wand wider.

»Warum schraubst du deine Ansprüche so weit runter, Jules?«

»Tu ich doch gar nicht!«

Er drängte sich an sie, befragte sie mit seinem Körper. Wie gut sich das anfühlte!

»Langweilige, fantasielose Kerle. Typen, die garantiert nicht wissen, was sie an dir haben.«

Auf ihrem blassen, schönen Gesicht zeigte sich Unbehagen. »Ich bin nicht unbedingt die hellste Birne im Kronleuchter.«

»Oh, das bist du sehr wohl.« Er umfasste ihr Kinn, und es erstaunte ihn, wie sehr ihre weiche Haut ihn zugleich unter Strom setzte und beruhigte. Sie zu berühren war seine Droge, sie zu wollen seine Sucht. »Du bist so helle, dass es einen in deiner Nähe manchmal regelrecht blendet. Von allen Menschen, die ich kenne, hast du die schnellste Auffassungsgabe, dabei entstamme ich einer Familie von Klugscheißern. Glaub bitte nie, du wärst nicht gut genug, Honey.« Was er in ihrem Blick entdeckte, haute ihn um, und plötzlich ging ihm ein Licht auf. Wie hatte er so blöd sein können? »Vielleicht findest du diesen langweiligen Musterknaben ja, den du locker in die Tasche stecken kannst, der dich zu Tode langweilt und dafür sorgt, dass du das, was du für Evans Vater empfunden hast, nie mehr empfindest. Denn genau darum geht's nämlich, oder? Wer auch immer dieser Typ sein mag, er hat dir so wehgetan, dass du dich lieber mit einer Leiche zusammentust, als noch einmal etwas zu empfinden.«

»Du hast doch keinen Schimmer.« Ihre Lippen bebten.

»Ich kenne dich, und glaub's oder glaub's nicht, ich kenne mich. Ich habe das auch erlebt, Jules. Habe jemanden geliebt und verloren. Was so wehtut, dass es einem leichter fällt, die Möglichkeiten, die einem direkt ins Auge springen, zu verdrängen.« Es war jetzt nicht der richtige Zeitpunkt, in einer Selbstmitleidsorgie zu schwelgen, doch sie sollte wissen, dass sie mit ihrem Problem nicht allein war.

Jules legte eine gespreizte Hand auf sein Herz, das angesichts der unmittelbaren Bedrohung einen Satz machte. »Das ist es also, was du seit ihrem Tod gemacht hast, Tad? Hast den Schutzwall um dein Herz Jahr um Jahr noch weiter verstärkt? Im Sex Trost gesucht?«

Na bitte! Messerscharfer Verstand. Er wollte sie über die Situation mit ihrem miesen Ex hinwegtrösten, und hier war sie und traf ihn mit ihren Einsichten mitten ins Herz.

»Hey, wir reden gerade von dir.«

»Nicht wir, du. Im Übrigen funktioniert so was so rum und so rum. Tad, erzähl mir, warum es immer noch so wehtut. Warum du nicht mehr kochst, seit sie ums Leben gekommen sind. Warum die Erwähnung deiner Eltern dich an einen Ort schickt, an dem ich dich nicht erreichen kann.«

Sie strich ihm über die Brust, tröstete ihn so, wie sie es vermutlich mit Evan tat, wenn er unleidlich war. Ihre Hände waren tödlich und heilend zugleich.

Er sog zischend Luft ein. »Am Abend vor dem tödlichen Unfall hatte ich mit meinem Vater Streit. Und da habe ich Dinge gesagt, die nicht zurückgenommen werden können, selbst wenn er jetzt noch da wäre und mich hören könnte.«

Sie riss die Augen auf. »Worum ging es denn?«

»Na, worum es immer geht. Schule, was ich mit meinem restlichen Leben vorhabe. Es war das Ende meines Freshman-Jahres, und ich habe ihm erklärt, ich würde im Herbst nicht mehr weitermachen. Ich wollte nämlich nach Italien und in Fiesole eine Lehre bei einem Metzger machen. Von da kommen die DeLucas. Mein Vater war außer sich. Sagte, wenn ich dieses Stipendium aufgäbe, sei ich in seinem Haus nicht mehr willkommen und ...«, er hielt ihren Blick mit mehr Mut stand, als er empfand, forderte sie heraus, ein Urteil über ihn zu fällen, »… ich habe ihm darauf gesagt, er solle sich doch zur Hölle scheren.«

Sie umfasste sein Kinn. »Und das war das letzte Mal, dass du mit ihm gesprochen hast?«

Er nickte mit dem Kopf, der sich plötzlich unendlich schwer anfühlte. Den Zorn seines Vaters spürte er noch immer, so sehr hatte er ihn verinnerlicht. Eine verkorkste Art, sein Andenken zu ehren.

»Später an diesem Abend kam es dann zu dem Unfall, und ich habe das nie mehr in Ordnung bringen können. Du glaubst gar nicht, was ich alles täte, um auch nur eine weitere Minute mit ihnen zu bekommen. Einen weiteren Moment, um ihnen sagen zu können, wie sehr ich sie liebe.«

Und das war lediglich die Ursünde, der Grundstein für den Schutzwall. Wenn er ihr den Rest erzählen würde, könnte er daran zerbrechen. Außerdem würde er lieber sterben als ihren enttäuschten Blick sehen, wenn die gesamte traurige Geschichte ans Tageslicht kam.

»Wir tragen alle Reuegefühle mit uns herum, Tad, wünschen uns, wir hätten die Karten anders ausgespielt. Es ist nicht gesund, das Ganze immer nur in sich reinzufressen. Versteck dich nicht vor mir. Wir zwei, wir haben uns doch gesucht und gefunden. Waren uns immer *simpatico*.«

Die Wahrheit ihrer Worte trieb ein Loch in diesen Wall.

»Das haben wir doch vom ersten Moment an …« – sie legte die Hand auf seinen Bauch – »… hier drinnen gefühlt.«

»Eine Seelenverwandtschaft«, sagte er mit rauer Stimme.

Jules beobachtete ihn mit diesen grünen Augen, die ihn ganz und gar durchschauten.

»Genau, eine Seelenverwandtschaft. Eine Verbundenheit von Anfang an. Egal, was zwischen uns passiert, wir werden immer Seelengefährten bleiben. Ich werde meinen sicheren, langweiligen Ehemann finden, und du wirst dich weiter durch Chicago vögeln. Doch am Ende des Tages wird es dieses Band zwischen uns immer noch geben. Seelengefährten. Du und ich.«

»Seelengefährten«, flüsterte er.

»Du und ich.« Mit feuchten Augen sah sie zu ihm auf. Die Hand noch immer an seiner Seite, lehnte sie sich an das Glas. Durch die Bewegung rutschten ihre Finger zu seinem Gürtel hinunter, und er war ihr plötzlich so nahe, dass er ihren süßen Atem spüren konnte. Sie hakte einen Finger an der Schnalle ein und fuhr langsam an dem Metall entlang.

Küss sie, drängte ihn jede Faser seines Körpers.

Also tat er es.

Allerdings ganz zart, da er ihr die Chance geben wollte, einen Rückzieher zu machen. Doch er hätte keine Angst zu haben brauchen. Sofort krallte sie sich an seinem Hemdkragen fest, zog ihn an sich und vertiefte den Kuss, während sie gleichzeitig seinen Gürtel öffnete. Er schälte sie aus ihrem Shirt. Als Nächstes war sie ihren Rock los, der zu ihren Füßen landete. Sie überboten sich fast schon darin, den anderen auszuziehen. Schließlich zerrte er an ihrem Slip, riss ihn ihr einfach vom Leib. Keine Finesse, keine Verführung. Nur das, was es war.

Seelengefährten.

Sie lehnte sich an die Glaswand zurück. Hinter ihr schimmerte das gedämpfte Barlicht und versah sie mit einem honigfarbenen Strahlenkranz. Er sah bewundernd auf ihre vollkommenen, cremig weißen Brüste und ließ den Blick dann über die sanfte Kurve ihres Bauchs zu dem dunkelblonden Vlies zwischen ihren Schenkeln wandern. Von den schönen Rundungen ihres Körpers würde er nie genug bekommen.

Er stupste ihre Beine auseinander und fuhr mit einem Finger durch die herrlich feuchte Hitze. Bereit für ihn. Immer bereit für ihn.

»Wie feucht du bist!«

»Den ganzen Abend schon«, stöhnte sie.

Er strich durch ihre geschwollene Spalte und liebkoste kurz ihren sensiblen Kitzler. Sie seufzte vor Lust auf und drängte sich gegen seine Hand.

»Es turnt dich an, wenn ich dich beschütze«, murmelte er, selbst nicht wenig angeturnt bei dem Gedanken.

»Ich bin schon angeturnt, wenn du atmest.«

Er legte die Hand auf ihren Hinterkopf und presste seinen Mund hungrig auf ihren, passte sein besitzergreifendes Zungenspiel dem Spiel seiner Finger zwischen ihren Beinen an. Ihrem lauten, kehligen Stöhnen nach zu urteilen, stand sie kurz davor zu kommen, doch er wollte ihre Lust noch steigern.

»Dreh dich um!«

»Was?« Ihre Stimme bebte.

»Ich möchte, dass du das Straßenleben beobachtest, während ich dich zum Orgasmus bringe. Ich möchte, dass du weißt, jeder könnte dich sehen, während du meinen Namen hinausschreist.«

Ohne zu zögern, drehte sie sich zu der Glaswand um. Ihre Gehorsamkeit verwandelte ihn in Granit.

»Spüre, wie kühl das Glas an deinen Brüsten ist, *mia bella*.«

Er drängte sich an sie und presste sie an das glatte Glas, ließ aber noch genug Platz, dass er seine Hand in das feuchte Nirvana zwischen ihren Beinen schieben konnte. Sie stieß sich gegen ihn, immer wieder, kontrollierte ihre Lust. Drückte den Rücken durch und holte sich, was sie brauchte.

Es war das Heißeste, was er je gesehen hatte.

Sein pochender Penis drängte sich gegen die Furche ihres herrlichen Hinterns. So, als wüsste er, was er brauchte. Als wüsste er, was Tad brauchte. Ihre Erregung steigerte seine zu einem scharfen Schmerz. Hinter ihren Schultern warfen die Straßenlampen Lichtbögen ans Fenster und beleuchteten gelegentliche Passanten. Hätten sie ins *Vivi's* geschaut, hätten sie ganz schön was zu sehen bekommen.

Wild und ungehemmt rieb Jules ihre Brüste an der Scheibe. Sie war verloren in ihrer eigenen Welt, einer Welt, in der sie Göttin war.

Huldige ihr. Immer wieder hallten diese Worte in seinem Jules-vernebelten Hirn wider. Die Nachricht wurde von seinen Knien empfangen, die zusammenklappten und ihn auf den Boden schickten.

Dorthin, wo er hingehörte.

Grob zog er sie an den Hüften zu sich heran und tauchte erst mit seinen Fingern und dann mit dem Mund zwischen ihre Beine. Sie schmeckte ... o Gott, für sie würde er ein völlig neues Geschmacksprofil erfinden müssen. Würzig, süß, pfefferig.

Jules, Jules, Jules.

Wieder drückte sie den Rücken durch und spreizte ihre Schenkel, damit sein Mund besseren Zugang erhielt. Ihr Stöhnen echote durch den Weinkeller, und sein Schwanz stand kurz davor zu explodieren.

»Tad!«, stöhnte sie laut, als sie den Höhepunkt erreichte. Ihre Schenkel verkrampften sich, und sie bebte am ganzen Körper.

Wie ein Betrunkener, der keinen Alkohol verträgt, hielt Tad sich an ihren Hüften fest und ließ Jules nur kurz los, um sich ein Kondom überzustreifen. Zum Glück verstand sie, was er vorhatte, und drehte sich zu ihm um.

»Bitte. Jetzt!«

Er hob sie hoch und glitt in sie hinein, kraftvoll und schnell. Wie konnte sie so nass sein und ihn doch so quälend eng und samtig umschließen? Er drückte sie an die Glaswand und beobachtete, wie sein glänzender Penis tiefer in sie eindrang.

»Schau, *mia bella*. Schau, was du mit mir machst.«

Sie blickte dorthin, wo sich ihre Körper vereinten, und gab einen kehligen Laut von sich.

»Das ist so ... Oh, Tad. Du in mir, das fühlt sich so gut an!«

Er zog sich zurück, wobei ihn jeder Zentimeter außerhalb ihres Körpers umbrachte, sein Verlangen aber noch anfachte. Ihres auch. Ganz ohne Zweifel. Sie umklammerte seine Schultern, und ihre Schenkel spannten sich an. Ihre Satinmuskeln schlossen sich fest um seine Erektion.

»Hör nicht auf«, stöhnte sie. »Hör nie mehr auf!«

Nie mehr. In diesem Augenblick gab es nur sie beide. Es gab nur diesen Moment. Diesen Raum. Dies alles. Und in diesem Moment gelangte er zu einer Erkenntnis.

Diese verliebten Idioten, die behaupteten, Sex sei Millionen Mal besser, wenn man eine tiefere Beziehung zu einer Frau hatte, hatte er immer belächelt. Sex war Sex. Natürlich gab es Abstufungen, aber ein großes Geheimnis steckte nicht dahinter. Jetzt aber gab er gerne zu, dass der Sex mit Jules der Beste war, den er je gehabt hatte.

Überhaupt war alles mit Jules das Beste, was er je gehabt hatte. Sich in ihr zu verlieren fühlte sich irgendwie als die sicherste Art an, seinen Weg zurück zu finden.

Er biss sich auf die Lippen und beobachtete, wie er in sie hinein- und aus ihr herausglitt. Hinein und hinaus. Das Paradies im Keller. Er fuhr damit fort, bis er spürte, wie sich ihre inneren Muskeln um ihn zusammenkrampften. Hörte noch, wie sie immer wieder seinen Namen rief, und wurde dann selbst von den Wogen der Lust fortgerissen.

»Da sind wir«, sagte Jules und blieb vor ihrem Wohnblock stehen.

»Hier. Sind. Wir.« Tad drückte ihr die Hand, was sie mindestens genauso erregte wie das, was sie im *Vivi's* getan hatten. Nie hätte sie sich vorstellen können, dass er süß sein konnte, nachdem er sie so fest und grob genommen hatte.

Während des fünfminütigen Fußmarsches nach Hause waren sie ungewöhnlich schweigsam gewesen, waren beide in die eigenen Gedanken vertieft. Bereute er, dass er ihr gegenüber in Bezug auf seinen Vater so offen gewesen war und wozu das geführt hatte? Oder grübelte er darüber nach, wie sie herausfinden konnten, was da zwischen ihnen lief?

Widerstrebend löste sie sich von ihm und kramte in ihrer riesigen Handtasche nach ihren Schlüsseln. Das Handtaschengesetz besagte, dass sie sich ganz unten versteckten.

»Danke fürs Heimbringen.«

»Tja, ich bin mir nicht sicher, ob dein Date so lange hätte ausgehen dürfen.«

Ihr Date. Den Fliegen-Dan mit Wangen so glatt wie ein Babypopo hatte sie völlig vergessen. Ungefähr eine Stunde vor Lokalschluss war er mit einem von Tads Groupies abgezogen. Es tat ihr nicht leid.

Stumm betete sie, dass die nächsten Worte aus ihrem Munde ihr nicht leidtun würden.

»Okay, so müsste es funktionieren. Solange wir dieses Was-da-auch-immer-zwischen-uns-besteht haben, lassen wir's laufen. Sobald einer von uns nach vorn sehen will, hören wir auf. Und sobald es unsere verdammten Familien rausfinden, ebenfalls, da ich keinerlei Lust auf diesen üblen Quatsch mit Soße habe, der sich über uns ergießen würde, sobald Jack und Shane uns draufkommen. Ehrlich gesagt, bin ich nicht sicher, was von deinem hübschen Gesicht nach Jacks Umgestaltungsaktionen noch übrig bliebe.«

Je länger sie sprach, umso dünner wurde ihre Stimme, bis sie schließlich die Phonzahl von Alvins Chipmunks erreicht hatte und sich ihre Nasenspitzen berührten. Über seinem Gesicht hatte sich allmählich ein Grinsen ausgebreitet, aber sie war so verzweifelt darauf aus, alles in einem Wortschwall herauszubekommen, dass sie ihm das ungestraft durchgehen ließ.

»Was ist denn so lustig?«

»Die Art, wie du mir Sachen ins Gesicht schleuderst, Juliet Kilroy – ich liebe es!«

Sie legte ihm eine Hand auf die Brust. Bei der Erinnerung daran, wo er noch vor gerade mal einer halben Stunde sein Gesicht gehabt hatte, gerieten ihre Hormone erneut auf Hochtouren. »Du wünschst dir also, dass ich dir Sachen ins Gesicht schleudere?«

Knurrend zog er sie zu einem Kuss an sich, der ihr den Boden unter den Füßen weggezogen hätte, wenn er ihren Hintern nicht mit beiden Händen fest im Griff gehabt hätte.

»Na, und soll ich jetzt also wie ein geiler Teenager mit reinschleichen, oder erst, wenn du Evan von Cara abgeholt hast?«

Sie gab ihm einen Knuff in die steinharte Brust. »Keine Übernachtungen und keine Knutschereien, wenn Evan in der Nähe ist. Und keine anderen Frauen, solange wir ... das tun.«

Um ein Haar hätte sie »zusammen sind« gesagt, doch das klang irgendwie falsch. Zu bedürftig. Zu dauerhaft.

»Für dich gilt das Gleiche. Ich verhänge ein Moratorium, was deine Dates angeht, jawohl!«

Gott sei Dank! Allerdings würde sie sich eine Ausrede einfallen lassen müssen, um sich Lili und Cara vom Leib zu halten: nichts lieber als das.

Es fiel ihr so schwer, sich von seinem warmen Körper zu lösen, doch es ging nicht anders. Im Gegensatz zum letzten Mal, als sie versucht hatte, die Tür mit diesem perfekten Exemplar an ihrer Seite zu öffnen, bekam sie es diesmal relativ schnell hin.

»Ich ruf dich an, wenn ich zu Hause bin«, sagte er mit rauer Stimme.

»Denkst du etwa, ich mache mir Sorgen um dich, Tad DeLuca?«

»Nein, aber während ich mir einen runterhole, muss ich deine Stimme hören. Nur so werde ich einschlafen können.« Er saugte an ihrem Ohrläppchen und löste damit köstliche Schauer bei ihr aus.

Seitdem er ihr heute Abend von seiner letzten Unterhaltung mit seinem Dad erzählt hatte, sah sie ihre Beziehung in einem neuen Licht. Davor war er der Starke gewesen, an dessen breite Schultern sie sich anlehnen konnte, und der sie auffing, wenn sie fiel. Nun hatten sich bei diesem fantastischen Mann neue Tiefen gezeigt, und sie hatte gemerkt, wie sehr er diesen sinnlichen Trost brauchte. Keiner der beiden hatte es direkt gesagt, aber ihre Körper wussten Bescheid. Sie konnten füreinander tun, was sonst niemand konnte. Und sei es auch nur für eine begrenzte Zeit.

»Eine weitere Regel noch.« Sie drehte sich zu ihm.

»Ah ja?« Er biss sie sanft in die weiche Stelle, wo ihre Schulter auf ihren Hals traf. *Bleib stark.*

»Du darfst dich nicht in mich verlieben, Tad. Hier geht's nur drum, einander ein zeitweiliges Bedürfnis zu stillen.«

Der Stolz über ihren geschäftsmäßigen Ton beschwor die übliche Auseinandersetzung in ihrem Inneren herauf.

Prima gemacht, lobte Good-Girl-Jules.

Bad-Girl-Jules blieb unheimlicherweise stumm.

Der Blick, mit dem Tad sie bedachte, war seltsam intensiv, doch dann grinste er breit.

»Ich tue mein Bestes.«

15.
Kapitel

Jules hatte sich ihre Sporttasche geschnappt und war unterwegs zur Tür, als ihr Handy klingelte. Sie strahlte auf, weil er anrief. Ihr Lover!
Eigentlich sollte sie nicht drangehen. Es war nun schon zwei Wochen her, dass sie tatsächlich im Fitnessstudio aufgeschlagen war, anstatt es nur vorzugeben. Sie würde es Cara durchaus zutrauen, dass sie Jules beiläufig zu einer Waage dirigierte, wenn sie Evan das nächste Mal abholte. Ihre missbilligenden Worte konnte Jules förmlich schon hören. *Muss ich wirklich erst mitkommen, damit du dich so richtig ins Zeug legst?*

Hätte Cara gewusst, was Jules wirklich tat, hätte sie vermutlich selbst dafür noch Verbesserungsvorschläge parat gehabt. Jules hatte eine heiße Affäre mit ihrem besten Freund, und sie genoss jede einzelne Sekunde! Quickies im Büro der Bar, Schäferstündchen bei ihm zu Hause, Nachmittagswonnen, wo auch immer sie sich einschieben ließen.

»Lady Penelopes Liebestempel. Kein Wunsch zu ausgefallen«, meldete sie sich.

»Warum bist du nicht hier?«

»Wer spricht denn, bitte?«

Tads Lachen hüllte sie wie eine warme, sexy Decke ein und beschleunigte ihren Puls. »Das weißt du ganz genau!«

»Gar nicht wahr. Aus einem feministischen Impuls heraus habe ich sämtliche Namen von männlichen Nichtverwandten auf meinem Handy durch allgemeinere Begriffe ersetzt. Insofern erscheinst du lediglich als Zuchthengst Nummer vier. Das lässt sich im Prinzip auf jeden x-beliebigen Kerl anwenden.«

Er seufzte geduldig. »Hör mal, du musst deinen süßen Arsch herbewegen. Der Pizzaofen-Typ fuhrwerkt in der Barküche herum, und ich musste nach Hause fahren, bevor ich ihm noch an die Gurgel gehe. Jetzt bin ich total mit den Nerven runter.«

»Dann geh joggen. Das mach ich immer, wenn ich mit den Nerven runter bin.« Was eine ausgemachte Lüge war.

Sie hörte ein Grummeln. »Jules, ich weiß doch, dass du dir ein paar Stunden für deine Fitness freigeschaufelt hast.«

»Ganz genau. Für die Fitness. Mit jedem Tag, der verstreicht, verwandele ich mich mehr in ein gigantisches *gnocchi*.«

»Die Singularform lautet *gnoccho*.«

»Das Endresultat ist dasselbe. Ein kissenartiger Klumpen mit Füßen.«

Er gluckste. »Komm her und verbrenn ein paar Kalorien mit mir, Baby.«

»Meine Güte, wie abgedroschen!« Und dann noch *Baby*. Konnte sie ihm das durchgehen lassen?

»Du weißt doch, dass ich mich gut um dich kümmern kann …«

Ja, konnte er. Ihr Körper schmolz wie heiße Butter in einer Pfanne, und Bad-Girl-Jules kam zum Spielen heraus.

Tad zog sie herein und küsste sie so stürmisch, dass sie ihre Einkaufstaschen achtlos auf den Boden fallen ließ. Es ging einfach nichts über seine Begrüßungen! Jules würde sie vermissen, wenn alles wieder vorbei war.

Ihr Herz zog sich schmerzlich zusammen.

Mit seinen kundigen Händen zerrte er an ihren Kleidungsstücken. Der Reißverschluss ihres Work-out-Tops klemmte, weshalb er es ihr einfach über den Kopf schob.

Sie hätte praktische Baumwollunterwäsche gegen etwas Aufreizenderes eintauschen sollen, doch es kam ihr so vor, als seien sie darüber inzwischen hinaus. Sie kannten einander zu gut. Die Marotten und Eigenarten. Die Schokoladenseiten und die Unvollkommenheiten *(ihre, nicht seine. Der Mann hatte null!).* Es war nicht nötig, das Ganze mit sexy Dessous oder High Heels aufzupeppen. Nicht, dass ihr der Gedanken nicht gefallen hätte, ihn auf diese Weise anzuturnen, doch sie kannten einander inzwischen so gut, dass sie eine völlig neue Ebene der Intimität erreicht hatten.

Der Schmerz in ihrer Brust verstärkte sich. Noch nie hatte sie zu jemandem eine solche Verbundenheit verspürt wie zu diesem schönen Mann. Da hatte es in ihrer Freundschaft ja wohl so kommen müssen. Alle nagenden Zweifel darüber, was zur Hölle sie hier eigentlich taten, versuchte sie beiseitezuschieben.

Wir stillen doch nur unsere Bedürfnisse. Sind Freunde mit einem Platinpaket an gewissen Vorteilen.

Ihre Sweatpants wurden ein Stück nach unten geschoben. *Ratsch,* war der nächste Slip futsch und … ah!, da drang diese heiße, harte Perfektion auch schon in sie ein, wobei der Angriff umso süßer war, da ihr die Sweathose wie eine Art Fessel um die Knie hing und den Zugang erschwerte.

Sie fuhr mit den Fingern in seinen dunklen, zerzausten Haarschopf und zerwuschelte ihn noch etwas mehr. Hielt sein Gesicht nahe an ihres, damit sie in die unergründlichen Tiefen seiner blauen Augen sehen konnte. Sie wollte sich an diesen Augenblick erinnern, an dem er sie so sehr gewollt hatte, dass er jegliches Vorgeplänkel ausließ. An dem sie der uneingeschränkte Mittelpunkt seiner Welt war.

Er bewegte sich mit langen, geschmeidigen Stößen in ihr, und das immer tiefer, immer fester. Mit den Händen umspannte er dabei ihren Po und hielt sie so in Position. In seinen verhangenen Augen entdeckte sie ein animalisches Verlangen, das nur ihr galt. Es war berauschend, Gegenstand der Leidenschaft dieses Mannes zu sein. Plötzlich trat ein neuer Ausdruck in sein Gesicht. Noch immer voller heißer Leidenschaft, aber durch etwas anderes abgemildert.

Er hielt inne.

Er hielt doch wirklich inne und sah sie ... zärtlich an.

»Tad!« Eine Warnung schwang mit. Sie wollte nicht, dass er sie auf diese Art ansah, nicht jetzt, wo sie so gefährlich anfällig für diesen Blick war.

Er neigte den Kopf und küsste sich einen Weg an ihrem Hals entlang. Ließ zärtlich seine Zunge flattern, kostete sie sachte, saugte sanft. Hauchte sich an ihrem Schlüsselbein weiter und biss sie behutsam in die Schulter.

Markierte sie. Liebevoll.

Er nahm seine Bewegungen wieder auf, beschleunigte

nach und nach das Tempo und brachte ihr Zentrum zum Siedepunkt. Mit einer perfekten Mischung aus Kraft und Beherrschung trieb er sie wieder dem Höhepunkt entgegen, den sie nach einem abschließenden Stoß gemeinsam erreichten.

Nachdem sie so eine Weile in der Diele seines Hauses verharrt hatten, glitt er aus ihr heraus und zog erst ihre und dann seine Sweathose hoch. Sie liebte es, dass er sich immer auf diese Weise um sie kümmerte. Er lächelte von einem Ohr zum anderen, und die ganze Zärtlichkeit zuvor war einer sexy Verschmitztheit gewichen.

»Ja, hallo!« Er küsste sie sanft auf die Nasenspitze.

Sie kicherte und fühlte sich dämlich, weil sie in seine intensiven Blicke so viel hineininterpretiert hatte. »Selber hallo!«

»Danke, dass du vorbeischaust und ich dich mal eben vernaschen konnte.«

Sie schaute auf eine eingebildete Uhr an ihrem Handgelenk. »Hmm, keine fünf Minuten. Hätte ich nicht schon Tad-DeLuca-Erfahrungen hinter mir, wäre ich von dieser Performance maßlos enttäuscht.«

»Ich weiß doch, dass du es manchmal schnell und dreckig magst, *mia bella*. Lüg mich an und behaupte, dass es nicht gut war.«

Im Schwindeln war sie gut, so gut aber auch wieder nicht. »Ich werde Sylvia wissen lassen, dass du Fortschritte machst.«

Grinsend sah er auf den Boden, wo etliche der Sachen, die sie mitgebracht hatte, aus den Einkaufstüten gepurzelt waren.

»Du hast Geschenke mitgebracht?«

»Ich hab mir gedacht, wir könnten vielleicht ein Mittagessen zubereiten«, erwiderte sie stockend. »Na, ehrlich gesagt, hab ich gedacht, wir könnten zusammen kochen.«

Ein merkwürdiger Ausdruck trat in sein Gesicht, und sie befürchtete, mit ihrer Idee bei ihm voll ins Fettnäpfchen getreten zu sein. *Zusammen kochen.* Zwei kleine Wörter, die eine Tonne wogen. Ihre Kehle schnürte sich zu, und sie bekam kaum noch Luft.

»Das würde ich wahnsinnig gern tun«, flüsterte er.

»Pass auf, dass du nicht zu viel Füllung auftust«, riet er Jules, die im Abstand von je drei Zentimetern eine Mischung aus gebratenem Rinderhack, Ricotta und Kräutern auf den Pastateig löffelte. »Dann klappst du es zu und verklebst es mit dem verquirlten Eigelb.«

»So ungefähr?«

Er trat hinter sie und legte seine kräftigen, muskulösen Arme unter ihre Brüste. Die Schmetterlingsküsse, die er an ihrem Hals herab verteilte, ließen sie erschauern.

»So eng wie ein Nonnenschlüpfer. Perfekt!«

Wie der ganze Nachmittag. Heißer Sex mit einem Typen, nach dem sie verrückt war, auch wenn selbst der sich diesmal anders angefühlt hatte. Eindringlicher, überwältigender. Tads Liebesspiel hatte unterschwellig immer auch eine gewisse Bedürftigkeit und Entschlossenheit an sich gehabt, und heute, als er sie gehalten und dabei ins Paradies befördert hatte, hatte sie die Augen aufgemacht und es zum ersten Mal begriffen.

Dieser Kerl würde sie zerstören.

Die Plappermäuler auf ihrer Schulter schwiegen dazu.

»Als ich dich kürzlich vormittags besucht habe«, sagte

er ihr leise ins Ohr. »Da habe ich gesehen, dass du Vivis Kochbuch hast.«

»Oh, ja, Frankie hat es mir geliehen. Wenn du es zurückhaben willst ...«

»Ich brauch kein Buch, um mich an diese Rezepte zu erinnern. Die kenne ich alle in- und auswendig«, sagte er lächelnd in ihre Halsbeuge, was bei ihr ein Kribbeln auslöste. »Ich finde es toll, dass du es hast. Es fühlt sich richtig an. Und ich liebe es, dass du hier bist. Das fühlt sich auch richtig an.«

Von wegen Kribbeln: Noch zwei Sekunden und sie schmolz dahin in einer Pfütze aus Lust.

»Hast du jetzt mal genauer darüber nachgedacht, professionell zu kochen? Ich weiß, dass du dich sorgst, dass Evan dann zu kurz kommen könnte.«

»Noch nicht wirklich.«

»Hmm, hast du wohl, glaube ich, *bella*.«

Sie seufzte. »Ich würde ja gern ... nun, es ist albern, wirklich ...«

Mit seinen sinnlichen, behaarten, kräftigen Unterarmen drückte er sie ermutigend. »Erzähl's mir.«

Schicksalsergeben zuckte sie die Achseln. »Ich habe ja keinerlei spezielle Ausbildung oder Skills, aber manchmal denke ich, es wäre nett, meine Dips und Aufstriche zu verkaufen, du weißt schon, in Bioläden und so.«

Sein Schweigen machte sie so nervös wie ein Kind am Weihnachtsabend. Herrje, wie bescheuert war es von ihr zu glauben, sie könnte ernsthaft in der Food-Szene mitmischen.

»Okay, es ist lächerlich.« Sie war froh, dass er hinter ihr stand und die Panik in ihrem Gesicht nicht sehen konnte.

»Jack und Shane haben ihr ganzes Leben darauf hingearbeitet, an den Punkt zu gelangen, an dem sie jetzt sind, insofern ist es bescheuert zu meinen, das ginge so einfach.« Allerdings hatte sie in letzter Zeit eine Menge Dinge entschieden. Sich zu nehmen, was sie brauchte, und für ihre und Evans Zukunft zu kämpfen.

»Du hast keinen Schimmer, was für ein besonderer Mensch du bist, oder?«, raunte er ihr ins Ohr.

Hitze schoss ihr in die Wangen und breitete sich bis zu ihren Zehen aus. Sie versuchte, seine Worte mit einem Lachen abzutun. »Natürlich weiß ich das. Schließlich schaue ich zur Stärkung meines Selbstwertgefühls jeden Tag in den Spiegel und erzähle meinem Spiegelbild, wie sehr ich heute meine Nase oder meine Ohren mag. So was in der Art.«

»Welcher ist dein Lieblings-Beatle, Jules?«

»Was?«

»Dein Lieblings-Beatle. Weißt schon, Liverpool. Klingelt es?«

Sie dachte lange darüber nach. Anscheinend hielten Männer derartige Fragen für sehr, sehr wichtig. »Ich habe keinen.«

»Du musst einen haben. Jeder hat einen!«

»Okay, Ringo.«

»Außer Ringo. Den wählt niemand.«

Sie seufzte. »Schätzungsweise sollte ich dich spätestens jetzt fragen, wer denn dein Lieblings-Beatle ist.«

Sie spürte sein Lächeln an ihrem Hals.

»George.«

Am liebsten hätte sie die Augen verdreht, verkniff es sich aber.

»Und wieso?«

»Na ja, er hat jahrelang im Schatten des wohl besten Songwriter-Duos ever gelebt, doch als er schließlich seine Chance bekam, hat er sie beide übertroffen. Nenn mir die beiden besten Songs auf ›Abbey Road‹.«

Sie dachte einen Augenblick darüber nach. Als sie schwanger war, hatte Jack dieses Album ständig gespielt, da er hoffte, seinem künftigen Neffen auf die Art doch zu musikalischem Talent zu verhelfen. Von seinem unmusikalischen Onkel war in der Hinsicht nichts zu erwarten.

»*Here Comes the Sun?*«, schlug sie vor. Sie wollte Tad nicht enttäuschen. Und diesen Song liebte sie wirklich. Seine fröhliche und optimistische Stimmung und den Gedanken, sich nach einem langen kalten und einsamen Winter über den Frühling und die Wiedergeburt zu freuen.

»Korrekt. Der andere ist *Something*. Von dem Frank Sinatra behauptet hat, er sei das beste Liebeslied des zwanzigsten Jahrhunderts.« Er zog eine Augenbraue übertrieben nach oben. »Frank Sinatra, Jules!«

»Na dann …« Sylvia hatte Bilder vom Papst und Frank Sinatra an ihrer Wohnzimmerwand hängen. Diese verrückten Italiener … oh, wie sie sie alle liebte!

»Genau. Und beide Lieder wurden von George Harrison geschrieben. Das beste Album von der besten Band, die es je gab, und die besten Songs stammten von dem leisen Beatle. Klar, Songs hatte er davor auch schon geschrieben, aber mit ›Abbey Road‹ hat er gezeigt, was er wirklich draufhat. Der Spätzünder.«

So allmählich ging ihr ein Licht auf. In Tads Drehbuch waren Jack und Shane Lennon und McCartney, und sie war der leise Beatle. Derjenige, der eine Weile gebraucht hatte, seinen Rhythmus zu finden, sich dann jedoch anschickte, die anderen beiden zu überflügeln.

»So begabt bin ich nicht«, murmelte sie, den Tränen nahe. Ihre Hand fing zu zittern an, und sie legte das Messer beiseite, mit dem sie die Ravioli gerade in kleine Päckchen hatte zerteilen wollen.

»Du weißt es bloß noch nicht. Ich dagegen schon.«

Ihr Herz zerbarst in eine Million Lichtfragmente. Sie wirbelte herum, warf ihm die Arme um den Hals und drängte sich an die Brust, die schon immer für sie da gewesen war. Hier gehörte sie hin.

Zum Glück konnte er ihr liebeskrankes, verträumtes Gesicht nicht sehen, das sie jetzt in seine warme Halsbeuge schmiegte. Mit eingezogenem Kopf wandte sie sich wieder den Ravioli zu, konzentrierte sich auf den verwilderten Garten und kämpfte verzweifelt gegen Tränen an. Durch das offene Fenster drang schwach der Duft von Lavendel und wilder Minze herein. Was sie mit diesem Garten alles anstellen könnte! Tomaten und Erbsen auf der südlichen Seite, Kräuter in der Nähe der Rückwand, Platz für ein Schwein ...

»Wo hattet ihr Ulysses eigentlich untergebracht?«

Er deutete zu einem baufälligen Schuppen am nördlichen Grundstücksende. »Da drüben. Wir mussten ihn getrennt von den Hühnern halten.«

Von seinen folgenden Geschichten über Vivi und die umherstreifenden Hühner bekam sie nur die Hälfte mit, weil sie in ein schwarzes Loch fiel und Mühe hatte, den rutschigen, matschigen Hang wieder hinaufzuklettern.

Als sie sich ein paar Minuten darauf in seiner Umarmung in Sicherheit fühlte, setzte sie ein Lächeln auf. »Ich sollte mich auf den Heimweg machen. Diese Ravioligeschichte hat länger gedauert als gedacht.«

Er umfasste ihren Hinterkopf und zwang sie, ihn anzusehen. »Dich bedrückt doch was.«

»Nein, gar nicht.« Es war total unlogisch. Er redete von den Beatles und Hühnern, Himmel noch mal, und sie bekam daraufhin einen Mordsbammel.

Ihr Handy summte auf der Küchentheke, und ihr Blick huschte aus mütterlicher Sorge sofort aufs Display. Beim Anblick der Nummer rutschte ihr das Herz in die Hose. *Nein, nein, nicht jetzt!* Sie drückte auf »Ignorieren« und stärkte sich mit einem Schluck von dem Barolo, den Tad vor einer halben Stunde geöffnet hatte.

»Ich muss los.«

»Das sagtest du schon.« Angesichts der plötzlich so seltsamen Stimmung zwischen ihnen zog er die Brauen zusammen.

Wieder zerriss das Summen des Handys die bedeutungsschwere Stille, und Jules geriet in Panik. *Kämpfe oder flüchte. Kämpfe oder flüchte. Kämpfe oder ...*

»Da will dich jemand dringend sprechen.«

Sie berührte das Display. Trank einen größeren Schluck Wein. »Das ist bloß Telemarketing.«

»Geh dran und sag ihnen, sie sollen dich von ihrer Liste streichen.«

Sie winkte ab. »Einfach ignorieren ist einfacher.«

Wieder schrillte das Telefon, und diesmal schnappte Tad es sich.

»Ich erledige das für dich – Sie sprechen mit *Sex U Up Productions*, was kann ich für Sie tun?«

»Tad, nicht!« Sie versuchte, ihm das Handy wegzunehmen, doch er wich vor ihr zurück. Es dauerte gute zehn Sekunden, ehe sie es Tad entrungen hatte. Bevor sie es ganz ausschaltete, konnte sie noch die Stimme hören, die sie ebenso gut kannte wie die eigene.

Mit zornigem Blick drängte Tad sie gegen die Spüle. »Das war er, stimmt's?«

Was auch immer er in ihren Augen sah, bestätigte seine Vermutung. »Wie lange steht ihr schon wieder in Kontakt?«

»Er hat mich vor ein paar Wochen angerufen. Am Abend der Eröffnung.«

Ihm schien ein Licht aufzugehen. Der Abend, an dem sie sagte, sie bräuchte ihn in sich.

»Warum hast du mir nicht erzählt, dass er sich bei dir gemeldet hat?«

Ihre Kehle fühlte sich rau und kratzig an. »Weil ich das auch so im Griff habe.«

»Und wie? Indem du seine Anrufe ignorierst?«

Feigheit war eine legitime Strategie, die sich in den letzten vierzehn Tagen bei Simons Anrufen auch immer bewährt hatte. Sie kniff die Lippen zusammen. Sie war ein Feigling.

Der Zorn schärfte Tads Gesichtszüge, sodass sie ihn fast nicht mehr wiedererkannte. »Was will er? Versucht er etwa, dich zurückzugewinnen?«

»Nein … nein. Er möchte Evan sehen.«

»Nach so langer Zeit«, brachte er angewidert heraus und sah sie grimmig an. Dann wurde seine Miene allmählich weich. »Lili meint, du willst Jack nichts über ihn verraten. Red mit mir, Honey.«

Anscheinend ging ihm auf, dass seine riesige, imposante Präsenz in Kreuzverhörmanier einem gemütlichen

Tête-à-Tête nicht unbedingt förderlich war, denn er machte ein paar Schritte zurück und verschränkte die Arme vor der Brust.

Sie umklammerte das Weinglas auf dem Tresen fester. »Ich wollte ihn. Er wollte mich nicht. Die alte Geschichte.«

Eigentlich dachte sie, damit wäre das Thema beendet, doch Tad sah das offensichtlich anders.

»Herrgott, du gehst mir höllisch auf die Nerven mit deiner Dickköpfigkeit. Jetzt ist nicht die Zeit für stoische Ruhe, Jules. Rück endlich damit raus, verdammt.«

Unvermittelt erschöpft setzte sie sich an den Küchentisch. Es war so ermüdend, das alles so lange in sich hineinzufressen. Sie blickte in diese tiefblauen Augen und sammelte ihre Kräfte.

»Er ist Chefkoch und führt ein äußerst nobles Restaurant in London. Ich bin wegen eines Vorstellungsgesprächs hingegangen und habe es verknallt wieder verlassen.«

»Du hast also für ihn gearbeitet?«

Sie lachte bitter auf. »Nein. Ich war nicht mal gut genug, um den Job zu ergattern. Das Vorstellungsgespräch habe ich vermasselt. Nur eines in einer langen Reihe von Vorstellungsgesprächen für einen Job als Bedienung oder Empfangsdame, die Jack immer für mich klarmachte, weil er fand, dass ich mit meinem Job im Pub mein Leben verschwendete. Die hab ich abgeblasen oder sabotiert, indem ich den Augenkontakt zum Küchenchef vermieden habe, der gewöhnlich ein guter Freund Jacks war und sich nur mit mir unterhalten hat, weil er einem bedeutenden kulinarischen Genie wie meinem Bruder damit einen Gefallen tun wollte. Einen Handschlag und ein mitleidiges Lächeln später war ich wieder draußen. Nur bei Simon lief es anders.«

»Simon«, Tad probierte den Namen aus, und er gefiel ihm nicht. Er ließ sich auf dem Stuhl gegenüber nieder.

»Simon Saint James, Chefkoch und Besitzer des *Lilac* in Islington. Das Vorstellungsgespräch war schrecklich verlaufen, und genauso hatte ich es auch geplant. Auf dem Weg hinaus fragte er mich, warum ich den Job nicht wolle, und ich sagte, meinen Sie nicht, *warum* ich den Job wolle? Er lächelte und sagte, *Sie wissen schon, was ich meine,* und es war, als würden wir da dieses Geheimnis teilen. An diesem Abend ist er im *Red Lion* aufgetaucht, dem Pub, in dem ich damals gearbeitet habe. Er wollte mich und ...«

Überwältigt von Demütigung und Verzweiflung verstummte sie.

»Baby, erzähl weiter.«

Sie wischte sich eine Träne weg. »Ich wollte gewollt werden. Ich hab mich dabei erwischt, wie ich ihm Dinge erzählte, die ich noch niemandem erzählt hatte. Über meine Leseprobleme und Jack, und dass ich das Gefühl hatte, als Außenseiterin nur Einblicke in eine Welt zu erhalten, in der ich nie Fuß fassen könnte. Mein ganzes Leben hatte ich darauf gewartet, dass mich jemand wirklich wahrnimmt. Ob meine Tante und mein Onkel, meine Lehrer oder mein Bruder. Und plötzlich war dieser Mann hinter mir her.«

Selbst jetzt schlug ihr Herz bei der berauschenden Erinnerung daran schneller. Als er an jenem Abend in die Bar gekommen war, hatte sie das für einen Zufall gehalten. Er war mit Freunden da, irgendwelchen Obermackern, die viel zu laut waren und die Aushilfe anmachten, die die Gläser einsammelte, weil sie sich nicht traute, sich einer größeren Herausforderung zu stellen. Sie hatte ihn am Ende der Bar entdeckt, wie er sie stumm beobachtete. Plötzlich verklangen alle Geräusche um sie herum, und die Zeit schien stillzustehen. Er war gekommen, um *sie* zu sehen. Von Zufall keine Spur.

Sie strebte nach hinten und wusste, er würde ihr folgen. Als sie zum Hinterausgang hinaustrat, hörte sie seine Schritte hinter sich, eine Jagd in Zeitlupe, die ihr Herz höher schlagen ließ. Er hatte sie ausfindig gemacht, und allein schon der Gedanke, dass er sie wollte, obwohl er wusste, dass sie ein seltsamer Vogel mit Problemen war, hatte sie heiß gemacht. Sie spürte noch kaum die kalte Luft im Gesicht, da drängte er sich auch schon an sie und presste seinen Mund auf ihren. Sie ließ alles wortlos geschehen.

Noch überraschender war, dass er sie wiedersehen wollte. Er nahm sie mit zu sich nach Hause, in einen dieser schicken Lofts an der South Bank mit Blick auf den Fluss. Für sie eine völlig neue Welt. Jacks Welt.

Es dauerte zwei Monate. Fish and Chips auf dem Heimweg vom Pub, Rührei und Speckstreifen im Bett, Liebesspiele am Morgen, ehe er zur Arbeit aufbrach. Endlich war sie für jemanden die Nummer eins, der Mittelpunkt des Universums, die Sonne in der Welt dieses Mannes.

Sie schluckte schwer und begegnete Tads stahläugigem Blick. »Ein paar Monate darauf war ich schwanger und er zurück bei seiner Frau. Die, die er ganz vergessen hatte zu erwähnen.«

Der Zorn, der schon die ganze Zeit unter der Oberfläche gebrodelt hatte, brach sich endlich Bahn. Tad schob ungestüm seinen Stuhl zurück und stellte sich über sie.

»Und er war einer von Jacks Freunden?«, fragte er, nur mühsam beherrscht.

Sie nickte. »Jack war bei Simons Hochzeit Trauzeuge.

Natürlich habe ich dieses pikante Detail erst später rausgefunden. Jack würde durchdrehen.«

»Dieser Wichser hat dich ausgenutzt. Natürlich wird Jack durchdrehen, aber er wird sich hinten anstellen und hoffen müssen, dass von dem Kerl noch was übrig ist, wenn ich mit ihm fertig bin.«

Oh, Tad checkte es überhaupt nicht. Zwischen ihr und Simon hatte so vieles nicht gestimmt, doch sie hatte die Nase voll davon, sich als Opfer darzustellen. Sie stand auf und legte ihm beruhigend die Hand auf die Brust.

In Jules' Hals bildete sich ein Kloß. »Niemand hat mich ausgenutzt. In London war ich … da war ich völlig anders drauf! Ich hab mit einer Menge Typen geschlafen, Tad, hab aber bei jedem so ein gewisses Machtgefühl verspürt. Ich habe das Bad Girl gespielt, das auf jeden Flirtversuch eingegangen ist, und ich habe es genossen. Sie haben meinen Körper benutzt, ich sie aber genauso.«

Wenn man es laut aussprach, klang es sogar noch hohler als das Mantra in ihrem Kopf. Sie war leicht zu haben gewesen, und auch wenn es viele gab, die zurückkamen und mehr wollten, gab sie sich keinen Illusionen über ihre Beweggründe hin. Gegen Ende hin wurde selbst Simon unruhig, sobald sie miteinander geschlafen hatten. Dann checkte er sein Handy (inzwischen wusste sie, warum), erklärte ihr, er würde wegen der Lieferungen im Restaurant früh aufstehen müssen, dirigierte sie zur Tür und küsste sie in ein Taxi.

Sie redete sich ein, dass sie genau das wolle. Intimität hatte sie noch nie gereizt, oder besser: Sie hatte nie darum gebeten. Dazu wäre nämlich ein gewisses Maß an Selbstachtung nötig gewesen, eine Bestätigung, dass sie diese Art der menschlichen Zuneigung verdiente.

»Jules«, flüsterte Tad, und die Art, wie er ihren Namen aussprach, riss ihr den Boden unter den Füßen weg.

Die Tränen kamen heiß und schnell. »Schau mich nicht an, als hätte ich eine Umarmung nötig. Ich habe es satt, dass andere ein Urteil über meine Situation fällen und denken, ich wäre ein Opfer, das man beglucken muss. Jack, Shane, ihr alle. Okay, meine Lesequalitäten sind mies, ich bin ungewollt schwanger geworden, mein Bruder bezahlt mir die Miete. Aber ich bin kein empfindliches Pflänzchen. Ich bin jetzt stärker denn je und brauche keinen Mann, der mich rettet!«

Er zog sie in seine Arme, und es war der allerbeste Platz, an dem sie sich je aufgehalten hatte.

»*Tesoro*, dieser Typ hat dir wehgetan, und es ist okay, deswegen sauer zu sein. Das macht dich noch lange nicht zum Opfer, sondern zu einem Survivor! Werde wütend, Honey. Friss es nicht in dich rein.«

Die Wut war schon vor Langem verraucht, doch ihre Lektion hatte sie gelernt.

»Das liegt alles hinter mir. Am Anfang war ich schon wütend, aber das hat sich gelegt. Als ich herausgefunden habe, dass Simon verheiratet ist, war ich unglaublich verletzt, aber … er hat mir auch einen Gefallen getan.«

»Er hat dir Evan geschenkt?« Er strich ihr zärtlich über den Rücken.

»Ja«, flüsterte sie an die raue Haut seines Halses. »Aber er hat mir auch geholfen zu begreifen, dass ich von gewissen Typen angezogen werde, die mir nicht guttun.«

Wie er. Das musste sie nicht dazusagen. Die Art, wie er sich ruckartig von ihr löste, sagte ihr, er hatte es auch so kapiert.

»Nicht alle Männer sind Arschlöcher«, versetzte er. »Nicht alle werden dich respektlos behandeln oder dir gedankenlos das Herz brechen.«

»Nein, manche gehen dabei sogar sehr rücksichtsvoll vor ... Wie viele Herzen hast du schon gebrochen, Tad DeLuca? Du bezirzt Frauen mit einer Charmeoffensiven und dieser umwerfenden blauen Augen, nur um sie kurz darauf kalt abzuservieren und dir die Nächste vorzuknöpfen!« Sie versuchte, ihren Vorwurf mit einem gewinnenden Lächeln abzumildern, sah dabei aber garantiert wie eine Vogelscheuche aus. »Bei den Geschichten, die du vom Stapel gelassen hast, haben sich mir förmlich die Zehennägel aufgestellt! Die brasilianischen Cousinen, diese Barkeeperin im O'Casey's, der Heißluftballon. Wird in ein paar Monaten einfach eine weitere geschmacklose Geschichte aus mir?«

»O Gott, ich hätte dir nie was davon erzählen dürfen.« Er klang so entsetzt, wie er aussah. »Ich dachte, ich heitere dich damit auf und, ja, mich hat es irgendwie angeturnt, deine Reaktionen dazu mitzubekommen. Vielleicht bin ich mit den Frauen, mit denen ich zusammen war, respektlos umgegangen, aber, verdammt noch mal, Jules, zieh doch bitte keine Parallelen. Das mit uns lässt sich mit nichts vergleichen!«

Durch ihre Freundschaft mochte sie in einer anderen Kategorie landen, doch an der Ausgangslage änderte das gar nichts. Er war der reuelose Bad Boy und sie das geläuterte Bad Girl, und eigentlich sollten sie miteinander schlafen, bis sie genügend Dampf abgelassen hatten und er sich wieder mit allem, was High Heels trug, beschäftigen und sie nach Mr Richtig, Sicher und Langweilig Ausschau halten konnte.

Doch in letzter Zeit entdeckte sie an ihm eine andere Seite. Oder besser, sie erlaubte es sich, sie zu sehen, zu erkennen, wie freundlich und fürsorglich ihr bester Freund Tad doch war. Was da zwischen ihnen lief, ging weit über die heißen und verdorbenen Spielchen hinaus, auf die sie sich geeinigt hatten.

Als er sie direkt nach ihrer Ankunft hart und fest genommen hatte, da hatte er sie angesehen, als würde sie ihm etwas bedeuten. Der schöne Mistkerl machte ihr Hoffnung. Das würde er ihr büßen!

»Sieht so aus, als seien dadurch, dass ich von Simon erzählt habe, wieder Sachen hochgekommen, mit denen ich mich noch nicht genügend auseinandergesetzt habe.« Ihr schien es das Beste zu sein, ihre Bedrücktheit auf ihren beschissenen Ex zu schieben. Simon St. James würde sie keine einzige Träne mehr nachweinen, bei Tad DeLuca würden sie allerdings im Falle eines Falles gleich eimerweise fließen.

Er blickte finster. Junge, konnte der finster blicken!

»Mach mich nicht zum Sündenbock dafür, was dieser Typ dir angetan hat!« Er drückte sie an den Tisch zurück und schob seinen harten Körper zwischen ihre zitternden Schenkel. Mit beiden Händen umfasste er ihr Gesicht und bedeckte es mit leidenschaftlichen Küssen.

»Dieser Mistkerl hat dich extrem mies behandelt, *bella*, und es ist okay, deswegen wütend zu sein. Es ist okay, zu schimpfen, zu fluchen und auszuflippen. Mach deinem Zorn Luft. Und wenn du dafür mit mir schlafen musst, bis wir nicht mehr wissen, wo oben und wo unten ist, dann nur zu, aber bitte vergleich mich nicht mit ihm. Ich weiß, dass du stark bist und mir in den Arsch treten kannst, aber das heißt nicht, dass du dich nicht auch an mich lehnen kannst. Ich bin für dich da, Jules!«

Er unterstrich seine Aussage mit einem weiteren Kuss, der noch sengender war als die letzten und ihr Herz zum Schmelzen brachte, die Anspannung in ihren Fäusten jedoch nicht.

Sie wollte wild auf etwas eindreschen, allerdings nicht wegen der ganzen schmerzvollen Erfahrung mit Simon damals, sondern weil der süße, lustige, sexy Typ in ihren Armen gezeigt hatte, wie perfekt alles sein könnte. Dabei hatte sie sich nach Simon doch geschworen, niemals wieder denselben Fehler zu begehen! Doch dann hatte sie Tad kennengelernt. Von ihm geträumt. Hatte sich von ihren gierigen Fantasien treiben lassen. Nun wünschte sie sich nun einmal mehr Dinge, die sie nicht haben konnte.

»Bestraf mich, Jules. Lass es alles raus!« Er saugte an ihrer Unterlippe und küsste sich dann gierig an ihrem Kinn entlang. Bohrte seine Erektion zwischen ihre Schenkel und erntete dafür ein lustvolles Stöhnen. Schob die rauen Finger unter den Bund ihrer Sweathose und zwischen ihre Beine. Oh, sie hatte vor, ihn gründlich zu bestrafen; nicht für die Sünden ihres Ex, sondern für die Todsünde, ihr das Herz zu stehlen.

Es gehörte zu Tads Skillset, Frauen dazu zu bringen, ihm zu Füßen zu liegen, doch eigentlich war es sein *Kill*set. Sie hatte sowieso nur eine minimale Chance gehabt, diese Affäre zwischen Freunden zu überleben, aber der hatte er den Garaus gemacht. Was für ein mieses Gefühl! Sie hatte sich so darum bemüht, ihr Herz aus dem Spiel zu lassen, und dennoch hatte sie sich Hals über Kopf in ihren guten Freund verliebt. Eine Katastrophe!

Mit schonungslosen Fingern liebkoste er ihre schwellende Klit und brachte sie damit zum Stöhnen.

»Du bist so bereit für mich. Als hättest du auf mich gewartet.«

Mein ganzes Leben!, hätte sie am liebsten erwidert. Ihr Leben lang hatte sie auf genau so einen Mann gewartet. Sie wünschte sich ... nein, sie konnte es sich nicht wünschen, die Dinge wären anders gelaufen. Das brachte überhaupt nichts.

Aber.

Clever wäre es gewesen, rechtzeitig das Weite zu suchen. Doch als clever hatte sie noch nie jemand bezeichnet. Außerdem hatte sie in ihrem Leben schon so oft das Weite gesucht. Also sagte sie ihm, wie heiß er sie machte, wie gut er sich in ihr anfühlte. Forderte ihn auf, sie dort zu berühren, sie härter zu nehmen. Sie sagte ihm alles, was sie konnte, um zu vermeiden, dass sie ihm das eine sagte, was sie ihm nicht zu sagen vermochte. Sie liebte einen Mann, der niemals ihrer sein könnte. Doch die Zeit, die ihr blieb, würde sie nutzen, auch wenn ihr dabei das Herz brach.

Erst als sie so viele Male gekommen war, dass sie fast die Besinnung verlor, ließ sie ihre Gedanken wieder zu ihrem verbotenen Wunsch wandern: dass Tad, wenn er schon in der Zukunft nie ihr gehören konnte, es wenigstens in der Vergangenheit getan hätte.

Sie wünschte sich, Tad wäre Evans Vater.

16.
Kapitel

Tad ließ den Blick durch das *Vivi's* schweifen und versuchte, sich über die fast neunzigprozentige Auslastung zu freuen. Doch er schaffte es nicht. Nicht, wenn er das, was Jules ihm offenbart hatte, einfach nicht aus dem Kopf kriegte. Die Message war so klar gewesen wie die Stielgläser über seinem Kopf. Tad wurde den Anforderungen nicht gerecht. Für ein Abenteuer reichte es, für etwas Ernstes allerdings nicht.

Noch nie hatte er sich so sehr gewünscht, sie hätten sich nicht auf Anhieb gut verstanden. So aber kannte sie all seine Schwachstellen. Sie wusste, dass er ohne Rücksicht auf Verluste Frauen reihenweise vernascht hatte, und das wurde ihm nun zum Verhängnis.

Er hatte gedacht, er würde ihr einen Gefallen tun, wenn er ihr von seinen Eroberungen erzählte und sie zum Lachen brachte, wenn sie down war, doch ganz ohne Hintergedanken geschah das nicht. Welche anständige Frau, die derart kumpelhaft ins Vertrauen gezogen worden war, würde schließlich noch ernsthaft etwas mit ihm anfangen wollen? Auf die Art hielt er sie auf Armeslänge von sich. Und erstickte jede Chance, die sie beide hätten haben können, im Keim.

Ihm fiel keine italienische Beleidigung ein, die ausreichte, um zu beschreiben, wie dämlich er war.

Oder wie verloren er sich fühlte.

Normalerweise langweilte ihn eine Frau und der Sex mit ihr schnell, und er war bereit, sich nach etwas Neuem umzusehen. Der Begriff »Langeweile« schloss sich im Zusammenhang mit Jules, bei der es so viel mehr zu erforschen gab, hingegen völlig aus. Er wünschte sich, er würde damit die Sommersprosse auf ihrer Schulter und das herzförmige Muttermal auf ihrer Hüfte meinen. Oder den Laut, den sie von sich gab, wenn er ihr Ohr mit der Zungenspitze liebkoste und sie das wirklich, wirklich erregte. Doch das war lediglich das Sahnehäubchen obendrauf. Er würde ein ganzes Leben brauchen, um ihren Körper zu kartografieren, und noch mal hundert, um herauszufinden, wie sie tickte.

Es kribbelte ihn in allen Gliedern, in Aktion zu treten. Ehe er diesen Impuls noch mal überdenken konnte, verschickte er eine Nachricht, übergab Kennedy die Zügel und legte den fünfminütigen Fußmarsch zum *O'Casey's* zurück.

Bei seiner Ankunft hob Shane grüßend die Bierflasche in seiner Hand. »Du willst mich so spät noch von meinem Mädchen fernhalten? Das hat besser einen guten Grund, DeLuca.«

»Alter, es ist gerade mal zehn!«

Conor hatte an diesem Abend frei, aber seine Lieblings-Barkeeperin Shannon, eine dralle Rothaarige, schob ihm ein Bier, eine gesunde Dosis ihres Dekolletés und ein dreckiges Zwinkern rüber. Vor achtzehn Monaten hatten sie eine kurze Affäre gehabt, und es konnte sein, dass er gegenüber Jules bei überbackenen Ziti im *Casa DeLuca* einige der pikanteren Details erwähnt hatte.

Während Tad einen Schluck trank, trommelte Shane ungeduldig auf die Theke. Tad nahm einen weiteren kräftigen Schluck. Auf dem Fernseher über seinem Kopf konnte man verfolgen, wie die Blackhawks von den Red Wings weggepustet wurden. Er fühlte mit ihnen.

»Wenn du nicht bald zu reden anfängst, ergötze ich dich mit Geschichten darüber, wie heiß der Sex mit deiner äußerst schwangeren Cousine ist.«

»Ich hab da was mit Jules am Laufen«, erwiderte Tad.

»Erzähl mir doch was, was ich noch nicht weiß.« Shane zuckte die Achseln. »In dieser Familie gibt's keine Geheimnisse, Alter.«

»Dann weiß es Jack also?« Nicht, dass es Tad sonderlich scherte, doch er war gern vorbereitet.

Shane grinste. »Du siehst immer noch gut aus, insofern: nein.«

Herrgott, diesen Simon St. James hätte er am liebsten ungespitzt in den Boden gehauen! Allein dieser lächerliche Name sagte doch schon alles. Irgendein arroganter, schlappschwänziger Brite mit einem Anspruchsdenken von der Größe des Big Ben, gar nicht so unähnlich einem anderen Engländer, den er kannte. Wer ließ bitte die Frau fallen, die sein Kind erwartete, und meldete sich dann aus heiterem Himmel wieder, um sich ins Leben seines Kindes einzuschleichen?

Dass sich dieser Idiot bei Jules gemeldet hatte, behielt er vorerst mal lieber für sich. Damit würden sie sich später befassen, doch für den Kontext musste er mit einem Mindestmaß an Infos herausrücken.

»Sie hat mich heute über Evans Vater eingeweiht.«

Neugierig setzte sich Shane aufrechter. Jules' Geheimnistuerei um die Identität des Daddys ihres Kindes hatte Stoff für viele Spekulationen geliefert.

»Na, das ist doch gut, oder nicht?«

»Na ja, leider hat sie sich entschieden, das Ganze als Paradebeispiel dafür zu nutzen, warum man Männern nicht über den Weg trauen sollte. Und schon gar nicht Italienern, die mit Frauen schlafen und schneller zur nächsten übergehen, als man ›Auf dem Weg zur Tür hinaus sieht dein Arsch am tollsten aus‹ sagen kann.«

»Das hast du echt mal einem Chick gesagt, oder?«

»Kann schon sein, aber darum geht es nicht.« Wobei er sich fragte, worum es denn nun wirklich ging. Er betrachtete sein Bier, als wüsste es die Antwort, und grübelte über die Erkenntnisse dieses Tages nach.

So oder so, gute Freunde wären Jules und er auch weiterhin.

Konnte ihm das genügen, selbst wenn er so viel mehr gewollt hätte?

»Ihr schleicht doch schon seit Ewigkeiten umeinander herum. Dann funkt es endlich, aber sobald es schwierig wird, kneifst du? Für einen Drückeberger habe ich dich nie gehalten, Tad.«

Im Drücken war er ein Meister. Schon vor Langem hatte er ein Rezept für ein sorgenfreies, abgestumpftes Leben entwickelt. *Nimm zwei Blondinen, eine Flasche Bourbon und ruf mich am Morgen an.* Mehr als eine Schulter zum Anlehnen hatte er Jules für die raue Zeit, die nun, da ihr Ex sein nichtsnutziges Haupt erhoben hatte, wohl anstand, nicht anzubieten.

Denn mit ihrer Einschätzung hatte sie recht. Sie sah tief in seine Seele und wusste genau, was sie dort finden würde. Gähnende Leere.

Während der fünfminütigen Fahrt zum Sonntagsbrunch bei Jack setzte Evan seinen Rappel fort, den er zu der unchristlichen Zeit von vier Uhr früh begonnen hatte. Beißringe brachten nichts. Und wenn man ihm das Zahnfleisch rieb, machte ihn das unruhig. Ihre eigenartige Laune übertrug sich wohl auf ihn. Seit sie Tads Haus gestern Nachmittag verlassen hatte, herrschte Funkstille zwischen ihnen. Seltsamerweise hatte sie sich ihm näher gefühlt – durch das gemeinsame Kochen, das Enthüllen ihrer traurigen Geschichte, den überirdischen Sex –, und doch hatte eine tektonische Verschiebung stattgefunden. Dadurch, dass sie Tad davon erzählt hatte, wie Simon ihr das Herz gebrochen hatte und wie es seitdem tickte, war eine Zeitschaltuhr eingeschaltet worden. Von nun an hatte ihre Affäre ein Ablaufdatum.

Sie hatten gewusst, dass es so wäre, doch sie hätte nicht gedacht, dass der Gedanke dermaßen wehtun würde. Eine Rückkehr zu alten Verhältnissen würde schwierig, aber unumgänglich sein. Heute konnten sie bei Jack und Lilli schon mal üben, wieder einfach nur gute Freunde zu sein.

»Na, komm, mein Süßer. Es wird Zeit, tapfer zu sein.«

Ihr kleiner Soldat schob schmollend seine Unterlippe vor, was wunderbar zu seinen roten, angeschwollenen Augen passte. Sanft streichelte sie ihm über seine tränenüberströmte Wange und vergrub die Nasenspitze in seinem blonden Haarschopf.

»Ich liebe dich, Evan«, wisperte sie. »Du wirst mir helfen, die nächsten Monate zu überstehen. Du wirst mein Herz heilen.«

Als sie ihn losgurten wollte, bekam er wieder einen Koller. Sie brauchte zehn Minuten, um ihn aus dem Auto zu kriegen, da er seine Dino-Giraffe verloren hatte und untröstlich war, bis sie sie unter dem Vordersitz hervorgezogen hatte. Da sie außerdem noch mit der Tasche mit Evans Zeug zu kämpfen hatte, die sie immer dabeihatte, dauerte es eine Weile, bis sie die Stimme bemerkte, die aus Jacks Garten drang. Ihr lief es eiskalt über den Rücken.

Das konnte nicht wahr sein.

Flucht war eine realistische Option. Sie hatte es schon mal getan, und während ihr Verstand ihr sagte, dass sie nicht weit kommen würde, befand sich ihr Herz schon wieder in ihrem Minivan. Doch Lili hatte sie schon entdeckt, und es war zu spät.

Mit versteinerter Miene sah sie den Mann an, der sie gebrochen hatte. Zwei Jahre, und bis auf den leicht harten Zug um seinen Mund hatte er sich nicht verändert. Hochgewachsen und mit einer löwenartigen Mähne trug er dieselbe Lässigkeit zur Schau wie alle Arschlöcher.

Er lachte über eine Äußerung Jacks, doch es klang unecht. Ein brüchiges, rostiges Geräusch.

»Hey, Jules, komm, ich nehm dir das ab.« Lili griff nach der Tasche, die Jules aus der Hand gerutscht war. Simons kalte Augen musterten Jules kurz von oben bis unten, bevor sie zu Evan wanderten, der sich wie ein Äffchen in ihren Armen wand. Sein Blick wurde hungrig, vielleicht tat er aber auch nur so. Mühsam wandte er ihn wieder von Evan ab und richtete ihn auf sie.

»Hallo, Jules. Lang ist's her.«

»Ich hatte ganz vergessen, dass ihr zwei euch kennt.« Jack klang neugierig.

»Warum bist du hier?«, fragte sie Simon, ohne auf Jack einzugehen, dem allmählich ein Licht aufzugehen schien.

»Du weißt, wieso.«

»Jules?« Jacks Stimme klang gedämpft und fern, während Evan, der Jules' Ängste zu spüren schien, immer lauter quengelte. War sie umgekippt? Es kam ihr vor, als müsste sie auf dem Boden liegen. Gerade, als ihre Knie bei dem Gedanken wirklich nachgaben, schlang jemand seinen starken Arm um ihre Taille.

»Hab dich, Honey«, flüsterte er ihr ins Ohr.

Tad sei Dank.

Sie drehte sich zu ihm um, zog Stärke aus der großen Hand, die sich besitzergreifend um ihre Hüfte schmiegte. Evan kam ihr unerträglich schwer vor, doch zum Glück hob Tad ihren Schatz mit einem »Hey, Buddy!« aus ihren Armen. Ihr Sohn – ihr schöner, vollkommener Sohn – hörte zu jammern auf und zwinkerte zu Tad auf, der ihm mit einem wohlplatzierten Kitzeln ein helles Kichern entlockte.

Sie wappnete sich für den Kampf und drehte sich zu Simon um.

Niemand rührte sich, bis Simon einen Schritt auf sie zumachte und es Jules ihm instinktiv nachtat, bereit, die Krallen auszufahren. Sie konnte leugnen, dass er der Vater war, doch ein Blick zu Jack sagte ihr, dass es zu spät war. Ihr Bruder malmte derart mit dem Kiefer, dass sie Angst hatte, seine Zähne könnten daran glauben müssen.

»Jules«, sagte Jack. Diesmal war es keine Frage. Auch keine Bitte um Bestätigung. Nur eine Feststellung, dass man ihr auf die Schliche gekommen war. Ausnahmsweise einmal wirkte Simon nicht allwissend oder selbstgefällig. Diese Wirkung hatte Evan auf andere. Sein ausgelassenes, sonniges Gemüt brachte jedes Herz zum Schmelzen.

»Ist er gesund?«, fragte er, allerdings nicht mehr mit der Schärfe von zuvor.

»Er ist gesund.« Sie wusste, wonach er fragte. War Evan eine Dumpfbacke wie sie, oder hatte er den Grips seines Vaters geerbt? Dabei war es viel zu früh, um sicher zu wissen, ob ihr Sohn Legastheniker war. Und selbst wenn, würde es keine Rolle spielen. Er war perfekt. Ihr Herz schlug ihr bis zum Hals, und ihre Wangen brannten.

Simon wandte sich an Jack. »Ich weiß, ich hätte bei meinem Anruf etwas sagen sollen, aber ich wollte nicht riskieren, dass sie ein weiteres Mal abhaut. Ihre Schwangerschaft hat sie mir verschwiegen.«

»Weil du verheiratet warst!«, explodierte Jules. »Eine Frau hattest, die du die ganze Zeit, die wir zusammen waren, mit keinem Wort erwähnt hast!«

Gut, dass sich Lili inzwischen neben Jack gestellt hatte, denn nur ihre Hand auf seinem Arm hielt ihn davon ab, Simon an die Gurgel zu gehen. Auf Mummys erhobene Stimme hin gab Evan einen missmutigen Laut von sich. Sie drehte sich um, um ihn Tad abzunehmen, doch der gab ihn nicht her.

»Wie wär's, wenn Jack mit Evan und allen anderen reingeht, und wir reden über das Ganze?« Tads Miene war hart, und in diesem Moment ging ihr auf, dass ihr Freund sie mit anderen Augen sah und sich alles geändert hatte.

»Ich gehe nirgendwohin«, schnauzte Jack.

»Evan braucht diese negative Energie nicht, und Jules sollte nicht allein gelassen werden mit diesem ...« Tad deutete mit dem Kinn über Evans Kopf hinweg in Simons Richtung.

Die beiden Männer, die ihr auf der Welt die Liebsten waren, stritten sich darum, wer ihr zur Seite stehen durfte. Süß, Jungs, aber so gar nicht der rechte Zeitpunkt.

»Tad, könntest du mit Evan ins Haus gehen und ihm ein paar Cracker geben?« Sie fischte in ihrer Handtasche nach einem Beutel mit Snacks. Auf die Art konnte sie auch ihr Zittern etwas in den Griff kriegen. »Jack, ich würde gern mit Simon reden. Allein.«

»Keine Chance.« Sein Kiefermuskel zuckte unkontrolliert. Ein Zeichen seines Zorns.

»Jack«, flehte sie.

Lili strich über den Arm ihres Mannes, und er straffte sich. »Du machst besser das Beste draus, Saint James, ein weiteres Gespräch wird es nämlich nicht mehr geben.«

»Jack, bitte. Nicht jetzt!«

Tad lehnte sich zu Jules. »Kriegst du das hin? Ich könnte bleiben.« Wie gut er duftete!

Sie nickte leicht und stählte sich. Da musste sie allein durch. Nachdem er Simon einen letzten schneidenden Blick zugeworfen hatte, marschierte Jack mit Tad und Evan im Gefolge ins Haus und ließ sie allein mit ihrem Ex zurück, der gar nicht wirklich ihr Ex war. Rückblickend wurde ihr klar, dass sie nie seine Freundin gewesen war, sondern nur eine Möglichkeit zu schändlichem Gelegenheitssex. Vielleicht war sie ja nicht die Art Frau, die zu mehr inspirierte.

Er deutete auf einen Platz an dem großen und zum Teil

schon für den Brunch gedeckten Picknicktisch. Sie verkniff sich ein grimmiges Lächeln darüber, wie locker er in die Rolle des Gastgebers wechselte. Ihr Showmaster für das unangenehmste Gespräch des Jahrhunderts – Simon St. James, Ladys und Gentlemen!

Sie setzte sich und legte die kaltfeuchten Hände auf ihre Schenkel. Über ihnen kreiste die Stille wie ein Geier.

Am Tag ihrer letzten Begegnung hatte sie ihm von Evan erzählen wollen. Evan war zu dem Zeitpunkt gerade mal so groß wie ein Fingernagel – er war noch nicht mal ihr Evan –, doch er wuchs in ihr, versorgte sich mit Nährstoffen und bereitete ihr Übelkeit. Mehr als zwei Wochen hatte sie ihre Schwangerschaft für sich behalten, und zwar hauptsächlich, weil sich Simon in letzter Zeit ihr gegenüber anders verhielt. Er rief sie nicht mehr so oft an, hatte Ausflüchte, warum er sie nicht treffen konnte, strich sie nach und nach aus seinem Leben. Inzwischen war ihr das klar. Als er ihre Nachrichten zwei Tage hintereinander ignoriert hatte, schluckte sie die bittere Pille und fuhr zu ihm.

Als sie durch sein Restaurant ging, eines dieser Lagerhaus-Bistros in Islington, die Hand auf ihren noch immer flachen Bauch gelegt, hatte die freudige Erregung die Oberhand vor ihrer Furcht gewonnen. Klar, es war eigentlich zu früh, und Simon hatte ihr nichts versprochen, aber er würde ihr die Sorgen nehmen. Würde sie beruhigend in den Armen halten und ihr etwas kochen, ohne dass sie sich alle zehn Minuten übergeben musste. Er würde sie retten.

Die Frau, die sie in seinem Büro antraf, war von der Schönheit, wie Poeten sie beschrieben. Alabasterhaut, rabenschwarzes Haar, ausgestattet mit einem bereits in die

Wiege gelegten Selbstvertrauen. Ehe Jules etwas sagen konnte, sprang Simon vor und legte die Hand an ihren Ellbogen, um ihr seine Frau Magda vorzustellen.

Seine sehr schwangere Frau.

Jules ist Jacks Schwester, hatte er gesagt. *Und ist auf Jobsuche.*

In zehn Minuten hatte er sie zu nichts weiter reduziert als einer bedauernswerten Frau, die für die Jobsuche die Unterstützung ihres Bruders brauchte.

Daraufhin bugsierte er sie auch schon wieder aus dem Büro und gab währenddessen Erklärungen ab. Der Druck, dem er durch die Stunden in seinem Restaurant und seine Frau wegen ihres mit häufigen Transatlantikflügen verbundenen Jobs ausgesetzt waren, sei unerträglich gewesen. Daher hätten sie eine Beziehungspause eingelegt. Insofern hätte er sich durch seine Treffen mit Jules auch nichts zuschulden kommen lassen, doch die Situation sei heikel, das sehe sie doch ein? Der leiseste Hinweis auf ein Fehlverhalten – *Fehlverhalten!* – würde alles zerstören, zumal Magdas erste Schwangerschaft vor zwei Jahren so schwierig war.

Er hatte also schon ein Kind, und nun war ein weiteres mit seiner schönen, aristokratischen Frau unterwegs.

Und Jules' Liebe für ihn reichte so weit, dass sie seine Liebe nicht zerstören wollte. Wie aber hatte sie so dumm sein können zu denken, dass er sie verstand? Er hoffe, sie könnten Freunde sein – nicht gleich, aber sobald die Dinge mit Magda auf einem besseren Fundament stünden. Sie hatte ihm dieses distanzierte Lächeln geschenkt, das sie auch bei vergangenen Lovern schon aufgesetzt hatte. Der Mann, der sie so gut gekannt hatte, hatte den Unterschied nicht bemerkt.

Nun war er hier im Haus ihres Bruders und hob ihre Welt wieder aus den Angeln.

»Wie hast du es herausgefunden?«

»Vor ein paar Wochen hat in der *Times* ein Interview mit Jack gestanden, in dem er sich darüber ausließ, wie sein Leben nach dem Fame Game abläuft.« In seinem Ton klang eine Spur Neid mit, alles wie gehabt also. »Er hat über seine Familie gesprochen. Dich, seine Frau, seinen Neffen. Ich bin zu deiner alten Mitbewohnerin gefahren, die mir bestätigt hat, dass du schwanger warst, als du London verlassen hast. Habe im Internet über dich recherchiert und ein Foto von dir und dem Kind auf einer Hochzeit vor ein paar Monaten entdeckt. Die Ähnlichkeit ... nun, es gab keinen Zweifel.«

»Du hättest Bescheid geben können, dass du kommst.«

Er sah sie an, als wäre sie verrückt. »Ich habe dich angerufen, um dir die Chance zu geben, mir die Wahrheit zu sagen, aber nichts. Und in den letzten beiden Wochen habe ich dir Nachrichten hinterlassen.« Er dämpfte seine Stimme, doch seine Miene blieb wütend. »Du hast immer schon was von einer Göre gehabt. Hast herumgejammert, weil dich Jack nicht öfter besucht hat, weil du so eine schlimme Zeit hinter dir hattest. Das arme kleine Mädchen mit ihrem reichen und berühmten Bruder, das diesem Scheißjob in einem miesen Schuppen nachgeht und zu zeigen versucht, dass sie's draufhat. Du warst so verdammt dickköpfig, weshalb es mich nicht überrascht, dass du wieder darauf zurückgreifst. Was hast du gemacht? Bist heulend zu Jack gerannt, als aus uns beiden nichts geworden ist?«

Seine Worte hauten sie um. »Ich bin ja gekommen, um es dir zu sagen, du Blödmann, nur dass du da deine Frau bei dir hattest. Hätte ich mitten bei eurem kuscheligen Wiedersehen damit rausplatzen sollen? Hätte ich Magda erzählen sollen, dass das Kind, das sie erwartet, bald ein Brüderchen oder Schwesterchen bekommt?«

Der Einfachheit halber ignorierte er das. »Du hattest kein Recht, mir das vorzuenthalten, Jules. Der Kleine da drin ist mein Fleisch und Blut, mein Sohn.« *Sein Sohn.* Bei dem Gedanken wurde ihr übel. »Hättest du dich wie eine Erwachsene benommen anstatt wie eine verzogene Göre, dann hätten wir uns ein passendes Arrangement einfallen lassen können.«

»Ich brauche dein Geld nicht. Evan braucht von dir überhaupt nichts.«

»Ein Junge braucht seinen Vater. Und ich möchte in seinem Leben eine Rolle spielen.«

Ihr Herz krampfte sich zusammen. Plötzlich fühlte sie sich ganz klein und unbedeutend.

Verzweifelt suchte sie nach moralischer Überlegenheit. »Was ist mit Magda? Und deinem anderen Kind?«

»Wir sind geschieden.« Zum ersten Mal seit seiner Ankunft schien er sich unbehaglich zu fühlen. Immerhin! »Sie hat das Sorgerecht für alle drei Kinder.«

Drei Kinder. Das wurde ja immer schöner. »Ah ja, und da du deine eigentliche Familie nicht mehr siehst, möchtest du ein Stück von meiner.«

»Ich möchte ein Stück von mir, Jules«, versetzte er in entschiedenem Ton. »Wir können darüber reden, bis wir schwarz werden, aber wir wissen doch beide, was Sache ist. Du hast das Ganze vor mir geheim gehalten, das macht sich vor einem Richter gar nicht gut. Die Rechte der Väter sind gerade voll im Trend. Dein Bruder kann noch so viel Geld und Einfluss haben, den Zugang zu meinem Sohn kann er mir nicht verwehren.«

Er stand so schnell auf, dass der Tisch wackelte und Orangensaft über den Krugrand spritzte. »Zeit, erwachsen zu werden, meine Kleine, und Jacks Schürzenzipfel loszulassen. Ich bin noch bis Freitag hier.«

17. Kapitel

„Also, was ist der Plan?«, fragte Shane, der sich sichtlich unwohl fühlte. »Es gibt doch einen, oder?«
Sobald Simon abgedampft war, hatten sich alle um die Kücheninsel bei Jack und Lili versammelt. Jack verschränkte seine Arme, löste sie, verschränkte sie wieder. Jules ahnte, dass er kurz davor war zu explodieren.

»Wir werden dafür sorgen, dass er Evan niemals in die Finger kriegt«, sagte Jack mit eisiger Stimme.

»Jules, will er das denn?«, fragte Lili.

»Warum sollte er sonst hier sein?«, platzte es aus Cara heraus. Sie saß in einem Sessel, den kleinen Evan im Arm. »Er hätte sich doch nun wirklich schon früher melden können und ...«

»Er wusste nichts von Evan«, sagte Jules leise, und ihre Wangen begannen zu glühen. Sie hatte ihre Entscheidung, Evan von Simon fernzuhalten, kein einziges Mal bereut. Jetzt aber war ihr klar, wie das rüberkommen konnte. Jules, die Ehezerstörerin. Die Lügnerin. »Ich hatte meine Gründe.«

»Du hättest mir sagen sollen, dass Simon der Vater ist, Jules«, sagte Jack mit immer noch eiskalter Stimme. »Er ist verheiratet, hat Kinder und Familienpflichten.«

»Das habe ich aber nicht gewusst, als wir zusammen waren«, verteidigte sie sich. »In der Zeit ging es mir nicht besonders gut.«

Cara schnaubte angewidert. »Was für ein Arschloch!« Sie bemerkte zu spät, dass Evan sie hören konnte. Aber die Situation war nun mal ein riesiger Mist. »Er ist verheiratet und hat dich ausgenutzt.«

»Das hat er gar nicht«, erwiderte Jules. Sie freute sich zwar über ihren Beistand, wollte die Sache aber richtigstellen. »Klar, er hätte mir sagen sollen, dass er eine Frau hat. Aber für das, was passiert ist, bin ich genauso verantwortlich wie er. Es braucht nun mal zwei, um ein Kind zu zeugen.«

»Er kommt jedenfalls nicht in seine Nähe«, sagte Shane und blickte zu Jack. Der nickte ihm angespannt zu.

Tad hatte noch kein Wort zu Jules gesagt, sie noch nicht einmal angesehen, nachdem er ihr zu Hilfe geeilt war. Doch auch sein Zorn war deutlich spürbar.

Jack zog sein Telefon aus der Tasche seiner Jeans und sah Cara erwartungsvoll an. »Cara, wie heißt noch mal der Anwalt, der sich um die Annullierung eurer Ehe gekümmert hat?«

»Was soll das werden?«, fragte Jules.

»Ich kümmere mich um ein Kontaktverbot.«

»Jack«, sagte Lili in besänftigendem Ton. »Diese Entscheidung musst du schon Jules überlassen.«

Ihr Bruder sah sie erschöpft an. »Das möchtest du doch, Jules, oder? Dieser Mistkerl sollte nun wirklich nicht mitentscheiden dürfen, wie Evan erzogen wird, was er zu essen bekommt oder welche Schule er besucht. Der soll sich gefälligst raushalten!«

Jules spürte, wie sie langsam, aber sicher dichtmachte. Natürlich wollte sie auf keinen Fall, dass Simon ihr in Bezug auf Evan irgendetwas vorschrieb. Aber gleichzeitig konnte er ihr das Leben so schwer machen, wenn er wollte! Was, wenn er recht hatte und das Gesetz auf seiner Seite war? Wenn er versuchte, ihr Evan wegzunehmen? Sie brauchte dringend einen Moment für sich, um einen klaren Kopf zu bekommen.

»Wahrscheinlich.« Sie blickte auf und sah, dass Tad sie eindringlich musterte. »Tad, was denkst du?«

»Es ist deine Entscheidung, Jules.«

»Ich weiß. Aber deine Meinung interessiert mich.«

»Das glaube ich nicht.«

»Los. Jetzt sag schon.«

»Ich denke, dass Simon nun mal der Vater des Kindes ist. Und deswegen hat er ein Recht darauf, Evan zu sehen.«

Er sprach so ruhig, dass es beinahe schroff klang. Die Argumente der anderen bekam Jules kaum noch mit. Sie starrte einfach vor sich hin.

»Und das, obwohl er so mit mir umgegangen ist?«, fragte sie schließlich leise.

»Viele Kerle sind Arschlöcher, aber das heißt nicht, dass man ihnen ihre eigenen Kinder vorenthalten darf. Besonders, wenn sie nichts von ihnen wussten.« Tad klang eindeutig vorwurfsvoll.

»Ich hätte es ihm also sagen sollen?« Hatte sie denn nicht mehr als deutlich gemacht, was für ein mieser Kerl Simon war? Die schlimmen Details hatte sie zwar ausgelassen, aber Tad wusste doch eigentlich gut genug, wie fertig sie seinetwegen gewesen war.

»Dass du ihm nichts von Evan erzählt hast, kannst du jetzt nicht mehr ändern. Aber du kannst es in Ordnung bringen.«

Die Art und Weise, wie er sie ansah, raubte ihr den allerletzten Nerv. Plötzlich kam es ihr so vor, als wären es nur noch sie beide, die hier gegeneinander ankämpften.

»Ich soll es *in Ordnung bringen,* ja? Es wieder hinkriegen? Und wieso ausgerechnet ich? Er hat mich einfach fallen lassen, als wäre ich Abfall.« Sie hatte keinen Zweifel, wie Simon reagiert hätte, wenn sie ihm von der Schwangerschaft erzählt hätte.

Lass es wegmachen, Jules. Ja, genau das hätte er gesagt.

»Es geht jetzt aber nicht darum, wer du damals warst oder was er gemacht hat. Es geht darum, was das Beste für Evan ist.«

Jacks Gesicht war mittlerweile vor Wut dunkelrot angelaufen. »Und ein Typ, der seine schwangere Frau betrügt … Dieser Abschaum hat es also deiner Meinung nach verdient, dass wir für ihn den roten Teppich ausrollen und ihn in dieser Familie willkommen heißen? Nur über meine Leiche! Und wenn jemand anderer Meinung sein sollte, dann weiß er ja hoffentlich, wo er sich die hinstecken kann.«

»Jack«, warnte Lili ihn. »Jules hat ihn nun mal gefragt. Da kann er doch sagen, was er von der Situation hält.«

»Und ich darf sagen, wen ich hier im Haus haben möchte und wen nicht!«

Tad sprang auf und lief zur Tür, wo er sich kurz noch einmal umwandte. »Es wird dir vielleicht nicht gefallen, Jules, aber Simon ist nun mal der Vater. Dagegen kann auch Jack nichts machen.«

Rasch ging sie ihm nach und schloss die Tür hinter sich, um etwas Privatsphäre zu haben.

»Du denkst also, ich sollte ihm verzeihen?« Als sie sich daran erinnerte, wie sie in Simons Büro gestanden und er sie abgefertigt hatte, wurde ihr ganz flau im Magen. Sie wusste, dass sich daran auch nichts geändert hätte, wenn sie ihm von dem Baby erzählt hätte. Nicht, wenn er gerade so sehr auf eine Versöhnung mit seiner Frau aus war. Warum konnte ihr Freund Tad, der sie eigentlich in- und auswendig kannte, das nicht verstehen?

Tad umfasste ihr Gesicht, und eine angenehme Wärme durchströmte sie. Erst jetzt fiel ihr auf, wie kalt ihr zuvor gewesen war.

»Ein paar Dinge kann man nicht verzeihen, Jules. Und manche Entscheidungen lassen sich nicht rückgängig machen. Glaub mir, das weiß ich nur zu gut.« Es erschütterte sie, wie leer sein Blick war. »Aber in diesem Fall muss das nicht so laufen. Nur du allein kannst entscheiden, was richtig ist. Aber ich glaube, eigentlich weißt du das bereits.«

Tränen traten ihr in die Augen, und sie brachte die nächsten Worte nur mühsam heraus. »Ich dachte, ich wäre dir wichtig. Und Evan auch. Wie kannst du nur so etwas von mir verlangen?«

Er löste die Hände von ihrem Gesicht.

»Eigentlich will ich das ja selbst nicht. Ich bin total verrückt nach dir und Evan. Aber wenn jemand versuchen würde, mich von meinem Kind fernzuhalten, dann würde ich mit allen Mitteln dagegen angehen. Simon hat dir wehgetan, und jetzt willst du dich rächen. Das verstehe ich ja, aber du hast selbst gesagt, dass du kein Opfer bist, sondern verantwortlich für das, was passiert ist. Für alles Gute und für alles Schlechte auch. Deswegen darfst du auf keinen Fall Jack oder sonst jemanden diese Entscheidung treffen lassen. Dafür ist sie zu wichtig.«

Er klang zwar wie Simon, aber gleichzeitig viel klarer und vernünftiger. So war Tad eben. Doch das machte die Sache nicht einfacher. Was war nur aus dieser besonderen Verbindung geworden, die zwischen ihnen bestanden hatte?

»Ich brauche dich auf meiner Seite, Tad. Und ich brauche dich als Freund.«

»Ich werde immer dein Freund sein, Jules. Aber hier geht's nicht um Seiten oder Fronten, sondern um Evan. Und darum, für das Richtige einzustehen.«

Mit diesen Worten ging er davon.

Normalerweise mochte Tad die ruhige Stimmung, die morgens im leeren Restaurant herrschte. Sowohl im *Ristorante DeLuca* als auch im *Vivi's*. Aber heute wirbelten die Gedanken nur so in seinem Kopf herum und machten dabei einen riesigen Lärm.

Mittlerweile war es drei Tage her, dass er zuletzt mit Jules gesprochen hatte. So lange hatten sie es eigentlich noch nie ausgehalten. Aber es kam ihm sinnvoll vor, ihr ein wenig Raum zu geben, um zu einer Entscheidung zu gelangen, was für Evan und sie das Beste war. Gleichzeitig litt er wie ein Hund unter dem Schweigen, das zwischen ihnen herrschte. Wie gern hätte er sie in dieser schwierigen Zeit getröstet oder sie einfach nur in den Arm genommen!

Es wäre ein Leichtes gewesen, sich Jack und seinem Hass

auf Simon anzuschließen, einen auf Familienclan zu machen und Jules zu beschützen. Nun, in dieser Hinsicht hatte er eben noch nie besonders gut zu den DeLucas gepasst. Die aktuelle Situation bewies das einmal mehr.

Auf keinen Fall war er dabei, wenn es darum ging, einen Vater von seinem Kind fernzuhalten. St. James mochte ein Vollidiot sein, aber er war nun mal Evans Vater, und das zählte auch. Tad wusste nur zu gut, wie gefährlich falsche Entscheidungen waren.

Er klickte sich durch ein paar Tabellen auf seinem Laptop, um sich auf Stand zu bringen. Das *Vivi's* lief ziemlich gut, und vielleicht konnte er sogar mit der Bank über die Hypothek sprechen und dann seiner Schwester die Abfindung zahlen. Hätte er nicht vor einer Viertelstunde eine niederschmetternde E-Mail erhalten, hätte er wohl direkt eine Flasche Prosecco geköpft.

Tasty Chicago hatte eine vernichtende Kritik über das *Vivi's* veröffentlicht. Die neue Ausgabe war noch gar nicht in den Läden, aber Tad kannte jemanden in der Redaktion, der ihm die Bewertung seiner Bar vorab zugeschickt hatte. Mittlerweile kannte er sie auswendig.

Dass das Vivi's *sich so gar nicht von all den anderen hippen Bars in Wicker Park unterscheiden würde, hätte man nicht gedacht. Immerhin betreibt diese Weinbar kein anderer als Taddeo DeLuca, der berühmte Schöpfer der Bourbon Bomb und eines großartigen Gimlets, die im vergangenen Jahr beide zu den angesagtesten Cocktails in Chicago zählten. Leider schafft es das Vivi's tatsächlich, Wein zu einer verdammt langweiligen Angelegenheit verkommen zu lassen. Natürlich macht die Bar theoretisch alles richtig: junges Personal, das sich wie auf einem Catwalk durch die Räumlichkeiten bewegt. Eine Einrichtung, die einem panasiatischen Einrichtungsmagazin entsprungen zu sein scheint, und eine ganz passable Auswahl an Weinen – aber dennoch wurde ich als Weinkennerin mit einem sauren, fancy Geschmack in meinem Mund zurückgelassen. Bei meinem Besuch habe ich erfolglos versucht, die Nostalgie des Altbekannten zu genießen.*

Mr DeLuca mag von seiner Popularität in den sozialen Medien und seiner Verbindung zu einem gewissen Promikoch profitieren, echte Liebhaber des Rebensafts sollten sich jedoch besser eine andere Location suchen.

Morgen würde diese Barkritik erscheinen. Wie passend: Das war genau der Tag, an dem er eigentlich hatte untertauchen wollen. Es war der Todestag seiner Eltern.

Als hinter ihm Schritte erklangen, drehte Tad sich um und sah Jack mit grimmiger Miene auf sich zukommen. Er nahm an der Bar Platz und knallte die aktuelle Ausgabe von *Tasty Chicago* auf den Tresen. Offenbar hatte auch er so seine Verbindungen.

»Hab's schon gesehen.«

»Hieß es nicht, du könntest das schöne Geschlecht mit deinem Charme um den Finger wickeln?«

»Nun, sie hat eben nicht die Erfahrung gemacht, die sie erwartet hatte. Kann sich ja nicht jeder in meine Bar verlieben.« Tad verschränkte die Arme vor der Brust. »Warum sagst du denn nicht, worum es dir wirklich geht? Willst du nicht in Wahrheit wieder über meine Absichten deiner Schwester gegenüber sprechen?«

Jack holte tief Luft. »Was Männer angeht, hatte sie noch nie ein gutes Händchen. Leider.«

»Und mich hast du noch nie gemocht.«

»Ich finde dich schon in Ordnung, Tad. Aber was Jules betrifft, scheinst du mir kein echter Volltreffer zu sein. Okay, du bringst sie zum Lachen, und sie sieht dich auch immer ganz verzückt an. Aber ich habe nicht den Eindruck, dass du wirklich für sie da bist. Gerade hättest du doch die Gelegenheit gehabt, für sie einzustehen und sie zu beschützen. Aber stattdessen hast du dich auf die Seite des Kerls geschlagen, der sie wie Dreck behandelt hat. Was sollte der Mist?«

»Du weißt, dass es das Richtige ist!«, konterte Tad wütend.

»Das Richtige ist aber nicht automatisch das Beste. Der Typ hat bereits seine Frau und seine Kinder sitzen lassen, und jetzt sucht er nach einem Ersatz, um sich weiterhin wie ein echter Kerl fühlen zu können. Sobald er sich langweilt, wird er wieder verschwinden. Na, oder vielleicht taucht er auch alle paar Jahre auf und verwirrt Evan dadurch wahnsinnig. Denkst du wirklich, dass es so am besten ist?«

»Jack, wir wissen doch gar nicht, was die Zukunft bringt. Aber Cara und du hättet Jules definitiv nicht so überrollen dürfen! Diese Entscheidung muss Jules allein treffen. Kann sein, dass Simon ein richtig mieser Vater ist. Aber ihr müsst ihm wenigstens eine Chance geben.«

Jack sah ihn finster an. »Siehst du Jules dann also als deine Chance, endlich mal etwas hinzubekommen? Jahrelang hast du alles flachgelegt, was Beine hat. Und jetzt bist du auf der Suche nach einer Frau, dank der du dich wie ein besserer Mensch fühlen kannst.«

Wow, das hatte gesessen! Hätte Tad es nicht besser gewusst, hätte er fast gedacht, dass Jack die hässliche Wahrheit kannte. Aber auch wenn Jack einige schlechte Seiten hatte, war er doch niemals absichtlich grausam.

Tad zwang sich zu einem Lächeln.

»Wir sind Männer, Jack. Also sind wir ohnehin niemals gut genug für die Frauen, die wir wollen. Ist das nicht die vorherrschende Meinung?«

Vor einiger Zeit hatte Tad Jacks Avancen seiner Cousine Lili gegenüber ebenfalls misstrauisch beäugt. Besonders nachdem die wilde Knutscherei der beiden als Video im Internet aufgetaucht und viral gegangen war und dadurch einen riesigen Shitstorm ausgelöst hatte. Allerdings hatte ein einziges Gespräch mit Jack genügt, um Tad davon zu überzeugen, dass er sich Hals über Kopf in Lili verliebt hatte. Dass Jack ihm jetzt nicht einmal eine echte Chance gab, machte ihn fertig.

»Ich werde dir jetzt bestimmt nicht sagen, dass du dich von ihr fernhalten sollst«, sagte Jack mit weiterhin unbewegter Miene. »Aber wenn du schon so sehr darauf pochst, dass Menschen immer das ›Richtige‹ tun sollen, dann fass dir in dieser Hinsicht mal lieber an die eigene Nase.«

Jules brauchte jemanden ... der zu einhundert Prozent für sie einstand. Und dieser Jemand war Tad ganz bestimmt nicht.

Vielleicht war es ein Fehler gewesen, sie dazu zu ermutigen, sich mit St. James zu einigen. Der Typ war ein absolutes Arschloch und machte wahrscheinlich nichts als Ärger. Andererseits wusste eben niemand besser als Tad, wie hart es war, sich vergebens nach einer zweiten Chance zu sehnen. Wie es war, jemanden zu brauchen, der das eigene Potenzial erkannte, Möglichkeiten sah. Tatsächlich ging Tad mit St. James milder um als mit sich selbst.

Jack legte den Kopf schief und wartete darauf, dass Tad ihm zustimmte.

Kämpf um sie. Sag jedem, dass ihr zusammengehört.

Aber sie gehörten nicht zusammen und würden es auch nie tun. Jules glaubte nicht daran, dass Tad seine Aufreißergewohnheiten ablegen konnte, und durch die Diskussion um St. James hatte er vielleicht sogar ihre Freundschaft aufs Spiel gesetzt.

»Mach dir um mich mal keine Sorgen, Jack. Deine perfekte Familie wird durch mich nicht verseucht werden.«

Um ein Haar hätte er ihm zugezwinkert.

»Ich meine es ja gar nicht persönlich. Mir geht es nur um Jules«, erwiderte Jack schon etwas milder. War ja auch nicht schwer, wenn man gewonnen hatte. »Nach allem, was sie durchgemacht hat, muss ich einfach auf sie aufpassen. Verstehst du das?«

Es gab Millionen von Dingen, mit denen Tad hätte kontern können. Zum Beispiel mit dem Argument, dass Jack Jules selbst lange Zeit vernachlässigt hatte und das mit ein Grund dafür gewesen war, dass sie für St. James eine so leichte Beute gewesen war. Aber es war nun mal einfacher, das Gespräch an diesem Punkt zu beenden. Und Tad mochte einfache Lösungen.

Im Haus seiner Eltern stand noch eine Flasche Scotch herum, auf deren Rückseite sein Name stand. Außerdem konnte er noch ein paar Tage Urlaub nehmen, um diese Zeit zu überstehen.

»Ja. Ich hab's kapiert.«

18. Kapitel

Kochen war das Einzige, was Jules gerade trösten konnte. Also legte sie Mangos und Zitronen ein, bis ihr die Gläser ausgingen. Bereitete Ricottaravioli nach einem Rezept von Vivi zu. Und vermurkste eine weitere Fuhre Focaccia total.

Sie wollte mit ihrem besten Freund quatschen und den ganzen Nachmittag in seinen starken Armen liegen, während er ihr versicherte, dass sie das Richtige getan hatte. Aber sie kannte ja seine Meinung. Offenbar hatte sie einen Test, von dem sie nicht einmal gewusst hatte, dass sie ihn machte, nicht bestanden.

Drei Tage waren jetzt seit Simons dramatischem Auftritt vergangen, und sie hatte ihr Telefon ausgeschaltet. Die wohlgemeinten Ratschläge, die von allen Seiten auf sie einprasselten, trieben sie in den Wahnsinn. Sie und ihr Sohn brauchten dringend eine Verschnaufpause und ein bisschen Zeit zu zweit, um das alles gut zu überstehen. Sie wollte Simon auf keinen Fall in Evans oder gar ihr eigenes Leben lassen. Von daher hatte es sie sehr erleichtert, als

Jack das Ruder übernahm und sie die Entscheidung nicht mehr selbst treffen musste. Sollte sich doch jemand anderes darum kümmern. Ihr Bruder zum Beispiel. War er ihr das nicht schuldig?

Aber eigentlich hatte sie ja damit aufhören wollen. Mit dem Verleugnen ihrer Probleme. Dem Wegrennen. Damit, immer den Weg des geringsten Widerstandes zu gehen.

Leider bedeutete das ausgeschaltete Telefon auch, dass Leute sie unangekündigt besuchten. Und jetzt waren die Mädels da und wollten sie ein wenig aufheitern.

»Wenn du willst, kannst du ihn auch da drüben reinsetzen«, sagte Jules und deutete auf das Laufställchen im Wohnzimmer. Es erstaunte sie immer wieder, dass eine solch pingelige Frau wie Cara so gern Zeit mit diesem schmutzigen kleinen Kerlchen verbrachte. Inzwischen hatte Evan, der auf ihr herumkletterte, ihre perfekte Frisur total zerzaust.

»Nein, ist schon okay«, sagte Cara. »Dir geht es doch gut, Evan, oder?«

»Komm, gib ihn mir«, sagte Lili. »Immer übertreibst du es! Wenn ich deinen Göttergatten noch einmal darüber klagen höre, dass du nicht weißt, wann Schluss ist, werde ich wahnsinnig!« Sie bugsierte Evan von Caras Schoß auf ihren eigenen. »Hat Simon sich noch mal gemeldet, Jules?«

Die schüttelte den Kopf. »Nachdem er das Ultimatum gestellt hat, ist er einfach abgetaucht und hat seitdem keinen Ton mehr von sich gegeben. Er ist noch bis Freitag in der Stadt, hat er gesagt.«

Simon brauchte sich auch gar nicht zu melden, schließlich hatte er schon genug gesagt. Er hatte ihr vorgeworfen, dass sie sich ständig darüber beschwere, dass Jack sie nicht besuchte, und das stimmte. Ihr war immer klar gewesen, dass Simon Jack als eine Art Konkurrenz betrachtete und dass er ihn gleichermaßen bewunderte und verachtete. Simon hatte ihr zugehört, wenn sie darüber klagte, dass Jack nicht nach London kommen konnte, weil er zu beschäftigt mit seinem Restaurant in Miami oder mit der Einarbeitung seines neuen Hilfskochs war. Er hatte sie gegen Jack aufgehetzt, und sie hatte sich in ihrem Elend gesuhlt, nur weil Jack ihre Gedanken nicht lesen konnte.

Aber ihr Bruder hatte seine damaligen Versäumnisse längst wieder wettgemacht, und ihr Verhältnis war nie besser gewesen. Und jetzt wollte er Simon dafür büßen lassen, dass er es gewagt hatte, die Schwester des großen Jack Kilroy zu berühren.

War sie bereit dafür? Wollte sie diesen Mann einfach voll auflaufen lassen? Als er sie damals quasi vor die Tür gesetzt hatte, hatte sie sich wirklich wie der letzte Dreck gefühlt.

Andererseits hatte sie sich auch nicht richtig gewehrt. Sie hätte für sich einstehen und von ihm verlangen können, dass er sie respektvoll behandelte und sich auch Evan gegenüber anständig verhielt. Stattdessen hatte sie den feigen Weg gewählt. Wie ein kleines Mäuschen hatte sie sich hinter ihrem großen Bruder versteckt.

»Ich mache mir eigentlich mehr Sorgen darum, wie Jack reagieren wird, wenn ich Simon doch noch mal ins Spiel bringe.«

Mit glänzenden Augen richtete Lili sich auf. »Du weißt ja, wie verrückt ich nach Jack bin. Aber bei uns auszuziehen war die klügste Entscheidung, die du treffen konntest. Und das Nächstklügste war, bekannt zu geben, dass du auf der Suche nach einem Mann bist.«

»Definitiv«, stimmte Cara ihr zu.

»Wenn du uns natürlich gleich gesagt hättest, dass du es auf unseren Cousin abgesehen hast, hätten wir uns alle eine Menge Zeit sparen können.« Sie hob die Hand, um Jules' schwachen Protest im Keim zu ersticken. »Über Tad sprechen wir dann später und gönnen uns dazu irgendein fruchtiges, alkoholhaltiges Getränk! Was deinen Bruder angeht: Der hat nun mal ein ziemlich mächtiges Ego, und manchmal muss man ihn etwas bremsen. Ich sage ja nicht, dass Tad recht hat. Aber es stimmt auf jeden Fall, dass *du* diese Entscheidung für dich und Evan treffen musst. Wir würden dich niemals verurteilen, und niemand kann behaupten, dass er in so einer Situation nicht dasselbe getan hätte. Aber Jack sollte in diesem Punkt nicht das Sagen haben. *Capische?*«

Langsam wurde genau das auch Jules klar. Sie brauchte Jack nicht für diese Entscheidung. Und Tad auch nicht. Inwiefern Simon Teil von Evans Leben sein sollte, würde von den Leuten entschieden werden, die die Sache wirklich betraf.

Von seinen Eltern.

Das kleine Kerlchen hatte nun einmal zwei. Simon St. James war ein Idiot, aber sein Sperma hatte zur Zeugung ihres wunderschönen Sohnes geführt, und dafür war sie dankbar. Er hatte ihr ein Geschenk gemacht – zwar nicht absichtlich, aber das änderte ja nichts an der Tatsache. Sie musste die Sache in Ordnung bringen.

»Wie geht es denn meinem lieben Bruder gerade?«

Lili seufzte. »Ach weißt du, er hasst es eben, wenn er eine Situation nicht im Griff hat. Diese Simon-Angelegenheit in Kombination mit der Tatsache, dass es bei uns mit dem Kinderkriegen noch nicht geklappt hat, macht ihn ziemlich nervös.«

Cara und Jules warfen sich einen Blick zu, und sie warteten ab, ob Lili ins Detail gehen würde. Sie behielt ihre Probleme meist für sich, deswegen wollten sie sie auf keinen Fall drängen.

»Warum schaut ihr euch denn so an?«, wollte Lili wissen.

»Ach, nur so«, erwiderten Cara und Jules wie aus einem Munde.

»Der Sex ist also noch nicht zur Routineangelegenheit geworden?«, erkundigte sich Cara. »Eisprungkalender und Beischlaf nach Termin können ja manchmal dazu führen.«

»Das musst du gerade sagen. Du hast ja nach drei Versuchen schon begonnen, die Farben fürs Kinderzimmer auszuwählen.« Lili vergrub ihr Gesicht in Evans Haarschopf. »Sorry. Ich wollte nicht schnippisch sein.«

Cara bemühte sich darum, nicht zu selbstgefällig dreinzublicken.

»Also, unser Sexleben ist immer noch megaheiß, und ich stehe nach wie vor wahnsinnig auf meinen Ehemann«, sagte Lili. »Mehr habe ich dazu nicht zu sagen.«

Jules erschauerte. »Igitt! Können wir es bitte lassen, so über meinen Bruder zu reden?«

»Okay, kommen wir doch stattdessen zu Tad!«, sagte Lili mit funkelnden Augen. »Das ist viel spannender.«

Jules sah sie finster an. »Vielleicht sollten wir es zur Regel machen, dass wir grundsätzlich nicht über das Liebesleben irgendwelche Männer sprechen, die den Nachnamen Kilroy oder DeLuca tragen.«

Cara lehnte sich zu Lili und hielt Evan die Ohren zu.

»Schön, dann bleibt wohl nur Shane übrig. Der im Bett immer noch abgeht wie eine Rakete.«

»Herrje… Könntest du bitte die Klappe halten?«, quiekte Jules. »Shane ist quasi mein Bruder, und ich will wirklich kein Wort über seinen magischen Schwanz hören!«

Alle drei prusteten vor Lachen.

»Also, dann ist unser Sexleben ab jetzt in unseren Gesprächen tabu«, meinte Lili und biss von ihrem Toast ab, das mit Mango-Minz-Chutney bestrichen war. »Hm, das ist vielleicht lecker! Du solltest es in Gläser abfüllen und verkaufen.«

Tatsächlich musste Jules sich dringend Gedanken darüber machen, wie es weitergehen sollte. Im *Vivi's* konnte sie nicht mehr arbeiten, ein neuer Plan musste her.

»Hast du denn noch mal mit Tad gesprochen – ganz asexuell, meine ich?«, erkundigte sich Cara, als könnte sie Gedanken lesen. »Ich kann kaum fassen, dass du das geheim gehalten hast. Von wegen Fitnessstudio …«

Jules seufzte. »Wir haben uns gestritten, und irgendwie habe ich das Gefühl, dass es jetzt nie wieder sein wird wie vorher. Er hebt nicht mal mehr ab, wenn ich ihn anrufe.«

»Wahrscheinlich hätte er das alles etwas besser hinkriegen können. Aber eigentlich glaube ich, dass es in erster Linie um Jack ging«, sagte Cara. »Zwischen den beiden gab es deinetwegen immer Spannungen, und als Tad gemerkt hat, dass du Jack das Kommando überlässt, hat das irgendetwas in ihm getriggert.«

Lili wirkte aufgewühlt. Für sie war Tad wie ein Bruder, und es tat ihr weh, dass ihre zwei liebsten Männer nicht miteinander auskamen.

»Was genau bereitest du da eigentlich gerade zu?«, fragte Lili Jules neugierig. Ein geschickter Themenwechsel!

Jules hielt ein Rezept in die Luft, das sie sorgfältig aus Vivis Kochbuch entfernt und in eine Plastikhülle gesteckt hatte. Sie empfand eine seltsame Nähe zu der Frau und bedauerte es sehr, dass sie sie nie kennenlernen würde.

»Es ist ein Rezept für *braciole*.« Als sie es letzte Woche ausprobiert hatte, war es total schiefgegangen. Heute aber würde es klappen!

»Es sieht alt aus. Hast du es von Dad?«

»Es ist von eurer Tante Vivi. Frankie hat mir ihr Kochbuch ausgeliehen.« Jules spürte einen Kloß im Hals. »Wie war Vivi denn so?«

»Ihr Name sagt eigentlich alles«, meinte Cara wehmütig. »Sie war der Mittelpunkt jeder Party, hat immer gelacht und mit allen gescherzt. Wenn sie da war, war gleich mehr Leben in der Bude. Sie hat gesprudelt wie Prosecco. Als sie fort war, war irgendwie die Luft raus, weißt du?«

Jules nickte und wunderte sich ein wenig über Caras poetische Beschreibung. Das war doch sonst nicht ihre Art! Aber sie verstand, wie sie es meinte. Genau so ging es ihr, wenn Tad einen Raum verließ oder sie ihn lange nicht gesehen hatte. So wie jetzt.

»Ich weiß, dass Tad ihr sehr nahestand. Was war mit seinem Vater?«

»Wenn du schon denkst, dass Tony eine harte Nuss ist«, sagte Lili, »dann hätte es dir bei Onkel Rafe echt die Schuhe ausgezogen.«

Cara nickte zustimmend. »Rafe war Koch, genau wie Dad. Sie haben gemeinsam das *Ristorante DeLuca* geführt, und er wollte mehr für seine Kinder. Wollte, dass Tad aufs College geht und so den amerikanischen Traum eines Einwanderers verwirklicht. Was für ein Quatsch. Ich meine, natürlich konnte Tad eigentlich nichts davon abhalten, ebenfalls Koch zu werden, aber für Tad ist Familie nun einmal wahnsinnig wichtig. Deswegen waren dann auch die Pläne seines Vaters für ihn maßgeblicher als seine eigenen Wünsche.«

Jules verstand diese Seite an Tad immer besser. Der Gedanke, dass man einen Vater von seinem Kind fernhalten konnte, hatte ihn wahnsinnig aufgewühlt. So sehr, dass er sich gegen die Meinung der anderen DeLucas und der Kilroys gestellt hatte. Das Wort »ehrenhaft« war Jules in Bezug auf Tad nie in den Sinn gekommen. Jetzt aber wurde ihr klar, dass dieser Begriff ihn perfekt beschrieb.

»Er hat all seine Nachmittage im *Ristorante* verbracht. Tony hat ihn dazu ermutigt, weil er ja sowieso wollte, dass jemand das Restaurant eines Tages übernimmt. Aber Rafe hat darauf bestanden, dass das nicht sein Sohn sein würde. Er wollte, dass Tad später mal irgendeinen furchtbar wichtigen Beruf haben und alle stolz machen würde, als Anwalt oder Architekt etwa. Sie haben deswegen die ganze Zeit gestritten, und irgendwann hat sich Vivi eingeschaltet und Tad davon überzeugt, dass er zumindest seinen Abschluss machen soll. Wenn er den erst einmal in der Tasche hatte, sollte er selbst entscheiden, was er aus seinem Leben macht. Na, und dann hatten sie den Unfall, und er …«

Cara runzelte die Stirn.

»Und er hat … was?«, fragte Jules.

»Tad war danach ein paar Jahre lang ziemlich orientierungslos. Unser Verhältnis war damals nicht sonderlich eng, aber ich kann mich noch daran erinnern, wie er mich in New York besucht hat. Zuvor war er anderthalb Jahre lang durch die Gegend gereist, war in Thailand, Laos, Vietnam und einer Menge anderer Länder. Als er plötzlich in meinem Studentenwohnheim vor mir stand, habe ich ihn tatsächlich nicht erkannt. Er war spindeldürr, seine Haut tief gebräunt, und er hatte sich einen langen Bart wachsen lassen. Er sah aus, als hätte er auf einer einsamen Insel gehaust – so wie Tom Hanks in diesem Kinofilm.«

Lili sah sie besorgt an. »Das wusste ich nicht. Damals hat er mich zwar alle paar Monate angerufen, aber mir war nicht klar, dass er dich besucht hat.«

»Yep. Ich habe ihn ein paar Tage bei mir untergebracht und einige Seminare geschwänzt, um Zeit mit ihm verbringen zu können. Aber viel reden wollte er nicht. Irgendwann hat er sich rasiert, neue Klamotten gekauft und ist dann weiter nach Italien geflogen. Er hat dort in der Toskana bei einem Metzger und außerdem als Saisonarbeiter auf einem Weingut gearbeitet. Hat Trauben geerntet und alles über Wein gelernt.«

Jules sah Tad vor sich, wie er unter dem makellosen blauen Himmel die Trauben von den Rebstöcken pflückte und seine Augen mit der Hand vor der Sonne abschirmte. Wie er nach dem Frieden suchte, den er noch immer nicht gefunden hatte.

»Er hat mir erzählt, dass er am Abend vor dem Unfall mit seinem Vater gestritten hat. Scheinbar hat er ein paar üble Dinge zu ihm gesagt und nie die Chance gehabt, sie zurückzunehmen oder sich zu entschuldigen. Aber bestimmt haben seine Eltern trotzdem gewusst, dass er sie liebt. Ich wünschte, Tad wäre sich dessen bewusst. Ganz egal, was er zu seinem Dad gesagt hat.«

Cara sah sie unbehaglich an. »Das ist noch nicht alles.«

»Was meinst du?«

Lili schaltete sich ein. »Er gibt sich selbst die Schuld.«

Jules lief ein eiskalter Schauer über den Rücken. »Aber warum? Er war doch nicht einmal dabei.«

Cara schluckte. »Sie wollten ihn abholen. Man hatte Tad festgenommen, weil er eine Prügelei angezettelt hatte.«

Jules' Knie wurden butterweich, und sie musste sich an der Spüle festhalten. Dann ließ sie sich auf einen Stuhl am Küchentisch fallen.

»Was ist passiert?«

»Ach, bei ihm lief es eigentlich gerade sehr gut«, fuhr Cara fort. »Er hat gute Noten bekommen und zählte zu den besten Studenten. Du kannst dir nicht vorstellen, wie satt ich damals all diese Vergleiche hatte! Na, er hat jedenfalls sein erstes Jahr mit Bravour bestanden und musste wahrscheinlich einfach ein wenig Dampf ablassen. Also hat er sich in einer Bar mit dem Sohn eines Cops angelegt – vermutlich ging es dabei um eine Frau, so wie ich Tad kenne – und im Handumdrehen saß er auch schon auf einem Polizeirevier in der South Side. Und genau dort wollten Vivi und Rafe ihn abholen.«

In Jules zog sich alles zusammen. Wahrscheinlich hatte Tad sich nicht wegen des anstrengenden Jahrs geprügelt, das hinter ihm lag, sondern wegen des vorangegangenen Streits mit seinem Vater.

»Und dann ist es passiert«, murmelte sie.

»Es war so ein willkürlicher Tod.« Lili standen Tränen in den Augen. »Irgendein Typ ist bei Rot über die Ampel gefahren. Vivi war sofort tot. Onkel Rafe wurde noch ein paar Stunden lang künstlich am Leben erhalten, und

Dad musste schließlich entscheiden, dass die Geräte abgeschaltet werden sollen. Alle waren am Boden zerstört. Gina, Dad ... Aber niemanden hat es so sehr getroffen wie Tad.«

Wie war es wohl, wenn jemand starb, den man wahnsinnig liebte? Wenn man das Gefühl hatte, dass auch das eigene Leben mit einem Schlag endete? Wahrscheinlich ginge es ihr auch so, wenn Jack oder Evan etwas passieren würde. Das wäre ein Gefühl, als würde man einen Teil von ihr lebendig begraben. Jules schob den schrecklichen Gedanken beiseite.

»Aber er weiß doch sicher, dass es nicht seine Schuld ist? Ich meine, das hat ihm doch jemand gesagt, oder?«

Cara öffnete und schloss ihren Mund.

»Klar haben wir es ihm gesagt«, sagte Lili eine Spur zu spät. »Er weiß es. Ich meine, ich habe versucht ...«

»Yep, aber hat es irgendjemand ganz direkt zu ihm gesagt? Dass seine Eltern ihn geliebt haben?« Dass sie ihn geliebt haben, ganz egal, was zwischen ihnen vorgefallen war.

Lili kaute auf ihrer Unterlippe herum. »Er hatte direkt nach dem Unfall noch einen heftigen Krach mit Tony. Auch da wurden hässliche Dinge gesagt. Um ein Haar hätte es eine Schlägerei auf der Beerdigung gegeben, aber zum Glück haben sie sich noch zusammengerissen.« Sie warf ihrer Schwester einen schuldbewussten Blick zu. »Er gehört zur Familie, also weiß er, was wir denken. Wie sehr wir ihn lieben.«

»Himmel, ihr habt es wirklich nicht so damit, eure Gefühle zu zeigen, oder?«

Cara schenkte ihr ein knappes Lächeln. »Ich weiß. Wir sind nicht so ... demonstrativ. Bei uns geht es dauernd ums

Essen und die Familie und darum, dass Blut dicker ist als Wasser. Wir müssen das nicht laut aussprechen. Wir fühlen das hier.« Sie tippte mit zwei Fingerspitzen auf ihre Brust. Ein paar Zentimeter über dem Herzen, aber Jules verstand die Geste auch so.

Aber jetzt kochte Tad nicht mehr. Und sobald der Name seiner Mutter fiel, verdunkelte sich sein Blick. Wahrscheinlich steckte er immer noch an diesem finsteren Ort fest, an dem Frieden und Akzeptanz unmöglich waren.

Er brauchte dringend einen Freund oder eine Freundin. Noch mehr aber brauchte er ihr Herz.

19.
Kapitel

Tad war nicht im *Vivi's* und hob nicht ab, wenn sie ihn anrief. Kennedy hatte gesagt, dass er am Abend zuvor unmissverständlich klargemacht hatte, dass er nicht erreichbar war und man sich bei auftretenden Problemen an Derry wenden sollte.

Das Haus wirkte abgeriegelt und verlassen. Sie klopfte. Keine Antwort. Jules trat einen Schritt zurück, ging ihre Optionen durch und meinte plötzlich, eine Bewegung hinter einer der heruntergelassenen Jalousien zu sehen.

Sie klopfte so lange, bis ihr die Fingerknöchel wehtaten.

»Tad, ich muss mit dir reden!«

Nichts als Stille.

Kurz entschlossen zog sie den Schlüssel aus ihrer Handtasche, den Frankie ihr vor einer halben Stunde mit einem knappen Nicken überreicht hatte. Sie hatte keine Fragen gestellt. Die Tür sprang auf, und sie trat in den dunklen Flur, in dem Tad sie vor ein paar Tagen noch so stürmisch genommen hatte.

Die Wohnzimmertür öffnete sich.

»Was willst du hier?« Tads Stimme klang, als wäre sie eingerostet. Als hätte er sie einige Tage lang nicht benutzt.

Sie trat näher und konnte Alkoholdunst riechen. Als sie die Wohnzimmertür anstupste, schwang sie zu ihrer Erleichterung auf.

»Es ist so dunkel«, sagte sie und wollte automatisch auf den Lichtschalter drücken.

»Lass das«, herrschte er sie rau an. Es war gerade hell genug im Raum, um eine Flasche auf dem Tisch zu erkennen. Ein paar Pizzakartons und ein Laken auf dem Sofa. Sie musste seinen Körper nicht sehen. Seine Formen kannte sie auswendig, besser als jedes Rezept.

Sein Schweigen gab ihr zusammen mit der Dunkelheit die Chance, kurz über ihn nachzudenken. Aber schon bald hatte sie entschieden, dass sie nicht mit einem Schatten sprechen wollte. Also ging sie zum Fenster und zog die Jalousie ein wenig nach oben. Helle Lichtstrahlen fielen ins Zimmer.

Tads Anblick bei Tageslicht war ein Schock. Seine Augen waren blutunterlaufen, und die Bartstoppeln ließen ihn wie einen Piraten aussehen. Ja, er wirkte, als hätten die Geister der Vergangenheit ihn heimgesucht.

Sie nahm neben ihm Platz, nah genug, dass sie ihn hätte berühren können. Aber sie tat es nicht, obwohl ihr ganzer Körper von der Nähe zu ihm kribbelte. Würde es ihr in seiner Gegenwart immer so gehen? Wahrscheinlich. Ganz bestimmt.

»Ist mit Evan alles in Ordnung?«, fragte er mit seiner rauen Whiskey-Stimme.

»Ja, ihm geht's gut.«

Tad vergrub seine Hand in ihrem Haar und zog sie sanft an sich.

»Es tut mir leid, dass dieser Bastard dir wehgetan hat und ich dich dann gleich wieder mit diesem Thema überrollt habe. Ich werde dafür sorgen, dass dich nie wieder jemand verletzt.« Er ließ sie los und streichelte sanft ihre Wange. »Mich eingeschlossen.«

Sofort war Jules alarmiert. »Tad, sag mir, was los ist.«

»Du solltest gehen, Jules. Ich muss allein sein.«

»Nein, musst du nicht.«

Er fuhr sich mit dem Handrücken über den Mund und sah sie gleichgültig an. Diesen Blick kannte sie schon von Männern, die sie loswerden wollten. Typen, bei denen sie nicht mehr willkommen war.

Aber es war ihr egal.

Er konnte sie so finster anschauen und so unfreundlich anraunzen, wie er wollte, sie würde nicht gehen. Er liebte sie. Das wusste sie genau. Tad hatte als Einziger den Mut besessen, ihr zu sagen, wie feige sie mit Simon umging. Er hatte ihre Freundschaft riskiert, indem er gegen den Strom schwamm, es sich unbequem machte. Wenn das keine Liebe war – was dann? Jack mochte davon überzeugt sein, dass er das Beste für sie tat, und natürlich orientierten sich die anderen an ihm. Nicht aber Tad.

»Du solltest nicht hier sein, Jules. Ich will das nicht.«

»Cara und Lili haben mir erzählt, was damals passiert ist.«

»Ich …« Er schüttelte den Kopf. »Ich kann das nicht, Jules. Vielleicht in ein paar Tagen. Wenn ich es überstanden habe.«

»Nein, jetzt. Ich bin da, egal, was du von mir brauchst.«

Ja, sie würde dem Mann beistehen, der auch ihr schon so oft geholfen hatte.

»Ich weiß, dass das unglaublich wehtut«, sagte sie. »Und ich weiß, dass du sie vermisst.«

Er sah sie mit feuchten Augen an. »Klar, das tue ich. Aber das ist nicht alles.«

»Was ist es noch? Erzähl's mir.«

»Ich vermisse mich selbst. Den Tad, der ich früher einmal war. Manchmal blitzt mein altes Ich kurz auf, wenn ich gerade mit Lili Witze reiße oder mit Shane einen trinken gehe. Aber am häufigsten geht es mir so, wenn du bei mir bist. Mit dir …«, er strich mit den Fingern durch ihr Haar und zog sie an sich, »… mit dir fühle ich mich ganz. Und gut. Du bist so schön, Jules. So perfekt. Ich könnte dir voll und ganz verfallen, mich in dir verlieren, dich eine Weile ausnutzen, um mich wieder besser zu fühlen. Ich könnte nehmen und nehmen und nehmen.«

Es schnürte ihr die Kehle zu. »Dann mach das. Nimm, was auch immer du brauchst. Ich bin hier.«

Kurz dachte Jules, dass er wieder dichtmachen würde. Aber dann neigte er den Kopf zu ihr, sodass sich ihre Stirnen berührten. Scheinbar brauchte er diesen Hautkontakt, um weitersprechen zu können.

»Mein Vater dachte, ich hätte das absichtlich gemacht. Also, dass ich mich nach unserem Krach absichtlich geprügelt habe. Um gegen ihn zu rebellieren, gegen seinen Wunsch, einen erfolgreichen Sohn zu haben.«

Sie strich sanft über seinen Rücken, um ihn zum Weiterreden zu ermutigen.

»Ich dachte eigentlich, dass meine Mutter mich abholen würde, aber nach einer Stunde war noch immer niemand da. Dann waren irgendwann zwei vergangen. Ich schlief ein, den Kopf auf der Schulter irgendeines Penners. Als ich aufwachte, führte man mich ins Verhörzimmer. All die Treppen hinauf, durch endlos viele Türen. Ich dachte schon, sie wollen mich jetzt mit Anschuldigungen überhäufen, weil ich so eine große Klappe habe und dieser irische Cop mir ja bereits angekündigt hatte, dass er mir das Leben zur Hölle machen würde. Aber als ich ins Zimmer kam, saß Tony dort am Tisch. Es gibt ja diesen Ausdruck ›aschfahl‹. Aber erst, als ich sein Gesicht gesehen habe, wusste ich, was das wirklich bedeutet. Und dann hat er mir gesagt, dass sie tot sind.«

Er holte tief Luft, brach den Atemzug dann aber ab, als wäre es alles zu viel für ihn. Jules fragte sich, ob dieses Gespräch auch ihre Kräfte überstieg. Nein. Tad brauchte sie jetzt, sie musste stark für ihn sein.

»Tad, du weißt, dass es ein Unfall war. Du bist doch klug genug, um zu wissen, dass es nicht deine Schuld war.«

Er vergrub das Gesicht in den Händen, und ein paar herzzerreißende Sekunden vergingen.

»Mein Herz sagt aber etwas anderes. Es weiß, was ich getan habe, und ich spüre das auch, wenn Tony mich ansieht. Ich war verantwortlich für den Tod seines Bruders, und eine Zeit lang konnte ich ihm nicht mehr vor die Augen treten. Keinem von ihnen. Bei der Beerdigung hatten Tony und ich einen Streit. Er hat gesagt, ich sei eine Enttäuschung. Er meinte ...«

»Er hat getrauert.« Sie musste gar nicht hören, was er noch gesagt hatte. Jules kannte Tony gut genug, um es sich vorstellen zu können.

»Als ich zurückgekommen bin, hat Frankie mir einen

Job im *DeLuca* gegeben. An der Bar. Ich wollte eine Arbeit, bei der ich nicht nachdenken muss.«

»Warum hast du nicht woanders gearbeitet?«

»Hm, ich habe zwar gesagt, dass ich nicht nachdenken wollte. Aber in Wahrheit wollte ich einfach nicht vergessen. Mein Schmerz sollte mich Tag für Tag daran erinnern, was für ein krasser Versager ich bin. Mein Vater hielt mich für einen und Tony auch. Der Schmerz hat tatsächlich dafür gesorgt, dass ich nicht verrückt werde. Jedes Jahr war es irgendwann so weit, dass ich wusste, ich würde explodieren, wenn ich mich nicht so richtig zudröhne. Dann bin ich irgendwo hingefahren, wo niemand mich kannte, und habe mich dort ein paar Tage lang verkrochen. Wie ein Tier, das eine Verwandlung durchläuft. Manchmal habe ich so lange mit einer Frau gevögelt, bis ich nichts mehr gespürt habe. Gesellschaft habe ich in dieser Zeit nicht ertragen, und die paar Tage haben mir dabei geholfen, wieder klarzukommen – bis zum nächsten Jahr. Aber jetzt habe ich die Bar und musste deswegen zu Hause bleiben. Hier.«

Angesichts all dieses Schmerzes zerriss es Jules endgültig das Herz. »Tad, so kann es doch nicht weitergehen.«

»Willst du mir jetzt sagen, dass ich eine Therapie machen soll? Dass ich mit jemandem über alles reden muss?« Er atmete zittrig aus. »Das habe ich nach meiner Rückkehr nach Chicago gemacht. Und ich weiß, dass ich etwas anderes empfinden sollte, allerdings heißt das nicht, dass ich das auch kann. Aber es bedeutet, dass ich nicht der Mann sein kann, den du brauchst.«

»Das bist du aber längst.«

Er schüttelte den Kopf und ließ die Schultern sinken. Dann ließ er von ihrem Haar ab.

»Ich kann nicht für dich da sein, ich kriege ja nicht mal mein eigenes Leben richtig auf die Reihe. Du und Evan braucht jemanden, der stark und stabil ist, so wie Jack, Shane oder Tony. Einen Versorger und Beschützer.« Er legte die Hand auf seine Stirn. »Ich bin nur ein Schatten meiner selbst.«

»Was Evan um sich braucht, das sind Menschen, die ihn bedingungslos lieben. Und auch ich brauche keinen Mann, der uns versorgt. Okay, früher dachte ich vielleicht, ein Mann könne all meine Probleme lösen. Heute weiß ich, dass ich das selbst kann. Ich kann wunderbar für meinen Sohn sorgen. Was wir von dir brauchen, ist genau das, was du uns bis jetzt auch schon gegeben hast. Dein Herz, deine Liebe, einfach nur dich.«

Sie strich mit ihrer Daumenkuppe an seinem Kinn entlang, und er stöhnte leise auf. Jules drückte ihre Lippen auf sein Gesicht und strich damit über seine stoppligen Wangen, bis sie bei seinen Lippen angelangt war.

»Jules, bitte.« Er stöhnte laut auf, und sie begann an seiner Unterlippe zu saugen. Dann schob sie ihre Zunge in seinen Mund, und auf einmal küssten sie sich innig. Warum schmeckte er nur so gut? Gar nicht nach Alkohol und Bitterkeit. Aber es war nun einmal Tad, und die Chemie zwischen ihnen stimmte einfach.

Taddeo DeLuca gehörte zu ihr. Zu ihr allein.

Sie stieß ihn auf das Sofa und kniete sich rittlings auf ihn. Jetzt ließ sie dem Bad Girl, das in ihr steckte, freien Lauf. Nix da mit langsam und quälend. Das hier war dringend und musste schnell gehen. Jules rieb sich an seiner Erektion und zog seine Jogginghose ein Stück hinunter. Er war so schön, dass sie von dem Anblick ganz ehrfürchtig wurde.

Mit einem animalischen Knurren schob er ihren Rock hinauf.

Ratsch. Schon wieder ein Höschen kaputt. Immerhin war es für einen guten Zweck draufgegangen. Und schon war er in ihr, und sie hatte ihn ganz für sich. Tads Körper, seinen hellwachen Verstand, den einzigen Mann, der sie je durchschaut hatte. Genau das war es, was sie brauchte. Keinen Versorger, sondern einen Partner für alle Lebenslagen. Der mit ihr kochte, lachte, sie liebte. Ein Geben und Nehmen zwischen zwei Seelenverwandten.

Als sie sich zusammen bewegten und langsam ihren sinnlichen Rhythmus fanden, küsste sie ihn wieder. Sie brauchte diese Verbindung, die dadurch entstand, dass sie ihn berührte, wo sie nur konnte. Ihre Münder, ihre Oberkörper, überall verschmolzen sie miteinander. Mit dem Daumen strich er ihr zwischen den Beinen entlang, was sie so sehr erregte, dass sie in seinen Mund stöhnte.

»O Gott.«

»Eigentlich heiße ich Tad«, scherzte er, was sie so sehr zum Lachen brachte, dass sie beinahe an Tempo verlor.

Bereits wenige Sekunden später wurde ihre Erregung so unerträglich, dass sie sich von ihm lösen musste. Tad aber hatte sich die Sache anders vorgestellt. Er drehte sie um und legte sie auf den Rücken, um dann immer wieder mit langen, energischen Stößen in sie einzudringen. Er ballte seine Hand in ihrem Haar zur Faust und spreizte ihre Beine noch weiter, um sich noch tiefer in ihr versenken zu können.

Der Orgasmus ließ sie heftig erbeben, während sich die Hitze explosionsartig in ihr ausbreitete. Und es ging immer weiter und weiter und weiter, kein Ende in Sicht.

Ja, sie war eben ein echtes Bad Girl.

»Ich liebe dich«, sagte sie, als das Beben in ihrem Körper ein wenig nachließ. Sie flüsterte das nicht, sondern sagte es ihm direkt ins Gesicht. Er sollte nicht daran zweifeln, was sie für ihn empfand. Jules wusste, dass sie es ihm ganz klar und deutlich sagen musste. Lachen um Lachen, Streicheln um Streicheln hatte er sich ihr offenbart. Sie hatte den Tad, der sich in ihm versteckt hatte, freigelegt. Und er war alles, was sie sich jemals erträumt hatte.

Sie spürte, wie er zu zittern begann, obwohl er noch nicht gekommen war. Er war immer noch in ihr, hörte jetzt aber auf, in sie hineinzustoßen, und küsste sie stattdessen leidenschaftlich. Er schmeckte nach Mann, nach Zuhause und nach Salz. Tad schmeckte nach ... Tränen.

»Ich liebe dich«, sagte sie wieder, aber er schüttelte energisch den Kopf. »Nein, Jules. Sag das nicht. Das kannst du nicht.«

»Doch.« Und wie sie das konnte. Für immer.

Sie strich ihm mit ihren Daumenkuppen seine Tränen weg. »Ich liebe dich, ich liebe dich, ich liebe dich!« Sie sagte es immer wieder, während sie jeden Zentimeter seines Gesichts mit Küssen bedeckte. Sie liebte seinen sündigen Mund, seine starke Nase. Sie liebte jede seiner Bartstoppeln, jede Lachfalte um seine Augen.

Sie liebte diesen Mann.

Jules spürte, wie ihre Lust zurückkehrte. Eigentlich konnte das gar nicht sein, aber dieser Mann machte das Unmögliche möglich. Er stieß erneut in sie hinein, nahm sie unerbittlich und murmelte dann so leise etwas vor sich hin, dass sie schon dachte, sie hätte sich verhört.

»Es tut mir leid«, sagte er, ehe er lautstark kam.

Tad vergrub sein Gesicht in ihrem Nacken, während ihr Atem sich beruhigte. Allerdings nur ihr Atem.

Langsam löste er sich von ihr, zog seine Jogginghose hinauf und verließ das Zimmer.

Mist!

Noch ehe sie sich darauf einen Reim machen konnte, kam er auch schon mit einem Waschlappen in der Hand zurück. Er schob ihr zerrissenes Höschen beiseite und wusch sanft ihre Oberschenkel. Die Wärme fühlte sich himmlisch an, ganz im Gegensatz zu der Kälte, die er ausstrahlte.

»Du schuldest mir ein teures Höschen«, neckte sie ihn.

»Schreib's auf die Liste.«

»Tad ...«

»Besteht gerade die Möglichkeit, dass du schwanger wirst?«

Er klang so gleichgültig, dass es wehtat. Eigentlich hätte es sie nicht überraschen sollen. Es war ja eine ganz vernünftige Frage, aber ... Verdammt, sie wusste auch nicht, was in solchen Situationen normalerweise passierte.

»Ich nehme die Pille.« Nach der Geschichte mit Simon war sie vorsichtig geworden. Stellte den Wecker, machte sich Notizen. Sorgte dafür, dass so etwas nicht wieder vorkam.

Tad sah sie eiskalt an. »Und vorher nicht?«

»Doch, aber jetzt bin ich vorsichtiger.«

»Das hoffe ich.«

Sie sprang auf und zog gleichzeitig den Rock nach unten. »Mach das nicht!« *Es tut mir leid,* hatte er gesagt, kurz bevor er in ihr kam. Hatte er den Absprung etwa bereits geplant, noch während er mit ihr schlief?

»Jules«, sagte er so geduldig, als müsste er ihr etwas

Kompliziertes erklären. »Das, was gerade zwischen uns passiert ist, war einfach ein verrückter Moment. Die ganze Kiste zwischen uns besteht aus lauter solchen Augenblicken. Unser Techtelmechtel hat sich einfach aus den Umständen ergeben, aber jetzt ist es aus.«

»Ja, unsere Freundschaft mit gewissen Vorzügen mag vorbei sein, aber doch nicht *wir*. Das zwischen uns ist echt, und es geht gerade erst los.« Sie strich über seinen Nacken, um ihn ein wenig zu entspannen. »Ich weiß, dass du leidest. Aber mein Herz ist stark genug, für uns beide zu schlagen, bis deines wieder heil ist. Ich habe mit Jack und Simon auch schon viel durchgemacht. Ich habe sogar ein Kind zur Welt gebracht, um Gottes willen! Lass mich dir helfen.«

»Du kannst mir nicht helfen. Ich habe dir doch gesagt, dass du dich nicht in mich verlieben sollst. Und dass ich dir nicht das geben kann, was du brauchst!«

Jules fühlte sich schwach und ballte vor Wut die Hände zu Fäusten. Am liebsten hätte sie ihm eine schallende Ohrfeige verpasst. Vorsichtshalber trat sie einen Schritt zurück.

»Hast du nicht.«

»Was habe ich nicht?«

»Du hast nicht gesagt, dass ich mich nicht in dich verlieben soll. Ich kann mich vielmehr daran erinnern, dass *ich dir* gesagt habe, dass du das nicht sollst.«

Sie stemmte die Hände in die Hüften und bohrte die Kante ihres Flipflops in den Teppich. Den anderen hatte sie während der wilden Nummer auf dem Sofa verloren. »Und jetzt hast du dich in mich verliebt, du armer Kerl. Also reiß dich zusammen und komm klar damit.«

Er starrte sie aus blutunterlaufenen Augen ungläubig an. »Du bist verrückt.«

»Sag, dass du mich nicht liebst.«

Er ließ sich wieder aufs Sofa fallen. »Du weißt, dass ich dich liebe, Jules. Es ist doch völlig unmöglich, das nicht zu tun. Aber ich kann dich einfach nicht so lieben, wie du es bräuchtest.«

Sie schnaubte. »Was für eine Haarspalterei!«

»Wir machen das nicht, Jules. Du kannst mich nicht dazu überreden oder mich mit schlauen Argumenten dazu bringen, dir das zu geben, was du willst. Das haben wir doch schon vor Wochen geklärt! Du brauchst einen starken Kerl, der dich beschützen kann. Und ich werde alles dafür tun, irgendwie damit klarzukommen.«

»Soll das heißen, dass das gerade einfach eine schnelle Nummer für dich war, so wie mit all den anderen Schnitten, die du sonst während deiner Krisen vögelst? Dass du einfach ein bisschen Trost gebraucht hast, weil es dir schlecht geht?«

Er hob ihren zweiten Flipflop auf und warf ihn ihr zu. Reflexartig fing sie ihn auf.

»Wenn du das so sehen willst …«

Sie hörte ihm an, wie angespannt er war. Hörte die mangelnde Überzeugung in seiner lässigen Grausamkeit. Jules wusste, dass sie imstande war, Menschen von ganzem Herzen zu lieben. Aber es mussten beide Seiten ihren Teil dazu beitragen. Eine Zeit lang konnte sie Tad tragen und ihm in dieser schweren Zeit beistehen. Aber dazu brauchte sie zumindest das Signal von ihm, dass er das hier genauso wollte wie sie.

»Eigentlich wollte ich ja lieber auf Nummer sicher gehen und mich bloß nicht zu sehr verlieben, um echten Herzschmerz zu vermeiden. Aber nun ist es trotzdem passiert. Mit dir.«

»Jules, Honey.« Er klang, als wollte er eine verrückt gewordene Frau beruhigen, und sie warf ihm vor Zorn den Flipflop an den Kopf. Tad sah sie entsetzt an.

»Jules!«

»Halt die Klappe! Es ist nun mal so, und ich bin mir sicher, dass es mir irgendwann mit einem anderen Mann wieder so gehen könnte. Ich habe jede Menge Liebe zu geben, es muss nur die richtige Person daherkommen. Nämlich eine, die damit umgehen kann. Ich schwöre dir, du wirst nie wieder einer Frau begegnen, die dich so gut versteht wie ich. Ich bin das Beste, was dir je passiert ist, aber anbetteln werde dich ganz sicher nicht.«

»Das weiß ich. Du hast noch nie in deinem Leben um irgendwas gebettelt. Du bist die stärkste Person, die ich kenne, und du wirst über mich hinwegkommen. Das tun sie immer.«

Sie lief bei ihm gegen eine Wand. Mehr konnte sie nicht tun, und sie hatte sich schon viel zu oft vor einem Mann erniedrigt. Sie hatte es verdient, dass jemand um sie kämpfte und sie umwarb – der Mittelpunkt im Leben eines Mannes zu sein. Und solange Tad sich nicht einmal selbst liebte, konnte er sie tatsächlich nicht so lieben, wie es ihr zustand.

Nur die Überzeugung, dass ein Fünkchen Wahrheit in ihrer Rede steckte, hielt sie davon ab, einfach zusammenzubrechen. Nein, sie würde ihre Liebe nicht an einen Mann vergeuden, der sie nicht verdient hatte.

Eine Weile würde es schrecklich wehtun, aber schließlich würde sie über ihn hinwegkommen. Wenn sie ihm bei den Familientreffen immer wieder begegnete, würde sie irgendwann selbst gegen sein umwerfendes Lächeln immun sein. Sie würde sich an ihn gewöhnen, und dadurch würde er ihr irgendwann gleichgültig werden.

Auf dem Weg nach draußen suchte sie verzweifelt nach irgendeinem flotten Spruch, der sie aufrichtete, aber ihr fiel keiner ein. Im Flur tat sie kurz, was getan werden musste. Dann zog sie leise die Tür hinter sich ins Schloss.

20. Kapitel

Er schleppte sich unter die Dusche und schrubbte seinen Körper so lange ab, bis sich seine Haut genauso wund anfühlte wie sein Inneres.

Tad hatte Jules wehtun müssen, damit es ihr leichter fiel, ihn aufzugeben. Mit seinen Frauengeschichten hatte er ihr zeigen wollen, wozu er fähig war, aber sie wollte einfach nicht hören. Himmel, nicht einmal er wollte hören! Er war einfach durch und durch schlecht. Ein richtiges Arschloch.

Er ballte die Hände zu Fäusten und drückte sie gegen die Kacheln, während er das heiße Duschwasser seine Sünden abspülen ließ. Plötzlich sah er Jules vor sich, wie sie auf ihm saß. Kaum hatte er das Bild beiseitegeschoben, wurde es von einem ersetzt, bei dem sie sich unter ihm wand. Aber das war okay. Fantasien von Jules hatte er ja auch vorher schon gehabt. Er strich mit den Händen über seinen Körper und spielte an sich herum, während er an ihren süßen Mund, ihre rosafarbene Zunge und ihre Brüste dachte, die den Stoff ihrer Bluse spannen ließen.

Mittlerweile hatten sich allerdings noch eine Menge andere Bilder dazugesellt: Wie Jules lachte, während er mit ihr schlief, die clevere Art, mit der sie ihn in die Schranken wies. Wie weich ihr Gesicht wurde, wenn er ihr sagte, dass sie alles tun konnte. Wie sie seinen Schmerz einfach weggeküsst hatte und wie sie ihm versichert hatte, dass sie ihn liebte, und dabei seinen Schutzwall immer mehr zum Einstürzen gebracht hatte. Wie wahnsinnig verliebt er in sie war und wie gern er gemeinsam mit ihr und Evan eine Familie gegründet hätte! Eine richtige. Danach sehnte er sich mehr als nach allem anderen.

Shit, und jetzt würde sie das mit einem anderen tun. Er hatte ihr das Herz gebrochen, aber sie würde sich davon erholen. Damit hatte sie bereits in dem Moment begonnen, in dem sie durch die Tür verschwunden war. Er war es nicht wert, dass sie ihm auch nur eine Träne nachweinte. Jules würde sich einen Arzt angeln, vielleicht auch einen Feuerwehrmann oder einen Teppichverkäufer. Jemanden, der ihr Sicherheit bot. Natürlich würde der neue Typ sie niemals so sehr lieben wie er, aber es würde eine lange, stabile Beziehung sein.

Von dem Gedanken wurde ihm übel.

Zehn Minuten später ging er nach unten, um ein wenig übrig gebliebene Pizza zu essen. Plötzlich fiel ihm etwas ins Auge. Nein... Das konnte nicht sein. Auf dem Tisch im Flur lag Vivis Kochbuch und sah genauso mitgenommen aus, wie er sich fühlte. Die Schnur, die es zusammenhielt, war zerschlissen, die Seiten waren vergilbt und hatten Eselsohren. Als er es zum letzten Mal in Jules' Küche gesehen hatte, hatte er sich deswegen noch Chancen bei ihr ausgerechnet. Tja, daraus war nichts geworden.

Er nahm das Buch in die Hand und starrte an die Decke, als erwarte er eine Bestrafung.

»Ich habe es dieses Mal so richtig vermasselt, Vivi.«

Nichts, nur ein leichtes elektrisches Sirren in seinen Blutbahnen. Er schnupperte an den Seiten, die nach Vanille, Nelken und seiner Mom rochen. Seine Knie drohten nachzugeben, und er setzte sich auf die unterste Treppenstufe, um eine Weile einfach vor sich hin zu starren. Er drehte das Buch um. Starrte weiter.

Ein Blatt Papier fiel heraus, das zu einer Karte gefaltet war. Darauf prangte eine Kinderzeichnung, auf der ein Vater, eine Mutter und ein Kind zu sehen waren.

Der ach so fruchtbare Simon St. James.

Mit zitternden Fingern klappte er die Karte auf. Darin stand eine kleine Notiz. Nachdem er sie gelesen hatte, musste er plötzlich furchtbar lachen, was sich richtig befreiend anfühlte. Da hatte Jules es ihm wieder einmal richtig gezeigt!

Lek dich nicht mitt deiner besten Freundin an!, hatte sie geschrieben. Es dauerte einen Moment, bis er sich wieder auf das Buch konzentrieren konnte. Dann begann er zu lesen.

In der Lobby des Peninsula-Hotels auf der Michigan Avenue hingen vergoldete Wandleuchten unter verschnörkelten Zierleisten. Jules war hier mal nach einer ausufernden Shoppingtour mit den Mädels eingekehrt. Sie hatten sich über Caras hohe Ansprüche lustig gemacht, während diese geduldig die Augen verdreht und gesagt hatte, dass sie all diese schönen Dinge gar nicht verdient hätten.

Simon saß an der Bar, und sie betrachtete ihn einen Moment lang eingehend. Gerade konnte sie keine Anzeichen von Verrat erkennen, aber das musste nichts heißen.

»Hallo, Jules. Gut siehst du aus«, sagte er, als sie sich ihm näherte. »Bei dem Wahnsinn, der die letzten Tage über los war, konnte ich dir das gar nicht sagen.«

Das Kompliment ließ sie kalt. Sie war wohl endlich immun dagegen.

»Danke.« Sie nahm Platz und wischte ihre verschwitzten Handflächen an ihrem geblümten Kleid ab.

»Darf ich dir etwas zu trinken bestellen?«

Sie warf einen Blick auf die Getränkekarte.

»Ich hätte gern ein Glas Chablis«, sagte sie zu dem Barkeeper.

Ist es ein Chardonnay?

Nein, hatte Tad sie mit seinem umwerfenden Lächeln angelogen.

Sie vermisste ihn so sehr.

»Sieht so aus, als hätte sich allerhand geändert, seit ich dich zum letzten Mal gesehen habe.« Simon sah sie nachdenklich an. Sie hatte ihn mal dabei beobachtet, wie er diesen Blick im Spiegel übte. Wie hatte sie darauf nur reinfallen können?

»Yep, in der Tat. Ich fühle mich quicklebendig.«

»Und du bist nie um einen Spruch verlegen. So kennt man dich.« Er setzte eine reuevolle Miene auf. »Es tut mir leid. Freut mich, dass du gekommen bist. Ich hoffe mal, dass wir uns ohne deine Leibwächter besser auf etwas einigen können.«

»Evan bleibt bei mir, und ich ziehe auch ganz sicher nicht zurück nach London.«

Er widersprach nicht. »Das verstehe ich. Ich will nur an

seinem Leben teilhaben, Jules. Du weißt nicht, wie es ist, wenn man einfach ausgeschlossen wird.«

In Wahrheit kannte sie das Gefühl nur zu gut. Aber darauf würde sie jetzt nicht eingehen. Heute durfte Simon in Selbstmitleid baden. Der Barkeeper stellte den Wein vor ihr ab, und sie kostete ihn in aller Ruhe.

»Na, und wie lief es denn dann mit deiner Frau weiter?«

»Es war immer ...« Er winkte ab. »Sie ist sehr leidenschaftlich.«

Jules konnte sich ein Grinsen nicht verkneifen. »Sie hat's dir also so richtig gegeben?«

Seine blauen Augen verengten sich. »Ich bin ja nicht ganz unschuldig. Tut mir leid, dass du den Eindruck hattest, du könntest mir nicht von Evan erzählen. Inzwischen ist mir klar, dass du das wolltest, dass uns die Geschehnisse aber einfach überrollt haben.«

Sie starrte ihn so lange an, bis er beschämt den Blick senkte. »Okay. Du wolltest mir davon erzählen, aber ich habe dich nicht gelassen.«

Nachdem er so ehrlich gewesen war, gab sie sich auch einen Ruck. »Wenn ich mehr Mumm gehabt hätte, hätte ich trotzdem darauf bestanden, dass du es erfährst. Aber ich war damals noch nicht so stark wie heute. Es war leichter, einfach abzuhauen.«

»Ist es doch immer.« In dem Blick, den sie miteinander wechselten, lag ein Hauch von Verständnis.

»Es tut mir leid, dass ich ihn von dir ferngehalten habe. Es hat einfach so wehgetan, als du mich abserviert hast. Da wollte ich mich wahrscheinlich irgendwie rächen.«

»Danke, Jules. Du ahnst nicht, wie viel mir das bedeutet.« Seine Mundwinkel zuckten verdächtig. Ja, zwischen ihnen war eine Menge schiefgelaufen. Ab heute war Schluss damit.

Jules zog ihr Handy hervor und öffnete ein Fotoalbum mit Bildern ihres kleinen Sonnenscheins. Ihres Lebensmittelpunkts.

»So. Dann kann ich dich ja jetzt mit all den Babyfotos zu Tode langweilen!«

Als sie die dröhnend laute Musik in der Küche des *Sarriette* hörte, wurde ihr klar, dass gerade ein guter Zeitpunkt für ein Gespräch mit Jack war. Normalerweise diktierte ihr Bruder die Musikauswahl, aber da gerade *Teenage Kicks* von den Undertones lief, hatte Shane heute offenbar die Macht über den iPod. Wenn Jack das zuließ, musste er gute Laune haben.

Und das war hilfreich.

»Hiya«, sagte sie laut genug, um den Krach von Feargal Sharkey und das Geschepper in der betriebsamen Küche zu übertönen. Die Crew machte sich für das gemeinsame Essen bereit, bei dem die Köche und Kellner sich versammelten, ehe der Restaurantbetrieb begann. Jack blickte von einem Suppentopf mit duftendem Inhalt auf und grinste breit.

»Na, Schwesterchen? Willst du dir mal ansehen, wie es in einer echten Küche zugeht?«

Shane legte seinen Teigklumpen beiseite und drückte sie an sich. Wenn er nicht gerade seine köstlichen Kreationen für die *DeLuca-Doyle-Special-Events* buk, arbeite er im *Sarriette*.

»Hey, verteil nicht das ganze Mehl auf mir, du irischer Rüpel!«

Shane rubbelte weiter mit seinen mehlbedeckten Händen an ihrem Rücken herum. »So drücken Konditoren eben ihre Zuneigung aus, Sis.«

Wow. So hatte Shane sie noch nie genannt!

Jack schlenderte zu ihnen herüber und trocknete seine Hände an einem Handtuch ab.

»Alles okay bei dir, meine Liebe?«

»Ich hatte gehofft, dass ich kurz mit dir reden kann. Mit euch beiden.«

Die Männer sahen sich besorgt an.

»Keine Bange, es sind gute Neuigkeiten! Also, finde ich zumindest, auch wenn ihr das vielleicht erst mal anders seht.«

»Jetzt mach ich mir aber wirklich Sorgen«, meinte Jack. Er bat einen Kollegen, die Bouillabaisse im Blick zu behalten, und nickte Richtung Speisesaal. »Setzen wir uns doch.«

Sobald sie Platz genommen hatten, erzählte sie von ihrem Treffen mit Simon. Um alles legal abzuwickeln, hatten sie sich für eine vertragliche Regelung des Sorgerechts entschieden. Jules würde zweimal im Jahr mit Evan nach London fliegen, und Simon würde sie in Chicago besuchen, wann immer er wollte, solange er rechtzeitig Bescheid gab. Sie würden skypen, und Jules würde ihn auf dem Laufenden halten und mit ihm Dinge wie Schulunterricht, Unterhaltszahlungen und Gesundheitsvorsorge besprechen. Wahrscheinlich würde es ein wenig dauern, bis sich alles eingespielt hatte, aber sie war zuversichtlich. Allerdings würde sie dafür Jacks und Shanes Unterstützung brauchen.

Nach ihrer Erklärung schwiegen die beiden kurz.

»Ich wünschte, du hättest zuerst mit uns darüber gesprochen, Juliet«, sagte Jack ernst.

Juliet. Oh, oh.

»Du hättest versucht, mich mit irgendwelchen Einschüchterungsversuchen umzustimmen, Jack. Diese Entscheidung musste ich aber allein treffen.«

»Hat Tad dir geholfen?«, schnaubte er.

»Jack, jetzt hör ihr doch erst mal zu«, sagte Shane, der wie immer vernünftig blieb. Im vergangenen Jahr hatte er schon so manchen Krach zwischen den beiden verhindert.

»Ich habe mit Tad nicht darüber geredet, aber er hat mir geholfen zu begreifen, dass das hier einzig und allein meine Entscheidung ist. Darin war ich früher nicht gut. Es war immer leichter, keine Entscheidung zu treffen und mich den Geschehnissen einfach auszuliefern, anstatt mein Leben selbst in die Hand zu nehmen. Ich habe mich ja nicht mal für eine Beziehung mit Simon entschieden, es ist einfach passiert. Als ich dann mit Evan schwanger war, musste ich mich zum ersten Mal den Konsequenzen meiner Taten stellen. Und mich um meine und Evans Zukunft kümmern.«

Sie griff nach Jacks Hand und drückte sie.

»Um unsere Zukunft, Jack. Als ich nach Chicago abgehauen bin, hätte es ganz leicht passieren können, dass ich in mein altes Muster zurückfalle und andere Leute die wichtigen Entscheidungen für mich treffen lasse. Aber dann habe ich mir eine eigene Wohnung gesucht, mich mit Männern verabredet und mir einen Job beschafft – und so in den vergangenen Monaten die Kontrolle über mein Leben erlangt.«

Dass sie sich in Tad verliebt hatte, gehörte auch dazu. Und auch wenn alles schnell außer Kontrolle geraten war, so bereute sie nichts. Stattdessen hatte sie kostbare Erinnerungen an diese Zeit.

Jack drückte ihre Hand ebenfalls. »Und das ist es, was du willst? Dass Simon Teil von Evans Leben ist?«

Sie zuckte mit den Schultern. »Nicht wirklich, aber ich trage die Verantwortung für das, was passiert ist. Ich hatte ungeschützten Geschlechtsverkehr mit einem unzuverlässigen Typen und habe dann ein Baby bekommen. Und der Vater dieses Babys hat nun einmal auch gewisse Rechte.« Sie sah zwischen ihren Brüdern hin und her. »Wenn das einem von euch passiert wäre, wie hättet ihr es dann gefunden, wenn Tony total durchgedreht wäre und euch aus der Stadt gejagt hätte?«

»Du weißt, dass sie recht hat«, sagte Shane leise.

»Natürlich!«, fauchte Jack. »Es gefällt mir nur ganz und gar nicht.«

»Shane, du bist mein Zeuge dafür, dass Jack das gerade gesagt hat!«

Jack knurrte, und Shane warf lachend den Kopf zurück.

»Würde ich auch nicht glauben, wenn ich es nicht mit eigenen Ohren gehört hätte. Als Nächstes sagt er noch, dass du dich verabreden darfst, mit wem auch immer du willst!«

Shane zwinkerte ihr verschwörerisch zu.

»Nun übertreib mal nicht. Ich muss mich eben noch daran gewöhnen, dass sich meine kleine Schwester erwachsener verhält als ich.« Jack küsste sie auf die Stirn. »Ich werde nicht nett zu St. James sein, Jules. Du magst deine eigenen, erwachsenen Entscheidungen treffen, aber er hat sich eindeutig danebenbenommen. Insofern werde ich ihn auch garantiert nicht zum Familienurlaub in die Toskana einladen.«

»In die Toskana, Bro?« Shanes Gesicht erhellte sich. »Nur theoretisch oder wirklich?«

»Ich denke darüber nach«, sagte Jack grinsend. »Dachte, wir sollten den Mädels vielleicht eine Villa kaufen.«

»Nice!«

Jules sah ihnen nachsichtig beim High five zu. Was für einen Dusel sie mit ihren zwei großen Brüdern hatte!

»Was das Dating angeht«, fuhr Jack dann fort und sah sie streng an. »Natürlich ist eigentlich niemand gut genug für dich. Aber wenn du jemanden findest, der dich glücklich macht und kein kompletter Vollidiot ist, dann muss ich mich wohl damit abfinden.«

Sie duckte sich und blickte unter den Tisch, dann griff sie nach dem Kerzenleuchter aus mattem Glas und drehte ihn in den Händen. »Was hast du nur mit meinem Bruder angestellt?«

Jack gluckste. »Schau mal, du bist erwachsen und musst deinen eigenen Weg gehen. Du warst immer schon eine tolle Frau, aber seit du nach Chicago gekommen bist, hast du dich auch noch in eine großartige Mutter verwandelt. Ich werde mich jetzt nicht dafür entschuldigen, dass ich dich abgöttisch liebe! Aber natürlich bedeutet das auch, dass ich deine Entscheidungen respektieren muss.«

Sie schluckte. »Du drehst also nicht durch, wenn ich einen ehemaligen Häftling mit nach Hause bringe, der einen Latexfetisch und einen Ödipuskomplex hat?«

»Ich kann mir lebhaft vorstellen, wie du so einen Kerl anschleppst, nur um mich zu ärgern!«

Alle begannen so laut zu lachen, dass ihr rasendes Herzklopfen davon übertönt wurde.

Shane zog eine Augenbraue nach oben. »Was ist denn mit Tad? Willst du nicht eigentlich am liebsten ihn mit nach Hause bringen, Jules?«

Ja, das stimmte. Und zwar aus einem ganz einfachen Grund: Bei Tad hatte sie sich von Anfang an zu Hause gefühlt. Von dem Moment an, als sie damals die Küche des *Ristorante DeLuca* betreten und entschieden hatte, dass sie ihrem Leben eine bessere Wendung geben wollte.

Zwischen Tad und ihr bestand eine Seelenverwandtschaft, die eigentlich stärker hätte sein sollen als alles, was sie trennte. Aber manchmal verließen Menschen die Käfige, die sie sich selbst gebaut hatten, nur sehr ungern. Tads Glaube an sie hatte ihr Flügel verliehen. Wenn sie doch nur umgekehrt dasselbe für ihn tun könnte!

»Aus Tad und mir wird leider nichts. Als gute Freunde kommen wir besser klar.«

Jack sah sie besorgt an. »Hat er dir wehgetan, Jules?«

»Nein«, log sie. »Nur sich selbst.«

21. Kapitel

Tad parkte seine Harley vor dem Haus der DeLucas. In seinem Bauch rumorte es, und er wünschte sich, es läge nur am Hunger. Leise trat er ins Haus und ging in die Küche. Aber anstatt sich direkt nach draußen zu den anderen zu gesellen, blickte er erst einmal durch das Fenster auf die Versammlung am Küchentisch. Heute war eine Menge Besuch da – die üblichen Verdächtigen und dazu noch ein besonderer Gast.

Simon St. Fucking James.

Er und Jules hatten den kleinen Evan in die Mitte genommen, und dieser eingebildete Fatzke von Simon sagte über Evans Köpfchen hinweg etwas zu Jules, woraufhin diese zu lachen anfing. Der warme Maiwind trug den melodiösen Klang ihres Gelächters durch das offene Fenster in die Küche. Es fühlte sich an, als würde jemand Tad ein Messer in die Brust rammen.

Evan schleuderte seine Dino-Giraffe auf den Boden, und Jules erhob sich, um sie aufzuheben. Sie hatte ihr Haar zu einem hohen Dutt zusammengebunden, und ihr weites

T-Shirt war über ihre perfekt gerundete Schulter gerutscht. Eine grüne Spur – vermutlich stammte sie von Erbsen – zog sich quer über ihre Brust. Dazu trug sie abgeschnittene, fransige Jeans-Shorts. Alles nichts Besonderes eigentlich, doch Tad fand, Jules sah mal wieder wunderschön aus.

Er winkte ihr zu, doch in diesem Moment verlangte Evan krächzend nach dem verdammten Plüschtier, und sie wandte sich wieder dem Tisch zu, ohne Tads Gruß bemerkt zu haben. Der fragte sich plötzlich, ob er tatsächlich da war. Er fühlte sich merkwürdig unwirklich, ja, unsichtbar. Das Geplauder draußen hielt an, und die lebendige Atmosphäre umspülte ihn. War es die letzten zehn Jahre über nicht immer so gewesen? Ebbe und Flut. Kurze Rettungen ans Ufer, nur um dann wieder hinaus aufs Meer hinausgetrieben zu werden.

Simon ließ Evan jetzt auf seinen Knien wippen, was den Kleinen zum Kichern brachte. Jules sah die beiden nachsichtig an. Tad kannte diesen Ausdruck auf ihrem Gesicht: Sie war glücklich. Zwar auf eine vorsichtige Art und Weise, aber trotzdem. Simon und sie hatten einen Menschen gezeugt. Egal, was der Kerl ausgefressen hatte – er war dennoch Evans Vater. Und Tad war immer noch der Sohn seiner Eltern.

Das Richtige zu tun hatte sich noch nie so falsch angefühlt.

Frankie kam in die Küche geeilt und riss die Kühlschranktür auf. Sie holte eine große Keramikschüssel mit *Zabaglione* heraus und schob Tad ohne weitere Erklärungen einen Teller mit frischen Erdbeeren und ein Messer hin. Ab und zu machte sie das, fast so, als erwarte sie, dass seine Hände ganz automatisch mit dem Schnippeln beginnen würden – als hätten seine Muskeln diese Bewegung gespeichert. Und jedes Mal ignorierte er diese Aufforderung, was sie wiederum laut aufseufzen ließ.

»Wie läuft das Geschäft?«

Tad begann, die Erdbeeren klein zu schneiden. *Pass auf deine Finger auf, Taddeo!*

»Na ja, die Kritik in der *Tasty Chicago* ist leider richtig mies. Aber wir werden es überleben.«

Sie nickte verständnisvoll. Als Frau eines Restaurantbetreibers kannte sie sich da aus.

»Und wie hast du den Tag verbracht?«

Er konzentrierte sich aufs Schneiden. *Sei eins mit dem Messer.* Das hielt ihn davon ab, zu zittern.

»Ach, wie üblich.« Er hatte sich betrunken, mit der Frau geschlafen, nach der er verrückt war, und ihr das Herz gebrochen.

»Zehn Jahre sind eine lange Zeit, Taddeo.«

Eigentlich war ihm das klar, aber für ihn fühlten sich diese zehn Jahre immer noch wie zehn Minuten an. Er konnte sich an jedes Detail ganz genau erinnern. An seinen dröhnenden Schädel, die harte Bank in der Zelle, Tonys starren Gesichtsausdruck im Verhörraum.

Einen kurzen, berauschenden Moment lang, als er mit Jules die Pasta gemacht hatte, hatte er gedacht, dieses Jahr könnte er alles anders machen. Irgendetwas oder -jemand würde ihn ablenken und davor bewahren durchzudrehen. Jedes Mal, wenn er Jules und Evan sah, weckte das in ihm längst verloren geglaubte Lebensgeister. Auch wenn er eigentlich kein Recht darauf hatte.

»Ich habe gehört, dass du Jules in der Angelegenheit mit Simon zur Seite gestanden hast.«

Durch das Fenster konnte Tad sehen, wie Jules und Simon ihren Sohn andächtig betrachteten und sich dann gerührt ansahen. *Sieh nur, was wir erschaffen haben.*

Tad spürte Neid in sich aufsteigen. Eine Sehnsucht, die alles um ihn herum zu verschlingen drohte.

Er drehte sich zu Frankie um, die ihn neugierig betrachtete. Wahrscheinlich fragte sie sich, weshalb er etwas getan hatte, das so klar seinen eigenen Interessen widersprach.

»Sie lässt sich von Jack zu sehr herumschubsen. Simon ist nun einmal Evans Vater, und das ist wichtig.«

»Ja, stimmt. Aber dieser Mann wird Evan niemals so sehr lieben wie wir.«

Tad spürte, wie etwas in ihm zerbröckelte, die Mauer um sein Herz vielleicht. Ehe er es sich versah, hatten seine Füße ihn hinausgetragen, und er stand hinter St. James. Als die anderen ihn bemerkten, verstummte die Unterhaltung.

Jules sah mit funkelnden Augen zu ihm auf. Er hatte keine Ahnung, ob seine Argumente ihr dabei geholfen hatten, eine Entscheidung zu treffen. Aber immerhin merkte er sofort, dass sie ihn nicht hasste. Daran hielt er sich jetzt erst einmal und wartete ab.

St. James drehte sich zu ihm um und zog herablassend die Augenbraue nach oben. Dann streckte er ihm die Hand entgegen.

»Du bist Tad, oder? Wir wurden einander noch nicht offiziell vorgestellt. Simon St. James.«

Tad ignorierte seine Hand. Ein mieser Zug, klar, aber gerade war Tad DeLuca nun mal der mieseste Depp aller Zeiten.

»Ich würde gern unter vier Augen mit dir sprechen.«

Er spürte die Blicke seiner Familie auf sich. Besonders

Tony wirkte besorgt. Shane schüttelte warnend den Kopf, während Jacks Augen sich zu Schlitzen verengten. Ohne sie zu beachten, ging Tad zur Stirnseite des Hauses und wartete.

Nach einer halben Minute bog St. James schließlich um die Ecke.

»Was kann ich für dich tun?«, fragte er. Trotz seines Akzents konnte Tad ihm die Nervosität deutlich anhören.

»Es nicht vermasseln.«

»Das habe ich nicht vor. Dafür bedeutet mir das alles zu viel.«

Tad suchte in seinem Gesicht nach Anzeichen von Unehrlichkeit. Nichts zu sehen. Nun, der Weg zur Hölle war nun mal mit guten Vorsätzen gepflastert.

»Jules gehört zur Familie, und was auch immer kommen mag, wir werden sie und Evan immer beschützen. Von uns aus kannst du gern die Vaterrolle übernehmen, aber Evan wird als ein DeLuca aufwachsen.«

Mit diesen Worten stürzte die Mauer um sein Herz endgültig ein. Er hatte damit gemeint, dass Evan Teil von *la famiglia* war, aber das war nicht alles. Er wollte auch, dass Jules und Evan denselben Nachnamen trugen wie er.

»Nur die Ruhe!« Simon hob spöttisch die Hände. »Ich verstehe ja, dass euch Italienern nichts über den Familienclan geht, aber deswegen musst du noch lange nicht aggressiv werden. Solange ich meinen Sohn sehen darf, werden wir schon miteinander klarkommen.«

Tad bekam immer größere Lust, dem Kerl eine reinzuhauen, hatte inzwischen aber gelernt, sich im Griff zu behalten. Schließlich hatte sein Ausraster damals indirekt zum Tod seiner Eltern geführt. Allerdings hatte er seitdem noch nie so knapp davorgestanden, die Nerven zu verlieren, wie jetzt. Wie konnte so ein Vollidiot nur ein so hübsches Kind zeugen? Das war doch einfach ungerecht!

Mit großer Mühe schaffte es Tad, sich wieder zu fassen. Immerhin war er ein gutes Stück größer als Simon, und das konnte er jetzt nutzen.

Er trat näher an ihn heran. »Du wirst ihn sehen dürfen. Und du kannst ihn Sohn nennen, und er nennt dich bestimmt auch mal ›Daddy‹. Aber wenn ich auch nur einmal davon höre, dass du vergisst, ihn anzurufen, oder in letzter Minute deinen Besuch zu seinem Geburtstag absagst oder Jules in irgendeiner Weise verärgerst – dann bleibt dir nur zu hoffen, dass der Heilige aus deinem verdammten Namen dir wohlgesonnen ist. Denn wenn ich mit dir fertig bin, wirst du ihn brauchen. Haben wir uns verstanden?«

St. James schluckte und nickte.

»Alles okay bei euch?«, fragte Jack, der zu ihnen getreten war.

St. James trat zur Seite und blickte zwischen den beiden hin und her.

»Kein Problem. Wir haben uns einander nur noch einmal richtig vorgestellt.« Mit seinem überheblichen Lächeln riskierte er, sich eine zu fangen. »Ich sollte dann mal zurück zu meinem Sohn.« Mit diesen Worten zog er ab, und Tad sah ihm wutentbrannt nach.

»Musst du auf irgendetwas einschlagen?«, erkundigte sich Jack.

»Willst du mein Sandsack sein, oder sollen wir Shane holen?«

Jack seufzte. »Vielleicht war es etwas voreilig, was ich letztens gesagt habe. Mir gefällt zwar gar nicht, was hier gerade passiert, aber inzwischen ist mir klar, dass es dir immer nur um Jules ging.«

»Immer.«

Sie tauschten einen verständnisvollen Blick, der Tad Hoffnung machte, dass sie sich künftig gegenseitig respektieren würden. So weit, so gut, am Stand der Dinge zwischen ihm und Jules änderte das allerdings nichts.

Das Schweigen zwischen ihnen wurde immer drückender.

»Zeit zu essen«, versuchte Jack schließlich der Erwachsene der beiden zu sein.

»Hab keinen Hunger«, erwiderte Tad und wandte sich zum Gehen. Er wusste nicht, ob er je wieder Appetit haben würde.

»Wie kommt es, dass sich Jack hier nicht auch die Hände schmutzig macht?«, wollte Shane wissen.

Tad stieß die Spatengabel mit dem Absatz seines Arbeitsstiefels fest in die Erde und gesellte sich zu ihm auf die Terrasse. Sein Freund reichte ihm ein kaltes Bier und nahm selbst einen großen Schluck aus seiner Flasche.

»Wir wollen doch nicht, dass Lord Kilroys gepflegte Hände Schaden nehmen. Du weißt doch, wie empfindlich er sein kann.« Shane zog missbilligend eine Augenbraue nach oben.

»Hör mal«, fuhr Tad fort. »Ich weiß ja, dass er dein Bruder ist, aber gerade bin ich nicht so gut auf ihn zu sprechen. Deswegen lade ich ihn zu diesem Spaß hier auch nicht ein.«

Er deutete auf den sogenannten »Spaß«. Vor drei Tagen hatte er damit begonnen, den Garten herzurichten, doch zu sehen war davon noch nichts. Der Rollrasen lag an der Seite, der Kräuter- und Gemüsegarten bot nach wie vor ein Bild des Jammers, und die ganze Erde war so aufgewühlt, als hätte sich eine ganze Wildschweinherde darauf ausgetobt. Natürlich hätte er auch jemanden dafür anheuern können. Aber durch die körperliche Arbeit ließen sich seine Aggressionen in Schach halten.

»Es rührt mich sehr, dass du auf der Suche nach Sklaven an mich gedacht hast«, murmelte Shane.

»Hey, immerhin bekommst du Bier und Pizza für deine Arbeit. Außerdem ist mir ja klar, dass du nicht lange bleiben kannst, wo es Cara doch ständig nach dir verlangt.«

Shane grinste. »Was kann ich denn dafür, dass meine heiße Ehefrau einfach nicht die Finger von mir lassen kann?«

Er nahm einen tiefen Schluck. »Was den Krach zwischen Jack und dir angeht. Dabei ging es um Jules, oder?«

»Er versucht nur, sie zu beschützen«, meinte Tad resigniert, setzte sich auf den ausgeblichenen Gartenstuhl und schlug ein Bein über das andere.

»Yep, sie braucht tatsächlich jemanden, der auf sie aufpasst. Und du, machst du immer noch einen auf Ich-bin-nicht-gut-genug-für-sie? Oder hast du jetzt eine neue Ausrede parat? Komm, erzähl schon.«

Tad stöhnte auf. »Vergiss es einfach, Ire. Lass stecken.«

»Ich hätte ja gedacht, dass dir durch die Geschichte mit Simon ein Licht aufgeht.«

Tad überging seinen Kommentar und begann, an dem Etikett seiner Flasche zu zupfen.

»Oder vielleicht auch dadurch, dass sie sich jetzt wieder mit Männern verabredet. Das hat dich doch wachgerüttelt, oder? Dir gezeigt, dass du völlig verrückt nach ihr bist?«

Das Etikett riss. Früher hatte er es im Ganzen von den Flaschen lösen können.

»Ach du Scheiße, Mann!« Shane schien ein Licht aufzugehen. »Du warst schon von Anfang an in Jules verliebt!«

Eine Tatsache, die sich Tad bislang nicht mal selbst eingestanden hatte, um nicht den Verstand zu verlieren. Na, toll!

»Tad, ich bitte dich jetzt nicht darum, sondern stelle es einfach mal fest: Entweder du klärst das, oder ich rufe Cara und Lili an, damit die das in die Hand nehmen.«

Tad umklammerte die Flasche, so fest er konnte, und nahm einen weiteren Schluck.

»Ja, seit dem Abend, als im *Ristorante DeLuca* Jacks Show gedreht wurde. Sie kam hereinmarschiert, als müsste ihr die Welt zu Füßen liegen – draufgängerisch und selbstbewusst. Ich habe Lili gefragt, wer zum Teufel das ist, und als ich mich wieder umdrehte, steuerte dieser blonde Wirbelwind gerade wie auf einer Mission die Küche an. Um mich war es augenblicklich geschehen.«

Colpo di fulmine – Liebe auf den ersten Blick. Anders konnte man es nicht sagen.

»Zwei Minuten später hat sie Jack und der gesamten Crew mitgeteilt, dass sie schwanger ist. Aber, Shane, diese zwei Minuten lang ...«

Er war so bewegt, dass er nicht weitersprechen konnte. In diesen perfekten hundertzwanzig Sekunden hatte er beobachten können, wie sie begann, stark zu werden. Schon da hatte er gewusst, dass sie etwas Besonderes war. Seitdem hatte jede weitere Sekunde diesen Eindruck bestätigt – und auch seine Befürchtung, dass er ihrer nicht würdig war.

»Zwei Minuten lang erschien mir alles möglich.« *Und*

in ihm keimte Hoffnung auf. »Aber dann war plötzlich klar, dass sie Jacks Schwester ist. Schwanger. Und dass sie einen Kumpel braucht und nicht irgendeinen Lustmolch, der ihr an die Wäsche will.«

Shane deutete mit seiner Bierflasche auf Tad. »Tja. Und du nimmst die Sache noch immer nicht in die Hand! Was bist du nur für ein Weichei!«

Von Shane hätte er wirklich keinen Trost erwarten dürfen. Tad merkte, wie erneut Zorn in ihm aufstieg.

»Und das aus dem Mund eines Mannes, der schon seit zwölf Jahren wusste, dass Jack Kilroy sein Bruder ist, ehe er sich dazu aufraffen konnte, sich bei ihm zu melden!«

»Wir reden aber gerade nicht über mich und mein nunmehr perfektes Leben. Wir versuchen herauszufinden, warum du einfach nicht in die Gänge kommst, obwohl du seit Ewigkeiten in Jules verliebt bist! Aber wenn du unbedingt willst, können wir darüber auch gern reden. Ich habe damals eine Million Ausreden und Gründe ersonnen, weshalb ich nicht mit Jack in Kontakt treten kann. Er will es lieber gar nicht wissen, habe ich mir gesagt. Oder: Er hasst unseren Vater, also wird er mich auch hassen, kann keinen weiteren Schnorrer gebrauchen. Und so weiter und so weiter. Dabei habe ich mir mein Leben lang eine Familie gewünscht. Jack, Cara, euch alle. Ich habe eine Menge Zeit vergeudet, und wenn ich jetzt alles noch einmal anders machen könnte, würde ich Jack noch in derselben Sekunde anrufen, in der ich herausgefunden habe, dass wir Brüder sind. Und ihm sagen, dass ich ihn sehen will.«

Tad kippte den Rest seines Biers hinunter und hoffte, er würde dadurch etwas runterkommen. Shane hatte gute Gründe gehabt, sich nicht direkt an Jack zu wenden, vor allem seinen gewalttätigen Vater, der ihn regelmäßig verprügelt hatte, als er noch ein Kind war. Wenn man sich wertlos fühlte, fiel der nächste Schritt manchmal eben verdammt schwer.

»Nun, aber letztlich ist doch alles gut geworden. Cara und Jack sind jetzt Teil deines Lebens, und bald kriegt ihr Kinder. Und außerdem hast du einen verdammt coolen Cousin namens Tad.« Der Typ konnte sich doch wohl wirklich nicht beschweren!

»Da drüben würde sich eine Schaukel gut machen«, bemerkte Shane nach einer Weile.

»Das war jetzt echt subtil, du Arsch!«

Shane lachte und zog sein vibrierendes Telefon aus der Hosentasche. »Hey, Augenstern. Was gibt's?« Plötzlich versteinerte sich seine Miene. »O Gott. Ich bin sofort da.«

Shane sprang auf. »Wir müssen los! Cara ist im Krankenhaus.«

Rums.

Auf dem Weg in die Notaufnahme bog Tad um die Ecke und sah, wie sein Onkel auf einen Snackautomaten einschlug.

»Wie geht es Cara?«, fragte Tad ihn. Noch ehe er geparkt hatte, war Shane schon aus dem Auto gesprungen und ins Krankenhaus gerannt.

»Es gibt noch nichts Neues. Shane ist jetzt bei ihr.«

Rums.

»Was ist passiert?«

»Sie hat sich mit einem wichtigen Kunden getroffen, weißt schon, mit dem Sohn des Bürgermeisters, als sie plötzlich Krämpfe bekommen hat. Wie sie eben so ist, hat sie das Meeting trotzdem nicht abgebrochen. Danach ist sie direkt hierhergefahren und hat Shane angerufen.«

»Herrje!« Er wusste ja, dass Cara ein echter Workaholic und absoluter Vollprofi war, aber mit dieser Aktion hatte sie wirklich den Vogel abgeschossen. Wenn sie das hier lebend überstand, würde Shane sie vermutlich umbringen.

Tony schüttelte missbilligend den Kopf. »Jetzt müssen wir erst einmal abwarten.«

»Brauchst du Hilfe?«, erkundigte sich Tad und nickte in Richtung des störrischen Automaten.

»Mein KitKat hängt da an der Kante fest.« Normalerweise genügte ein strenger Blick von Tony, und jeder gehorchte. Der Schokoriegel aber widersetzte sich hartnäckig.

»Du isst doch gar keine Süßigkeiten. Was ist los?«

»Das KitKat ist für deine Tante, die ist eine echte Naschkatze. Ein bisschen wie dein Vater.«

Tad musste lächeln. »Am liebsten hat er Schokolinsen gegessen. Er hat immer gesagt, die sind das Beste am ganzen Kinobesuch.«

Ein paar Momente vergingen, aber Tad fühlte sich nicht unwohl. Viel eher spürte er, dass sich um ihn herum Pfade auftaten. Die Möglichkeit, an einen Ort zu gelangen, der weniger finster war.

»Ich war letzte Woche auf dem Friedhof«, sagte Tony. »Auf dem Grab lagen frische weiße Rosen. Die Lieblingsblumen deiner Mutter.«

Nachdem er wieder nüchtern gewesen war, war Tad dorthin gefahren. Der Rosehill-Friedhof war nur ein paar Kilometer entfernt, aber er hatte nie verstanden, weshalb die Leute sich so auf ein Stück Erde und einen Grabstein fixierten. Da war es doch besser, den Schmerz zu verinnerlichen und sich auf die Erinnerungen zu konzentrieren.

»Ich war seit dem Begräbnis nicht mehr da«, meinte Tad. »Es war an der Zeit.«

»Dieser Tag war für alle schwer.« Tony sah Tad an. Seine blauen Augen waren voller Reue. »Ich habe es dir nicht leichter gemacht.«

»Das wäre auch schlimm gewesen. Ich wollte es schwer haben.«

Sein Onkel seufzte. Er wirkte mitgenommen.

»Es hat mich wahnsinnig gefreut, als Cara angerufen und erzählt hat, dass du sie nach all deinen Reisen in New York besucht hast. Ich hätte kommen und dich treffen sollen, aber ich dachte, dass dir das zu viel wäre.«

Tad hatte gar nicht gewusst, dass Cara damals bei sich zu Hause angerufen und Tony von seinem Besuch erzählt hatte. Andererseits konnte er sich nach all den Drogen, Alkoholika und Frauen, die er sich in der Zeit reingezogen hatte, an den Trip auch nicht mehr sonderlich gut erinnern.

»Ich war nur ein paar Tage dort, ehe ich nach Italien weitergeflogen bin. Wenn du gekommen wärst, wäre ich direkt wieder nach Asien abgehauen.« Sofort bereute er seine bissige Antwort. »Sorry. Das war daneben.«

Tony sah ihn nachdenklich an. »Ich hätte mich bei dir ordentlich dafür entschuldigen sollen, wie ich mich verhalten habe. Zwei Jahre später warst du dann zu Hause und hast im *Ristorante* gearbeitet. Genau dort hast du auch hingehört. Du warst zwar nicht in der Küche, wie ich gehofft hatte, aber ich dachte immer, dass das schon irgendwann kommt. Ich dachte, das genügt. Wir haben ja nie viel Worte um die Dinge gemacht.«

»Ich hätte sie trotzdem gern gehört.« Tad hatte einen Kloß im Hals. »Ich saß nicht am Steuer und bin über keine rote Ampel gefahren, aber an diesem Abend waren sie meinetwegen unterwegs. Ich weiß, was ich falsch gemacht habe, aber du hättest mir verdammt noch mal trotzdem sagen können, dass du mich weiterhin als Teil der Familie betrachtest. Als einen DeLuca.«

Tonys Augen leuchteten auf. »Das wurde doch nie infrage gestellt! Es war ein Unfall. Es war falsch von mir, so zu reagieren, und noch falscher, die Sache nicht richtigzustellen.«

Nun schlug Tad auf den Automaten ein. *Rums.* Das tat gut! Der junge Punk in der Ecke sah neugierig zu ihnen herüber.

»Taddeo, bitte sag nicht, du dachtest, du würdest nicht mehr zur Familie gehören ...« Tony verstummte.

»Ich weiß es nicht, Tony. Ich habe mich selbst gehasst, und da war es vielleicht sogar leichter zu denken, dass du mir das immer noch verübelst. Jedes Mal, wenn du mich angesehen hast, habe ich Dad vor mir gesehen. Seine Enttäuschung darüber, dass seine Träume für mich sich nicht erfüllen würden und er sein Leben nicht mehr leben konnte. Und dann musste ich daran denken, dass du mir immer näher standest als mein eigener Vater. Auch davon habe ich schlimme Schuldgefühle bekommen. In der Küche haben du und Vivi mir alles beigebracht. Und als du dann kaum noch mit mir gesprochen hast, als ich wieder zu Hause war, hat mir das wirklich das Herz gebrochen.«

O Mist, jetzt sah der alte Herr aus, als würde er gleich in Tränen ausbrechen. Und auch Tad war kurz davor loszuheulen. Was für eine Scheißwoche!

Tony holte tief Luft. »Du hattest dich verändert, Taddeo. Warst so verschlossen, und ich dachte, du bräuchtest mehr Zeit. Wenn ich dich gefragt habe, ob du mit mir kochen willst, hast du abgelehnt. Aus einem Jahr wurden zwei ...«

In Tad breitete sich eine zittrige Wärme aus. Wie hatte er vergessen können, dass Tony ihm vor all den Jahren immer wieder Friedensangebote gemacht hatte? Jedes Mal, wenn sein Onkel ihn angesprochen hatte, hatte sich Tad innerlich für eine Predigt gewappnet. Hatte eine Mauer errichtet, noch ehe sie sich einander wieder hatten annähern können. Er hatte nicht kochen wollen, und wann immer Tony es erwähnt hatte, verbuchte Tad es als versteckte Kritik an seiner Entscheidung. Das Gedächtnis konnte auf eine grausame Art und Weise selektiv sein. Besonders dann, wenn man so entschlossen war, den Märtyrer zu spielen. Vivi hatte immer gesagt, dass er Dinge zu sehr wollte, zu viel fühlte und zu heftig liebte. Es war also kein Wunder, dass er sich der Märtyrerrolle zu hundertzehn Prozent verschrieben hatte.

Dein Herz mag dir viele Male gebrochen werden, Taddeo. Aber wenn du die Richtige findest, dann wird es ... perfetto sein.

Vor lauter Schmerz war Tad blind für die Friedensangebote seines Onkels gewesen. Sie waren beide wirklich keine Männer der großen Worte.

»Tony, es tut mir leid.«

Sein Onkel sah ihn entsetzt an. »Taddeo, es gibt nichts, wofür du dich ...«

»Ich meine nicht den Unfall, sondern die Tatsache, wie hart ich dadurch geworden bin. Ich habe mein Leben davon bestimmen lassen und Menschen von mir weggestoßen. Besonders dich.«

Tony lächelte zaghaft. »Wir sind immer für dich da, Taddeo. In unserer Familie sprechen wir das vielleicht nicht oft laut aus, aber an Liebe mangelt es nicht.« Unbeholfen tätschelte er Tads Arm.

»Na … jetzt, wo die Dinge zwischen uns wieder besser stehen«, fuhr Tony fort, nachdem er eine Weile auf den Automaten gestarrt hatte. »Da kann ich dich vielleicht ja mal was fragen.«

»Raus damit«, krächzte Tad.

»Kannst du mir einen Dollar geben? Sieht ganz so aus, als müsste ich diesen Schokoriegel noch mal bezahlen.«

Nicht schlecht, Tony! Tad wurde es leicht ums Herz, und es war, als könnte er endlich wieder frei atmen.

»Da seid ihr ja«, ertönte in dem Moment Lilis leise Stimme hinter ihnen.

»Wie geht es ihr?«, fragte Tony sofort.

»Es ist alles in Ordnung. Es waren nur Vorwehen, aber sie wollten ganz sichergehen, deswegen hat es so lange gedauert. Cara hat schon wieder nach ihrem Ordner mit den Schokoladenbrunnen gefragt, das ist doch ein gutes Zeichen. Und Shane überlegt, wie er sie daheim ans Bett fesseln kann, damit sie sich richtig ausruht.«

»*Grazie a Dio.*« Tony packte erleichtert Tads Arm und sah ihn mit hochgezogener Augenbraue an. »Und jetzt musst du die Sache mit Julietta anpacken.«

Merda, das hatte nicht lang gedauert!

Lili verschränkte die Arme und musterte ihn gründlich.

»Ist bei dir alles okay? Du hast weder auf meine Anrufe noch auf meine Nachrichten reagiert. An die Tür bist du auch nicht gegangen.«

»Ja, mir geht's gut. Hab nur mal eine kleine Auszeit gebraucht.«

»Du weißt, dass ich dich liebe, oder? Das sage ich zwar nicht oft, aber du warst immer für mich da. In der Highschool und auch während des ganzen Dramas mit Jack. Ich weiß nicht, ob dir klar ist, wie wichtig du mir und allen anderen DeLucas bist.«

»Woher zum Teufel kommt das denn jetzt plötzlich?«, fauchte er und bereute es sofort. Schließlich waren sie gerade alle ein wenig angeschlagen.

Beruhigend streichelte sie seinen Oberarm.

»Wir müssen diese Dinge öfter zueinander sagen. Vielleicht färbt Jacks sensible Art ja langsam auf mich ab.«

Er lachte nervös. Lili machte sich häufig darüber lustig, dass Jack trotz seiner steifen britischen Art dem Klischee des emotionalen Italieners oft mehr entsprach als die DeLucas. Aber das stimmte auch nicht ganz. Vivi war ebenfalls sehr emotional gewesen, und Tad früher auch. In letzter Zeit fühlte er sich ohnehin wie eine wandelnde offene Wunde, die nur eine grünäugige Frau angemessen zu behandeln wusste.

»Ich liebe dich auch«, brachte er grummelnd heraus.

»Dann wird dir wahrscheinlich nicht gefallen, was ich als Nächstes zu sagen habe.« Entschlossen sah sie ihn aus ihren strahlend blauen Augen an. »Du bist, um es mit den Worten meines Ehemanns zu sagen, ein richtiger Arsch. Ich weiß doch, dass du sie liebst!«

»Hier wird nicht geflucht, Liliana«, warnte ihr Vater sie.

»Sorry, Dad.«

»Meine Güte, habt ihr etwa alle eine Krisensitzung abgehalten, um mein Liebesleben zu diskutieren? Ohne mich, wohlgemerkt?«

Sie runzelte die Stirn. »Was ...?«

»Ach, nichts.« Tad blickte zwischen Lili und Tony hin und her und seufzte. »Das mit Jules habe ich gehörig vermasselt. Es wurde alles kompliziert, und dann hab ich's verbockt.«

»Niemand hat behauptet, dass Liebe einfach ist«, sagte Tony. »Als deine Tante Krebs hatte, war das eine harte Zeit für die Familie, aber sie zu lieben fällt nie schwer. Kompliziert wird es, wenn sie sich nicht ausruhen will, wenn ich sie darum bitte. Oder wenn sie sich weigert, noch einen Extralöffel Marsala zur *Zabaglione* zu geben. Oder wenn sie mir nicht zustimmt, obwohl es glasklar ist, dass ich recht habe.«

Lili lachte. »Es fällt dir also schwer, sie zu lieben, wenn sie nicht mit dir kooperiert.«

»Nein, mich zu lieben ist viel schwieriger. Die männlichen DeLucas wissen nie, was das Beste für sie ist. Das müssen wir von den Frauen lernen.«

»Amen.«

Tad musste daran denken, wie entschlossen Jules ihm mitgeteilt hatte, dass sie das Beste sei, was ihm je passiert sei. Zweifellos würde sie über ihn hinwegkommen. Aber wenn man seinen weiblichen Verwandten glauben durfte, waren Männer nun einmal das schwächere Geschlecht.

Tad war nicht stark. Er würde ohne Jules nicht klarkommen.

Und er wollte es auch gar nicht, verdammt!

Jules war die Art von Frau, die man auf Knien anbetete, für die man bis zur Hölle und wieder zurück ging. Er war dort gewesen, und es hatte ihm gar nicht gefallen. Und wenn er sein Leben wieder in den Griff bekommen wollte, brauchte er ein Ziel. Und das war nicht die Bar, nicht das Kochen, nicht einmal der Dschungel in seinem Hinterhof.

Nur Jules.

Wenn er sie und Evan bei sich hatte, konnte er alles schaffen.

22. Kapitel

Als Jules an der Tür des *Ristorante DeLuca* klopfte, pochte ihr Herz wie verrückt. Normalerweise war das Restaurant am Montag geschlossen, aber heute fand hier Tonys und Frankies Party zu ihrem Hochzeitstag statt. Jules würde beim Dekorieren helfen und versuchen, nicht vor Tad zusammenzubrechen.

Die Tür öffnete sich, und Lili erschien, die sie eilig hineinzog und sich dabei hektisch umsah.

»Man kann ja nicht vorsichtig genug sein!«

»Frankie weiß sowieso schon Bescheid. Vor der kann man ja gar nichts geheim halten.«

Lili lächelte, und Jules spürte einen leichten Stich, weil ihr Lächeln sie so sehr an das von Tad erinnerte.

»Wie wahr. Sie hat es auch in meiner Pubertät immer mitbekommen, wenn ich versucht habe, mich heimlich aus dem Haus zu schleichen. Ihr ist nichts entgangen! Aber ich glaube, Dad tappt noch im Dunkeln.«

Jules ging ein paar Schritte weiter ins Restaurant hinein und war entzückt. Mit den Deckenfresken und der langen

Bar aus Kirschholz machte das *Ristorante DeLuca* ohnehin schon wirklich etwas her, aber heute sah es hier einfach aus wie im Märchen.

Cara hatte einen Weingarten in die Räume gezaubert, der dem nachempfunden war, in dem Tony und Francesca sich damals gemeinsam mit Tads Eltern das Jawort gegeben hatten. Leere Weinfässer waren an verschiedenen Stellen dekorativ angeordnet, und von der mit Himmel und Wolken bemalten Decke baumelten glitzernde Lichterketten. Am Ende der Bar waren ein paar gefüllte Weinfässer aufgestellt worden, deren Zapfhähne später dabei helfen würden, die DeLuca-Sippe zufriedenzustellen. Noch warteten die Verwandten in ihren Hotelzimmern auf den Startschuss.

Jules brauchte einen Moment, bis sie mitbekam, dass Lili mit ihr sprach.

»Na, geht's dir denn gut? Ich weiß, du hast ein paar heftige Tage hinter dir. Manchmal würde ich meinen Cousin wirklich am liebsten schütteln.«

»Da bist du nicht die Einzige!« Jules lächelte bemüht. »Weißt du, mir war ja klar, worauf ich mich einlasse. Gerade fühle ich mich zwar ziemlich mies, aber das geht auch irgendwann wieder vorbei.«

Okay, ihr Herz fühlte sich an, als hätte jemand es durch den Fleischwolf gedreht. Aber es würde heilen.

Cara kam hereingeeilt, und Jules stellte mit leiser Befriedigung fest, dass sie mittlerweile watschelte. War ja auch Zeit! Vor zwei Tagen hatte Cara ihrer Familie mit ihrem Krankenhausbesuch einen riesigen Schreck eingejagt. Jetzt funkelte sie einen ihrer Mitarbeiter an, der ein Banner aufzuhängen versuchte und es dabei beinahe zerriss. Cara wollte sich gerade darüber aufregen, als Shane aus der

Küche kam. Er schob einen gigantischen Kuchen vor sich her.

»ZT, nun schließ aber mal deine wunderschöne Klappe«, sagte er, noch ehe Cara ein Wort herausgebracht hatte. »Du weißt doch, was der Arzt zum Thema Blutdruck gesagt hat.«

Cara sah zu Jules und verdrehte dabei die Augen. »Der steigt höchstens wegen des Dramas, das du immer veranstaltest, Shane Doyle!«

Shane streichelte ihre Wange. »Hab Nachsicht mit mir. Und gib unseren Kindern die Chance, dass ihnen wenigstens ein paar Haare wachsen, ehe wir sie schließlich kennenlernen.«

Cara entspannte sich sichtlich unter seiner Berührung. Zufrieden wandte sich Shane an Jules.

»Hey, Sis. Jack hält schon nach dir Ausschau, er ist in der Küche.«

Sosehr es Jules auch genossen hatte, das *Vivi's* während Derrys medizinischem Notfall zu schmeißen, so war ihr dabei doch auch klar geworden, dass eine hektische Restaurantküche nicht auf Dauer ihr Arbeitsplatz war. Und was sie stattdessen tun wollte ... Nun, in letzter Zeit war es einfach drunter und drüber gegangen, und sie wollte sich jetzt erst einmal auf ihren Sohn konzentrieren. Schließlich waren die vergangenen Wochen auch für ihn verwirrend gewesen. Eines Tages würde Jules herausfinden, wo genau ihr Platz in der Welt war. Im Moment jedoch war Evan alles, was sie brauchte.

Und heute Abend würde sie mit dem Mann, den sie liebte, an einem Tisch sitzen und so tun müssen, als wäre alles in Butter.

Ob sie wohl jemals wieder miteinander befreundet sein würden?

Wahrscheinlich nicht.

Und war es die Sache trotzdem wert gewesen?

Und ob!

Sobald sie in die Küche kam, war sie sich da nicht mehr so sicher.

Denn Jack war nicht allein.

Tad.

Tad war hier, trug eine weiße Kochjacke, versprühte jede Menge Testosteron und brachte ihre Welt zum Einstürzen.

Nicht. Schon. Wieder!

»Hey, du bist spät dran«, sagte Jack über seine Schulter hinweg zu ihr.

»Ich habe noch mit deiner Frau gequatscht«, erwiderte sie mechanisch und sah gebannt auf das Messer, das wie eine natürliche Verlängerung von Tads Hand wirkte. Sie hüstelte. »Was ist eigentlich los hier?«

»Heute Abend ist Tad hier zuständig.«

»Ach ja?« Tad kochte also das Essen für einen Hochzeitstag. Weckte das nicht schmerzliche Erinnerungen in ihm?

Er drehte sich zu ihr um, und allein sein Anblick reichte schon, dass alles in ihr zu vibrieren begann. Ihn anzusehen war schmerzhaft und schön zugleich.

»Bist du bereit?«, fragte Tad sie.

»Wofür?«

»Dafür, dass er vor dir um Gnade winselt.« Jack nahm eine Pfanne vom Herd.

»Glaube nicht …«, meinte Jules unsicher.

Tad klopfte mit seinem Messer auf das Schneidebrett. »Jack, du musst jetzt leider deinen altklugen, übergriffigen

Hintern aus der Küche bewegen und uns ein bisschen in Ruhe lassen.«

Ohne darauf einzugehen, sah Jack Jules eindringlich an. »Ist das auch dein Wunsch?«

»Ich will auf jeden Fall meine eigenen Entscheidungen treffen, schon vergessen?«

Er hob die Hände. »Schon gut, schon gut. Ich hab's verstanden.« Er drückte ihr einen Kuss auf ihre Wange und zog ab. »Ihr findet mich draußen.«

Sie schluckte, und Tad und sie sahen einander schweigend an.

»Wie geht es Evan?«, fragte Tad schließlich.

»Dem geht's gut. Sylvia bringt ihn später vorbei.« Sie zwang sich, tief durchzuatmen. »Möchtest du mir irgendwas sagen?« Nervös strich sie über die Arbeitsfläche aus Edelstahl. Warum war er denn nur so still?

»Wie kommt es denn, dass du hier bist? In der Küche?«

»Es geht heute nicht nur um Tony und Frankie. Und auch nicht nur um meine Eltern. Es geht darum, Ihnen Ehre zu erweisen und sie stolz zu machen – und das heißt, dass ich wieder nach vorne schauen muss. Ich glaube nicht, dass sie sonderlich stolz darauf wären, wie ich seit ihrem Tod lebe. Wahrscheinlich wären sie sogar richtig sauer.«

»Hey, es ging dir einfach dreckig. Und es kann schwer sein, sich aus diesem Zustand zu lösen, wenn er einem gleichzeitig ganz gut in den Kram passt.«

Ein leises Lächeln umspielte seine Lippen.

»Ja, das könnte sein. Weißt du, eine sehr weise Person hat mal zu mir gesagt, dass auch ich es verdient habe, glücklich zu sein. Bis vor ein paar Wochen wusste ich gar nicht so richtig, was das eigentlich bedeutet. Also bis zu dem Zeitpunkt, als wir plötzlich so viel mehr als nur Freunde wurden. Ich hatte immer gedacht, ich wäre zu egoistisch, als dass ich mich ganz einer anderen Person hingeben könnte. Oder sogar zwei Personen, Evan und dir. Dieser Irrtum hat mir eine riesige schwarze Wolke eingebracht, die mich überallhin verfolgt hat. Ich habe zugelassen, dass sie mich in ein selbstsüchtiges Arschloch verwandelt. Aber das ist vorbei.«

Jules konnte ihn nur wortlos anstarren.

»Erinnerst du dich noch daran, wie du zu mir gesagt hast, ich soll mich nicht in dich verlieben?«

Jules war den Tränen nahe. »Ja.«

»Nun, das ist mir auch nicht passiert.«

Jules schnappte nach Luft. »Gratuliere.«

»An diesem Tag habe ich mich auf jeden Fall nicht in dich verliebt. Und auch nicht am nächsten oder übernächsten.«

»Ich bewundere dein Durchhaltevermögen, Tad.«

»Weißt du auch, warum? Weil ich längst in dich verliebt war! Und zwar schon, seit ich dich zum allerersten Mal gesehen habe, vielleicht sogar schon vorher. Nur, wenn ich bei dir bin, rücken all die kaputten Teilchen in mir wieder an ihren Platz.«

Er ging auf sie zu, langsam und bewusst, ohne jede Hast. Sie wich nicht von der Stelle, sah ihm direkt in die Augen. Ja, die neue Jules war stark. Je näher er aber kam, desto mehr schmolz ihre Girlpower dahin.

Er liebte sie.

Nun, das war ihr klar gewesen. Aber jede Frau, die behauptete, dass sie ihren Mann so etwas nicht gern sagen hörte, war eine erbärmliche Lügnerin.

Als er wenige Zentimeter vor ihr stand, zog er ein Blatt

Papier aus seiner Hosentasche. Sobald er es auffaltete, erkannte sie es. Mist.

»Das hat Evan geschrieben!«

»Schwindlerin!«

Sie konnte ein Grinsen nicht unterdrücken.

»Das hast du bei mir im Haus gelassen, als du letztes Mal da warst.«

Tad strich den Zettel glatt und legte ihn auf die zerkratzte Arbeitsfläche.

Jules + Evan vermiesen Tad und haben ihn sähr lib.

»Echt nicht fair, was für manipulative Taktiken du da angewandt hast!« Er drehte die Karte um.

Und ich bin mir nicht zu schahde, mein Kind zu benuzen, um zu bekommen, was ich will. In Libe, Jules.

Sie konnte nicht anders, als loszuprusten. Die Nachricht war ja aber auch zu witzig, die Rechtschreibfehler eingeschlossen. Trotzdem musste sie jetzt irgendwie stark bleiben. Sicher sein.

»Das ist Schnee von gestern«, sagte sie mit zittriger Stimme, als hätten die paar Tage auch nur das Geringste an ihren Gefühlen geändert.

»Kann sein. Aber wollen wir nicht noch ein wenig weiter zurückgehen? Uns erinnern, wie alles begann? Hier in der Restaurantküche hast du allen die Show gestohlen, und du hast seitdem auch nicht damit aufgehört. Du stiehlst mir meinen Schlaf, meine Ruhe, mein Herz.« Er nahm ihre Hand und drückte sie auf seinen Nabel, um sie dann gefährlich weit nach unten zu schieben, bis sie ganz nah an ihrer liebsten Körperstelle angelangt war. Ja, die mochte sie sogar noch lieber als seine Unterarme. Sie versuchte, sich von ihm zu lösen, aber er hielt sie fest.

»Hier.«

Er zog ihre Hand wieder weiter nach oben, bis sie auf seiner warmen Brust lag. Durch den dicken Stoff seiner Kochjacke konnte sie seinen Herzschlag spüren. Ihre Kehle war wie zugeschnürt, und sie wischte sich eine Träne von der Wange.

»Ich will dich, ich brauche dich und ich liebe dich. Für mich wird es nie eine andere geben, Juliet Kilroy. An dem Tag, an dem meine Eltern gestorben sind, dachte ich, das ist das Ende. Aber das war es nicht. Wie bei einer Art Scheintod hat mein Herz stillgestanden und dann wohl auf dich und darauf gewartet, dass du es wieder in Gang setzt. Nun schlägt es nur noch, wenn du bei mir bist.«

Die Tränen strömten ihr nur so übers Gesicht.

»Vor einer Woche hast du mir ein Angebot gemacht. Du hast gesagt, dass du mir in meinem Schmerz zur Seite stehen würdest und dass dein Herz stark genug ist, um für zwei zu schlagen. Hast mir versprochen, mir zurück ins Leben zu helfen. Das war das liebste, süßeste und beste Angebot, das mir jemals jemand gemacht hat. Und was mach ich? Ich Idiot vermassele es und erteile dir eine Abfuhr! Dabei halte ich keinen weiteren Tag mehr ohne dich aus, Jules. Also erlöse mich von dieser Qual und sag mir, dass ich das Allerbeste, das mir je passiert ist, nicht für immer zerstört habe. Denn das warst immer du.«

»O Tad.« Sie umschloss sein Gesicht mit beiden Händen und spürte, wie er zu zittern begann. »Ich habe nur darauf gewartet, dass du mich wirklich siehst.«

»Jules, ich habe dich nie nicht gesehen. Es gab auch keinen Moment, in dem ich dich nicht wollte. Ich brauche dich …«

»Wie die Luft zum Atmen?«, bot sie an, und er schenkte ihr dieses umwerfende, sexy Lächeln, das ihr grundsätzlich den Verstand raubte. Davon würde sie sich nie erholen.

Aber vielleicht musste sie das auch gar nicht.

»Du bist ...«

»Das Blut in deinen Adern?«

Er küsste sie sanft und leckte ihr die Tränen von den Lippen.

»Einen gewissen Hang zum Kitsch hast du ja schon, hm?«, meinte er schmunzelnd.

»Ich weiß«, wisperte sie und hatte plötzlich einen Kloß im Hals. »Verflixt. Was, wenn wir es verbocken?«

»Und wenn nicht?« Er drückte seine Stirn gegen ihre.

»Jules, wir haben die Grenze schon vor Wochen überschritten, vielleicht sogar schon vor Monaten. Wir wussten immer, dass es schwierig würde, zum Kumpelstatus zurückzukehren.«

»Ach, daher weht der Wind! Du findest es leichter, einfach weiterzumachen?«

Er lächelte. »Weiterzumachen ist nie leichter. Es ist ganz schön Furcht einflößend. Aber ich weiß, dass wir auf jeden Fall eine tolle Basis haben. Wir sind Freunde, wir gehören quasi zur selben Familie, und wir sind wahnsinnig heiße, attraktive Menschen. Wenn wir das nicht schaffen, wer dann?«

»Ach, du bist doch bekloppt!«

»Ich bin verliebt.«

Als er dazu noch warm lachte, drohten ihre Gefühle sie zu überwältigen, und sie brachte kein Wort heraus.

Als sie immer weiter schwieg, erstarb sein Lachen, und er sah sie ernst an. »Liegt es an den Frauen, mit denen ich zusammen war? Denn ich habe nicht … Also, nicht mehr, seit …«

»Du hast was nicht …?«

»Dieser Abend, an dem du so verrückt drauf warst und mich einfach überrumpelt hast, hat alles verändert. Seitdem habe ich keine andere Frau auch nur angefasst.«

Erst als er einen Finger unter ihr Kinn legte und es sanft hochdrückte, ging ihr auf, dass sie ihn mit offenem Mund angestarrt hatte.

»Sag was, Jules. Lass mich jetzt nicht hängen!«

Tad hatte ein Jahr lang keine andere Frau angefasst? Ein ganzes Jahr nicht? Jede Sekunde, in der sie ihn sich mit einer anderen vorgestellt hatte, war pure Zeitverschwendung gewesen. Das musste sie erst einmal verdauen.

»Diese furchtbaren drei Sekunden – die haben dich also schwul werden lassen?«

Er schürzte die Lippen und schien nach einer passenden Antwort zu suchen.

»Die haben nur bestätigt, was ich sowieso schon wusste. Dass ich nur dir gehöre.«

Dir. Mit dem vermutlich schlechtesten Kuss in der Geschichte der Verführung hatte sie diesen Mann also für sich gewonnen. Eigentlich hatte sie ihn ja immer für ihren Retter gehalten, doch nun stellte sich heraus, dass sie sich gegenseitig gerettet hatten. Sie konnte sich keinen anderen Menschen vorstellen, mit dem sie ihr Leben teilen wollte.

Sie schlang die Arme um seinen Hals und küsste ihn, als gäbe es kein Morgen – oder als würde sie alle kommenden Tage mit ihm verbringen. Als sie sich schließlich voneinander lösten, wirkte er genauso überwältigt, wie sie sich fühlte.

»Krass, wir ziehen es wirklich durch, oder?«

Tad lächelte sie verschmitzt an. »Ja, *mia bella*. Das tun wir. Im Übrigen habe ich da auch noch was für dich.« Er holte einen weiteren Zettel aus seiner Tasche und reichte ihn ihr.

Mit zitternden Händen faltete sie ihn auf und entdeckte das Logo des *Green City Market*, unter dem ihr Name stand. Den Rest konnte sie vor lauter Tränen nicht richtig erkennen.

»Ist es das, was ich denke?«

Er grinste. Mann, er war so sexy. »Wenn du denkst, dass das eine Genehmigung für deinen eigenen Stand auf dem *Green City Market* ist, dann ja. Da kannst du all deine fantastischen Bruschettas und Salsas und Dips verkaufen. Wir werden sie auch im *Vivi's* zum Verkauf anbieten und schauen, ob wir sie in ein paar Feinkostläden in der City unterbringen können. Ich habe so meine Kontakte, weißt du?«

Wow. Es war unglaublich, was für ein Vertrauen dieser Mann in ihre Fähigkeiten hatte. Und das von Anfang an! Das mit dem Vertrauen in ihre Liebe hatte ein wenig länger gedauert, aber das Warten hatte sich gelohnt.

»Na, das wurde ja auch Zeit!«, jubelte Lili, als sie hereinkam.

Cara, die ihr gefolgt war, wischte sich eine Träne aus dem Augenwinkel. Wow. Cara DeLuca-Doyle weinte! Jetzt wusste Jules, dass die Apokalypse nahen musste.

»Yep, wir waren es langsam wirklich leid, dich mit irgendwelchen Losern zu verkuppeln, wo ihr doch so offensichtlich füreinander geschaffen seid«, erklärte Cara.

»Ihr als Ehefrauen wisst es natürlich mal wieder am besten.« Tad schüttelte schmunzelnd den Kopf.

»Ganz genau«, bestätigte Cara. »Und wir wissen auch, dass es an der Zeit ist, die Party in Gang zu bringen. Sonst gibt's Ärger mit den DeLucas.«

»Dann lassen wir dich mal besser allein.« Jules küsste ihren Mann. *Ihren Mann.* Die Worte und der Kuss schmeckten so unglaublich richtig! Jules kam es vor, als müsste ihr Herz jeden Augenblick vor Freude zerspringen.

Sie wollte sich schon von ihm lösen, aber er hielt sie einfach fest. Hm, das war schön.

»Wo willst du hin, Jules?«

»Ich dachte, ihr Köche wollt langsam mal loslegen?«

»Richtig. Vielleicht solltet ihr Jules mal zeigen, was sie anziehen soll«, meinte Tad zu jemandem hinter ihr.

Sie drehte sich um und entdeckte Jack und Shane.

»Wir haben da was für dich.« Jack hielt eine Kochjacke in die Höhe. Über dem Brustteil war mit schwarzem Garn ihr Name gestickt worden. Und schon wieder kamen ihr die Tränen. Das war einfach viel, viel zu viel.

Jack legte einen Arm um sie und küsste sie auf die Schläfe. »Beim Kochen wird nicht geweint, Schwesterchen.«

»Ich habe ihm gesagt, dass es keine solche Jacke braucht, um gut zu kochen, aber du kennst ja die Briten, *mia bella*«, meinte Tad. »Die brauchen diesen Pomp.« Er grinste sie an. »Bist du bereit, den Kochlöffel mit uns zu schwingen?«

Und wie.

Gegen ein Uhr morgens waren die meisten Freunde und Verwandten verschwunden, und nur der harte Kern war noch da. Das Essen – alles war nach Rezepten aus Vivis Repertoire zubereitet worden – war ein rauschender Erfolg gewesen. Jetzt widmete Tad sich einem anderen, nicht weniger wichtigen Job: den schlafenden Evan im Arm zu halten. Seine Muskeln waren davon zwar schon ganz steif, aber um nichts in der Welt hätte er den Kleinen hergegeben.

Wieder sah er Jules in die Augen, so wie sie es schon den ganzen Abend über immer wieder getan hatten: staunend und glücklich. Nicht nur, weil sie endlich zueinandergefunden hatten, sondern auch, weil sie sich jetzt ganz offen anhimmeln durften. Kein Versteckspiel mehr. Jeder durfte von ihrer Liebe erfahren.

»Okay, lasst uns noch mal anstoßen!«, erklärte Cara und hob ihr mit Wasser gefülltes Weinglas. »Es heißt zwar, es bringt Pech, wenn man sich mit Wasser zuprostet, aber die DeLucas hatten ja immer schon ihre eigenen Methoden, um Glück im Leben zu haben. Also, auf Tony und Frankie und fünfunddreißig Jahre Ehe! *Salute.*«

Alle stießen miteinander an, nur Lili und Jack nicht, die ebenfalls Wasser tranken.

Eine Tatsache, die Jules nicht entging. Sie warf Tad einen vielsagenden Blick zu und sah dann wieder zu Jack hinüber.

»Moment mal ...« Alle Blicke richteten sich auf Jack, der es tatsächlich schaffte, noch selbstgefälliger dreinzuschauen als sonst.

»Sag mal, Jack, warum trinkst du nichts? Eigentlich geht das ja schon den ganzen Abend so!«, sagte sie ein wenig anklagend zu ihm.

Tad wusste, dass Lili keinen Alkohol trank, während sie versuchte, schwanger zu werden. Aber dass sich jetzt auch Jack an pures *acqua* hielt, hatte sicher etwas zu bedeuten.

»Seid ihr etwa schwanger?«, platzte es aus Cara heraus.

Lili zuckte mit den Achseln, strahlte nun aber übers

ganze Gesicht. »Es ist noch ein wenig zu früh, um darüber zu sprechen, aber ...«

»Ja«, flüsterte Jack mit bewegter Stimme. »Ich hab gedacht, wenn Lili die nächsten acht Monate ohne Wein durchhalten muss, dann zeige ich mich solidarisch.«

Lili verdrehte die Augen. »So süß das auch ist, mir wär's lieber, du würdest weitertrinken. Dann könnte ich den Wein wenigstens schmecken, wenn wir uns küssen.«

Alle bestürmten das glückliche Paar mit Fragen.

»Wie weit bist du ...«

»Jetzt bedrängt sie doch nicht so ...«

»Ich glaube, Jack wird gleich ohnmächtig!«

Francesca und Tony sahen aus, als würden sie jeden Augenblick vor Freude explodieren. Na ja, zumindest hatte sein Onkel die Augenbrauen hochgezogen, was seine Version eines Freudensprungs war.

Jules umarmte ihren Bruder stürmisch. »Dann hast du meinen Rat also befolgt! Hast ein paar Kerzen angezündet, Barry White aufgelegt und das Sexspielzeug aus dem Schrank geholt ...«

»Hüte deine Zunge, Fräulein!«

»Tapfer, dass du für die Zeit der Schwangerschaft keinen Alkohol trinken willst«, murmelte Shane mit einem breiten Grinsen. »Das würde ich nicht packen.«

»Hey!« Cara verpasste ihm einen sanften Knuff. »Dir werden ja wohl anderweitig genügend Entschädigungen geboten, Riverdance!«

»Glückwunsch, Jack!« Tad schüttelte seinem Schwiegercousin die Hand.

Jack nickte dankend, und wieder wurde das Band zwischen ihnen ein wenig stärker. Es würde wohl noch etwas dauern, bis Jules' großer Bruder ihm wirklich vertraute, aber sie hatten ja alle Zeit der Welt.

Nach einer Weile stand Tad auf und räusperte sich.

»Ich würde auch gern ein paar Worte sagen.«

Alle stöhnten liebevoll auf. Shane warf eine zusammengeknüllte Serviette nach ihm, die im Brotkorb landete.

»Ich mache es kurz, versprochen.« Er holte tief Luft und blickte hinüber zu seiner Schwester Gina, die ihm ermutigend zunickte. »Heute feiern wir Frankie und Tony, aber auch Rafe und Vivi. Vor einer Woche hatte der Todestag unserer Eltern sein trauriges Jubiläum. Zehn Jahre ist es jetzt her, zehn Jahre, in denen wir uns immer wieder die Frage gestellt haben: Was wäre, wenn? Ich werde sie immer vermissen, aber ich weiß, dass sie wahrscheinlich stolz auf uns sind, wo auch immer sie jetzt sein mögen.«

»Wahrscheinlich fragen sie sich, wann ihr ihnen endlich eigene Enkelkinder schenkt!«, warf Sylvia ein, und alle lachten.

Tads Blick fiel auf seine beste Freundin, die so umwerfend aussah wie eh und je. Das Haar hatte sie zu einem unordentlichen Dutt zusammengeknotet, ihr glückliches Gesicht war von der Anstrengung in der Küche gerötet, und ihre neue Kochjacke war mit Pesto bekleckert. Endlich waren sie ein Paar!

»Ich denke, ich sollte mit dem kleinen Satansbraten hier erst noch ein wenig üben.« Er küsste Evan auf die Stirn. »Und jetzt möchte ich gern mit euch mit einem ganz besonderen Wein anstoßen, den ich vor einer Weile beiseitegelegt habe.«

Evan noch immer auf dem Arm, griff er nach dem 2000 *Château Pavie Bordeaux* auf dem Sideboard, den sein Vater ihm vor all den Jahren geschenkt hatte. Das Licht der Lichterketten ließ die Flasche verführerisch aufleuchten.

Als gäbe sie der Runde ihren Segen.

»Also, ihr habt wahrscheinlich mitbekommen, dass ich es dieses Jahr ein zweites Mal in Folge in die Top Ten der besten Barkeeper Chicagos geschafft habe ...«

»Du alter Angeber!«, rief Lili.

Er grinste. »Ich habe eine florierende Weinbar, einen unzuverlässigen Pizzaofen, und mir wurde die Ehre einer vernichtenden Kritik in der *Tasty Chicago* zuteil ...«

»Diese verfluchten Kritiker!«, warf Shane solidarisch ein.

»Danke, Kumpel. Und ich bin außerdem ein ausgebildeter Sommelier, aber es ist mir bis heute nicht gelungen, eine Weinflasche mit nur einer Hand zu öffnen.« Und er wollte den friedlich schlummernden Evan jetzt auf keinen Fall weiterreichen. »*Mia bella*, könntest du das übernehmen?«

Jules hatte bereits einen Korkenzieher geholt. »Mit deinen heißen Händen habe ich später noch etwas ganz Besonderes vor, Babe«, flüsterte sie ihm so leise zu, dass nur er sie hören konnte.

Liebend gern!

Innerhalb weniger Sekunden hatte seine fingerfertige Angebetete die Flasche entkorkt. Wie von Zauberhand tauchten die passenden Gläser auf, und er füllte sie.

Dann hob er sein Glas.

»*Salute e cent'anni.*« Möget ihr hundert Jahre gesund bleiben. Er fügte noch einen stillen Gruß an seine Eltern hinzu und hoffte, sie würden ihm den erhofften Segen geben.

Alles Gute zum Abschluss, Sohn.

Als sich Jules an ihn lehnte und ihm einen sanften Kuss gab, nutzte er die Chance sofort, um ihn zu vertiefen. Das Geplapper um ihn herum verstummte, und es gab nur noch Jules' grüngoldene Augen und ihren weichen Mund.

Ein leichtes Zucken ihrer Lippen und ein Aufleuchten ihrer Augen stellten ihm die uralte Frage: *Alles okay bei dir?*

Es war dieselbe Frage, die sie einander seit zwei Jahren schon Dutzende Male bei Dutzenden Familientreffen gestellt hatten, seit Jules bei den DeLucas ein Zuhause gefunden hatte.

Ihre Familie.

Und sie war seine Frau.

Er merkte, wie sich auf seinem Gesicht ein strahlendes Grinsen ausbreitete. Mit einem schlafenden kleinen Kerlchen in dem einen Arm und seiner absoluten Traumfrau im anderen war er der glücklichste Mensch auf der Welt.

Sie gehörten zusammen – und er würde die beiden nie wieder loslassen.

Danksagung

Ich danke meinen großartigen Betaleserinnen Amber Lin und Monique Headley für ihre Erkenntnisse und Unterstützung. Ebenso dem Verlagsteam von Grand Central für ihren Glauben an mich und die überaus heißen Cover. Und natürlich jedem, der meine sexy Köche und die DeLucas ins Herz geschlossen hat. Viel Spaß beim Lesen und *buon appetito!*

Sie plant ihre gesamte Zukunft bis ins kleinste Detail, für ihn gibt es nur das Hier und Jetzt.

Kathinka Engel
Love is Loud – Ich höre nur dich
Roman

Piper Taschenbuch, 416 Seiten
€ 12,99 [D], € 13,40 [A]*
ISBN 978-3-492-06224-4

Ihr ganzes Leben lang hat Franziska vorausgeplant. Doch als sie sich für ein freiwilliges soziales Jahr in New Orleans entscheidet, zieht die laute, ungewöhnliche Stadt Franziska sofort in ihren Bann. Und dann begegnet sie auf einem ihrer Streifzüge dem attraktiven und aufregenden Musiker Lincoln. Er lebt für den Moment, denkt nicht an morgen. Er entführt Franziska in eine Welt ohne Reue und konkrete Pläne, voller Farben, Musik und ansteckender Lebensfreude. Und auf einmal ist sie nicht mehr sicher, dass sie weiß, wie ihre Zukunft aussieht…

Leseproben, E-Books und mehr unter **www.piper.de**